谨以此书纪念

马克思诞辰200周年
《共产党宣言》发表170周年

思 想 政 治 理 论 课 实 践 教 学 系 列 丛 书

真理的力量

——新时代大学生读马列经典感悟集

ZHENLI DE LILIANG

XINSHIDAI DAXUESHENG DU MALIE
JINGDIAN GANWUJI

主编／刘海霞　王国斌　陈　红

黑龙江人民出版社

图书在版编目（CIP）数据

真理的力量:新时代大学生读马列经典感悟集/
刘海霞,王国斌,陈红主编. —哈尔滨:黑龙江人民
出版社,2018.8（2021.3重印）
ISBN 978－7－207－11481－5

Ⅰ.①真… Ⅱ.①刘… ②王… ③陈…
Ⅲ.①中国文学—当代文学—作品综合集 Ⅳ.①I217.1

中国版本图书馆 CIP 数据核字(2018)第 193612 号

责任编辑：李　珊
封面设计：张　涛

真理的力量
——新时代大学生读马列经典感悟集

主编：刘海霞　王国斌　陈　红
出版发行：黑龙江人民出版社
地址：哈尔滨市南岗区宣庆小区 1 号楼
邮编：150008
网址：www. longpress. com
电子邮箱：hljrmcbs@ yeah. net
印刷：三河市华东印刷有限公司
开本：787×1092　　1/16
印张：20. 25
字数：420 千字
版次：2018 年 8 月第 1 版　2021 年 3 月第 2 次印刷
书号：ISBN 978－7－207－11481－5
定价：60. 00 元

总序／"读原著、学原文、悟原理"

——让马克思主义真理的种子在青年学子心中扎根

目前,全国高校掀起深入学习马克思主义理论、钻研习近平新时代中国特色社会主义思想的热潮,马克思主义教学与研究在各高校呈现出一派生机勃勃的新气象。在时代潮流的感召下,兰州理工大学师生们也在深入思考,如何抓住这一历史机遇,开辟出马克思主义理论研究和宣传、传播的新思路、新途径和新局面? 以实际行动回答这一系列重要的理论和现实问题,是高校思想政治理论课建设的重要使命,也是学校思想政治理论课教育工作者们一直在思考和探索的问题。

通过实践摸索和理论思考,我们意识到,要培养青年大学生具有马克思主义的坚定理想信念,必须加强学习,引领学生们系统掌握马克思主义基本原理,学会用马克思主义立场、观点、方法观察和思考时代问题。列宁认为,马克思主义学说具有无穷的力量,就是因为它正确、完备而严整。马克思主义理论的学习应该是系统的而不能是零碎的,因为马克思主义是"极其彻底而严整"的世界观,只有系统地学习,才能真懂、真信、真用。党的十八大以来,习近平总书记多次讲话中强调,对马克思主义理论体系要下苦功夫融会贯通。他指出,马克思主义经典作家眼界广阔、知识丰富,马克思主义理论体系和知识体系博大精深,"不下大气力、不下苦功夫是难以掌握真谛、融会贯通的","对马克思主义的学习和研究,不能采取浅尝辄止、蜻蜓点水的态度"。以浅尝辄止、蜻蜓点水的态度零碎地选取只言片语,就会离开马克思主义科学体系做出片面的解读甚至曲解,不可能掌握真谛,指导实践。

那么,在实际的大学生教育实践中,到底怎样引领青年学生系统掌握马克思主义基本原理呢? 习近平在全国党校工作会议上指出:"党校要加强学员对马克思主义经典著作的学习研究,开出基本书目,引导学员读原著、学原文、悟原理。"我们认为,习近平总书记对党校学员提出的要求同样适用于高校马克思主义理论教育,在思想政治理论课理论教学中,结合马克思主义基本原理,带领大学生"读原著、学原文、悟原理",是引领青年大学生真正用心、用脑去理解马克思主义理论体系的不二法门。

恩格斯在指导青年研究马克思和他创立的唯物史观时说:"我请您根据原著来研究这个理论,而不要根据第二手的材料来进行研究——这的确要容易得多。"目前我国本科生《马克思主义基本原理概论》教材中也引用了不少马克思主义经典作家的论述,但这种论述还不是很系统,无法展现马克思主义经典篇目的原貌,也无法让学生真正领悟马克思主义经典文献的博大精深。这些第二手的马克思主义作品对于学习、研究和传播马克思主义当然也有重要作用,但与原著相比,它们在思想的准确性、深刻性、丰富性和对马克思主义原理的实际运用方面都不可能不存在差距,只有深入原著,原文的阅读、体会和学习之中,才能真正全面透彻地理解马克思主义。对于当代大学生来说,要直接进入马克思主义经典原著,尤其是马克思、恩格斯的原著中阅读与学习,往往存在很多困难。要实现大学生读原著的效果,就需要发挥我们马克思主义理论教师的指导、引领作用,需要我们马克思主义学院的专家、学者、教师深入到学生中去,付出更多时间、更多精力的努力。

2017年秋季学期以来,在十九大东风的感召下,学校马克思主义学院马克思主义基本原理教学部和马克思主义理论科研团队的教师们自发行动起来,在完成《马克思主义基本原理概论》课程理论教学的同时,深入到大学生中去,呼吁大学生们阅读马克思主义经典原著,并组织了二百多名在校大学生,利用周六或周末休息时间,坚持每周一次的集中阅读和集中讲解,还在校园里举行了"金秋银杏 经典诵读"的大型校园文化活动,向全校师生宣传、传播学习马克思主义理论著作。呈现在读者面前的这本书就是本次系列学习活动的成果小结,具体形式有小论文、读后感、思想体会以及表达青年人理想信念的诗歌、散文等,这些文章都是参加学习活动的青年大学生和研究生自发撰写的,并经过任课教师的指导、修改,虽然从学术意义上看,这些文章还显得很稚嫩,对马克思主义基本理论的理解和掌握还不系统、不深刻,但它们鲜活地反映了兰州理工大学当代大学生的学习热情和积极上进的思想面貌,也凝结了我校马克思主义学院全体一线教师的辛勤劳动和心血。我们觉得,组织本次活动是非常有意义的,希望不断坚持下去,让更多的大学生阅读、学习、体悟马克思主义,为培养又红又专、德才兼备的社会主义建设者和接班人贡献力量。

翻阅这些大学生们既略显稚嫩又充满真挚情怀的学习作品,作为奋斗在高校政治思想工作战线的工作者,我们由衷地被感动并备受鼓舞。从这些作品中可以鲜明地感受到,我们当代大学生不仅有学习马克思主义的真挚情怀,而且有读懂马克思主义经典著作的学习能力。我们不仅看到了当代青年大学生正在用他们的赤子情怀向马克思主义理论表达穿越时空的致敬,更看到了当代大学生们立足于今天的伟大时代进行着植根当下的思想创新。

作为高等教育工作者的我们,必须牢记我们的职责与使命,不忘一个教育者的初心,努力提升马克思主义理论的学习、研究以及学科建设水平,这是我们义不容辞的时代责任和担当,也是落实全国高校思想政治工作会议精神的具体体现。我们相信,只要我们努力践行党的宗旨,坚持不懈地去播种一粒粒马克思主义的种子,切实让马克思主义真理的种子在青年学子心中扎根,相信我们培养的学子们,就一定能成长为伟大祖国的未来栋梁,我们正在坚守的事业就永远后继有人,而且长江后浪推前浪。

是为序。

编者

2018 年 4 月 8 日

序／读马列经典　求时代真理

当下的中国，正是中国特色社会主义事业迈进新的历史时期的关键时期，有许多新问题、新事物等待我们去认识、去思考。我们知道，马克思主义经典是中国特色社会主义的理论源头，"问渠那得清如许？为有源头活水来"，我们要想真正弄清楚中国特色社会主义理论的来龙去脉，就只有从马克思主义经典作品源头上去学习、去追问、去思考，才能加深理解，自觉运用。

作为马克思主义理论的教师，我们每年都要站在讲台上向青年大学生苦口婆心、不厌其烦地反复讲解马克思主义基本原理。但是我们每个人都深知，要让青年人对马克思主义做到真学真懂、真信真用，仅仅靠我们在讲台上的努力是远远不够的。2017年初，习近平到国家行政学院调研时，要求国家行政学院的学员都要读一点马列经典。习近平关于读马列经典的思想，激发起我们每一名马原教师的热情，大家都不约而同地聚焦到同一个思想频道上：为什么不带领学生们直接读马列经典原著呢？

经过马克思主义基本原理教学部和马克思主义基本原理科研团队的集体研讨，我们一致认为，在马克思主义基本原理课程教学的基础上，如果我们教师能够深入到学生中，把对马克思主义具有原发性的好奇心、探索心、求知心的学生们组织起来，带领他们一起读马列原著，应该能取得非常不错的实效性。

2017年秋季学期，正是正常执行《马克思主义基本原理概论》课程教学的学期，在马克思主义基本原理教学部和马克思主义基本原理科研团队的统筹安排下，我们把在学生中开展马列原著诵读活动的计划向学院做了详细汇报，迅速得到了学院领导的肯定和大力支持。在该学期中，我们按照"学生自发、教师自愿"的原则，组织了二百多名对马克思主义经典原著具有自发学习热情的大学生和研究生，利用周末的课余时间，每两周组织一次两小时的"马列经典诵读活动"。

在诵读活动中,我们的基本做法是实行"导读—讲解—领读—集体诵读"四元一体的学习方法。具体来说,就是由教学部和科研团队集体确定必读阅读文本,并提前选编好必读章节印发给学生预习,在集中学习活动中采取"教师领读、学生集体跟读"的形式,并且由教师对篇章的背景、难点段落和句子以及核心思想进行导读讲解。根据学生的学习能力、兴趣焦点,我们本季活动一共选择了五篇马克思主义经典作品作为必读篇章,它们分别是《共产党宣言》《青年马克思关于职业选择的考虑》《商品拜物教的性质及其秘密》《在马克思墓前的讲话》和《改造我们的学习》。

为了激发学生的学习兴趣,更为了激发全校师生对马克思主义经典著作的学习热情,我们还选择我校秋季校园风景最美丽时——银杏正黄的时节,在校园银杏林中举行了露天公开诵读活动。在这次主题为"银杏金秋经典诵读"活动中,我们二百多名师生在银杏灿烂的周末下午,用自己最真挚的热情诵读了《共产党宣言》和《青年马克思关于职业选择的考虑》的经典节选,在校园里掀起了一股"学马列经典、求时代真理"的学习高潮。

为了不给学生们增加额外的学习负担,我们的"马列经典诵读活动"与《马克思主义基本原理》课程教学基本平行,在课程教学即将结束的时候,集体性"诵读活动"也随之告一段落。在活动结束后,学生们又根据自愿的原则提交了各自的学习小论文、心得、体会或者其他多种形式的学习作品,这部作品集的主体就是我们学生自己的学习作品的汇集。或许从学术性和思想性来说,这些作品都有这样、那样的缺点,但是年轻人"追求真理、热爱马列"的真挚情怀却表现得特别集中、鲜明。

通过组织和指导学生们学习马克思主义经典著作,我们教师自身也与学生们教学相长,互相促进。每一次重读马克思、恩格斯、列宁、毛泽东这些伟大的思想家、理论家、革命家的作品,都会激发起我们自己的感情和思想,尤其是与青年大学生们一起学习、一起集体诵读,现场的气氛和青年人赤诚的情怀,都给我们增添了莫大的正能量。

目录

目 录

论文篇

目 录

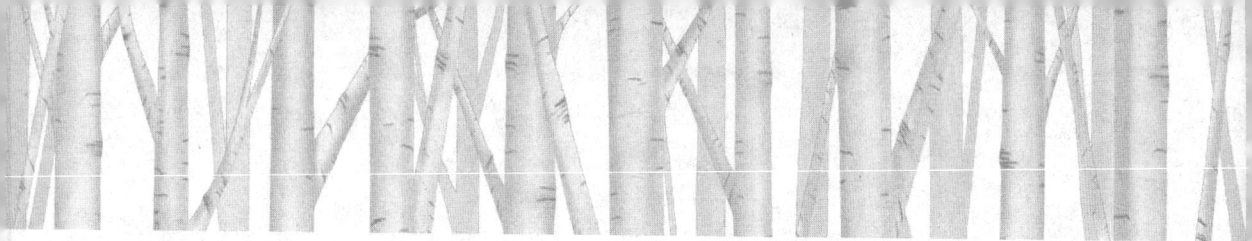

真理的力量
ZHENLI DE LILIANG
—— 新时代大学生读马列经典感悟集

诗歌篇

我的独白

——致马克思 张亚雪*

我有我的青春年少

如风，似梦

你有你的伟岸身躯

像沉重的叹息

也像崛起的大地

信念

是你用《宣言》讲述的力量

执着

是你用生命践行的伟大

曾经的你

为贫苦而起

为真理而逝

为新中国的产生而奠基

而今的中国

为人民谋幸福

为世界谋和平

为共产主义而奋斗

好似橡树与木棉

根，相握于地下

* 张亚雪,经济管理学院市场营销 16 级 1 班,1610380143。

叶,相触于风中

彼此相依

以梦为马

不负韶华

然而,这些都还不够

你执笔讲述

一点一滴皆唯物

来来往往皆因果

你带领向往自由的人们

冲破思想的牢笼

解脱千年的禁锢

与旧世界抗衡

甚至"毒蛇",甚至"猛兽"

这一切的一切

让你公敌无数

但正值豆蔻年华的我们

爱你

不仅爱你思想的华章

也爱你坚持的理想

驻足的地方

【感悟】时势造英雄,还是英雄造时势,或许我们自始至终都得不到一个准确的答案。但毋庸置疑,每一位英雄都带给这个世界从未有过的改变,而哲学巨匠马克思正是这样一位英雄。通过"读马列经典,求时代真理"活动,让我们更加深刻地了解到伟人的不易,也让我们更加懂得坚持的可贵。曾经的马克思以《共产党宣言》为武器,讲述共产主义新思想的美好。如今的我们,以他的精神为武器,寻找新时代的真理,因为我们始终坚持"不忘初心,方得始终"。作为新时代的大学生,我们一定要"不忘初心,继续前进"!

(指导教师:刘海霞)

表白马克思 卢学霞 *

亲爱的马克思先生:

　　您好！首先，您应该很想知道我是谁吧？我是受您影响至深的一名大学生。今天，写这封信是因为我想告诉您，我喜欢您！

　　我喜欢您是因为为了维护穷苦人民的利益，您舍弃自身，与反动政府做坚决斗争。

　　为了与心爱的人长相厮守，您努力争取，在幸福的路上披荆斩棘。

　　为了创《莱茵报》，写《资本论》，您自我牺牲，在颠沛流离的生活中挣扎。

　　您是一颗雨花石，为了世界人民的幸福快乐，铺了一条五彩的路。

　　您是一根蜡烛，为了给穷苦人民带去光明，燃烧自己，化为灰烬。

　　您是一个辛勤的园丁，为了给穷苦人民创造幸福，劳累自己，幸福他人。

　　您以唯物史观的基本思想为指导，揭示了资本主义社会发展的规律。

　　您执笔的《共产党宣言》，指出了共产主义运动将成为不可抗拒的历史潮流。

　　您的《1844 年经济学哲学手稿》，从生产劳动实践的观点，阐述了美的起源，为研究美学开辟了一条道路。

　　您艰苦奋斗了一生，"我是世界公民"是您真实的写照。而如今的您，思想虽已停止，但是事业却不会停步。因为有我们，我们会秉承您的精神，继续为无产阶级事业而努力奋斗！

　　此致

敬礼

卢雪霞

2017 年 12 月 25 日

---

* 卢学霞,经济管理学院市场营销 16 级 1 班,1610380147。

诗歌篇

【感悟】从不懂您,陌生您,到了解您,喜欢您。从当时对您的一无所知,到现在被您深深吸引,这对我们来说是一个神奇的过程。当初,只是带着不挂科的想法,听了老师的马原课,却不曾想被您伟大的思想深深震撼,浮想联翩。带着一丝好奇之心参加了马列经典诵读活动,被您深奥的理论思想深深锁在了诵读现场,无法离去。诵读《青年在选择职业时的考虑》《共产党宣言》等,皆让我们对您有了更深的认识。您对事业的勇于创新、精益求精是我们一生想要追寻的脚步,您的伟大思想、深奥理论是我们一生想要探索的内容,您为全人类解放而斗争的理想是我们终极的奋斗目标。

（指导教师：刘海霞）

致马克思 刘 跃*

有的人死了

但他还活着

有的人活着

但他已经死了

有的财富是有形的

但有的财富是无形的

伟大之所以伟大

并不在于他创造了多少有形的财富

而是他的财富能够影响一代代人

多瑙河的水清澈见底

那个只有十七岁的他

风华正茂,意气风发

写下了《青年在选择职业时的考虑》这篇名著

莱茵河的水清澈如初

那个充满智慧的老头

那个胡须长长的智者

那个叼着雪茄的老人

---

* 刘跃,电气工程与信息工程学院自动化 16 级卓越班,1605510126。

正用鹅毛笔写字

正写着对燕妮忠贞不渝的爱

正写着对资产阶级的讽刺

正抒发着对无产阶级美好的假设

正迷失在最有前途的道路上

他对爱情充满渴望

他也愿意相信爱情

他才识过人

一封致燕妮

把燕妮感动到哭

而后变成了最深情的女人

他愤世嫉俗

他奋笔疾书

他知道前方定是艰难险阻

但仍然勇往直前

因为他知道

无产阶级必将在未来的某天取代资产阶级

因为他知道

苦难的无产阶级需要他的努力

因为他知道

他身后站着无数的劳苦人民

这是一场跑不完的马拉松

只有起点，没有终点

这是一艘乘风破浪的远洋舰

未来不知道会有多少风浪

最先剧变在欧洲各共产党

苏联共产党也改弦易辙

欧洲的共产党相继改弦易辙

共产党阵营像感染了病毒一样

哗哗啦啦倒了一大片

有人开始怀疑

共产主义是歪理邪说

我们看到他仍高举红旗

昂首阔步朝前走

穿行在欧洲人之间

显得有点矮小

但却心里装着欧洲

乃至东方大陆

面对那群人的迫害

他没有胆怯

面对生活的潦倒

他没有放弃

因为他心中装着整个世界

世界不光明

他怎能倒下

他开始构思,开始书写

一部部旷世之作相继问世

饱含着他毕生的智慧

也许他都不知道

正是由于他的思想

才有了那一声炮响

才有了伟大的十月革命

才有了布尔什维克主义的胜利

才让中国的革命先驱们看到了曙光

才有了中国共产党的正确领导

才带来了新民主主义革命的胜利

正因如此

一个伟大的国家又将重新复兴

并且深深地刻上了他的思想烙印

有的人死了

但他还活着

有的人活着

他已经死了

伟大的灵魂伟大的思想

正影响着全世界

并将永远地影响下去

【感悟】读马列经典,求时代真理。通过一学期的"马克思主义经典诵读"活动,逐渐喜欢上马克思,为马克思的人格魅力所折服。作为当代大学生,一定要把马克思主义经典著作入脑入心,树立理想信念,志存高远,脚踏实地,勇做时代弄潮儿。

（指导教师:孙大林）

你的名字你的梦 刘建文 *

在漫长的黑夜里，
你用信仰的笔镌刻你的名字。
刻在了道路边的田野里，
田野燃起了生长的热情。
刻在工厂的机器上，
资本主义脱胎换骨。
刻在那些君主的脸上，
他们低下了高傲的头颅。

你的名字，
在田野，在工厂，在星空……闪烁着光芒。
唤醒了沉睡在东方的雄狮，
照亮了莫斯科，圣彼得堡。
雄狮衔着你的名字行走在自己的疆域。
莫斯科写着你的名字，圣彼得堡写着你的名字。
苏醒的雄狮把你的名字衔到了世界，
从此你的名字，
完成了旅游世界的梦。

你的名字，

* 刘建文，材料成型及控制工程 16 级 2 班，1601050228。

从柏林大学书斋到伦敦博物馆，

从莱茵河特里尔到海格特公墓，

饱览了群书，阐述了唯物史观和资本论。

在崎岖波折的社会主义道路上，

你的名字行走得艰难，却满怀自信。

因为他知道他走在贫困受压迫阶级人们的思想和生活中。

因为他让自己有着呼吁奴隶、工人心灵深处渴望自由平等的历史责任感。

你的名字，

打开了千百年来禁锢的思想，

给明天的世界插上了翅膀。

他将刻在

历史的长河里，

世界的每一寸热土上，

遥远的每一个家庭中，

每一个流着贫困滚烫血液的劳动人民心中，

你的名字——马克思(Karl Heinrich Marx)

将带着世界人民的幸福做你环游世界的梦。

【感悟】一直将思想政治理论课视为可有可无的课程！当我们在大学课堂上再次接受它的洗礼后，被马克思深邃的思想所折服，思想政治理论课不"简单"！走进"马列经典诵读"活动的教室时，他在我心中变得神圣起来！原来马克思的思想受到这么多人的喜爱与追捧。一朝诵读，千朝受益。马克思展示了他思想永恒的魅力，激励着自己去敢于创新挑战，也提醒自己可以去明辨是非，理性处理矛盾，培养如管子所说"不审不聪则缪，不察不明则过"的品质。由衷地感谢马列经典诵读活动为我们提供了可以进一步了解马克思思想的平台和重塑自己人生价值观的特殊机遇。

（指导教师：刘海霞）

表白马克思 黄 楷*

您是一块石头，

敲出星星之火；

您是一缕火苗，

点燃那快熄灭的灯；

您是一盏明灯，

照亮我们夜行的路；

您是一条大路，

引领我们走向黎明。

鲜花的艳丽离不开阳光，

小草的苗壮离不开雨露，

国家的繁荣也离不开马克思。

今天，

亲爱的祖国，

即将迎来她六十九岁的生日。

在十九大上，

我们一起表白马克思，

共筑中国梦。

曾经读过，

古希腊的哲学，

* 黄楷,土木工程学院土木 16 级 3 班,1606300309。

法兰西的主义，

……

但却独爱您一家。

因为，

您用哲学的巨斧，

开辟了一个唯物的新世界；

您用辩证的观点，

阐述了历史发展潮流；

您用历史的明镜，

力挫唯心，

注重实践，

万物皆是运动，

道出人民才是创造历史的主力。

您更是人类文明进步的使者，

捍卫真理的勇士，

生产力发展的催化剂，

新中国建设的指路明灯。

您远见卓识，

新中国的繁荣，

证明了社会主义的科学性；

您职业的选择，

高尚的人们，

将会为您洒下热泪。

我们一直坚信，

明天，

鲜红的太阳照遍全球，

英特纳雄耐尔一定会实现。

【感悟】经过数周的"马克思主义经典诵读"活动,使我们加深了对马克思主义科学世界观的理解,进一步提高了用辩证唯物主义和历史唯物主义分析问题、解决问题的能力,改造了主观世界。这是一段启迪心智的过程,通过老师的研读,大家的思考与交流,使我们脱离了对生活的迷惑与彷徨。回首老师和同学们一起诵读马列经典的情景,不禁又发觉自己的认识之路已经走过了一大段旅程。这也使我们学会了用马克思主义科学的态度来对待历史、社会及学习生活中的诸多问题,承担起时代所赋予我们这一代青年人的责任。

(指导老师:王海霞)

诗歌篇

致敬马克思 王锦辉*

新时代大学生读马列经典感悟集

真**理**的力量

ZHENLI DE LILIANG

一个阶级——伟大的无产阶级，

它是被残酷剥削的里昂丝织工人，

它是宪章运动中竭力请愿的工人，

它是反对压迫的西里西亚纺织工人。

这是时代的声音、工人的舞台。

那时，资本垄断，

工人运动急需理论指导。

您志存高远，

生来的逸豫未曾波及青年对职业的思考

——献身造福全人类的事业；

您博古通今，

站在巨人的肩膀上把心血和智慧凝结

——创立辩证唯物主义哲学；

您洞彻事理，

深恶痛疾地揭露资本家的金钱社会

——提出剩余价值学说；

您高瞻远瞩，

坚信共产主义必将取代资本主义

——创立科学社会主义。

---

* 王锦辉，机电工程学院机械设计制造及其自动化 16 级 5 班，1602010546。

在这个运动物质构成的世界，
您那深邃的目光、睿智的思想，
科学的世界观、方法论，
成为我们认识世界，
改造世界的启明星。
普遍联系的事物，
在永恒发展中变化。
认识本质及规律，
追求时代真理。

商品拜物教，
上天赋予其神秘力量。
在资本的自由竞争中，
孕育垄断的萌芽，
于是，工人歇斯底里地呐喊。
您鞭辟入里，
揭露压榨工人的实质，
使资产阶级的丑陋无处可藏，
让无产阶级迎来曙光。

理论，一把强有力的武器，
以摧枯拉朽之势，
开启无产阶级革命风暴。
巴黎公社，
您的科学社会主义的伟大尝试。
流血不要紧，
只要主义真。

筑梦路上，

我们共产党

——坚定的马克思主义拥护者，

高举中国特色社会主义的伟大旗帜。

一个中国梦，两个一百年，

全民践行社会主义核心价值观，

圆梦中华民族之伟大复兴。

明天，你好！

中国，腾飞！

【感悟】通过"读马列经典，求时代真理"活动，我们深刻感受到青年马克思的志存高远，一个青年对职业的深思熟虑，"少年兴，则国兴"。《共产党宣言》的问世标志着马克思主义的诞生，无产阶级运动有了理论指导，马克思居功至伟。剩余价值学说和唯物史观是他毕生的两个伟大发现，睿智的思想折射出伟大的灵魂。作为当代青年，学习马克思主义，汲取马克思主义的精华，这将成为我们不竭的动力源泉和受益终身的财富。

（指导教师：刘海霞）

让《宣言》飞扬 叶强强*

在那 1848 年的历史深层，

工人相聚在一起，

科学真理拥抱着我们，

《宣言》充满着大地。

当实践进入他们的门，

当辩证进入他们的院，

奋力翻身登上舞台，

凡有正义都要伸张，

他让真理从四处响起！

让宣言在大地上传播！

让我们的心向社会主义敞开！

让真理从四处响起！

让宣言在大地上传播！

让我们的心向共产主义敞开！

【感悟】通过"读马列经典，求时代真理"活动，我们深刻地认识到《共产党宣言》是科学社会主义最伟大的纲领性文件，是马克思主义诞生的重要标志。其内容丰富、深刻，尽管距离发表之初至今已有一百七十年的历史，但《共产党宣言》闪耀的思想光芒仍然是照耀人类社会前进的不朽明灯。这部有着深刻历史意义的宣言不仅对当时资本主义社会的阶级对立和斗争进行了深刻的分析，而且为无产阶级的斗争

* 叶强强，机电工程学院机械设计制造及其自动化 16 级 5 班，1602010551。

指明了方向。作为当代青年,我们要不忘初心,牢记使命,运用这一理论,指导自己的学习实践活动,为决胜全面建成小康社会,为夺取新时代中国特色社会主义伟大胜利,为实现中华民族伟大复兴的中国梦贡献自己的力量。

（指导教师：刘海霞）

您是一座高山 张 德*

您是一座高山

一座

伟岸之山

给予

子民远古的火种

探索未来的路

您用强健的臂膀

托起了春夏秋冬

您用庞大的身躯

为小苗遮风挡雨

您是一座高山

一座

魁伟之山

播撒

希望与博爱的花种

装点美丽的大地

您用非凡的才能

* 张德,机电工程学院纺织工程 16 级 1 班,1602570120。

治理您的森林王国

您用超群的思维

把不可能变为可能

您是一座高山

一座

挺拔之山

照亮

亘古的黑暗

使世界变得光明

您如钻石般闪耀

点亮了暗淡的夜空

……

【感悟】通过这次活动,我们感受到了马克思主义的伟大与自己的渺小,对马克思主义有了更清晰的认识。在以前,没有接触它的时候,觉得马克思主义也没什么。但在诵读活动过程中,通过老师的讲解以及自己的思考,才知道,马克思主义很伟大。在当今社会,马克思主义却被冷落了,越来越多的人不关注马克思主义。其实,是我们错了,我们不该遗忘时代的经典,遗忘伟大的马克思主义的智慧。正是马克思主义指导着伟大的中国走向辉煌。马克思主义也让我们对自己的世界观、人生观、价值观有了更清晰的认识。马克思主义经典著作,是人类思想发展史上的一座高峰。作为当代大学生及喜欢马克思主义的人,应该积极传播马克思主义思想。

（指导老师:朱长兵）

微雨初晴

——给马克思的表白信 王艺璇 *

诗歌篇

当一切都不是原来

我只有

静待花开

淅沥的小雨

冲去了昨日的疲惫

而我在历史的倒影中

看见了

你的身影

《共产党宣言》

依旧萦绕在耳边

哭笑了无痕

谈语且听风

云淡

杏子落了满地

风扬

麦香不见了踪影

* 王艺璇,机电工程学院机械设计制造及其自动化 16 级 5 班,1602010558。

下午

天空格外的蓝

云朵惊人的白

一抹斜阳一抹绿

一分彩霞一分红

恬静的我只看到了结局

记忆停留在原地

没有剧情的故事

还有多少回几人次

安之若素

向暖

然后嫣然

【感悟】马克思作为一位伟大的哲学家、思想家，在高中毕业时就写出了《青年在选择职业时的考虑》这篇文章，让我们深刻地感受到了他青年时就拥有的崇高理想。他所著的《共产党宣言》为后来他成为共产主义领袖奠定了坚实的基础。而作为当代青年，我们更应该努力汲取《共产党宣言》所留给我们的精神财富，不忘初心，继续前进，为实现中华民族的伟大复兴而不懈奋斗。

（指导教师：刘海霞）

致最亲爱的人卡尔·马克思 吕 鼎*

卡尔·马克思
我最亲爱的人
你满脸的大胡子
刮也不刮

我最亲爱的人
你是太累了吗
你用鹅毛笔写字
字迹还那么潦草

我最亲爱的人
你是不理我了吗
躺在安乐椅上
话也不说

卡尔·马克思
我最亲爱的人
我知道
你是睡着了
永远地睡着了

---

* 吕鼎,机电工程学院纺织工程 16 级 1 班,1602570115。

真理的力量

ZHENLI DE LILIANG

—— 新时代大学生读马列经典感悟集

我最亲爱的人
莱茵河水还在潺潺流动
可是亲爱的你一动不动
一副伟岸的身躯倒下了
你的思想影响着千千万万的人

珠穆朗玛峰顶的积雪还没融化
可是我亲爱的你悄悄地走了
星空下最璀璨的明星坠落了
共产主义影响着一代又一代

巴黎铁塔还在屹立
辛勤的劳动人民还在受着压迫
万恶的资本主义仍在吐着火舌
可是亲爱的你
无声无息地离开了

我最亲爱的人
此刻的你躺在棺椁里
那么宁静祥和
我知道
你是走了
永远地离开了

我最亲爱的人
你是太累了
你就安静地睡吧

再见了，我最亲爱的人
敬礼！卡尔·马克思

【感悟】时光总是那么短促，在不经意间从我们眼前划过，为期几周的"马克思主义经典诵读"活动在不知不觉间圆满结束了。在这期间我们诵读了卡尔·马克思的经典作品，几百人相聚在一起，怀着对马克思的尊敬和崇拜，齐声朗诵马克思主义经典。我们都是马克思主义的忠实粉丝，始终坚持着马克思主义，坚持着共产主义。当我们读到恩格斯的《在马克思墓前的讲话》时我们落泪了，我们知道伟大导师马克思走了，永远地离开了我们。马克思是我们青年的灯塔，当我们迷茫的时候指引我们方向。马克思走了，但是他的灵魂还在，他的思想还在，影响着我们一代又一代的共产主义坚定者。敬礼，卡尔·马克思！谢谢你为这个世界做的一切，谢谢你开启了共产主义！谢谢你，卡尔·马克思！

（指导老师：朱长兵）

诗歌篇

知我心者　无悔青春 郎亚鹏*

——新时代大学生读马列经典感悟集

真理的力量

ZHENLI DE LILIANG

当第一缕阳光透过窗口

她在眺望

那 1871 年法国的新生

巴黎的成功

正是无产主义者

洒下鲜血,奉献生命

为自由而呼喊

为真理而坚持

当生的希望被抹杀

我们不该放弃

用那最尖硬的矛

刺穿那已被利益熏黑了的心

让真相浮出水面

让真理显示它的价值

让这已沉睡多年的心被唤醒

多年之前的等待

如梦亦如幻

多年之前的期盼

如光亦如箭

* 郎亚鹏,材料学院材料成型及控制工程 16 级 1 班,1601050126。

多年之前的付出

如山亦如海

当死亡的气息逼近

我们仍旧不屈

用那最坚实的盾——不屈的灵魂，不朽的意志

保存这种希望

保存这种光泽

保存这种精神

使人民觉醒

使生命的存在具有价值

多年之后的新生

冲破一切障碍

打破一切规则

让内心的热血沸腾

让生命为我们自己所主宰

让这青春的付出拥有价值

让这不朽的灵魂得到安息

全世界无产者

光辉在闪耀

新生在召唤

这一天已经到来！

【感悟】马克思主义经典诵读活动不仅使我们感觉到了马克思主义的真理价值
与实践客观性，并且在潜移默化中渗透和影响着我们的生活。"当思想成为理论，当
理论成就实践，当实践变为真知"之时，这种抽象实践的价值才得以显露。马克思主

义不但对人生的前因了解透彻,而且对人生的后果无比清晰。这种对因果的透彻理解与精准掌控不但使我们深深地折服,而且它必会成为一盏指路明灯,将会伴随着我们的一生。它随着思想的疾风骤雨乍然闪现,它无视存在者的光辉与批判,它依靠真理的树根和实践的树茎发芽生长,进而茁壮成长……终有一天,它必将取代资本主义的落后与腐朽,成就属于自己的丰功伟绩!

（指导教师:刘海霞）

真理的力量

ZHENLI DE LILIANG

——新时代大学生读马列经典感悟集

马克思颂 宁清云*

无论年轻

还是年老

生活啊

都慷慨地给予你穷困和潦倒

岂甘命运!

坚强而伟大的品格

犹如金石

在烈焰中煅烧

却大绽光芒!

弥漫心灵的大雾

被你深邃的目光

洞察,剖析

英勇的共产主义火炬

在你这里点燃

凭借着

不屈的灵魂

熊熊不灭地

燃烧在阿尔卑斯峰顶

光和热

---

* 宁清云,机电工程学院工业工程 16 级 1 班,1602040114。

辉耀大地

纵使黑暗吞噬苍穹
光明仍会将之驱赶
我低语喃喃：
为何执着于这无情的世界？

一棵树苗
没有经过风吹雨打
难以参天
一股溪水
没有走过千回百转
不能入海
春华,孕育于寒冬凛冽
秋实,凝结于酷暑炎炎
庄稼因耕耘而丰收
力量唯坚忍可积蓄

爆发啊
伟大不屈的意志
伴随共产主义的真理
化作浪海
喷涌而出
澎湃心渊

【感悟】在"我们一起学马列"的号召下,我积极地参加了"马克思主义经典著作诵读"活动。在这次活动中,我不仅收获了诵读经典著作的喜悦,还对马克思主义有了更深的领悟。

马克思已长眠于地下135年,然而他和恩格斯所坚持的共产主义却已经深深地扎根在中国的土地上,并得到了长足的发展。这次活动,既使我们对马克思主义哲学变陌生为喜爱,也使我对马克思主义的经典著作有了更为深刻的理解。在我们看来,马克思主义不仅仅对于中国美好的未来具有非常重要的指导意义,而且它对于我们青年在正确三观的树立上也具有十分重要的引导作用。

　　青年们,让我们一起学习马克思主义吧!

（指导老师:朱长兵）

风之和煦，光之闪耀 岳旭娅*

他，曾于青春年少时，

净化心灵，涤荡灵魂，

立志为最能为人民谋幸福的事业而奋斗。

他，曾于花样韶华伊始时，

为走何种职业道路而愁苦不堪。

他到贵族职业中去尝试，

他到贫民生活中去实践，

为迷茫的自己找到方向而欣喜，

为青年人代言，写下了《青年在选择职业时的考虑》。

他，曾于盛年之时，

奔波行走于俗世红尘之中，

听尽了贵族社会的弦弦奢靡之音，

看尽了贫民阶层的饥饿困顿之状，

他奋笔疾书，为人民《宣言》。

行于红尘，看尽俗世，他感于心，疾于首。

他衷心而出地呐喊，

他声嘶力竭地咆哮，

---

* 岳旭娅，石油化工学院化学工程与工艺 16 级卓越班，1603220124。

他要用神圣的阳光，化解包裹邪恶的脂肪。
啊，天阴时的梦魇，渗进一米阳光，也会灿烂，
他要用和暖的微风，吹散萦绕人们心头的雾霭。
啊，噩梦时的恐惧，溜进一丝微风，也是安抚，
黎明前弥漫的温暖，原是一束无声的阳光，
黄昏后散布的清凉，原是一丝清润的微风。

他，曾于暮年之时，
默默地栖身于布鲁塞尔的人流之地，
坐在承载了人类思想之源的"船舶"上，
用智慧的灵笔书写他的思想灵魂，
从"我不是马克思主义者"进阶到"世界历史意识"的发展。

他，要以爱之名，守护之法，
他，要用光的万丈闪耀光芒，解封人们冰冻的心灵；
他，要用风的千里和煦之暖，融化人们心间的"楚河汉界"。
万丈红尘，光辉普照，
我以马克思之名，以共产主义之光辉，
驱赶人民在噩梦中的惊惧。
千里越野，轻拂世界，
我以马克思之名，以社会主义价值体系为指导，
为人民的生活谋幸福，为国家的生存谋复兴。

时间远去，历久弥新，
时隔百年，以共产主义为基石，
以社会主义价值体系为核心指导，
以爱国主义为核心的民族精神，
以改革创新为核心的时代精神，

造就了今天中国人的"中国梦",

实现了从饥饿贫穷到温饱富足,

实现了从困顿不堪到繁荣昌盛。

共产主义的光辉闪耀世界,

社会主义核心价值观的和煦之风轻拂世界人民,

英特纳雄耐尔走进了人民的心中。

【感悟】"读马列经典,求时代真理。"通过学习马列经典著作,感悟到马克思主义的博大精深。马克思主义的诞生改变了世界,读伟人的作品,感受智者的伟大。作为当代大学生,一定不辜负党和人民的期望,在实现中国梦的过程中书写人生华章。

(指导教师:孙大林)

那年，远方 刘洋洋*

那年
莱茵河畔
你宛如"孩童"
为黑暗送去了新生

那年
泰晤士河旁
你恰似"幽灵"
开始了世界性游荡

那年
伏尔加河边
你宛如"惊雷"
响彻在地球的东方

那年
南湖之上
你恰似"红船"
驶向理想中的远方

* 刘洋洋，马克思主义学院马克思主义中国化研究 16 级，162030503001。

【感悟】通过参加"马克思主义经典诵读"活动及"我们一起学马列"相关专题的学习,使自己加深了对马克思主义科学世界观的理解。学习原著是一段艰苦的历程,也是一段启迪心智的过程,通过诵读与研读,终于从迷惑转为理解,而再回首初读原著时的情景,惊喜地发觉自己的认知之路走过了一段逐渐上升的旅程。作为本专业的研究生,我们必须学会运用马克思主义的立场、观点和方法来处理实践中遇到的问题,用马克思主义科学世界观来对待历史、对待人生,从而承担起时代所赋予我们的重任。

(指导老师:李明珠)

晨曦之火 李永杰*

我曾于万丈红尘中奔走

在庸常浮生中

用那黑夜给予的

黑色的眼

寻觅一丝光芒

幸而

得见那晨曦之火

他孤身只手擎苍穹

启口轻诵着《宣言》

他在霓虹中

与人间共沐温暖的风

他曾于天地间一掷孤勇

摇曳在笔尖下的舞姿

是他留给人间最浓的一抹艳红

也是浮生颠沛中毕生富有

暮色染白他鬓间的发

那一指流沙

* 李永杰,理学院应用物理 16 级 1 班,1609510141。

遮住他蹒跚的步伐

未写完的那一笔

就且随缘去吧

今昔何昔

他也似江水去不返

终究奔涌归向浩瀚

晨曦之火点亮的那颗星

韶光虽逝

任如约护世人

朝花夕拾

风拂去那书页上的尘土

那晨曦之火

以他之名

在风中摇曳

【感悟】读完《共产党宣言》,不仅让我们对自我价值有了更进一步的认知,也对马克思主义思想有了更高的认识。他的思想因改变世界与人生而不同于以往的任何思想,被称为人类思想史上的伟大变革。因为有了马克思主义,才为当时不断探索的中华民族开启了新的征程;又因为许许多多中国共产党人的不断努力,中国才从剥削和压迫中翻身,有了新中国,有了现在强大的中国。而我们作为新时代的青年,更要认清自己肩上应该担负的责任,像许许多多中国共产党人一样。虽谈不上抛头颅洒热血,但也愿为中华之崛起而读书。而且我们深知,不能做嘴巴上的巨人,行动上的矮子。以后的日子我们会自我监督,不断完善自己,把自己变得更好。

(指导教师:王国斌)

新时代大学生读马列经典感悟集

真理的力量

ZHENLI DE LILIANG

遇见马克思 王雪梅[*]

一个青年找不到人生的答案

人生的意义是什么

人类从何而来

大胆地走进人类智慧的大厦

寻找属于自己人生的正确答案

途中我遇到了伟人马克思

他并不是一个不食人间烟火的神

他是人，人所固有的他无不具有

他有令人羡慕的爱情、令人称颂的友谊

也有为人类多数人谋福利的崇高理想

遇见快乐的马克思

出生在美丽的莱茵河畔

好思明辨、见解独到，深受父母的喜爱

特里尔威廉中学的优等生

精通德语、拉丁语、希腊文、法语

中学毕业就选择为大多数人的幸福而奋斗

丰富多彩的大学生活之余收获了浪漫的爱情

---

* 王雪梅，马克思主义学院马克思主义中国化研究 16 级，162030503004。

遇见潜心读书的马克思

为了解除对社会问题的疑惑

闭关柏林大学日夜潜心读书

先哲的思想常使他苦恼不已

康德和费希特不能回答现实生活中的矛盾

却从黑格尔的著作中找到了辩证法的奥秘

遇见高举自由旗帜斗争的马克思

在《莱茵报》为穷人呼喊

用激进的民主思想为先进的世界观而奋斗

成就了与恩格斯的不朽友谊

为无产阶级创造理论武器《共产党宣言》

像暴风雨中的雄鹰一样

与工人阶级一起比肩作战

遇见饱受磨难的马克思

饥寒交迫中忍受丧子之痛

埋在大英博物馆的书堆里

寻找认识世界和改造世界的良方

经历了病、苦交加的六年磨难

付出毕生精力完成《资本论》

为资本主义社会开出了一份百科全书式的"诊断书"

【感悟】"读马列经典，求时代真理。"在"我们一起学马列"系列活动中，我有幸走近马克思，遇到了"活着"的马克思，看到了他的生活环境，知道了马克思的一生是曲折的一生。他经历了战乱、穷困潦倒和家庭的不幸，经历了敌对势力的反对和迫害，但是这些都没有阻止他追寻真理的脚步，没有泯灭他为大多数人的幸福而劳动的热情。我遇到了"时尚"的马克思，他曾是叛逆少年、放荡不羁，但是他也是超级学霸,思维敏锐、好学慎思,他有着令人羡慕的爱情,也有着不朽的友谊。在与马克思对话的过程中,我深深地感受到了他胸怀天下、心系民生的情怀,被他不怕艰难、慷慨献身的精神所折服。追寻时代之问是马克思一生所求。当下我们应该用富有时代气息的鲜活语言,用适合当下的表达方式和表达元素,描述一位"丰满"的、"彩色"的马克思,让青年人变成马克思的"铁粉",主动地去学习马克思的思想,以树立正确的价值观,用马克思分析问题的方法去解决自身遇到的问题。

(指导教师:李明珠)

读经典忆马列思人生 徐志宏*

——新时代大学生读马列经典感悟集

真理的力量

ZHENLI DE LILIANG

秋风瑟瑟,吹过你我耳畔;
杏叶飘飘,舞动时代之姿;
鸟鸣阵阵,吟唱时代之律。
相聚于洒着朝气暖阳的银杏林中,
阳光的线条照在红彤彤的脸庞上,
每个面孔上荡漾着新时代的色彩。
这是二十一世纪马克思主义的时代,
这是一个充满经典的时代,
这是一个充满力量的时代。

随着一阵嘹亮的诵读,
起来,饥寒交迫的奴隶,
起来,全世界受苦的人。
一种无形的力量在心中翻滚,
一种无言的酸涩在眼中流淌,
一种难言的心动在脸上浮现。
这是经典的魅力,
这是马列的光辉,
这是人生的沉淀。

---

* 徐志宏,马克思主义学院思想政治教育 17 级,172030505006。

一声声经典，

满腔的热血已经沸腾，

要为真理而斗争。

忆起马列之魂，

忆起马列之力，

忆起人生之初。

一声声吟诵，

旧世界打个落花流水，

奴隶们起来！起来！

字字流露着行动的迫切，

字字召唤着胜利的幽灵，

字字照耀着红日的升起。

不要说我们一无所有，

我们要做天下的主人。

影射着祖国之星，

折射着自我之强。

这是最后的斗争，

团结起来到明天，

英特纳雄耐尔就一定要实现。

这是充满磅礴之力的霸气之音！

这是凝聚斗争力量的最美之乐！

这是汇聚未来之星的铿锵之声！

这是铸就美好人生的天籁之律！

【感悟】习近平总书记强调："马克思主义经典著作思想深刻，要深入理解马克思主义的精神实质和思想精髓，必须专心致志地读、原原本本地读，努力掌握贯穿经典著作中的马克思主义立场观点方法，学懂学通马克思主义基本原理。"无论是过去的战争年代还是如今的和平年代,我们都应该学习马克思主义经典著作,学习先辈的革命传统。因为中国革命的胜利、中华民族的崛起,都离不开中国共产党人对马克思主义这一思想武器毫不怀疑的信奉、坚持、学习、传播及实践。通过历史实践充分证明,中国共产党对马克思主义的坚持是无比正确的。如今,随着中国国际地位的提升,一些向来不看好中国的欧美发达资本主义国家开始通过网络、电话等手段肆意传播不良言论,恶意诋毁中国共产党,妄图挑起事端。在这种情况下,我们更应坚定信念,更加深刻地学习马克思主义经典著作,用马克思主义思想武装自己,不让恶意言论有可乘之机。相信在中国共产党的领导下,在马克思主义思想的指引下,中华民族必将实现伟大复兴,我们的生活也将发生天翻地覆的变化。

(指导教师:洪　涛)

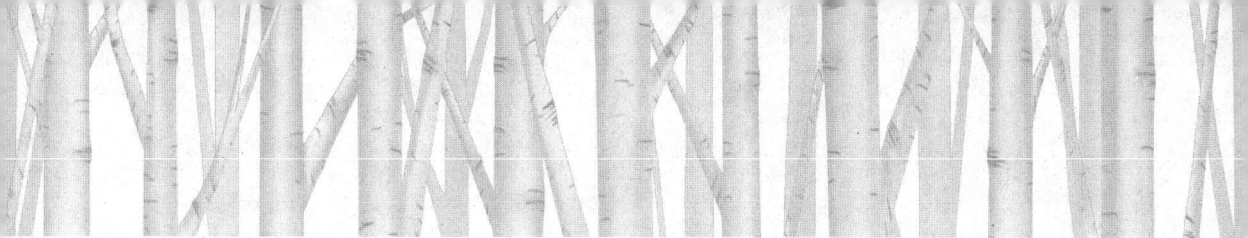

真理的力量
ZHENLI DE LILIANG
——新时代大学生读马列经典感悟集

散文篇

念与思 伍诗艺*

我愿，吹散掩上您的尘埃；我愿，掀开蒙住您的面纱；我愿，劈开挡住您的荆棘。

曾经，您是带领着人类革命的领导者，后来，您成为革命者传颂的伟大人物。现在，在诵读了您的经典之后，我只想说，您更是我们的老师，进行灵魂的洗礼，引领生命的方向。

在儿时的梦里，我是英雄，能打倒一切的坏蛋；我是科学家，能创造无数的科技；我是宇航员，能发现更辽阔更无垠的宇宙。在时间的洪流里，荡起细细的波纹，今时今地的我，只能感受到弥漫在空气中的物质的气息，学习只是为了更多的物质财富。如自高山坠落的水滴，以为是受重力的影响，其实不过是随波逐流。我想我变了，都说当你不再白日做梦，而是认清现实时，你便长大了，也许我已经长大了。但有时候，在炎炎夏日，拿一条小板凳坐在家门口，慢慢地、轻轻地扇动手中的蒲扇，思绪早就飞往一个更梦幻的世界。蹉跎着的，是我们易逝的韶华，荒废着的，是我们与生俱来的天赋，寻找着的，是迷茫又彷徨的方向。

时代在改变，思想也在变化，我开始不明白当儿时的童真被现实残忍洗去，是正确，抑或错误。多少懵懂的梦想，只能在将要萌芽时感受着雨滴的滋润，便从此消散于泥土。那些少数萌芽的嫩叶，又将经历着怎样的风吹雨打。我开始疑惑，即便有遨游天际的翅膀，却没有能在田野里自由奔跑的双腿，即使有可以拥抱大地的双腿，却没有漫步海底世界的鱼鳍。那么，我们心的方向到底在哪儿呢？

直到后来，我发现了他，像是一首经久传唱的歌谣，也像一壶香醇可口的老酒，也许，更是支起地球骨架的大树。从此，心灵得到了沉寂，像寒冬腊月绽放的梅花，孤寂而高傲。他告诉我们青年前进的方向、青年的信念与青年的未来，曲折而璀璨，

* 伍诗艺,机电工程学院机械设计与制造及其自动化 16 级 5 班,1602010559。

灰蒙却光明。我想我明白了，我们应该做的不是抱怨，而是感谢，即使不能拥抱大海，也能拥抱蓝天，即使不能拥抱蓝天，也能拥抱大地。奔跑在每一寸土地，品味着每一缕芬芳。

我想，马克思是寂寥的，脱去身上华丽的衣服，从一个国家飘零到另一个国家，任世界的颜色被冲刷干净，本心依在。我想，他也是充实的，拥有不离不弃的爱人、友人、家人，他的一生充满着波折，缺失许多，却从来不缺少爱。

我想他就像中华传说中的烛龙一样，睁眼时普天光明，即是白天；闭眼时天昏地暗，即是黑夜。他的双眸即使受着压迫，即使受着苦难，也依旧为着新时代的人们所绽放，点亮着黑夜，也点亮着明天。

墓碑前，当一代千年伟人永远闭上双眼时，不过十几人为他悼念，垂下他们的眼睫，祝福他们的友人一路走好。现在，无数人前去悼念，在那小小的土地，感谢他所有的奉献与作为。

我想，我是思恋着他的，挽尽青丝，在烟雨中眺望，那朦胧又清晰的背影。

刹那间，好似一束光指引着前行的方向，微弱却坚定不移。撑着伞，带着急促的步伐跑回家门，拿上一支笔，便书写着我的目标，不是迷茫，不是彷徨，而应是在最美的年华把自己奉献。几十年后，一抔黄土不过随风而逝，但灵魂却能以星星之火点燃黎明，划破长空。

【感悟】通过这次诵读活动，令我们感触最深的，不光只有马克思的高尚品格，还有他在青年时便拥有的崇高理想。青年，象征着朝气与蓬勃，象征着勇敢，不是什么都不知道而莽撞行事的无知，而是明知前方险阻，还能一往直前的无畏。这篇文章是我对马克思的思念，更是对自己灵魂的思考与探讨。我是怎样一个人，我想成为怎样一个人，我将成为怎样一个人。读经典，是为了让经典传承，从文化传承到历史，从历史传承到灵魂。

（指导教师：刘海霞）

漫步银杏品读《宣言》 万静雪*

秋风肃起，大雁南飞。银杏开始了一年中最华丽的篇章。漫步深秋工大银杏林，瑟瑟秋风、寥落空气，把银杏的金色反衬得热烈，它们应和着雄壮的歌声围绕着金色的树林欢呼。"起来饥寒交迫的奴隶，起来全世界受苦的人，满腔的热血已经沸腾，要为真理而斗争。旧世界打个落花流水，奴隶们起来、起来，不要说我们一无所有，我们要做天下的主人。这是最后的斗争，团结起来到明天。英特纳雄耐尔就一定要实现……"马克思主义经典诵读，将银杏林染上鲜艳的赤色热情。

庄严的领颂声牵动着我的灵魂，激昂的诵读是我澎湃涌动的思潮的宣泄，什么是马克思主义？什么是共产主义？在这之前，我心中只有一个模糊的概念。参与马克思主义课程的理由，是单纯的好奇还是仅仅因为无聊到已经没有意义？听啊，"一个幽灵，共产主义的幽灵，在欧洲游荡。为了对这个幽灵进行神圣的围剿，旧欧洲的一切势力，教皇和沙皇、梅特涅和基佐、法国的激进派和德国的警察，都联合起来了"。那是马克思与恩格斯的宣誓，那是马克思主义诞生礼炮的鸣响。你听！这部宣言从资产者和无产者、无产者和共产党人、社会主义和共产主义的文献与共产党人对各种反对党派的态度这四个方面进行了详细而深刻的论述。它代表共产党人，公开地说明了自己的观点、自己的目的、自己的意图，并且以此对抗了关于共产主义幽灵的神话。

在老师的带领下更深入接触到马克思主义的我，在老师的引领下诵读起《共产党宣言》的我，在那样的一刹那被犀利的风撕裂了懵懂内心世界的天空。

纵观人类社会历史的发展，总是从野蛮一路走来。资产阶级的发家史不正是一部无产阶级的血泪史吗？资产阶级正是通过在海外建立殖民地和在国内进行的圈地运动，完成了资本的原始积累。然而，这部《共产党宣言》告诉我：在资产阶级的继

---

* 万静雪，生命学院制药工程 16 级 1 班，1607580132。

续发展过程中,斗争仍在继续,矛盾依旧存在!

在马克思主义诞生以前,一切社会运动都是少数人的或者为少数人谋利益的运动。然而《共产党宣言》的发布成为转折,马克思、恩格斯以自己独特的思维方式,以历史唯物主义考察了人类社会的发展进程,进而论述了社会主义代替资本主义、最终发展为共产主义的历史必然。

沙沙的金色树叶随风飞旋,缭乱了我的眼,纷飞了的思绪回到旧时代的中国。俄国十月革命为我们送来了马克思主义的春风,那是中华民族最为晦暗的动荡时期,马克思主义的到来将希望的种子播种在这片大地之上。

九十余年过去了,中国的社会主义道路在马克思主义的正确指导下,在数代无产阶级领导人的引领下,中国已经摆脱弱国的帽子,成为屹立于世界民族之林的大国,现在它正朝着社会主义强国的道路疾足狂奔,东方雄狮已经吸气酝酿,雄壮的咆哮即将撼动世界。

一百七十年前,伟大的无产阶级革命导师发出了伟大的号召:全世界无产者,联合起来! 今天,我们的国家对人民发声:全中国的民众,勇往直前! 今天,我们的国家对世界发声:中国梦,是民族复兴的梦,是奉献世界的梦,是追求和平的梦,是世界的梦。

理工大银杏林,诵读的不是过去,而是现在和将来。习近平总书记这样说:"我们追求的是中国人民的福祉,也是各国人民共同的福祉。""中国梦是中国人民追求幸福的梦,也同各国人民的美好梦想息息相通。中国发展必将寓于世界发展潮流之中,也将为世界各国共同发展注入更多活力、带来更多机遇。"我们的民族将坚持走社会主义发展道路,在携手构建人类命运共同体的奋斗征程中,马克思主义伟大精神给予我们的勇气和担当定会照亮前路!

【感悟】学习马克思主义经典著作,使我们更进一步理解了马克思主义的内涵,纠正了过去对马克思主义的一些误解,也认识到了中国特色社会主义体现的是马克思主义立场、观点、方法,特别是人民的立场。作为新时代的青年,通过本次活动的学习,使我们更明确了自己的价值观指向,也对中国特色社会主义发展带给人民的幸福和美好生活充满信心,也更加坚信在马克思主义指导下,党和政府必将领导人民完成中华民族的伟大复兴任务!

(指导教师:王海霞)

勇做时代的弄潮儿 王露琪*

一百多年前,一位青年,在他的中学毕业论文中,写下了他对今后职业的选择以及人生价值的思考。从中,我们足以窥见其思想的深邃,精神的崇高,事业的伟大。时至今日,当我们再读这篇著作时,不禁会被其对崇高事业的热情所打动,被其体现出来的为人类幸福而劳动的精神所振奋。

在选择职业时,我们要淡泊名利,摒弃虚荣心。马克思说,"被名利弄得鬼迷心窍的人,理智已经无法支配他,于是他一头栽进那不可抗拒的欲念驱使他去的地方"。基于名利去工作,将名利作为我们人生道路上的动力是不妥的,因为这不是所凭借的永恒不竭的动力,它不能使我们永远保持昂扬的斗志。当需求满足时,我们就会失去前进的动力,而变得敷衍和厌倦,终日无所事事。当需求未能满足时,我们容易被欲念所驱使,不择手段地去实现它,此时的我们,是多么的可怜!周国平曾说过,名利给我们的是一种强制力,在名利的驱使下劳动,终究是不会快乐的。有一些名利场上的健将,一边叫苦不迭,一边又疲于奔跑,这样的人既滑稽又可笑。

在选择职业时,我们要理智选择,免受情感影响。有许多人,尤其是青年朋友,面对人生的选择时,容易感情用事,凭借一股激情做事,其结果是,激情过后,只剩悔恨。马克思说,"我们没有仔细分析它,没有衡量它的全部分量,即它让我们承担的重大责任;我们只是从远处观察它,而从远处观察是靠不住的"。这表明,我们不能依靠突然的热情而做出正确的选择,我们必须要理性地思考,不被感情欺骗,不受幻想蒙蔽。如果我们通过冷静的思考和了解它的困难之后,我们依然对它充满热情,那时我们才可以选择它。

在选择职业时,我们要考虑自己的体质和能力。马克思说,"诚然,我们能够超

---

* 王露琪,法学院法学 16 级 1 班,1612450114。

越体质的限制,但这么一来,我们也就垮得更快;在这种情况下,我们就是冒险把大厦建设在松软的废墟上,我们的一生也就变成一场精神原则和肉体原则之间的不幸的斗争。"这句话透露出马克思微弱的唯物主义思想,突破了精神至上的牢笼,认识到肉体对人生活动的重要作用,反映出客观因素对我们选择职业时的影响和限制。

在选择职业时,我们应该将人类的幸福和自身的完美结合。马克思说,"如果一个人只为自己劳动,他也许能够成为著名的学者、大哲人、卓越诗人,然而他永远不能成为完美无瑕的伟大人物。"如果一个人只关心自己的利益,只为了让自己生活得更幸福而努力,那他就会获得这些,得到满足。但是,这种获得却是可怜的、有限的、自私的,他不可能从中获得真正的乐趣。"人们只有为同时代人的完美、为他们的幸福而工作,才能使自己也达到完美。"因此,我们必须要选择最能为人类福利而劳动的职业,如此,我们才会获得持续的动力之源,心中才会有一种崇高感,并时刻保持昂扬的斗志。"因为这是为大家而献身;那时我们所感到的就不是可怜的、有限的、自私的乐趣,我们的幸福将属于千百万人,我们的事业将默默地、但是永恒发挥作用地存在下去,而面对我们的骨灰,高尚的人们将洒下热泪。"

【感悟】在新时代的今天,这篇著作依然对我们广大青年具有极大的启示意义,因为它不仅启示我们如何选择适合自己的职业,更启迪我们要将自身的完美和人类的幸福联系起来,在做好自己的同时,为社会做出奉献,勇做时代的弄潮儿!

习近平总书记在十九大报告中这样深情寄语年轻一代:"青年兴则国家兴,青年强则国家强……中华民族伟大复兴的中国梦终将在一代代青年的接力奋斗中变为现实。"近年来,习近平总书记在各著名高校调研时,发表了一系列热情洋溢的演讲,勉励广大青年要有信念、有梦想、有奋斗、有奉献,要以国家富强、人民幸福为己任,要积极投身中国特色社会主义伟大实践,并为之终生奋斗。从中,我们青年大学生无不感受到来自党和国家的亲切关怀和殷切期望,我们必须肩负起时代赋予我们的神圣使命,要敢于做先锋,勇做时代的弄潮儿!

在新时代的今天,我们学马克思主义经典,求时代真知,从中依然可以探求无穷而强大的精神力量。马克思主义经典,是指导我们党生生不息的思想源泉,是每一个共产主义信仰者坚强不屈的精神支柱。通过学习马克思主义经典,我们深深懂得,得其大者可以兼其小,一个人的信念追求只有同社会的需要和人民的利益相一致才有意义。在这个经济高速发展的社会,已经很少有人静下心来读马克思主义经典。今天,我们再次回顾那些指导广大人民翻身做主人的伟大著作,再次诵读那些令人荡气回肠的革命史诗,走近那些在人类历史上永垂不朽的杰出人物,感慨万千。我们深深地体会到,那一代青年为了广大人民的幸福而发出的呐喊,为了让大多数人活得更有尊严而做出的牺牲。作为新时代的青年,我们依旧要有这样的家国情怀,要有这样的责任担当,即为了最广大人民的幸福而不懈奋斗!

（指导教师:王海霞）

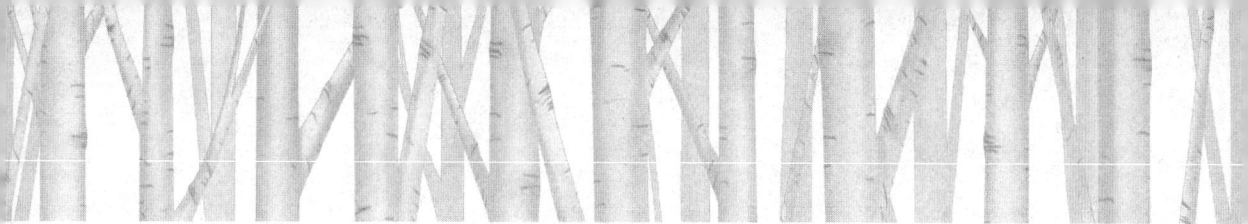

真理的力量
ZHENLI DE LILIANG 的力量
—— 新时代大学生读马列经典感悟集

心得篇

内心深处的追随 曹珊珊*

青年正面对职业的选择,此时的我们已经不再是不谙世事的孩童,我们有了自己的判断以及感知能力,当我们面对职业的选择时,应该充分地了解自身的特点及兴趣,全面考虑自己的需要,以及自己在社会中所处的地位,自己对于社会的贡献力,充分地考虑所有的因素,然后综合所有的考虑去做出最终的选择,因为这关乎我们未来的所有发展以及幸福。所以,在这个人生的十字路口我们必须谨慎认真严肃地对待,因为这是对自己的人生负责,更是对自己所处的社会圈子负责。

在如今这个物欲横流的社会,多少人的选择出发点又与名利无半点关系呢?在这样的环境之下,我们又如何能独善其身,不被利益与功名蒙蔽双眼,在选择职业时做出最能使自己感到幸福,同时又能最大程度地为社会贡献力量的职业呢?只有选择最适合自己的职业,才能让我们的能力得到最充分的发挥,使我们获得最大的满足感,才可以在自己的岗位上做出最优异的成绩,从而获得最大的幸福。有人将一年过成了一天,然而也有人将一年过成了最丰富的三百六十五天。造成两者之间最大差异的原因便是生活的意义,前者他们的出发点便是高薪或者功名,为了这一目标甚至不惜将自己亲手关进精神的牢笼,将幸福囚禁。从开始的第一天就可以看到未来一周,甚至一个月,或者更久的生活,因为他们每天都生活在机械地重复以及煎熬当中,即使他们拥有着高薪,但是每天却依旧生活在阴霾当中,丰富的物质从来都不能弥补内心深处自我满足感的缺失。而后者,他们将幸福放在第一位,用兴趣的石子铺设职业的道路,以此为出发点,也许他们没有令人羡慕的薪资,没有前拥后呼的吹捧,但是内心的充实以及自己在职业中所获得的成就感,将每一天的生活都填充成最幸福的模样,他们在自己的岗位上发光发热,为社会贡献着自己的力量,快乐

* 曹珊珊,石油化工学院环境工程 16 级 1 班,1603180147。

着自己的快乐。

本该安享晚年,功成身退的八十多岁老人袁隆平先生,依旧活跃在科研的第一线。究竟是怎样的信念令他如此执着于自己的科研工作?新中国成立以来,经受了长期战乱迫害的中国人,状况凄惨,生活窘困。袁隆平亲眼看到五个饿殍倒在马路边、桥底下和田埂上。这一幕令他深为震动,此时,为了人民的温饱而贡献自己毕生力量的信念,深深地扎根在他的心里。年仅二十几岁的袁隆平,毅然放弃了安定的教师生活,积极地投身于水稻的研究工作当中,即使在自身温饱都难以保证的情况下,他依旧带领他的团队毅然地坚持着。前八年他都以失败告终,然而那份坚定的决心却成了他恒久坚持与追求的动力。怀着对人民的责任以及自己的梦想,即使在最艰难的时刻他依然咬牙坚持。面对世界粮食安全问题,许多国家的科研工作者都在积极地展开研究,然而只有他坚持了近六十年的时光,从青涩到暮年,人生中几乎三分之二的时间都奋战在稻田里。时间是最公平的见证者,它永远不会辜负一颗坚持不懈的心。在这场科研的马拉松中,袁隆平先生带领自己的团队,先后实现了一期、二期、三期、四期目标,现在正在向着他的五期目标奋进。他所研究的超级水稻成为世界粮食安全的最有力保障,为促进世界和平贡献了巨大的力量。随着他科研成果的不断成功,各种荣誉都向他抛出了橄榄枝,然而,这些永远都没有比他看到人们一步一步脱离饥饿所带给他的鼓舞更大。满怀希望,一个决定改变了一个人一生的轨迹,改变了国家乃至世界的命运,多少人因为他的努力而远离了饥饿的威胁。不忘初心,坚守梦想,是他将选择的重要性做出了最完美的诠释。老骥伏枥,志在千里,烈士暮年,壮心不已。一日三餐,米香迷茫,饱食者当长忆袁老。青年时期的选择,成为他暮年最美丽的回忆。

被誉为落入人间天使的里程碑式的演员奥黛丽·赫本,最初的梦想是成为一位芭蕾舞者。由于纳粹侵略者的入侵使得原本生活优越的她遭受了国破家亡的厄运,为了生存,不得不背井离乡,与母亲逃亡到了伦敦。也许是命运的安排,让她与好莱坞著名导演相遇,从此她的命运被彻底改写,人生踏上了不同的轨道。在演员的道路上尽自己最大的努力去诠释每一个角色,在表演中找到了另一个自己,并从中找寻到了另一份快乐,每一次表演都是灵魂的精灵在起舞。在她一生的表演生涯中获得了很多至高的荣誉,名利双收的她并没有因为拥有的一切而迷失方向。童年时期的痛苦记忆,让她对于处在灾难当中的孩子的无助与绝望更加感同身受,继而她义无反顾地投身于慈善事业。相比于三百万美元的自传稿费,她毅然决然地选择了一年一美元的联合国儿童亲善大使的工作,并将它当作了终身为之奋斗的职业。她积极地辗转于世界各地受灾地区,及时地为他们带去自己力所能及的帮助,即使在自己身患绝症的最后时光里,她依旧没有对自己的工作有任何懈怠。如果说她在银幕上有着天使一样的面孔,令无数人惊叹,那么,在现实生活中她便是有着天使一样的心灵,为受苦受难的孩童以及妇女带去温暖与希望,她深入受灾第一现场去与她们相守相依。在生命的终点,她说:"最令我开心的不是我在表演中所获得的成就,而是作为一个模范母亲和我在帮助他人这件事情上所获得的幸福感。"

一个仅仅为了自身的发展而贡献所有力量的人,他可能会成为科学家,成为学者,成为发明家,但是一个为了他人的幸福而贡献力量的人却可以成为一个伟大的人,被人们所久久地铭记。青年在面对职业的选择时,只有以自己和他人的幸福为前提才可以收获毕生的幸福。

有人说,发光发热并非太阳的专利,我们自己也可以。在这一重大抉择的时刻,我们只有听从内心最深处的声音,并且追随它的脚步,去做出这一选择,才可以不辜负自己一生的追求。青年时期的马克思,处在贵族阶层,但他毅然放弃了优越的生活,同资产阶级展开了顽强斗争。即使这样的选择使他遭受了被驱逐出境,以及从此以后颠沛流离、食不果腹,但是终其一生他都走在自己所选择的为众多劳苦大众谋利益的道路上,从未动摇。马克思说:"面对我们的灵魂,高尚的人们将洒下热泪。"作为青年的我们,在选择职业的时候,应该以自己及他人的幸福为出发点,在各自的岗位上贡献出最大的力量。

(指导教师:刘海霞)

珍爱亲情 张军杰[*]

　　"子在川上曰:逝者如斯夫! 不舍昼夜。"生如逆旅,一苇以航。时间在悄无声息地流逝,假若时光倒流,我们又能抓得住什么? 逝去的无法挽留,未来的无法掌控,我们唯一能做到的是把每一个平凡的日子过得精彩,善待生命里遇到的每一个人,因为你无法知道明天会发生什么,你是否还能再见到他(她)。

　　"什么叫时间? 英国人卡莱尔说,不可限制的、静静的、从不停息的就是时间。时间具有一维性,不可逆转性,其特点多姿多彩。世间最长莫过于时间,因为人们许多设想来不及实现。等待的人,时间是最慢的;欢乐的人,时间是最快的;它可以扩展到无穷大,也可以分割到无穷小;当时谁都不予以重视,过后谁都表示惋惜;没有它,什么事都做不成;不值得后世纪念的,它让人忘怀;伟大崇高的,它使其永垂不朽。""时间是伟大的发明者。"

　　时间是冷酷无情的,你没法让它回头,你只能眼睁睁看着一些人在你生命里来了又去,或许你连告别都来不及说。面对时间的流逝,我们每个人都横生出一种无力感。

　　树欲静而风不止,子欲养而亲不待。很多人忙碌一生,却不知道自己想要什么,等到最后老了的时候回首才发现亲情的可贵,可岁月不饶人,时间予人以遗憾。"父母在,不远游,游必有方",这句话足以彰显出亲情无比珍重。年少时不懂父母之恩,觉得父亲永远伟岸如山,母亲永远温柔如水,想要急着去寻找自己的诗和远方。可等你真正离开父母,客居他乡的时候,深谙自己的一隅天地远不及思念的泪水。你觉得时间短暂可能是你恍然发现父母鬓角的白发,佝偻的身躯,皮肤松弛而导致的皱纹满面。你感慨时间都去哪了? 它流逝于父母对你深深的思念里,流逝于你永远

---

　　[*] 张军杰,材料学院无机非金属材料工程 16 级 1 班,1601110122。

都没法陪伴父母的时光里。

看过一部关于时间与亲情的电影《门》，它讲述了一位父亲因没有照看好孩子而导致孩子溺水身亡，自此萎靡不振。悲痛欲绝的父亲在五年后意外发现了一扇门，他推开那扇门竟回到了五年前，解救他女儿的故事。影片最后这位父亲看着女儿远去的背影笑着离开了人世。这就告诉我们，任何人都无法改变既定的事实，哪怕你心有遗憾，你也不能打破时间的一维性。影片中父亲因没有好好陪伴孩子导致孩子身亡而身心剧痛，他想回到过去，好好陪伴他的家人，给予他作为父亲、作为丈夫的责任，这无疑是在他醒悟之后所做出的改变，倘若没有那扇门，这位父亲必将抱憾终身。我们现实生活里根本没有那扇门，没有后悔药，谁都不可能回到过去弥补自己的过失。你没有好好爱护自己的家人而当你想爱护的时候，他们却早已不在你身边，这就是时间给你的最大的惩罚。

很多人对时间的流逝满不在乎，甚至在日复一日、年复一年中麻痹了自己，呈现出一副时间还很长的假象。对我们每一个人来说，时间是宝贵的，昨日之日不可留，我们必须珍惜我们所拥有的每一分、每一秒，把时间用在重要的人、重要的事上面，否则，碌碌无为一生终无所获。我们的家人不可能长久地陪伴我们，亲情的可贵之处在于它在你脆弱的时候给予你温暖关怀，我们应该腾出更多的时间来陪伴家人，因为和家人相处的时间有限且弥足珍贵。

每个人都不能控制人生命的长短，身边的朋友会离你而去，家人会离你而去，你也会离这个世界而去。人世间最温暖人心的恐怕只有亲情了，父母是这个世界上最美的存在。但丁曾说："世界上有一种最美丽的声音，那便是母亲的呼唤"，达·芬奇曾说："父爱可以牺牲自己的一切，包括自己的生命。"诚然，父母是世界上我们最宝贵的财富，是任何东西都交换不了的。所以，在我们有限的时间里应好好珍惜和父母相处的日子，陪伴是最长情的告白。或许父母不求你能够有多大的家产，能够给他们多好的生活，但你只要多陪陪他们，他们也许就心满意足了。

"燕子去了，有再来的时候；杨柳枯了，有再青的时候；桃花谢了，有再开的时候。但是，聪明的你告诉我，我们的日子为什么一去不复返呢？——是有人偷了他们罢：那是谁？又藏在何处呢？是他们自己逃走了罢：现在又到了哪里呢？"世间万物都有轮回，但唯独时间不可逆转。你错失的事物都将成为你一生的遗憾。你的父母离你而去时,你痛恨自己没有尽到做子女的孝心,痛恨时光易逝,斯人远去。但你除了叹息还能做什么呢? 生如蜉蝣,渺小且短暂,韶华易逝,能长久陪伴你的人实属不多。

"人生代代无穷已,江月年年只相似。"时间是一条单行且单向的道路,我们每个人都是一个行者。亲情是我们生命组成中不可或缺的一部分,我们应该在有限的时间里多陪伴家人,因为一旦错过,便成遗憾。

（指导教师:王海霞）

实践出真知 满积斌[*]

《实践论》是毛泽东哲学代表著作,是一篇讨论认识与实践的关系的文章。写于1937年7月,作者以马克思主义的认识观点揭露了党内的教条主义和经验主义,特别是教条主义的主观主义错误,并以实践观点为基础,以认识和实践的辩证统一为中心,系统地论述了能动的革命的反映论。它是中国共产党人的正确思想路线、领导方法和工作方法的哲学基础。

它具体地论述了实践及其在认识过程中的地位与作用,强调人类的生产活动能力是最基本的实践活动,它是人们有意识、有目的地改造客观世界的活动。实践活动不是个人的行为,而是社会活动,它必然会受到社会历史条件的制约。实践是认识的来源和推动认识发展的动力,只有人们的社会实践才是人们认识外界真理性的标准。阶级性和实践性是马克思主义哲学的两个最显著的特点。

该著作说明了在实践基础上认识发展的辩证过程,论述了感性认识和理性认识的辩证关系,批判了唯物论和经验论的错误。它还深刻地指出主观和客观相分裂,认识和实践相脱离,是"左""右"倾错误的认识论根源。人类认识发展的全过程是实践、认识、再实践、再认识,这种形式循环往复以至无穷,而实践和认识的每一次循环的内容,都进到了更高一级阶段的程度。

认识与实践有着密切的联系。我们讲知行一致同样需要建立在认识的基础上,而实践在认识的整个过程中起着不可或缺的作用。首先,认识来源于实践,在实践过程中人们通过自身的感官得出事物的各种表现,各种片面的以及事物的外部联系,即对事物的感性认识。其次,随着社会实践的继续,人们抓住了事物的本质,整体的以及事物的内部联系,感性认识达成飞跃成为理性认识。再次,"认识有待于深

* 满积斌,材料学院材控成型及控制工程16级1班,1601050120。

化,认识的感性阶段有待于发展到理性阶段",认识的飞跃是绝对不能离开实践的,认识的不断深化无不基于实践这一基础。无产阶级对于资本主义的认识,中国人民对于帝国主义的认识,以及战争的领导者对于战争的认识等等皆是如此。

我们可以理解到实践固然重要,但实践不是一切。在不断的实践和探索中我们通过接受外部信息,通过主动观察,即感性认识,这是不自觉完成的。如果我们掌握了足够的资料并对其加以整理、归纳和总结,便会得到事物之间的本质的、必然的、稳定的联系,即规律。形成了对规律的认识,这才到了理论层面,而理论还需要经过实践的检验。正如没有理论指导的实践是盲目的实践一样,没有经过实践检验的理论不一定是正确的理论。马克思主义认为,实践是检验真理的唯一标准。只有被实践证明了是正确的理论才可以推广应用。

但是,事物是不断发展的,因为运动是事物存在的方式。在物质的运动中,矛盾不断推动着事物之间的联系发生变化,从而使事物联系的形式、现象更加趋于复杂。经历了实践检验的理论还需要经得起时间的检验,这时实践的主体和客体已经发生变化,在不断地检验中,理论也就不断地完善和发展。因此,我们不难发现实践论在世界观上的重要性。而认识世界的目的在于改造世界。所以,实践论还有其重大的方法论意义。在毛泽东看来,认识开始于实践,认识又有待于深化,从感性认识达到理性认识的阶段,实现质的飞跃。坚持从实际出发,是毛泽东极为突出的特点。其实我们不难发现《实践论》中所阐述的观点和马克思主义的认识论是完全统一的。

《实践论》是马克思列宁主义普遍真理与中国革命实践经验相结合的丰富经验的哲学概括和总结。中国共产党人之所以能实现由"两个凡是"到实事求是的转变,由以阶级斗争为纲到以经济建设为中心的转变以及由僵化封闭到改革开放重大决策的转变,实现思想路线、政治路线和经济发展方针的拨乱反正,创立社会主义初级阶段理论,并最终探索出中国特色社会主义道路,开创中国特色社会主义新局面,《实践论》起着不可或缺的决定性作用。

《实践论》与时俱进的核心精神为中国特色社会主义理论的形成与发展奠定了基础。马克思主义中国化的实质是马克思主义基本原理与中国实际不断结合的长期的历史过程,每一次结合的提出与实施都是围绕当代中国的重大历史课题开展的。《实践论》是毛泽东在坚持马克思主义与时俱进的理论品质的基础上,结合当时中国所处的反帝反封建的复杂的时代背景下,探求中华民族解放与发展道路的理论成果,它创造了马克思主义中国化的全新境界,推进了马克思主义在中国与时俱进的民族化与时代化。

秉承《实践论》实事求是的核心理念与马克思主义中国化与时俱进的本质精神,在领导党和中国人民进行社会主义现代化建设的伟大实践中创立了邓小平理论,开创了中国特色社会主义理论体系,开辟了建设中国特色社会主义的新道路。《实践论》在强调马克思主义在中国的民族化的同时,突出了马克思主义在中国的时代化的重要性,成为中国共产党人制定中国特色社会主义理论体系的指导原则,是整个中国特色社会主义理论体系的内在精神,更是这一系列方针政策能够顺利推进社会主义现代化建设累累硕果向前迈进的根本动因。

马克思主义群众观强调,人民群众是历史的创造者,是人类社会实践的主体。无产阶级政党必须一切为了人民群众,一切依靠人民群众,党与人民群众的联系是血肉联系,正是对马克思主义群众观的坚持。毛泽东在写作《实践论》时十分注重理论的大众化,着眼于解决广大人民群众的生存和发展的问题。正是从中国人民的根本利益出发,毛泽东顶住了来自苏联共产国际的压力,克服党内教条主义的错误,在实践中探索出了符合中国革命的成功道路和社会主义制度的最终建立。中国共产党的每一代领导集体对实践的探索都与人民的利益紧密结合在一起,实践并发扬了中国共产党人一切为了人民群众根本利益的群众路线,这是中国特色社会主义建设前进的最大动因。

(指导老师:刘海霞)

读《青年在选择职业时的考虑》有感 赵永吉[*]

新时代大学生读马列经典感悟集

真理的力量

ZHENLI DE LILIANG

　　满怀着激动的心情阅读了这篇竟彻底改变我人生观、价值观的文学经典巨作——《青年在选择职业时的考虑》。在阅读文章的过程中，我一直思考着一个问题：当年的卡尔·马克思为何会写下这篇文章，且思想境界如此之高——选择为人民服务的职业。我反复品读文章，受益匪浅，提炼其精髓，表现在以下六个方面：

一、人与动物的区别开篇

　　从母亲怀胎十月到我们呱呱坠地，从懵懂的幼儿到叛逆的少年，从不经世事的大学生到久经沙场的职业老手，再从鳏寡老人到一抔黄土，每个阶段都在同一个时空——活动范围内循环着。活动范围限制动物和人，让他们安分地生活在自己的小范围而不考虑其他范围的存在。而人与所谓高尚的神却具有动物不具备的达到目标的优越选择，这或许会毁灭一个人的一生，破坏一切预算而身陷深渊。而选择的考虑可以打破侥幸的存在让人具有责任感，这样在这个"小范围"内才不会孤单。

二、真正的目标与热情的区别阐述

　　看看眼前的繁华，每个人的内心都是狂热的。但这种狂热是一种激励，同时伴随着的也是一阵不留痕迹的热风——迷误、自欺。内心深处的喘息是迎合着你的呼吸，抑或让你气喘吁吁、甚至窒息，无疑是这喘息的"节奏"是不是自己所认清的本源——最深刻的信念。这信念不是油然而生的幻想，不是激动起来的感情，更不是眼前的浮想联翩。一个人的目标至少不能让自己感到厌恶，发自内心的崇拜和敬意才是真正目标的归宿。至少，它是伟大的！

---

* 赵永吉，机电工程学院机械设计制造及自动化 16 级 5 班，1602010510。

三、如何做到真正的光辉而非虚荣心

伟大的存在之所以垂范百世，那是因为光辉的照耀。正如曼德拉在《漫漫自由路》中所分享的："生命中最伟大的光辉不在于永不坠落，而是坠落后总能再度升起。我欣赏这种有弹性的生命状态，快乐的经历风雨，笑对人生。"诚然，在光辉的照耀下却让这暗斑——虚荣心悄然降临。决不能被虚荣心弄得鬼迷心窍，让理智无法支配它。毛姆说："你要克服的是你的虚荣心，是你的炫耀欲，你要对付的是你的时刻想要冲出来想要出风头的小聪明。"是的，虚荣如杀手，有朝一日会败露行迹，无疑它会让你我汗颜。同时，更不让偶然的机会和幻想去决定你要的伟大，以求获得自己的宽恕。如菲尔丁所说："虚荣使我们装扮成不是我们本来的面目以赢得别人的赞许，虚伪却鼓动我们把我们的罪恶用美德的外表掩盖起来，企图避免别人的责备。"

四、自身的限制及如何解决

一个人，就这一生，无论是精彩还是暗淡，都是独一无二的。挥写的一张白纸无论是华章还是陋文，都是你选择努力的结果。正所谓"吾日三省吾身"，人要时刻给自己定位，这样才能找准自己的位置。孙中山先生说过："人能尽其才则百事兴。"是啊，如果没有发挥自己的优势，这份工作注定不会长久。我国当代著名的数学家陈景润曾在中学教书，却只是一个蹩脚的数学教师，如果后来没有把他调入中国科学院数学研究所，他不可能摘到数学王冠上的钻石——哥德巴赫猜想。美国政治家富兰克林曾说："宝贝放错地方便成为废物。"这给我们一个启示：要使自己的价值得到体现，就要发挥自己的优势。一个人的优势若能发挥到极致，那他的人生价值就会得到实现。

人各有其才华，但也各有不足。若不胜"酒力"，便会走入死胡同，独自忧愁。正如马克思所言："妄自菲薄是一条毒蛇，它永远啮噬着我们的心灵，吮吸着其中滋润生命的血液，注入厌世和绝望的毒液。"

五、意念结合社会的时代价值

"在选择职业时，应该遵循的主要指针是人类的幸福与我们自身的完美。"诚然，人各有向往的事物，每每想起则兴奋不已。向往的事物在为它劳动时，你就不会战

战兢兢,更不会畏首畏尾。前提是为人民谋福利,在这里不存在矛盾,"人们只有为同时代人的完美、为他们的幸福而工作,才能使自己也达到完美"。

六、为人民服务为时代宗旨

马克思言,"如果一个人只为自己劳动,他也许能够成为著名学者、大哲人、卓越诗人,然而他永远不能成为完美无瑕的伟大人物。"为人民的存在而存在是永恒的。正如时代楷模雷锋所说,"人的生命是有限的,可是,为人民服务是无限的,我要把有限的生命,投入到无限的为人民服务之中去。"

读完《青年在选择职业时的考虑》这篇时代"天骄",其中让我感想最多的就是以人与动物的区别开篇,通过所谓的人与神的"高尚"而提出人类在选择职业时要做到冷静的研究,认清所选择的职业的全部分量,了解它的困难之后毅然决定选择这份职业才是正确的观点。期间又以热情、自欺、虚荣心、幻想对比说明我们需要外界的帮助来阐述他的观点,将观点再次清晰化、层次化。

从中我深刻地感触到:在此时此刻,身为大学生我的处境又何尝不是在这"选择"的风口浪尖上呢!

怀着"在选择之前我又能做些什么呢?"的问题我又读了一遍这篇巨著。在我的大学四年期间,如何做才能在我毕业之际有能力让我的意念结合社会,为人民服务呢? 我要如何度过才不负我的青春年华? 当然,卡尔·马克思并没有从字里行间进行直接的阐述,但从他对职业选择的阐述上我确对我的疑问有了答案。

大学的四年充满着变数,有的人不甘平凡但又整天在宿舍以打游戏度日,难道这是他们想要的生活吗? 我想并不是。曾经在一次科技比赛中和几位志向相投的选手座谈未来的自己,说着说着其中一人用颤抖的叹气声说道:"当我每天晚上熄灯后躺在床上,不知明天要干嘛的时候,我感到无比的恐惧,眼前深不见底的黑夜快要把我吞没。"而另一友说,"真正的恐惧不是其他,而是当你不知你为何会存在在这里时,那才叫真正的恐惧。"当听到这几句不曾经历过的感触时,我不由地打了一个寒战。当晚,我彻夜难眠,眨巴着眼睛一直到天亮,我的确感受到了恐惧、无助,甚至,在脑子里依稀还出现了自己死后那插着几支枯草的荒凉的坟墓景象。我不要这样不留痕迹地活下去,我该怎么办?

读完《青年在选择职业时的考虑》后,我暗自欣喜,因为所谓的"恐惧"在我的身上快要消失了！我知道怎么解决了，我们要对自己有"冷静的研究"，准确的定位。黑夜的迷茫何尝不是卡尔·马克思所说的"热情""自欺""虚荣心""幻想"呢！内心的恐惧又何尝不是"当自己选择在社会上的地位时，而听从偶然机会和幻想去决定它"的呢！

正如卡尔·马克思在文章的最后得出的结论："如果我们选择了最能为人类福利而劳动的职业，那么，重担就不会把我们压倒，因为这是对大家而献身；那时我们所感到的就不是可怜的、有限的、自私的乐趣，我们的幸福将属于千百万人，我们的事业将默默地、但是永恒发挥作用地存在下去，面对我们的骨灰，高尚的人们将洒下热泪。"

而我们——当代大学生将如何"撕开"黑夜，让晨光引领自己，冲破恐惧的束缚呢？就目前的趋势而言，并不是每个人都知道答案。但，此时此刻，我们何不摸着胸膛问问自己，又有什么"选择"比为人类创造福利更加神圣呢？我们何不活出精彩，因为精彩的人生不是为了自己去塑造，而是为了全人类的幸福去挥写。

（指导教师：刘海霞）

再读《青年在选择职业时的考虑》 刘婷婷[*]

新时代大学生读马列经典感悟集

真理的力量
ZHENLI DE LILIANG

再读《青年在选择职业时的考虑》这篇文章，马克思对于青年选择职业时给出的建议，给予我们很多启发。马克思指出，人能"在社会上选择一个最适合于他、最能使他和社会都得到提高的地位"，从而使"人类和他自己趋于高尚"是人类超于其他生物最根本的一点。青年首要注意的一点就是要认真地思虑这种选择。青年应该如何理智地衡量这一选择？马克思进行了更进一步的思考，更进一步地突出了信念的重要性。为了确认这一转瞬而生的信念，我们需认真地考量，所选职业是否符合我们心中的想法而非虚荣心。

虚荣心会蒙蔽我们的视野。一个足以夸耀的职业，未必是适合我们并长久从事的职业。《论语·述而》有："饭疏食，饮水，曲肱而枕之，乐亦在其中矣。不义而富且贵，于我如浮云。"从择业的方向着想，只求无愧我心，要从实际出发，求应然之事。只有这样才能选择出自己真正想要的职业。这时，我们的目光应投向我们的家人——有着丰富人生阅历的父母。

当我们深刻领会了一个职业，认清它的艰苦，却依旧爱它，对它不离不弃时，我们应果断选择它，因为那才是我们内心想要的职业。我们生活的社会，只赐予了我们一部分的择业自由，而这一自由包含的领域，在我们选择前就该确立好。

记得高中教材上有马克思的《青年在选择职业时的考虑(节选)》这篇文章，由于那会儿这篇文章不是学习的重点，老师就没讲，再加上那时课程较多，本身也没怎么仔细看它。本科时期会思量这个疑难，可都是一些"不切实际"的设想。现在作为一名研一新生，又有机会再次接触这篇文章，才对今后的职业选择有了一些初步的构想。

---

* 刘婷婷，马克思主义学院马克思主义中国化研究 17 级，172030503005。

该文是马克思在 1835 年秋天写的。那时,马克思面临着升学和就业的两难问题,面对种种具体的职业,马克思认为这些都是从自身利益出发,把个人幸福作为选择职业的标准。因此,他并没有选择任何一种具体职业,而是在为人类幸福的基础上加以考虑。

他谈到青年必须意识到筹划职业的重要性,选择职业必须综合各类不确定因素以及确定自身在职业选择时的方向。

马克思在阐述职业选择原则时,主要包含三大成分:个人喜好、身体条件和自身能力。在个人喜好中,虚荣心容易让人产生错误的想法,觉得自己是受到了鼓舞后才做出的选择,可是事实不是这样,"鼓舞"的背后是虚荣心在作祟。面对这种情况,我们要冷静地看待,文中提到,若是我们通过冷静沉着地分析,认清所选择职业的全部分量之后,我们仍然爱它,这才是我们应该选择的职业。在身体条件中,马克思坚持青年应依照体质的承受力而选择职业,要量力而行。在个人能力中,马克思谈到青年应该正确地认识自己的能力,不能盲目地眼高手低,在这个基础上选择职业。在马克思看来,对这三个成分的重视是我们必须依照的要领。

在第二部分中马克思谈论了青年该选择怎样的职业。他认为,在选择职业时必须从实际出发,清醒地考虑到自身的实际状况。只有把抱负和实际想法与行动密切联结起来的职业,才是一个有为的青年所寻求的。如此选择的职业,才能发挥自己的才能,对人类社会奉献自己的一份力量。马克思在文中提到,"如果我们选择了最能为人类福利而劳动的职业,那么,重担就不能把我们压倒,因为这是为大家而献身;那时我们所感到的就不是可怜的、有限的、自私的乐趣,我们的幸福将属于千百万人,我们的事业将默默地、但是永恒发挥作用地存在下去,面对我们的骨灰,高尚的人们将洒下热泪"。马克思认为,以人类的幸福为奋斗目标是青年在选择职业时理当依照的原则,以此为依据选择的职业,才是最崇高的职业,从事这样事业的人才是最高贵的人,才是人们最敬仰的人。马克思把小我和大我紧密联系在一起,把从事的职业与这样的事业联系在一起。他的伟大理想,用其一生艰苦卓绝的实践,全身心地投入到为无产阶级的解放事业当中去,把自己的职业、生命、一生和幸福都献给了人类最伟大的事业——为全人类的解放而斗争! 在这一方面,马克思主要提出了选择有尊严的职业、深信其正确的职业选择能使我们终身受益。

　　再读《青年在选择职业时的考虑》，很难让人相信这是一个十七岁中学生写的一篇论文。仔细阅读之后，我被深深地震撼，这源于我们对其理想对其行为的心悦诚服。马克思在中学时代就已经萌发了为全人类的幸福而奋斗的理想，这也让我们不会好奇他会成为一代伟人！作为新一代的研究生，或许我们不必立志为全人类的幸福而奋斗，但是我们首先应该明确自己的人生观、价值观与世界观，只有这样才能在各种意识洪流中坚守属于自己的一方天地，才能在形形色色的诱惑下坚持原则。也只有如此，我们才能在校园时就做好自己的职业生涯规划，才能在面对日后的择业问题上有自己正确的方向，才能让自己在迷茫的深渊前保持清醒，选择一个真正适合自己的职业。

（指导教师：李明珠）

时间·亲情·珍视 吕士涛[*]

金秋十月,银杏也到达了它最辉煌的时刻,向世界"放肆"地展示着自己的美。"况阳春召我以烟景,大块假我以文章",古人便有如此感叹,更何况正当青年的我们呢!太阳从金黄的银杏叶间投射下来的点点光斑落在我们的马克思主义经典著作上,此刻的我们站在银杏林下,诵读马克思主义经典著作,体会着马克思这位世纪伟人的思想,他的思想对世界、对我们的祖国都有无法言说的意义。这次马克思主义经典诵读活动用一种不同于传统教学的方式激发我们对马克思主义的兴趣,用诵读来促使我们学习马克思主义,使我们对马克思主义体会更深。

马克思认为:"我们在选择职业时应该遵循的主要方针是人类的幸福和我们自身的完美。"青年马克思就选择了将一生的时间奉献给了人类,而不是自己的前途。马克思将自己的时间用到了需要他的地方,用自己有限的一生对世界做出了最大的贡献,他的一生是有意义的。尽管我们只是平凡人,我们也应该尽力向马克思靠近,认识到时间的一维性从而将自己的时间用到正确的地方上。

"树欲静而风不止,子欲养而亲不待。"在时间的一维性面前亲情显得无力,时间把父母变得苍老,有时候我们却浑然不知,假如当时能拉回流逝的时间,就应该狠狠地教育那个时候的自己去珍惜亲情,珍惜自己父母尚年轻的时间。当我们发现时却无力把时间拉回到那个父母年轻而我尚未意识到的时间,"它"正在剥夺我珍惜亲情的权利。

人一出生第一次接触的就是亲情,甚至亲情在你没有出生的时候就已经存在了,妈妈的十月怀胎,爸爸对妈妈的照料,或许还会有你的姐姐或者哥哥对你的期待,亲情在我们还没到来之前悄然而至,并伴随我们一生,等到我们告别这个世界后

---

* 吕士涛,土木工程学院土木工程 16 级 3 班,1606300344。

或许亲情仍然会流淌,默默延续。

人是一定会和世界产生关系的,我们会有老师、同学、朋友、同事、恋人,和他们产生的感情又如何不是亲情呢? 有了亲情,黑暗的道路会有人陪你一起走,给你照亮前进的道路;有了亲情,寒冷的冬天也能感到温暖;有了亲情,哪怕现在是"山重水复疑无路",将来定然会"柳暗花明又一村"。但总有人不珍惜亲情,把父母的苦口婆心当作有敌意的管教,把朋友的建议当作对自己的看不惯,把领导的鞭策当作别有用心。时间不会给你后悔的机会来追回丢失的亲情,时间只有一个方向就是不知疲倦地向未来奔去。

亲情流淌在时间的长河里,有的人十分珍惜,使得这条河流清澈见底,温柔细腻;亲情流淌在时间的长河里,有的人不重视亲情,任由亲情随着时间慢慢消逝;亲情流淌在时间的长河里,会越来越浓厚还是越来越平淡,取决于你自己。

时间教会了我们很多东西,年少时血气方刚,眼中的世界非黑即白,把鲁莽当作所谓的耿直,在别人眼里都是个笑话。时间慢慢地告诉我们要学会容忍,同时也只有时间会证明对错,只有匹夫会争一时之勇。最近"佛系"这个词也很流行,我想说的也就是这个道理吧!

曾经的一首《时间都去哪了》唱得许多人不禁思考自己的时间到哪去了。对于时间的去处朱自清先生有着自己的思考,"燕子去了,有再来的时候;杨柳枯了,有再青的时候;桃花谢了,有再开的时候。但是,聪明的,你告诉我,我们的日子为什么一去不复返呢? ——是有人偷了他们罢:那是谁? 又藏在何处呢? 是他们自己逃走了罢:现在又到了哪里呢?"时间向来是看不到摸不着的,我认为时间是没有它的去处的,只有当你意识到它的重要时它才会存在,当你不注意时它又会溜到别人身边去。时间总在不经意间就溜走了,许多的时间都不知道用到了哪里,很多人都在叹息时间去哪里了,殊不知道时间就在自己的指间溜走了。

当我们真正懂得时间去了哪里的时候,才发现原来时间都是在自己不经意间浪费的,不要怪时间给我们的太少,时间对每个人都是一样的,不会偏向任何人。时间是最公平的,只能怪自己当初的轻狂不懂珍惜时间,从懵懂到叛逆,从叛逆到成熟再到理解,可惜到理解时间珍贵的时候,时间已经回不去了,才知道先辈留下的名言都是对的,"一寸光阴一寸金,寸金难买寸光阴"。

自古以来时间被人们比喻成各种事物,例如白驹、离弦的箭,但我认为时间是个"小偷",偷走了我们小时候的单纯、天真;偷走了我们的童年、青年、中年,甚至整个生命;但同时时间也是最伟大的检察官,他会把所有我们不知对错的东西给出最正确的答案,或许不是立刻,但时间永远不会辜负任何一个好人,也不会放过一个坏人。

　　珍惜剩下的时间,不要让我们留下任何的遗憾,因为时间不会给我们再来一次的机会。有人说,没有人陪你走一辈子,所以你要适应孤独;没有人会帮你一辈子,所以你要自己奋斗。但我想说时间会陪伴我们一辈子,时间陪伴我们走过我们的人生,匆匆向前走,不由得你留在原地或怅然地追悔过去。

(指导老师:王海霞)

心得篇

给马克思先生的一封信 王 娟*

——新时代大学生读马列经典感悟集

真理的力量

ZHENLI DE LILIANG

敬爱的马克思先生：

您好！

此刻，我很意外自己执笔向您写信的举动，以前从未想过，此刻的我感到激动且荣幸。以前，我一直认为马克思主义离我的生活非常遥远。第一次接触马克思主义是在高中的政治课上，那时我并没有觉得马克思主义有多么重要，甚至无法理解为什么会有那么多的人尊崇您，追随您！进入大学后，我学习了《马克思主义基本原理概论》，也许是因为随着年龄的增长，心智逐渐成熟，我对您的各种理论和见解的看法也改变了。

曾有人说："理想，是人们在实践中形成的具有实现可能性的对未来的向往和追求，是人们的政治立场和世界观在奋斗目标上的集中体现。简单地说，理想就是人们对未来的一种美好憧憬，对明天的一种良好愿望。理想是人的目标，是一个人前进的方向和动力，也是一个人的灵魂所在。理想对一个人非常重要，人一定要有自己的理想，要有自己的奋斗目标，人没有了理想就如同行尸走肉，生命也就没有了意义。"而作为一名当代大学生，更应该有自己的理想。您，也有着自己的理想，并且已将它实现。实现共产主义社会，实现人的全面发展是您的理想。尽管生活在那个条件恶劣、食不果腹的年代，但您从未自暴自弃，因为您坚信，在科学上没有平坦的大道，只有不畏劳苦沿着陡峭山路攀登的人才有希望到达光辉的顶点。凭着这一信念，您做到了。为了创造更多的理论成就，您耗尽了毕生精力，抛撒满腔热情于革命实践当中。

对于您的了解，我也只能说略知一二。在老师向我们讲解了一些您的生平后，

---

* 王娟，经济管理学院市场营销 16 级 1 班，1610380137。

对您甚是佩服！其中印象最深的是放映了由九〇后为您创作的 MV《马克思是个九〇后》，其中的歌词"不为了权不为了钱，但是为了信仰我们一往无前，Cause we both wont give up till wedie，像叶孤舟行在山丘，那样的为真理斗争，像他一样嫉恶如仇，像他一样不屑权谋"，是的，您就是这样，为了追求真理，从未害怕胆怯退缩过。这看似被娱乐化的您，也许给我们的最重要的启示不在于沉寂许久的马克思的幽灵在中国青年一代中的重新复活，而在于青年一代如何以极具形式感的表达来言说自己的政治诉求和主体经验。通过观看这个 MV，对《马克思主义基本原理概论》这门课产生了更多的兴趣，对您的事迹也有了更多的好奇。

您是站在前人肩膀上的哲学大师，凭着严谨的治学态度，严密的思维方式，创造了一部部不朽的经典。您渊博的知识，敏锐的眼光，高远的境界，不迷信于理论权威，不禁令我肃然起敬。您对社会现象本质的认识和精辟的分析，至今无人能敌，对社会的发展有着深远的影响。从十一届三中全会到十九大，从一次历史跨越到另一次历史跨越，从过去到现在，从现在到将来，无不贯穿于您的思想体系，您似乎是对未来有先见之明，您的思想，您的预见，都令我感到震惊。

目前，对您的著作了解并不广泛。您写于 1835 年 8 月 12 日的《青年在选择职业时的考虑》，我感触颇深。其中有句话"在选择职业时，我们应该遵循的主要指针是人类的幸福和我们自身的完美"，是的，作为一名大学生，也是社会的一员，我们不能自私到只考虑自身的利益，社会的进步、国家的发展是需要我们每一个社会成员都做出努力的。如果我们都只考虑自身的利益，一个国家不可能发展，甚至更加落后。如果我们都少一点顾及自我，多考虑大家，我想社会的进步、国家的发展指日可待。

致敬马克思

仰慕，您浩瀚渊博的知识

仰慕，您对未知世界的预见

佩服，您永不退缩的信仰

佩服，您永不言败的坚持

追求真理之路

孤独无助，困难重重

您所承受的

不敢想

此致

敬礼

一名青年大学生：王娟

2017 年 12 月 15 日

（指导教师：刘海霞）

当马克思穿越到 21 世纪 王子健*

马克思,全世界最伟大的革命家、思想家,被誉为"千年伟人",他所做的贡献比高斯、爱因斯坦、达尔文、托尔斯泰等无数伟人的贡献都要多得多!如果这样一位伟人出现在 21 世纪,会发生一些什么样有趣的故事呢?

众所周知,21 世纪是信息技术高速发展的时代。网络成为人与人之间联结的纽带,微博、微信推送着这世界发生的一切,走在大街上,每个人都捧着手机盯着屏幕看这个世界。不得不说,这是悲哀的,手机电脑束缚了我们的思维,让我们变得像个毫无思想的傻子。当马克思看到这个时代折射出来的现象时,是会哀声一叹,还是会莞尔一笑?

从 1917 年俄国爆发十月革命创建了第一个社会主义国家到现在具有中国特色社会主义的中国,马克思是否还会觉得共产主义是人类的最终目标? 还是社会主义已经足够好,可以满足人类的一切需求了呢?

这些我们都不得而知,只有通过聆听马克思内心的独白和不朽的著作,慢慢琢磨其深刻的思想,才能寻找到人类发展的奥秘。

学习了马克思主义原理概论,我知道了马克思的两个重大发现——唯物史观和剩余价值学说。唯物史观叙述了人类历史的进程,原始社会、奴隶社会、封建社会、资本主义社会、社会主义社会、共产主义社会……21世纪,全球以美国为首的资本主义国家占大多数,以中国为首的社会主义国家占少数。两种社会并存,虽然有诸多矛盾,可是大体世界还是和平的。但是,美国等资本主义国家比社会主义国家经济的发展快得多,人民生活水平更高,难道说人类文明倒退了,马克思的唯物史观是错误的? 还是说资本主义社会是人类文明的巅峰是事实?

---

* 王子健,石油化工学院环境工程 16 级 1 班,1603180132。

　　我想当马克思穿越到 21 世纪,他会狠狠批判资本主义国家……回到上面的问题,为什么资本主义国家比社会主义国家发展得更迅速? 存活了几百年的资本主义国家与刚起步的社会主义国家相比,它有太多的优势。不必过多解释学术性的问题,我们来研究一下如果马克思处在 21 世纪,他会怎么样? 我的想法大抵有两种情况:一是马克思会变成一个亿万富翁;二是马克思还是不苟言笑的学者。

　　"金钱是万能的",现代人无不渴望着钱,我们从小被要求努力学习,不就是为了长大后有个好工作,然后可以拿高工资吗? 从三岁小孩到百岁老人,罕有不喜欢钱的,所以,就不难理解马克思是个亿万富翁了。马克思就跟大明星一样,他的著作全世界的出版社都想出版,然后他各地巡回演讲,到处传播自己的思想,慢慢地,他的思想变质了,他俨然成为行尸走肉。由此一系列悲剧发生了,人类纷纷效仿马克思……最终社会混沌不堪,所积累的一切文明都毁于一旦。

　　相反的,对于另一种情况,马克思还是那个不忘初心、不为名利的伟人。他就像一个隐于世外的高人,思考着人类前进的方向,指导着人民如何过得富裕。但是马克思不会像两百年前一样,自己的思想不被人们所接纳,现在的马克思,他的思想字字如金。因为对人类发展有着强烈热爱之心,所以他把金钱荣辱置之度外,一心一意地完成自己的著作,把幸福带给全世界的人。

　　这就是处在 21 世纪的马克思,两种不同的观点,形成了两种不同的世界,马克思的思想可以造福于全人类,也可以把全世界毁灭。

　　现代人,总是把想法寄托于他人的思想上。或许真的是人类文明倒退了,我不敢假设,只是陈述事实而已。与其琢磨过去人的思想,把他们的著作当成宝贝,倒不如另辟蹊径,从中得到启发,开辟出属于自己的思想。我希望未来的某一天我们每个人都是马克思,都有自己独特的思想,并且我们的思想比马克思还要先进,那么我想这个世界会是一番崭新的模样!

（指导老师:刘海霞）

对《改造我们的学习》的思考 李世春[*]

心得篇

在中国共产党承担起领导中国革命的重任后,由于对马克思主义理论的教条主义理解,革命曾遭遇了失败。为了使马克思主义更加契合中国革命的发展,毛泽东同志提出要反对主观主义,提倡马克思主义,并为此在 1941 年写了《改造我们的学习》一文,提出很多精辟观点,不论是对于当时中国问题的解决,还是当代中国的发展,都具有重要的意义。

在《改造我们的学习》这篇文章的开头,毛泽东就主张要改造我们党的学习方法和学习制度,而这一主张的提出,也是毛泽东根据党成立二十年来的各种状况而指出的。在中国共产党成立至文章发表的二十年以来,虽然中国共产党一直在学习马克思主义理论,但由于对国情的认识不足,便产生了一些错误的认识,中国共产党还不能很好地把马克思主义理论创造性地运用于中国革命实际当中,只在乎马克思主义所包含的内容,而对理论与实际结合思考不够,给革命带来了损失。要实现理论和实际相统一,必须要树立正确的学风、作风,教育全党真正树立把马克思主义的真理同中国革命的具体实际相结合的革命作风和学风。毛泽东的《改造我们的学习》,就是向全党发出的号召。

要完成学习和改造,必须要回顾中国历史,根据具体历史情况,总结经验,提出问题。毛泽东回顾了中国共产党成立二十年,在理论与实践相结合方面所取得的进步,同时对马克思主义真理在我党幼年时期的肤浅认识,有了更加深刻、更加丰富的了解和研究,并在历史发展进程的实践中把马克思列宁主义的普遍真理和中国革命的具体实际结合起来,毛泽东由此提出:"把马克思列宁主义思想的普遍真理和中国革命的具体实践相结合,中国革命就会焕然一新。"

---

* 李世春,材料学院高分子材料与工程 16 级 1 班,1601100154。

在中国共产党发展过程中，毛泽东提出了我党存在的三大主要缺点，即不注重研究现状、不注重研究历史、不注重马克思主义的运用，通过认真研究分析指出，这三大缺点都是极坏的作风，且这三个极坏作风均直接违背了马克思主义理论与实际相结合的原则，同时也违背了马克思主义基本原理，所以要尽可能地做到理论和实际相统一。为了反复说明这个问题，毛泽东在这篇文章中将两种相互对立的态度，即主观主义的态度和马克思主义的态度进行了对比。对于第一种主观主义的态度，毛泽东认为"马克思、恩格斯、列宁和斯大林教导我们，应当从客观存在着的实际事物出发，从其中引出规律，作为我们行动的向导"，而在第二种马克思主义的态度上就要对马克思主义的理论和方法进行应用，对周围环境做出系统的、周密的调查和研究，毛泽东引用了斯大林的话，"把革命气概和实际精神结合起来"，也就是他在文章中所提出的，"在这种状态下就要有目的地去研究马克思列宁主义的理论，要使马克思列宁主义的理论和中国革命的实际运动相结合起来，是为着解决中国革命的理论问题和策略问题，而去从它找立场，找观点，找方法的"。毛泽东在文章中对这两种态度做出了鲜明的对比，更是从根本上分析了中国共产党内部的问题。

在文章的最后，毛泽东根据自己对全党作风、学风的分析和态度，对改造学习的问题提出了自己的三个提议。第一，向全党提出系统的、周密的研究周围环境的任务；第二，对于近百年的中国史，应聚集人才，分工合作地去做，克服无组织的状态；第三，对于在职干部的教育和干部学校的教育，应确立以研究中国革命实际问题为中心，以马克思主义基本原理为指导的方针，废除静止地、孤立地研究马克思主义的方法。正是因为毛泽东同志对如何对待马克思主义、如何正确处理理论与实践的关系，提出了正确的原则和方法，使党的作风、学风得到改造，全党同志的认识水平得到提高，团结力、战斗力增强，革命回到了正确轨道上，中国共产党才能在当时极其艰苦的条件下，领导人民取得新民主主义革命的胜利，在1949年成立新中国。

《改造我们的学习》这篇文章，不仅对当时条件下的中国共产党科学对待马克思主义，实现全党思想的统一有重要作用，对于当代中国的发展，也有不可或缺的重要意义。当代中国需要从富起来走向强起来，作为领导者的中国共产党必须要保持思想、作风上的先进性，为此，必须要继续坚持毛泽东同志在《改造我们的学习》中提出的原则和方法。联系我们自己，《改造我们的学习》这篇文章，对我们当代青年大学生也具有重要的启示。

首先，当代青年大学生要坚定自己的马克思主义信念。在《改造我们的学习》中，毛泽东同志将主观主义和马克思主义两种学风、态度方法和思想做出了鲜明的对比，经过一系列的分析，明确了马克思主义的学风、态度方法和思想路线的正确性和科学性。坚持学习和研究马克思主义理论，并将其与中国实际结合起来，解决我们国家建设和发展中遇到的实际问题，从而实现我们中华民族的伟大复兴，是我们的正确选择。对当代青年大学生来说，有责任有义务为中国发展而努力，我们肩负着实现中华民族伟大复兴的光荣使命，坚定自己的马克思主义信念，树立正确的人生观、价值观和世界观，提升自身的修养，增强对世界的认知能力，才能在自己的实践活动中，科学认识问题、处理问题，为国家发展做贡献。

其次，大学生要做到实事求是，树立正确的学风和作风。实事求是，是毛泽东根据马克思主义思想原理为中国共产党发展所规定的思想路线，也是毛泽东思想的精髓，他强调对于马克思主义理论必须要认真学习，但不能把马克思主义理论单纯地当作教条，学习的目的在于运用，所以要努力学习并运用马克思主义解决问题。在《改造我们的学习》一文中，实事求是是理论和实际统一的作风。"实事求是"也是当代青年大学生不可或缺的一个重要品质，求知求实就需要根据实际情况，踏踏实实地求索真相，正所谓"知之为知之，不知为不知，是知也"。对当代青年大学生来说，不仅在学习中要倡导实事求是的严谨学风，还要大力弘扬踏实做事、诚信做人的行为作风。

最后，当代青年大学生要始终坚持理论结合实际的原则。作为当代青年大学生，面对历史赋予我们的重任，我们不仅要认识到《改造我们的学习》中理论联系实际原则的重要性，注重理论知识的学习，更好地联系实际，还要将其较好地运用到实际生活中去，更好地为社会服务，为国家发展做出自己最大的努力。

（指导教师：王海霞）

《在马克思墓前的讲话》读后感 周 洲*

　　马克思,马克思主义的创始人,第一国际的组织者和领导者,全世界无产阶级和劳动人民的伟大导师,被评为20世纪影响世界最深的人之一。马克思的一生是伟大的一生,他和恩格斯共同创立的马克思主义学说成为指导全世界劳动人民为实现社会主义和共产主义伟大理想而进行斗争的理论武器和行动指南。这样一位伟人,却在1883年3月14日永远离开了我们。

　　1883年3月14日下午两点三刻,马克思与世长辞。好友恩格斯在悼词上说:"我敢大胆地说,他可能有过许多敌人,但未必有一个私敌。"诚然,马克思的敌人都是那些"资产阶级",他们为了自身的利益而对马克思发表攻击型的言论,马克思不到万不得已坚决不会同这些既得利益者争论。马克思以他博大的胸襟感染了无数有志之士,然而就是这样一位伟人永远地离开了我们。

　　马克思不是只看见地球绿色的草地和蓝色的海洋,不是只看见汽车马达的启动和车轮的运转,他看到了它们背后隐藏着的规律。人类意识形态的规律解释了烦琐事物的背后都是生活资料的生产,汽车、轮船都是在此基础上建立的。剩余价值理论的发现让在黑暗中摸索的无产阶级找到了出路,他批判了资产阶级的剥削,为无产阶级斗争提供了有力的理论武器。

　　尽管马克思是当代最遭忌恨和最受诬蔑的人,但他的英名和事业将永垂不朽!马克思所创立的唯物史观的基本原理是建设有中国特色社会主义的重要理论依据,没有了马克思就没有今天的中国特色社会主义。恩格斯在《在马克思墓前的讲话》中以简练的语言概括了马克思的重大发现:"正像达尔文发现有机界的发展规律一样,马克思发现了人类历史的发展规律,即历来为繁茂芜杂的意识形态所掩盖着的

* 周洲,计算机与通信学院通信工程16级2班,1616250217。

一个简单事实：人们首先必须吃、喝、住、穿，然后才能从事政治、科学、艺术、宗教等等；所以，直接的物质的生活资料的生产，从而一个民族或一个时代的一定的经济发展阶段，便构成基础，人们的国家设施、法的观点、艺术以至宗教观念，就是从这个基础上发展起来的，因而，也必须由这个基础来解释，而不是像过去那样做得相反。"唯物史观的发现表明：采取一定方式进行的物质资料的生产是社会赖以存在和发展的基础，是人类社会其他一切活动的首要前提；生产方式决定社会的结构、性质和面貌；生产方式的发展和变化，决定着社会形态的更替，推动着一种社会形态向另一种社会形态的转变；由一定发展阶段的生产力所决定的占统治地位的生产关系的总和，构成一定社会的经济基础；经济基础决定着由政治、法律以及道德、哲学、宗教等构成的上层建筑，规定着它的性质、基本内容和发展方向。

马克思不迷信权威、"思考一切"的思维品质，以及他伟大的创新精神和求实精神，无疑应该成为学生的精神养料。马克思之所以能为人类做出巨大的贡献，在于他从青年时代起就立志"为人类工作"，并且具有"目标始终如一"的顽强意志。我们今天改革的每一步推进都是对马克思学说的真正发展，也是对马克思最好的纪念。

（指导教师：孙大林）

责任：青年择业的出发点 杨武华*

契诃夫法则已经镌刻在人们的心中。根据契诃夫法则的描述，第一幕出现的枪，在第三幕必将开火。那么人类拥有的思想，会在哪里"开火"？人类与其他生物的不同之处就是拥有思想，因为有了思想我们拥有了自我选择的权利，或许思想就是在这里"开火"。

马克思说过："选择是人比其他生物远为优越的地方，但是这同时也是可能毁灭人的一生、破坏他的一切计划并使他陷于不幸的行为。"青年在就业时的选择则显得尤其重要，他们开始走上生活道路，他们需要认真考虑，这是不愿意拿自己最重要的事业去碰运气的青年的重要责任。

那么青年应该如何选择他们的职业？马克思认为，青年在选择职业时应该遵循的主要指针是人类的幸福和我们自身的完美。在马克思看来，这两种指针不冲突，因为如果我们选择为人类的幸福谋福利的职业，我们的幸福将属于千百万人，同时代的人才有可能完美，自己才能完美。

20世纪，人类的议题大概有三个——瘟疫、饥荒、战争。人们渴望克服瘟疫、饥荒、战争，人类想要摆脱"生命的贫穷线"就必须战胜它们。在世界各地，无数人死于瘟疫，科学家们研究疫苗，他们距离病毒一步之遥，他们为了人类的幸福奉献着自己，不惧生死。在他们战胜天花病毒后，人们终于迎来了胜利的曙光，瘟疫的倒下，让人们相信任何事都是可以被改变的。就好比人们相信世外桃源一样，不断有人投入抵抗饥荒、阻止战争当中。他们虽然默默无闻，但他们确实是最美的，他们的幸福影响着千百万人，他们为人类的幸福谋福利，他们的选择无疑是崇高的。

21世纪，人类的新议题——生态地球。20世纪人类为了自身的利益，对自然环

* 杨武华，计算机与通信学院通信工程 16 级 2 班，1616250231。

境大肆破坏,地球生态环境堪忧,温室效应导致的全球变暖,臭氧层破坏导致的紫外线辐射增强,人类的生命受到威胁,人们意识到人与自然和平相处的重要性,建设生态绿色家园刻不容缓。

　　当代的青年为了人类的福利,选择职业时应该重视绿色环保,可持续发展的职业。习总书记说过:"金山银山不如绿水青山,宁可要绿水青山,不要金山银山。"生态如今已经不堪重负,地球母亲已经不能够承受此等破坏,在自我调节系统失灵的情况下,想要重塑昔日的蓝色星球,我们人类所能做的就是减少生态破坏,让自然随着自己的状态发展下去。同时,我们还应该投入到环保事业当中去,为我们的地球母亲献一份礼物。我们所做的事业是在为全人类谋福祉,我们的幸福定将属于全世界、全人类,后人面对我们,定将落下感谢的热泪。

（指导教师:孙大林）

人生价值与职业选择 马向雄[*]

我常因一些无法回避的就业问题感到迷茫,内心也未有一个坚定的信念。同学之间流传着的"高中忙得理所当然,大学忙得一塌糊涂"的说法,我对此也是深以为然的。之所以迷茫,是因为我不知道为何就业,如何就业,怎样去选择就业,在我前进的路上还没有明确的目标。而所谓伟大的事业,在未明确我的人生目标之前,我也未见其真容。这个目标至少在我本人看来是伟大的,它决定着我如何有效且正确地实现我的个人价值。

在自己的能力范围内选择自己喜欢的职业,是实现个人价值的首要条件。想要明确自己的价值所在,就要正确地认识自己,知道自己能够做什么,哪些方面做得好,哪些方面还需要提高,以便选择自己能够胜任的职业。迎难而上,挑战自我是其中必不可少的一部分,否则也难以提升自身。但盲目的挑战可能会使自己的身体和心理两方面都承受巨大的压力,这时我们就应该重新定位自己,寻找更符合自身价值的方向。在一般情况下,适合自己的职业才是最好的,但被许多人看好的职业不一定适合自己。生活本是美好的,充满着阳光,洋溢着笑语,但如果自己无法主宰人生发展,生活中失了自由,也难以以自己期许的方式实现自身价值,对生活失去向往,这样的生活也将充满阴霾,让人难以适从。而人生不如意之事十之八九,若以此颓废,就是对自我价值的否定。我们也要知道:在通向实现自我价值与理想的罗马大道之上,布满鲜花的小径并不只有一条。

在我看来,所谓伟大的职业,它并不是一个仅仅满足于虚荣,用以炫耀自足的职业,因为它不一定是那种使人长期从事却始终不会情绪低落的职业。相反,它可能会因为愿望没有得到满足,因理想没有得到实现而厌倦。因此,制定一个正确的人

---

[*] 马向雄,能源与动力工程学院水利水电工程 16 级 2 班,1604120211。

生发展目标,并且寻找一份始终朝着这个目标前进的职业,对于实现自我价值极为重要。

　　选择职业不仅仅是为自己谋求生存之道,更多要考虑的是能否为我们的国家、为社会留下什么。这样,我们的存在才会更有意义,我们才能真正实现人生价值。人生在于奉献,生命在于运动。无论是我们从小所受的教育所推崇的,还是对那些促进社会更和谐、更美妙,接近真善美本质行为的传颂,世界总嘉奖那些忘我奉献的人。如果一个人只为自己工作,那么他也难以成为社会的人,更难以获得自己价值的完美实现。在选择职业时,我们应该遵循的主要指针是人类的幸福和我们自身的完美。能够选择为人类幸福而奋斗的事业,无论身处何种困境,都将是完美的事业。对于一个无私的建设者和自我价值实现于崇高事业的人来说,他的事业,他所热爱与追逐的,也都应该是这整个社会的,全人类为之奋斗的、崇高的、永恒的事业。选择这样的事业,是我们每个人应当追求的。

　　　　　　　　　　　　　　　　　　　　(指导教师:王国斌)

机遇永远青睐有准备的人 孙小娇*

　　我深深地感受到对于当今大学生,尤其是对那些准备进入社会或者已经步入社会却仍未找到工作的大学生来说,选择一项适合自己的职业是一件非常难的事情。

　　职业的选择首先取决于自己的专业,找到一份适合自己的工作,找到一份跟自己专业对口的工作,使自己大学四年时光能够学有所用,对于我们青年来说才是最适合的,也是最重要的。那么,从这个意义上来说,精通学术显得尤为重要。所以我们在校期间,最重要的就是专攻学术,在学好专业课的基础上拓展课外知识,锻炼实践能力,加强自我修养。起码要做到适应社会,出了校门能够独当一面。

　　另外,在选择职业时,要树立正确的择业观,跟着自己的心走,永远不会错。当然,心里想的要跟自己的实力水平相当,万不可眼高手低,否则,将一事无成。其实仔细想想,为什么择业难,难就难在自己专业知识学不好,高不成低不就,到头来鸡飞蛋打两头空。就像马克思说的"伟大的东西是光辉的,光辉则引起虚荣心",每个人都想找一份好的工作,体面的工作,说到底还是内心的虚荣心在作怪,是虚荣心使我们朝着那个我们不可能实现的目标走去,到最后,以至于越走越远,忘记初心。然而机会是留给有准备的人的,好的工作当然也是留给那些脚踏实地、一步一个脚印,具有真实实力的人,而那些没有真实实力,急于求成的人只会怨天尤人,抱怨命运的不眷顾。在我们这个形形色色的花花世界也会有一些被命运眷顾错的人,他们凭借错综复杂的关系和阴差阳错的机会竟然得到了自己想要的那份工作,但是在实践的平台上他们并没有能力去胜任,而是在时间的消逝中折磨着自己的人生。就算命运眷顾你,为你打开了大门,你有本事跨进去吗?你的人生价值又在哪里实现?就像马克思所说的,我们的使命绝不是求一个足以炫耀的职业,因为它不是那种使我们

* 孙小娇,能源与动力工程学院水利水电 16 级 1 班,1604120156。

长期从事且不失动力的职业,相反,我们很快就会认为,我们的能力没有得到发挥,我们的理想没有实现,我们的一生也将碌碌无为。

因此,要选择一份适合自己的工作,这样的工作,就如同买了一件称心如意的衣服,自己穿着合适,别人看着也会觉得舒服。无论这份工作是否体面,只要活出自己的价值,就是最完美的,就是对人生价值最完美的体现,就是人生梦想的开始,就能得到前所未有的快乐,就能享受美好的生活。

然而并不是每个人都能一下子选出适合自己的工作,正如要选择一条正确的航道,就要不断冷静地修正航向一样,所以当我们在择业的道路上徘徊的时候,就应时时刻刻冷静下来想想,我们选择的方向是不是正确的,我们努力的方法是不是有效的。因为我们需要在意的不是路边的风景,而是要达到的目标,不是努力了就好,而是结果如何。

或许现在的我们还很青涩,对于未来职业的选择还很迷茫,但是我们的未来需要我们自己去开创,一切的一切都等待自己去挖掘。不要幻想,不要异想天开,天下没有白吃的午餐,天上也不可能掉馅饼,一切的一切都需要我们自己努力。记住,永远不要辜负自己对自己的期望,自己的心只有自己知道。

当今世界,实现自我价值的途径更加多样化,同时可供我们奋斗的领域也更加宽广,但大学生就业难的问题却层出不穷。几千年前,圣人孔子曾说:"不患无位,患所以立,不患莫己知,求为可知也",由此看来这世上必有属于自己的一方水土。随着年龄的增长,我自身的想法也在默默地发生着改变。有时候,坐在大学校园的长凳上,我就在想,如何让别人知道自己,信服自己呢?作为一名大学生,我们有丰富的学习资源,有便利的学习条件,那么在校期间我们就应该尽其所能开阔眼界,深入钻研,强化人际交往能力。

选择合适的职业不仅是对自己负责,而且也是对父母、亲人、社会负责,所以我们应该谨慎对待,以马克思的"从实际出发"和"人类的幸福和自身的完美"为前提,抓住今天的美好时光和大好形势,树立先就业再择业敢创业的思想,实现自身价值,造福社会!

(指导老师:王国斌)

对话马克思：青年该如何选择职业 闫维刚*

新时代大学生读马列经典感悟集

真理的力量 ZHENLI DE LILIANG

中学毕业的马克思，在对社会和生活有了考虑之后，树立了为人类服务的伟大目标。正如在《青年在选择职业时的考虑》中他所阐述的那样，无论是对人生道路的方向选择，还是给自己的准确定位以及对职业的选择原则，都是如今我们青年人在职业选择时最具有价值的参考指导。

《青年在选择职业时的考虑》如同冬日的暖阳使我激动不已，让我情不自禁哼起了"我亲爱的马克思，统治者说着乌托邦却不知自由该怎么写，你站出来说无产阶级的力量永远正不畏邪……"这一刻，歌里的马克思仿佛就是一个90后，不，他就是一个90后。

在我的认知世界里，马克思就是一个大胡子的外国大叔，来源于我的小学课本。忘记了是谁说的，说那是一个很伟大的人，所以，我记住了，也变成了我对他唯一的印象，也是启蒙印象——一个伟大的大胡子大叔。直到初中那年的一次政治课后，我才知道，那个伟大的大胡子大叔原来是叫马克思，他还有一个很厉害的"东西"叫作马克思主义。但他依然如谜一般地存在于我的脑海里，于是，心中油然而生的也是一种莫名的神奇与敬畏。但同时又好像有一种特别的共鸣，直到后来上了大学我才知道，这共鸣是青年人的共鸣，是对信仰与真理的共鸣，而这一切均来自于他传奇的故事和无比荣光的一生。为了让这份共鸣继续下去，我读了《青年在选择职业时的考虑》，此后，我更是与他相识相熟，既被他的光辉成就所吸引，也被其崇高精神所折服。

《青年在选择职业时的考虑》就如同一座灯塔照亮了我的世界。因此，在思想上，我不再彷徨，亦不会再产生对人生抉择的恐惧，反而感到深深的欣喜，因为，从

---

* 闫维刚，计算机与通信学院软件工程16级2班，1616270219。

此，我的一切都变得如此美好，因为，我看到了方向，听到了呼唤，那种心与心之间的呼唤，就如同神的指引，我坚信而愉悦，我背好行囊，我跃步向前，想要奋不顾身地迎着那光，寻找属于自己的光辉与价值。

我明白职业选择并不是单一因素就能决定的。一如"选择"一词，本身就蕴含着极其高尚的内涵，正如马克思所说："神也给人指定了共同的目标——使人类和他自己趋于高尚"。因此，我要选择我的追求，追求更好的选择。我要认真考虑我所选择的职业是不是真正使我受到鼓舞？是不是满足崇高的人生价值观的要求？是不是通过它能实现我的目标？如果是，我还要端正自己的心态，因为"伟大的东西是光辉的，光辉则引起虚荣心……"以免沦为名利的奴役。我不愿迷失在虚荣心中去享受那份对职业欲望的热情，我只是需要一份让我的生活变得美好，让人生变得多彩的职业。有的时候，我会幻想马克思和我是同时代的，那样我就多了一个神一样的对手或是益友，而我也只是想想而已，因为十八岁的他，便已经能将思想与传统融合，做出最佳的选择，并坚持在正确的方向上一路前进，而如今，十八岁之后的我，却正在学习着尝试拥有他曾经的胆量与魄力，来对我未来一生的职业做出最佳的选择。

突然想起，十八岁的时候，一位朋友说，她也有兼济天下的梦想，但当前她依然不得不独善其身。我当时一度嗤笑，直到现在我才觉得她想得是对的，毕竟相对于伟人，我们是、也只是平凡的人，一方面，我们需要更多的努力，另一方面，我们也需要给自己必要的安慰。比如，我们真的可以先给自己一个小目标，当然并不是"大咖"王健林的"挣他一个亿"，而是完成我们心目中的，曾经最渴切的小愿望，如此一步一步地，不管目标有多大，都可以使我们在增强自信心的同时，让我们在正确的道路上向光明的目标不停奔跑。因为那些表面微小的东西，实际上是更伟大的出发与存在，那些微小目标，它也曾是我们内心的渴望。

在任何时候、任何时代，青年人的内心都充斥着各种各样的声音，而这在伟大的马克思看来，我们应该跟随的是伟大的真理和事业，比如当面临选择的时候，我们更倾向于选择那些我们心目中至高无上的东西，他说这像虚荣心一样能够引起对某种职业突然的热情。显然，我们必须仔细辨别各种声音，当然也不能只是在远处观察，我们更应该冷静地思考，准备好承担选择带给我们的一切重责，诚然，更多的时候，我们靠自己还是更好一点。

也许面临选择的时候，你会说我们应该多听取别人的，但是，你听取别人的，是意见还是安排？扪心自问，我们应该首先衡量所选职业的全部分量，然后不断地问自己，我们是否真正适合这份职业。正如一些共产党人，有的人坚定，有的人犹豫，我们要确信我们的坚定。这时，马克思便说："那时我们就应该选择它，那时我们既不会受热情的欺骗，也不会仓促从事。"

那么多选择，有的的确适合我们，有的却并不一定。当然这也可能是我们自己身体某方面受限，也可能是社会因素等，总之会存在一种原因，使得我们面临的选择有好有坏。而这一切，也正如马克思所说："我们的体质常常威胁我们，可是任何人也不敢蔑视它的权利。"就此来说，身体是革命的本钱，是我们达到一切成功目的的重要基石，决定我们能否走向成功。所以，我们在选择之前，必须解决这些限制因素，必须为了有一个更好的选择而突破自我，或是不断练习，或是不断学习，总之要为了成功，给自己打一个坚实的基础。

我们是职业的选择者，我们必须在内心里做好充足的准备，一旦我们选择，就必须在其位，行其是。我们要在选择面前拥有足够的自信，不可妄自菲薄，要相信自己的能力，并为之努力奋斗，砥砺前行。面对外界的观点，我们首先要做的，是将选择做到最好，然后走自己的路，无愧于心，不高估自己的能力。若非如此，我们便无法预估自己将面临的痛苦。相比于因目标未达而一度沉沦，对信心的悉心浇培反而会使我们过得更加轻松愉悦。

马克思先生，请接受我对您的感激，不光是因为您的伟大指导，更多的是对您的倾心与热爱。在您的指导意见下，我将通过我所选择的职业，不光为自己奋斗，也将为人类的伟大事业奉献自己的力量。

（指导教师：王国斌）

《实践论》的启示 杨 硕

"实践是检验真理的唯一标准",我们从小就耳熟能详的一句话,可是我们真正理解这句话吗?自从读了《实践论》这本书以后我才知道自己以前的理解是多么肤浅,它的伟大意义远不止我们想象的那么简单。《实践论》是毛泽东写于中国抗战时期的一篇文章,它对中国革命的历史经验做出了科学的总结,是在马克思主义辩证法与认识论基础上的一种提升。

抗战时期,中国革命正处于生死关头,但党内却出现了教条主义和经验主义两种影响极其恶劣的思想,严重妨碍了中国革命的发展。毛泽东发现了这一现象带来的严重后果,为了揭露这种现象,推动中国革命的发展,于是就写了这篇著名的文章,阐述了实事求是的思想路线,里面蕴藏的真实理性的哲学光芒,一直指引着我们乃至整个国家的发展。这篇文章通篇都在讲述一个道理:"实践是检验真理的唯一标准。"

《实践论》批判了两种不良倾向:一是经验主义;二是教条主义。教条主义者只讲理论,不结合实际,一切硬向理论上靠拢。这往往是我们学生容易犯的毛病,眼高手低,只有理论,没有实践。学校给我们安排社会实践和实习活动,就是为了要我们多联系实际,少说空话,避免教条主义,实践有利于加深对理论的认识,真正让我们做到知其然,知其所以然。同时,我们从中知道实践固然重要,但实践不是一切,在不断的实践和探索中,我们需要接受外部信息,通过主动观察,形成对事物表象的感性认识。如果我们掌握了足够的资料,并对其加以整理归纳总结,会得到事物之间本质的必然的稳定的联系,即所谓规律。形成对规律的认识以后,这才到了理论层面。而理论还需要经过实践的检验。正如没有理论指导的实践是盲目的实践一样,

---

* 杨硕,电子信息 16 级 2 班,1605260241。

没有经过实践检验的理论不一定是正确的理论。毛泽东总结出通过实践来发现真理，又通过实践来证实和发展真理的规律。从感性认识能动地发展到理性认识，又以理性认识能动地指导革命实践，改造主观世界和客观世界，这便是认识过程的两个飞跃，这正是一个循环往复的过程，通过一次又一次的循环，我们一步一步地接近真理。

《实践论》告诉我们认识是怎样产生的，阐述了对于自然界，对于整个社会来说，认识都是一步又一步由低级向高级发展，即由浅入深、由片面到全面的一个发展过程。结合实践，我们对事物的认识也有这样一个发展过程，一方面，我们要注意工作积累中的认识和经验，另一方面，正像《实践论》中所说的那样，一个人的认识，不外乎直接经验和间接经验这两部分，我们要注意学习他人的经验，采取拿来主义，取人之长补己之短，帮助我们完成自己的工作。

认识从实践开始，经过实践又得到了理论的认识，必须再回到实践中去，如此循环往复。认识的能动作用不但表现于从感性认识到理性认识的能动飞跃，更重要的是表现于从理性的认识到革命的实践这一伟大飞跃。理论的东西是否符合于实践的真理性是一个不确定的问题，要完全地解决这个问题，我们需要把理性的认识再回到社会实践中去，应用理论于实践，看它是否能够达到预想的目标。但在实践的过程中，人们不但受到科学条件和技术条件的限制，而且还受到客观过程的发展及其表现程度的限制。许多时候，只有经过实践的反复检验，才能纠正错误的认识，得到与客观规律相符合的真理，最终才能够把主观的东西变为客观的东西。

我们在日常的工作生活中，会遇到各种问题，发现问题后，我们应根据实际情况，分析问题可能产生的原因，然后根据初步原因再推理可能的后果，从后果再验证之前出现的原因。如果不符合情况，就应该继续分析，直到找出真正的原因，最后才能依据原因解决问题。正如我们学习的过程一样，做错了一道题，我们首先应分析做错的原因，然后再回到课本中去寻找方法，根据方法再回到这个题目当中，直到得出正确的解为止。而如果只是得到一个原因就去解决问题，不在实践中验证，就可能得出错误的结论。根据错误的结论去解决问题，非但问题不能得到解决，反而会产生新的一系列问题，最终只会徒劳无功，离正确的答案越来越远。所以，在实际工作生活中，我们应该根据《实践论》中认识和实践的相互关系，在实践中不断提高认识水平,从实践中不断验证认识的真理性,唯有如此才能不断提高人的思想觉悟,不断提高人的工作能力。

坚持实践是检验真理的唯一标准。我们在做错了一件事时,首先应分析因果关系,事物发展都有因果关系,有时候不同的"因"会产生相同的"果",有时候相同的"因"会产生不同的"果"。如果不能够看清楚这件事发生的本质,只是简简单单地做表面处理,是无法真正解决问题的。实践需要时常总结,总结的过程就是一个认识飞跃的过程。要善于在总结自己的实践经验中学习,在认识这个环节上下功夫。企业要前进,公司要发展,学业要进步,必须将实践与理论相结合,只有这样企业才能前进,公司才能发展,学业才能进步。诺基亚那么大的一个品牌为什么说倒闭就倒闭了,而三星却存活下来了,就是因为诺基亚公司没有认清形势,没有将自己的理论运用到实践,没有找到真正的"因",最终使问题严重复杂化,导致失败。

作为21世纪的青年,我们应该在努力学习理论知识的同时不断积极参与实践活动,在实践活动中联系理论、验证理论,一切从实际出发,解放思想,实事求是,用知识武装自己,在实践中检验自己。注重在理论实践中创新,激发自己实践创新的激情,不断拓展自己的视野,不断探索科学真理,弘扬科学精神,全面提高自身素质的同时,对自己、对社会付诸行动。不断提高认识和实践的能力,争取做有为的青年,成为对国家和社会有用的人。

(指导老师:王国斌)

真理的力量
ZHENLI DE LILIANG
—— 新时代大学生读马列经典感悟集

论文篇

物质幸福和精神幸福的统一

——马克思幸福观的一个重要特征 朱长兵*

【摘　要】马克思幸福观有很多特征,如个人幸福和社会幸福的统一,主观性和客观性的统一,其中有一个非常重要的特征,即"物质幸福"和"精神幸福"的统一。马克思幸福观的这一特征和他的自由观紧密相连。马克思自由观的一个重要特征就是我们称之为"物质自由"和"精神自由"的统一,其中"精神自由"是主要方面。正是与他的自由观这一特征相应,在马克思幸福观中,也存在着"物质幸福"和"精神幸福"的统一,其中"精神幸福"也占主要方面。

【关键词】物质幸福;精神幸福;马克思

　　毫无疑问,马克思一生奋斗的目标就是为了全人类的自由和幸福。但马克思并没有专门来谈幸福的著作,甚至马克思都没有给幸福下一个明确定义,这就给我们解读马克思幸福观一定程度上带来了困难。学者们通过各种途径解读出了有关马克思幸福观,如马克思认为幸福是个人幸福和社会幸福的统一,是主观和客观的统一等等。有不少学者也指出了马克思幸福观是物质幸福和精神幸福的统一,但是在阐释这两者统一时,仍需深入。我们觉得物质幸福和精神幸福的统一的确是马克思幸福观的一个特征,而且是一个十分重要的特征。由于幸福和自由紧密联系在一起,因此我们在这里想通过对马克思自由观来解读出马克思幸福观的一个重要特征,即"物质幸福"和"精神幸福"的统一,其中"精神幸福"占主要方面。本文首先讨论"精神幸福"在马克思幸福观中的重要地位,然后讨论马克思幸福观中"物质幸福"和"精神幸福"的统一。

---

　　* 朱长兵,兰州理工大学马克思主义学院,730050。

一、精神幸福的重要地位

精神幸福是和物质幸福相对的,马克思很注重人类的物质幸福,他认为人类要想获得幸福,必须要有一定的物质基础。虽然马克思很看重物质幸福,但他更注重人们的精神幸福。在马克思著作中,虽然我们很难直接找到他的这一思想,但由于自由和幸福紧密相连,我们可以通过马克思自由思想而得出马克思幸福观中的这一观点。在马克思自由观中,马克思认为精神自由比物质自由更加重要,这实际上体现出马克思认为精神幸福比物质幸福要重要。这里的物质自由是马克思所说的物质生产中的自由,物质生产劳动是在一定自然条件和一定社会关系中进行的,因此人们在进行物质生产活动时,就有可能受到自然和社会两方面约束。首先,来自自然方面,人们进行的物质生产,都是在特定生产力等自然条件下进行的,因此,任何社会中的生产劳动,都有"自然必然性"存在,"劳动作为使用价值的创造者,作为有用劳动,是不以一切社会形式为转移的人类生存条件,是人和自然之间的物质变换即人类生活得以实现的永恒的自然必然性"[1]56。尤其在前资本主义社会里,社会的物质财富还很少,人类进行物质生产是以生产物质、以谋生为目的,这时由于生产力等自然条件限制,人类不可能完全达到自己的目的,这样就受到"自然必然性"约束。其次,人类在进行物质生产劳动时,还会受到社会方面,受到生产关系约束。生产关系的约束不像"自然必然性"那样是永恒的,当非对抗生产关系出现后,生产关系便不再约束人类,因而马克思把这种约束称为"历史必然性",表明这种约束只是建立在一定历史条件之上,只是暂时的必然性,随着资本主义这最后一个对抗生产关系的制度的灭亡,这种约束也就不存在了。虽然"历史必然性"对物质生产劳动的束缚不复存在,但只要物质生产劳动是以生产为目的,那么在物质生产劳动中,就必定存在着"自然必然性"的约束,所以物质自由是有限的,比精神自由要低。

马克思认为精神自由比物质自由更重要这一点集中体现在马克思对自由王国和必然王国的论述上。马克思是这样论述的,"自由王国只是在必要性和外在目的规定要做的劳动终止的地方才开始;因而按照事物的本性来说,它存在于真正物质生产的彼岸。像野蛮人为了满足自己的需要,为了维持和再生产自己的生命,必须与自然搏斗一样,文明人也必须这样做;而且在一切社会形式中,在一切可能的生产方式中,他都必须这样做。这个自然必然性的王国会随着人的发展而扩大,因为需要会扩大;但是,满足这种需要的生产力同时也会扩大。这个领域内的自由只能是:社会化的人,联合起来的生产者,将合理地调节他们和自然之间的物质变换,把它置于他们的共同控制之下,而不让它作为一种盲目的力量来统治自己;靠消耗最小的力量,在最无愧于和最适合于他们的人类本性的条件下来进行这种物质交换。但是,这个领域始终是一个必然王国,在这个必然王国的彼岸。作为目的本身的人类能力的发展,真正的自由王国,就开始了。"[2]928~929

在"必然王国"中,物质生产仍是以生产物质为目的,人类即使在"最无愧于和最适合于他们的人类本性的条件下"来进行生产,也就是说,即使人类不再受到"历史必然性"的压制,人类仍然会受到"自然必然性"的束迫。人类在进行物质生产时,都是在一定生产力条件下完成的,即使此阶段生产力水平很高,人类也不可能完全地一贯地达到自己的期望,这样"自然必然性"就构成了对人们的束迫。除非在自由王国中,人们进行生产的主要目的不再是生产物质,那样人们就不在意生产的结果,从而人们也就不会失望,于是"自然必然性"也就构不成对人们的束迫。但在这必然王国中,人们进行生产的主要目的仍然是生产物质,进行的是"真正的物质生产",这样人们就不可避免因为没有达到目的而失望,所以"自然必然性"仍束迫人们。自由王国中物质自由可以类比康德的"自由的任意"(der freie Willkür)和黑格尔的"任性"。康德把实践自由分为两个层次:"自由的任意"和"自由意志"(der freie Wille),"自由意志"以自由本身为目的,行为出于自律,服从的是自由因果性规则。"自由的任意"不以自由本身为目的,行为出于他律,把行为只当成手段而去获得行为本身之外的目的,所服从的"只是作为出自理论哲学(自然科学)的补充的那些规范"[3]7。人类在"自然必然性"下进行的物质生产劳动,不是把生产本身当作目的,而是把生产当成手段去达到获得物质的目的,因此"自然必然性"下的自由类似于"自由的任意"。黑格尔讨论"客观精神"时,把自由分成三个层次:"抽象的自由""任性"和"具体的自由"。"抽象的自由"只是一种抽象的否定的自由,只是意味着人们可以有这样那样的选择。"任性"是对"抽象的自由"的否定,是在这多种多样的选择中选择一个,任性不像抽象自由那样不去追求任何东西,而是积极地去行动。但"任性"还未达到"具体的自由"层次,"还没有以自身为内容和目的"[4]26,所追求的并不是自由本身,而是自由之外的目的。"自然必然性"下物质生产也是不以物质生产这个行为本身为目的,如果撇开黑格尔的唯心成分,"自然必然性"的自由就类似于黑格尔的"任性"。可见物质生产如果以生产为目的,那么就始终是必然王国下的自由,这个自由实际上就是物质自由,物质自由始终不是最高的有限的,比不上不受"自然必然性"和"历史必然性"束缚的自由王国中的精神自由。因此物质幸福比不上精神幸福。精神自由、精神幸福在自由王国中。

在自由王国中,人们虽然也从事物质生产,但主要目的是发展自己,已经按照美的规律来劳动,这时候劳动已经艺术化,已经不再是真正的物质生产。在必然王国中,物质生产劳动仍是生产物质为目的,是真正的物质生产,所以马克思说真正的自由王国是在必然王国的彼岸。这里的彼岸有两方面含义,一方面是对自然必然性的消除。在自由王国阶段,在共产主义生产关系和高度生产力条件下,人们可以大大缩短劳动时间,可以有很多时间去进行诸如艺术等的自由活动,在这样的自由活动中,自由程度最高,不存在自然必然性,因而是在必然王国的彼岸。关于此,马克思说:"必然王国的彼岸,作为目的本身的人类能力的发挥,真正的自由王国,就开始了。但是,这个自由王国只有建立在必然王国的基础上,才能繁荣起来。工作日的缩短是根本条件"[2]929,"不是为了获得剩余劳动而缩减必要劳动时间,而是直接把社会必要劳动缩减到最低限度,那时,与此相适应,由于给所有的人腾出了时间和创造了手段,个人会在艺术、科学等等方面得到发展"[5]101。"彼岸"的第二方面含义是对自然必然性的超越(彼岸,英文是 beyond,有超越之义)。在自由王国中,不管人们物质劳动时间如何短,人们毕竟还要进行物质生产活动,这里自然必然性仍然存在,这时只能靠超越自然必然性,将自然的外在必然性化为内在必然性,这样,虽然此时自然必然性仍然存在,但经过内化之后,自然必然性已经不再对人束迫,这也就是说,原来对人束迫的自然王国已经不存在了,所以说自由王国在必然王国的彼岸。

学术界对"彼岸"这两方面含义,往往都产生了误读。对"彼岸"第一方面含义常常出现这样的误读,认为既然自由王国是在"真正物质生产领域的彼岸",所以自由王国中就没有物质生产存在。之所以产生这样的误解,大概是因为学者们没注意到这里的"真正"一词,马克思说的是自由王国在"真正物质生产"彼岸,而不是在"物质生产"彼岸。马克思这里所说的"真正物质生产"指的是以生产物质为主要目的的物质生产。人们在进行物质生产时,可以有不同目的,如果人们在物质生产时,不以生产物质为目的,而是像马克思所说的以"发展人类天性"为目的,"为生产而生产"[6]124,这时虽然仍有物质的生产,但这时生产物质已不再是主要目的了,因而这时的物质生产表面上看还是物质生产,但却不是真正的物质生产了。"对于正在成长的人来说,这个直接生产过程同时就是训练,而对于头脑里具有积累起来的社会知识的成年人来说,这个过程就是[知识的]运用,实验科学,有物质创造力的和对象化中的科学。对这两种人来说,只要劳动像在农业中那样要求实际动手和自由活动,这个过程同时就是身体锻炼。"[5]108马克思在另一处明确指出物质生产劳动可以是"真正自由的劳动",并指出要成为自由劳动的条件:"(1)劳动具有社会性质;(2)这种劳动具有科学性,同时又是一般的劳动,这种劳动不是作为用一定方式刻板训练出来的自然力的人的紧张活动,而是作为一个主体的人的紧张活动,这个主体不是以单纯自然的,自然形成的形式出现在生产过程中,而是作为支配一切自然力的活动出现在生产过程中。"[7]616可见,自由王国中不是不能有物质生产,它可以有物质生产存在,只不过这时的物质生产的主要目的不再是生产物质,不再是以生产物质为主要目的的真正物质生产,因而是在"真正物质生产领域的彼岸"。

对"彼岸"第二方面含义常见误解出在对超越自然必然性的理解上,以为只要认识了自然必然性规律,那么自然必然性对人们的束迫就不存在了,这时人们就自由了,这就超越了自然必然性。这样的理解大概是和恩格斯有关,恩格斯认为当对抗的生产关系消失,"历史必然性"对人类束迫已不存在时,只要掌握了必然规律,那么"自然必然性"对人类的束迫也就不存在了,这样人类就自由了。恩格斯说道:"一旦社会占有了生产资料,商品生产就将被消除,而产品对生产者的统治也将随之消除。社会生产内部的无政府状态将为有计划的自觉的组织所代替。个体生存斗争停止了。于是,人在一定意义上才最终地脱离了动物界,从动物的生存条件进入真正人的生存条件。人们周围的、至今统治着人们的生活条件,现在受人们的支配和控制,人们第一次成为自然界的自觉的和真正的主人,因为他们已经成为自身的社会结合的主人了。人们自己的社会行动的规律,这些一直作为异己的、支配着人们的自然规律而同人们相对立的规律,那时就将被人们熟练地运用,因而将听从人们的支配。人们自身的社会结合一直是作为自然界和历史强加于他们的东西而同他们相对立的,现在则变成他们自己的自由行动了。至今一直统治着历史的客观的异己的力量,现在处于人们自己的控制之下了。只是从这时起,人们才完全自觉地自己创造自己的历史;只是从这时起,由于人们使之起作用的社会原因才大部分并且越来越多地达到他们所预期的结果。这是人类从必然王国进入自由王国的飞跃。"[8]300 其实,人类对自然的认识是无止境的,不可能完全认识自然规律,退一万步说,即使完全认识了自然规律,人们还是受制于自然条件,在生产过程中不可能完全达到自己的期望,自然必然性还是对人们有束迫。因此,恩格斯所理解的自由王国实际上还只是"自然必然下"的自由,而不是马克思所理解的自由王国。黑格尔也认为自由是对必然的认识,但黑格尔和恩格斯的意思不一样。黑格尔认为,对必然的认识就是对"最坚硬的必然性的消解"[9]325,"必然作为必然还不是自由;但是自由以必然为前提,包含必然性在自身内,作为被扬弃了的东西"[9]323。所以,在黑格尔那里,自由就不是简单的对必然规律的认识,而是要把外在的必然纳入自己的环节,把外在必然化为内在必然。如果只是认识自然必然性,而没有把外在的自然必然性变为内在必然性,那么自然必然性仍然是外在的,就仍然束迫人们,只有把自然的外在必然性化为内在必然性,自然必然性才不束迫人们,人们才能真正自由起来。抛开黑格尔唯心成分不论,黑格尔对自由与必然关系的理解十分深刻正确,在这点上,马克思和黑格尔是一致的,马克思也认为通过把外在的自然必然性内化为内在必然性而达到自由王国,而不是恩格斯所讲的通过认识必然规律而达到自由。那么如何把外在的自然必然性化为内在的必然性,从而达到自由王国? 早在《1844 年经济学哲学手稿》中,在谈到人类的自由劳动时,马克思就认为人类可以按照"美的规律"来劳动。这实际上表明,马克思认为人们可以在"艺术化的劳动中"超越自然必然性,通过劳动的艺术化把自然必然性化为内在必然性,纳入自由之中。艺术化的劳动虽然也在劳动,但它的主要目的不是生产物质,而是在生产中体会美,感受自由,艺术化的劳动实际上成了一种自由的艺术活动。

由此可见,自由王国中的自由要比必然王国中的自由要高,自由王国中的自由实质上是精神自由,而必然王国中的自由实质是物质自由,因此精神自由、精神幸福在马克思这里要比物质自由、物质幸福要高。

二、物质幸福和精神幸福的统一

马克思虽然认为精神幸福比物质幸福要高,但马克思并没有认为精神幸福可以离开物质幸福,实际上精神幸福和物质幸福是统一的,物质幸福离不开精神幸福,精神幸福也离不开物质幸福。其实,物质幸福和精神幸福是一对矛盾对立面,一方离不开另一方。

首先物质幸福离不开精神幸福。所谓物质幸福是指生产物质和消费物质所感到的幸福。人在消费物质时,不似动物式的那样消费,例如人的饮食和动物的肯定不一样,人的饮食过程是带有文化在里面的。人们在饮食时用什么餐具,如何烹饪食物等,都体现出文化的一面,所以"用刀叉吃熟肉来解除的饥饿不同于用手、指甲和牙齿啃生肉来解除的饥饿"[10]16。这表明,一个简单的物质活动中也有精神参与其中,人们在物质中所体会的幸福绝不只是物质幸福,同时一定含有精神幸福,实际上人们在享受物质中所感受到的幸福是物质和精神幸福的统一体,我们之所以把人们在物质享受中所获得的幸福称为物质幸福,是因为物质幸福在物质幸福和精神幸福这一矛盾统一体中是主要方面。两个不同的人享用同样的物质,他们得到的幸福是不一样的,为什么不一样? 就是因为这里面含有不同的精神幸福。去一个同样地方旅游的不同的人,由于每个人精神生活不一样,所以在旅游时,每个人所享受到的幸福也就不一样,这也是物质幸福中含有精神幸福所造成的结果。

其次精神幸福也离不开物质幸福。任何精神幸福中也离不开物质幸福,同物质幸福一样,我们之所以称之为精神幸福,是因为在物质和精神幸福这个统一体中,精神幸福是主要方面。马克思批判那种只强调精神幸福而忽视物质幸福的观点。在马克思思想发展历程中,马克思后来开始批评天国的虚幻幸福。他认为,幸福是此岸的。宗教并不能真正解决现实中的不幸,马克思提出:"废除作为人民的虚幻幸福的宗教,就是要求人民的现实幸福。"[11]4 马克思认为,是人创造了宗教,而不是宗教创造了人。宗教仅强调人们的精神幸福,但实际上人们的精神幸福离不开物质幸福。

我们在上面提到"彼岸"的两种含义,一种是对自然必然性的消除,一种是对自然必然性的超越,其实无论是消除,还是超越,都表明精神幸福离不开物质幸福。这是因为,消除和超越"自然必然性"约束的物质生产,本质上都是艺术化的生产,艺术体现自由,表明了精神上的幸福,生产表明了物质上的幸福。这表明自由王国中质生产既含有物质幸福,又含有精神幸福,其中精神幸福是主要方面。在非物质生产活动中,精神幸福中也离不开物质幸福。比如,欣赏一首名曲,就离不开一定的物质。哪怕是读书这样表面很不需要物质的精神幸福,其实也是离不开物质幸福的。一个人,如果基本的生活物质条件都没有,很难想象出他在读书时有很高的精神幸福;一个被病魔折磨的人,也难以想象他有着精神幸福。所以马克思说:"忧心忡忡的、贫穷的人对最美丽的景色都没有什么感觉。"[11]192可见,精神幸福是离不开物质幸福的,马克思在强调精神幸福重要地位的同时,也认为精神幸福离不开物质幸福。

参考文献:

[1]马克思恩格斯文集:第5卷[M].北京:人民出版社,2009.

[2]马克思恩格斯文集:第7卷[M].北京:人民出版社,2009.

[3][德]康德.判断力批判[M].邓晓芒译,杨祖陶校.北京:人民出版社,2002.

[4][德]黑格尔.法哲学原理[M].范扬,张企泰译.北京:商务印书馆,1961.

[5]马克思恩格斯全集:第31卷[M].北京:人民出版社,1998.

[6]马克思恩格斯全集:第26卷第2册[M].北京:人民出版社,1971.

[7]马克思恩格斯全集:第30卷[M].北京:人民出版社,1998.

[8]马克思恩格斯文集:第9卷[M].北京:人民出版社,2009.

[9][德]黑格尔.小逻辑[M].贺麟译.北京:商务印书馆,1980.

[10]马克思恩格斯文集:第8卷[M].北京:人民出版社,2009.

[11]马克思恩格斯文集:第1卷[M].北京:人民出版社,2009.

(注:本论文系甘肃省哲学社科一般项目:"马克思幸福观视域下甘肃人民幸福指数提升研究(YB060)"和甘肃省教育厅一般项目:"马克思自由的三个阶段及其当代价值研究(2017A－014)"的阶段性成果)

马克思择业观及对当代大学生的启示
——读《青年在选择职业时的考虑》

陈 红*

【摘 要】马克思在《青年在选择职业时的考虑》一文中详尽而精辟地围绕青年择业这个中心问题,依次论述了青年为什么要选择职业、青年要如何选择职业以及应选择什么样的职业三个问题。在当代大学生遭遇"就业难"的严峻形势下,重温经典,把握马克思主义哲学的实践本质,建构理性、科学、崇高的择业观,对于指导当代大学生科学地择业就业,更好地实现人生价值有着深远的现实意义。

【关键词】马克思;择业观;当代大学生;启示

马克思的卓越才能在其中学毕业论文《青年在选择职业时的考虑》中,就已得到充分展示。"1835 年 8 月 12 日马克思在中学毕业考试中,用德文写了一篇《青年在选择职业时的考虑》的文章"[1],对青年如何选择职业以及选择什么样的职业做出了回答,这是马克思思想发展的起点,也让人们对马克思科学的择业观有了一个生动的认识。

一、青年马克思的择业观

任何理想的树立都有一定的价值基础,价值基础维系着人们对理想的追求。青年时期的马克思在中学毕业论文《青年在选择职业时的考虑》中就鲜明地表达了他的职业目标,树立了"为人类幸福而劳动的职业"[2]7的择业观,他已经认识到个人职业选择和社会需要之间的关系。纵观其一生,马克思不懈地追求正是对自己职业目标的实践历程,为人类社会的革命与发展立下了不朽的功勋。这是他创立马克思主

---

* 陈红,兰州理工大学马克思主义学院,730050。

义的理论归宿,更是他为之奋斗终生的理想和信念。

（一）为何择业——青年马克思的择业态度

在马克思看来,人属于动物又不同于动物。有选择的能力,这是人的神圣权利,人能在社会上突破各种限制因素,根据自己的意愿自愿地做出职业的选择,选择能在社会上最适合于他、最能使他和社会变得高尚的职业。"但是这同时也是可能毁灭人的一生、破坏他的一切计划,并使他陷入不幸的行为。因此,认真地考虑这种选择——这无疑是开始走上生活道路而又不愿拿自己最重要的事业去碰运气的青年的首要责任。"[2]3所以青年人要有强烈的职业意识,不能将一切通通推诿于神,人必须对自己的选择负责,并承担一切的后果,因此,必须要坚持冷静、谨慎的择业态度。

马克思认为,"我们的使命绝不是求得一个最足以炫耀的职业"[2]4。青年人在选择职业时要注意,"我们自己的理性不能给自己充当顾问,因为当它被感情欺骗,受幻想蒙蔽时,它既不依靠经验,也不依靠更深入的观察"[2]4,事物的本质往往通过表象反映出来,因此对于任何事物的认识,不能仅仅停留于表象,要通过其表象去透析事物的本质所在。认识是一个不断向前发展的过程,认识必须由浅入深、由表及里。所以,应当正确认识自己,认真考虑所选择的职业是否经过自己理性的思考,自己的职业理想是否是为人类谋幸福的远大理想。"如果我们经过冷静的考察,认清了所选择的职业的全部分量,了解它的困难以后,仍然对它充满热情,仍然爱它,觉得自己适合于它,那时我们就可以选择它。"[2]5这是对即将步入社会,面临职业选择的当代大学生最基本的要求。

（二）如何择业——青年马克思择业观的实现路径

马克思认为在选择职业时要进行理性的思考和慎重的对待。实现路径就是要选择最能为人类幸福而工作的职业。

首先,坚持主观、客观相结合的择业原则来完成就业。人们的职业选择是在客观社会环境中进行的,因而,必然会受到自身所处社会关系的制约,相反,人所具有的社会关系必然会对人选择职业有着一定的限制作用。所以,人们不能离开社会关系,而凭空抽象地进行职业选择。对于职业的选择,人们必须立足于时代的大背景,去追求自我的职业理想。主观立于客观之上,正确把握择业方向,这是最大程度实现自主择业的根本。"如果我们把这一切都考虑过了,如果我们生活的条件容许我们选择任何一种职业，那么我们就可以选择一种能使我们最有尊严的职业，选择一种建立在我们深信其正确的思想上的职业，选择一种给我们提供广阔场所来为人类进行活动、接近共同目标（对于这个目标来说，一切职业只不过是手段）即完美境地的职业。"[2]6马克思充分思考了主观因素和客观因素，提出通过选择有尊严的职业满足人们完善自身的需要。

其次，选择理想职业必须具备的个人素质。马克思进一步阐述了青年选择职业时个人体力及自身能力对个人职业选择的制约。马克思在文中谈道："我们的体质常常威胁我们，可是任何人也不敢藐视它的权利。""由于体质不适合我们的职业，不能持久地工作，而且很少能够愉快地工作，但是，为了恪尽职守而牺牲自己幸福的思想激励着我们不顾体弱去努力工作。如果我们选择了力不胜任的职业，那么我们决不能把它做好，我们很快就会自愧无能，就会感到自己是无用的人，是不能完成自己使命的社会成员，由此产生的最自然的结果就是自卑。还有比这更痛苦的感情吗？"而且，"如果我们错误地估计了自己的能力，以为能够胜任经过较为仔细考虑而选定的职业，那么这种错误将使我们受到惩罚。即使不受到外界的指责，我们也会感到比外界指责更为可怕的痛苦。"[2]5

人们在进行职业选择时，不仅要考虑主观认识的对错和客观条件的限制，还要了解自身的体力和能力，是否能够达到理想职业的要求，如果所选择的职业超越了自己的体质，就如同置自身安全于危险之中。反之，若自己的能力不能胜任所选择的职业，那么，他不仅不能按要求完成工作，而且无法完成自我价值的实现。所以，体质和能力是青年在进行职业选择时必备的要素。

（三）怎样择业——青年马克思择业观的主要指针

"在选择职业时，我们应该遵循的主要指针是人类的幸福和我们自身的完美。不应认为，这两种利益是敌对的、互相冲突的，一种利益必须消灭另一种的；人类的天性本身就是这样的：人们只有为同时代人的完美、为他们的幸福而工作，才能使自己也过得完美。"[2]7这一指针和选择在精神上和方向上决定了马克思的一生。他极其认真负责地使用了一个人所可能有的最尊严的自由选择的权利。所以，人们应当树立崇高的理想并拥有坚定的信念，为人类幸福去奋斗，这种人类的幸福会超越个人的幸福，这种幸福感是个人奋斗所无法获得的。

青年马克思说:"如果我们选择了最能为人类幸福而劳动的职业,那么,重担就不能把我们所压倒,因为这是为人类而献身。那时,我们所感到的就不是可怜的、有限的、自私的乐趣,我们的幸福将属于千百万人。我们的事业是默默的,但她将永恒地存在,并发挥作用。面对我们的骨灰,高尚的人们将洒下热泪。"[2]7人们追求高尚的职业,除了为人类获取幸福,还要让自我得到提升。所以,我们不仅要改造外在的一切,对自身的改造也不容忽视。"青年马克思择业观的最终指向既是客观现实的要求也是主观自我的实现。"[3]"生命如一泓清泉,需要流动",如果我们不改变自己,那么我们的生命也不会得到本质的提升。因此,人们对自身完美的向往也同等重要。

马克思在择业问题上寄托了对青年人的满心期许,并坚信实现这一择业观的意义深远,它指引我们去学会理解,在实践中让人更好地去成为人,最终实现人生价值,这才是人的终极诉求。因此,当代大学生应树立为全人类谋福祉的人生观和价值观,这最有利于人类的幸福和我们自身的完美。

二、青年马克思的择业观对当代大学生的启示

《青年在选择职业时的考虑》一文诞生至今已有183年,青年马克思深邃的思想并没有因时间的变迁而黯淡。解读历史文本,对照当下中国,我们领略了青年马克思对职业选择的睿智思考和崇高的价值追求,这对当代大学生的择业具有重要的启示。

(一)大学生择业时应坚持沉着冷静、谨慎思考的态度

马克思认为,选择合适的职业是"青年的首要责任",因为职业的选择关系到个人价值和社会价值的实现。当代大学生只有选择了合适的工作,才能不断地发挥创造力,并持续地坚持实现人生的自我价值和社会价值。因此,当代大学生在择业时应坚持沉着冷静、谨慎思考的态度。需做到以下两点:

第一,要对自己的主观愿望有清醒判断。这就要求当代大学生在择业问题上冷静思考,认真权衡。从我国当代大学生择业现状分析来看,传统的家庭观念和学校教育通常将前景好、收入高、权力大、地位高、工作稳定、环境良好等当作衡量一份职业的准则,加之社会浮躁思想的影响,大学生群体对未来职业的期望总体偏高。在择业的过程中,"学生普遍表现出较功利化的倾向,集中体现在工资待遇、工作环境、兴趣爱好和发展前景等方面。"[4]如果大学生只是为了自己的虚荣心而选择职业,他

的使命就变成了求得一个足以荣耀的职业,结果只会让虚荣心造成的错觉误导自己,使人丧失理智,去做超越自身能力的冒险行为。那他或许就会缺乏一种为职业持之以恒奋斗的源源不绝的动力,甚至对所选择的职业会因从事时间的长久而感到疲惫和厌倦。这不仅不利于大学生的就业,也会影响社会的和谐稳定。所以,当代大学生在择业时应持冷静、谨慎的态度,对自己的主观愿望有清醒判断。认真思考自己对未来职业的预期有没有受虚荣心和幻想的干扰,如果有,就应该在择业时,竭力排除这种主观上的干扰,选择使我们真正感兴趣且鼓舞我们前进的职业。

另外,还应积极主动地寻求帮助。当大学生不能理性地选择职业时,应该积极地向身边有经验的人寻求帮助。我们的父母、老师、亲人、朋友可以为我们提供指导,在彷徨无措时,大学生可以向这些人寻求帮助和指导。

第二,应认真分析自己选择某种职业的客观可能性。职业的选择客观上存在着选择的可能性。客观可能性是指大学生自身所具备的个人素质,即身体素质和个人能力。当代中国,大学生择业就业是在深化改革和发展新时代社会主义市场经济这一新的宏观背景下进行和发生的。随着改革的不断深入和新时代社会主义市场经济的发展,当代大学生的择业观念和行为实践都发生了深刻的变化。这不仅要大学生认识到选择一个职业就要对自己的职业行为负责,而且大学生有必要弄清应该在什么范围和限度内对自己的职业行为负有责任。只有这样,才能在从事一项工作中既有责任感又有获得感。

大学生自身所具备的个人素质从客观条件分析,就是要认识自我,了解自己的性格、气质以及能力、兴趣、特长,给自己恰当的定位,搞清自己适合干什么,能干什么,从而确定大致的选择方向和范围。因此,大学生在选择职业时,一定要充分认识自身所具备的个人素质,结合自身的实际情况去选择职业。在选择职业时,“我们自己的理性不能给自己充当顾问,因为当它被感情欺骗,受幻想蒙蔽时,它既不依靠经验,也不依靠更深入的观察”[2]7,而要多倾听自己内心深处的声音,了解自己真实的想法、愿望,方能选择到适合自己的职业。另外,大学生选择职业时还要考虑自己的身体素质,这是从事职业的物质基础。毛泽东曾说身体是革命的本钱,这里指行动的前提条件是必须要有良好的体魄。一个人要想做成一件事,必须具有多方面的素质,但所有这些都必须依托于一个前提条件——要有健康的体魄。假若青年大学生超越体质的限制去选择职业,就会使他陷入一种职业所需的身体素质与自身身体素质无法胜任职业要求之间无休止的矛盾之中,不仅无法胜任所选择的职业,而且会使人因此而产生自卑感,从而厌倦自己的职业。所以,当代大学生择业前要正确评价自我、了解自我想从事的职业,从而做出正确的判断和选择。

（二）大学生择业时应把握就业形势,树立科学的择业观

习近平总书记在十九大报告中讲到"就业是最大的民生",就业问题对世界任何一个国家来说都是头等大事。解决好就业问题,才能实现社会长治久安,才能实现劳动者安居乐业。

当代中国在经济社会急剧转型的过程中,"就业难"问题凸显。当代大学生如何正确、科学地择业将关系到青年一代自我人生价值和社会价值的实现,当然也关系到我国当下"就业难"问题的缓解。客观地说,在就业岗位和形态丰富多元的现代社会,普通劳动者想找到一份糊口的工作并不是难事,但实现高质量的就业却并不是一件容易的事。因为当前我国的结构性就业矛盾并没有得到根本性的缓解,人员和岗位不匹配的情况依旧存在,所以习近平总书记在十九大报告中指出:"要坚持就业优先战略和积极就业政策,实现更高质量和更充分就业。"在 2018 届全国普通高校毕业生就业创业工作网络视频会议上,教育部副部长林蕙青强调:"要促进高校毕业生多渠道就业创业,努力实现更高质量和更充分就业。"[5]

大学生如何树立正确的择业观?2018 年两会期间李克强总理在政府工作报告中提出:"着力促进就业创业……运用'互联网 +'发展新就业形态。今年高校毕业生 820 多万人,再创历史新高,要促进多渠道就业,支持以创业带动就业。"

这无疑向高校毕业生传递了积极的信号。利用"互联网 +"技术,发展就业新形态,为大学生提供多渠道、多层次、全方位的就业资讯,同时为企业提供精准适配的人才推送,提高信息匹配度,市场供需也将得到有效地连接。"互联网 +"助力大学生就业,此举将着实推动大学生实现高质量就业,开拓大学生就业新思路。所以,大学生择业时应把握就业形势,树立科学的择业观。

（三）大学生择业时应树立崇高职业理想并为之不懈奋斗

当代大学生应未雨绸缪,增强职业生涯规划的自主意识。大学生只有从人生观、价值观、幸福观的高度,以追求"人类的幸福和我们自身的完美"的境界来选择职

业,才能获得一个有意义的人生、有价值的人生,获得一个幸福的人生、一个高尚的人生。通过对《青年在选择职业时的考虑》中青年马克思择业观的解读,我们知道,马克思在青年时代就确立了为人类幸福而献身的崇高的价值理想,并且就价值理想如何实现指明了实现路径即选择最能为人类幸福而工作的职业。

今天,中国特色社会主义进入了新时代,这是我国发展新的历史方位。重温马克思在中学毕业时写的这篇论文,我们会发现它不仅为我们研究马克思的思想发展史具有极高的理论价值,也对当代大学生世界观、人生观、价值观的确立,尤其对当代大学生科学择业观的形成,具有直接的现实启示。

"大学生是社会的一部分,要与时俱进"[6],紧跟新时代中国特色社会主义发展的步伐。职业选择是每个大学生在人生道路上面临的重要问题,直接关系到一个人未来的生存状态和价值实现。党的十九大报告中指出:"广大青年要坚定理想信念,志存高远,脚踏实地,勇做时代的弄潮儿,在实现中国梦的生动实践中放飞青春梦想,在为人民利益的不懈奋斗中书写人生华章!"因此,大学生择业时必须树立崇高的职业理想,并为之不懈奋斗。

三、结语

青年马克思的择业观对当代大学生有着现实意义。大学生在大学期间就要做好自己的职业生涯规划,具体为:第一,要认清自我。给自己恰当的认知和定位,明白自己适合干什么,能够干什么,避免择业时的盲目,从而确定大致的选择方向和范围。第二,要解读职业。对自己想从事的职业进行深入综合地分析,了解该职业的要求,职业的性质、工作环境、福利待遇以及发展空间和就业竞争机会。[7]第三,要准确定位。大学生求职难的真正原因在于他们不能给自己制定一个清晰的职业生涯规划。所以,大学生应该先解决职业定位这个根本问题。第四,要锁定目标。思考之后的行动,更能体现其价值。大学生在找到职业定位后,需要对自己过往的实习或工作经验进行认真的梳理,锁定就业范围。第五,要确定方案。对于缺乏工作经历的大学生,要学会积极主动地寻求帮助,寻找各类工作机会。同时要注重自身学习能力的培训与提升,包括沟通、合作、分析、解决、应对、管理等方面的能力,这将有助于提升求职成功率和职场适应度。因此,当代大学生职业生涯规划可以总结为三步曲:第一步,自我认知,客观地认识自我,准确职业定位。第二步,职业认知,评估就业机会、知己知彼。第三步,确定职业目标和路径。

当代大学生的择业观决定了其就业质量的高低,折射出就业的心态,体现了在处理个人与社会关系时所持的人生态度。当代大学生应以马克思基本理论为指导,结合自身择业出现的新问题、新情况,端正择业心态,明确就业目标,加强对职业道德和责任意识的培育,做出能够实现自我价值和社会价值的职业选择,从而为更好的服务社会做出贡献。

参考文献:

[1]蒙云龙.论青年走出选择职业困惑的路径——读《青年在选择职业时的考虑》有感[J].江西青年职业学院学报,2012(3):29-31.

[2]马克思恩格斯全集:第40卷[M].北京:人民出版社,1982.

[3]张维.青年马克思的择业观对当代大学生择业的哲学思考[J].佳木斯职业学院学报,2017(9):80-81.

[4]冯巧玲,何桂芳.《青年在选择职业时的考虑》对当代医学生职业价值观的启示[J].成都中医药大学学报(教育科学版),2017(9):12-14.

[5]2018届全国普通高校毕业生就业创业工作网络视频会议.中华人民共和国教育部官网,2017-12-06.

[6]张维.青年马克思的择业观对当代大学生择业的哲学思考[J].佳木斯职业学院学报,2017(9):80-81.

[7]刘淑艳,魏晓文.马克思择业观对当代大学生选择职业的现实启示——研读马克思《青年在选择职业时的考虑》[J].思想理论教育导刊,2017(7):29-32.

青年马克思的价值理想对当代青年的启示

——读《青年在选择职业时的考虑》卯海娟*

【摘　要】《青年在选择职业时的考虑》中展现了马克思为人类幸福而献身的伟大价值理想。马克思在理性主义、自由主义氛围浓厚的社会、学校和家庭环境的影响下,形成了崇高的价值理想,其择业观主要包括以实现人生目标为择业目的、选择职业时综合考虑并以人类的幸福和自身的完美为择业指针,这为当代青年的人生观、价值观和择业观提供了有益指导和现实启示。

【关键词】马克思;青年择业观;启示

一、青年马克思价值理想形成的现实因素

马克思生活的社会环境对其择业观产生了深刻的影响,对其在中学毕业时能够写下《青年在选择职业时的考虑》一文埋下了伏笔。马克思于 1815 年 5 月 5 日出生于德国西南部莱茵省特里尔市,那里受到早期拿破仑统治时期的影响,政治环境相对自由,资本主义工商业也得到了一定的发展,人们的精神世界也获得了相对的自由。人们受到法国大革命和以自然权利为基础的启蒙思想的影响,整个特里尔市自由主义精神氛围浓厚。当时圣西门和傅立叶的空想社会主义广泛传播,人们渴望学术自由并且成立了一些学术团体来宣扬自由主义的精神,倡导言论自由、出版自由等等。

马克思的家庭环境和学习环境都给了他有益的人生指导和启迪。马克思出身于贵族家庭,他的父亲是当时特里尔市的法律顾问和律师公会会长,平常喜欢哲学

---

*　卯海娟,马克思主义学院马克思主义中国化研究 17 级,172030503006。

以及古典文学,学问功底深厚,思想比较开放。他也倡导人道主义、自由主义等等,关心老百姓的疾苦,希望国家能够实现统一。他认为人应该拥有一颗善良的心并且和自己追求幸福的行动相联系,做一个善良的人,一个完美的人。父亲的言行举止深刻地影响到了马克思,对他青年时期思想的形成和发展产生了不可磨灭的影响,为他人生理想的确立即为人类的幸福而献身的理想奠定了基础。另外一位对马克思产生重要影响的人就是他未来的岳父路德维希·冯·威斯特华伦男爵,他也是一位学识渊博、才华横溢的人,对马克思的思想、学识等很多方面都产生了重要影响。马克思认为他是"深怀着令人坚信不疑的、光明灿烂的理想主义,唯有这种理想主义才知道那能唤起世界上一切心灵的真理,他从不在倒退着的幽灵所投下的阴影面前畏缩,也不被时代上空常见的浓云密雾所吓倒,相反的,他永远以神一般的精力和刚毅坚定的目光,透过一切风云变幻,看到那在世人心中燃烧着的九重天"[1]187。马克思中学时期就读的特里尔中学的校长约翰·胡果·维登巴赫信仰康德的哲学思想,在教学过程中宣扬理性主义、自由主义等思想,在管理学校的过程中他也充分运用理性主义思想。除了校长之外学校有很多任课老师也倡导理性主义和自由主义的思想,平时也会参加校外一些进步的自由主义活动,所以他们的思想深刻地影响了青年马克思,为他青年择业观的形成及以后人生理想的确立打下了基础。

马克思在这样的大环境下接触到了很多新思想,并且深深地烙在他心里,所以马克思相对于很多同龄人来说不论是在知识水平还是思想高度上都更胜一筹。在中学毕业时当大家都在为了自己的前途而纠结于选择何种职业时,马克思所考虑的高度已经远远超出了大家,他站在人生和社会的高度上,认为青年在选择职业时应该考虑自己所选择的职业是不是能够实现自己的人生目标,让自己获得尊严,并且为人类的幸福做出一定的贡献。《青年在选择职业时的考虑》就是在这样的社会大环境以及家庭和学校的影响下成型的。

二、青年马克思择业观的主要内容

《青年在选择职业时的考虑》"集中反映了作为中学生的马克思受到的启蒙人道主义、政治自由主义和德国古典哲学理想主义影响的思想状况"[2],充分表达了青年马克思的择业观,对选择职业的目的、选择职业时所应该考虑的各方面的因素和择业指针都做了深刻的阐述。

（一）以实现人生目标为择业目的

马克思认为人天然的与动物有所区别，"神让人在社会上选择一个最适合于他，最能使他和社会得到提高的地位，这种选择是人比其他创造物远为优越的地方"[3]455，人有意识、具有主观能动性，所以人不会像动物一样在自然规定的范围内活动，人会自主选择以实现自己的人生目标——使人类和他自己趋于高尚。为了实现这个人生目标，人就要去寻找能够实现这一目标的手段，即从社会形形色色的职业当中慎重地选择一个最适合自己的职业，这个职业能够在提高自己的同时推动社会的进步。青年马克思清晰地告诉我们选择一个理想职业的目的就在于实现人生理想即人生目标，而且在我们自己的内心深处我们要自己认定我们所认为的人生目标是伟大的，这样这个目标实际上就真的是伟大的。

（二）选择职业时的综合考虑

马克思认为，选择什么样的职业至关重要，如果选择了合适的职业就可能成就我们的人生，如果选择了错误的职业则会毁灭我们的人生，让自己陷入无止境的不幸当中。"因此，认真地考虑这种选择——这无疑是开始走上生活道路而又不愿拿自己最重要的事业去碰运气的青年的首要责任。"[1]3

1. 认真、冷静地考虑影响职业的因素

影响职业选择的因素很多，所以在选择职业时我们应该认真、冷静、充分地考虑各种因素，然后在综合了各种因素的情况下慎重考虑自己所要选择的职业。因为青年人会因为自己的年轻而充满幻想、冲动，会感情行事，在理想和冲动的诱使下导致错误的选择。所以，马克思认为，青年人应该认真、冷静地考虑："所选择的职业是不是真正使我们受到鼓舞？我们的内心是不是同意？我们受到的鼓舞是不是一种迷误？"[3]456我们要分析驱使我们选择这种职业的背后到底是什么样的原因：是虚荣心所致、名利诱使，还是人类本性的贪欲驱动等等。我们要清醒地认识到，青年选择一份职业并不是为了拿这份职业去炫耀，如果以炫耀为目的，那么在我们长期从事这份工作后，当我们觉得这份工作枯燥无味的时候我们就会怨天尤人，对这份工作也不再有当初的热情。另外，我们也要务实，不能以自己的美好幻想去美化一些职业，在选择之初因幻想我们对这份职业充满了无限的憧憬和期待，当真正从事了这份职业之后，可能会因幻想的破灭而导致自己的不满，同时可能会因为我们不能很好地完成工作,承担起该承担的责任而给社会带来不必要的麻烦。

在选择职业的时候,因为自己阅历尚浅,对世界的观察了解不够深入,所以我们应该听取父母的意见,毕竟他们已经经历了人世沧桑,对世界有着更透彻的认识。当我们对自己所要选择的职业做了充分的了解并且在完全了解它可能遇到的困难以后依然对它充满热情,没有因它的困难而退缩,此时我们就可以毅然决然地选择这份职业。

除了上述因素,还有我们本身的社会关系以及我们的身体素质这些因素都会影响到我们对职业的选择。我们的社会关系本身在我们有能力选择职业以前就已经形成了,并且无形当中对我们的职业选择已经产生了影响。另外一个因素就是身体素质,这是要靠我们自身的努力和日常的坚持锻炼保持的,这一因素至关重要,倘若身体状况欠佳,我们又怎么能够面对工作中的困难并且去克服它呢?

2. 选择能给人以尊严的职业

马克思认为,"尊严是最能使人高尚、使他的活动和他的一切努力具有更加崇高品质的东西,是使他无可非议、受到众人钦佩并高出于众人之上的东西"[3]458。当我们认真、冷静地充分考虑了各种影响职业选择的因素之后,在心理上做好充分准备,让我们的选择不管是在现在还是将来都能够获得我们自己的认同,那么就可以认为这个慎重的选择在相比之下就是最适合我们的职业。因为从事这种职业是我们自己内心深处的选择,是我们自己认定的正确的最适合我们的职业,在这个职业领域内我们有着自己独立的人格,我们是完全自主地在这个职业领域内进行着自己的创作,我们对从事这份职业有着崇高的自豪感,因此我们从这份职业中获得了尊严。尤其对于抽象真理的研究职业我们更加应该慎重,因为对于没有坚定理想信念而仅凭自己一时热情而选择这种职业的青年人来说是非常危险的,但是如果抽象真理性的研究职业已经深深地根植于我们的内心深处,我们思想上完全做好了竭尽全力的准备,那么我们就能够从中获得巨大的获得感,这种获得感会让我们面对这份职业所做的一切行为更加坚定,同时让我们本身的尊严更上一层楼。

(三)以人类的幸福和自身的完美为择业指针

马克思认为:"在选择职业时,我们应该遵循的主要指针是人类的幸福和自身的完美。"[3]人类的幸福和自身的完美是相统一的,它们并不是相互对立或者相互冲突的，"人们只有为同时代的人的完美、为他们的幸福而工作，才能使自己也达到完美"[3]459。其实这种统一性也就是个人价值和社会价值的统一，只有在社会价值的实现过程中才能实现个人的人生价值。在马克思看来，只有为人类的幸福而劳动的人才能获得更大的幸福，得到无限的、更大的乐趣，才有可能成为伟大的人物，并且为世人所敬仰、铭记，流芳百世。

三、青年马克思的价值理想对当代青年的启示

青年马克思在中学毕业时就确立了崇高的价值理想，即为人类幸福而献身。在《青年在选择职业时的考虑》中马克思清晰地阐述了他的这一人生理想，并且就影响这一人生目标的各方面因素进行了分析，指出我们该如何选择以及选择什么样的职业以实现我们作为人的人生价值。马克思在《青年在选择职业时的考虑》一文中所展示的崇高的人生目标并不是仅仅停留在理想状态，他在未来的人生当中终其一生都在为他所选择的人生目标而努力奋斗。马克思在1835年8月12日写下这篇名为《青年在选择职业时的考虑》，距今已有近183年之久，但是文章中所展示的崇高的理想光辉这么多年来一直影响着一代又一代的有志青年，使很多青年人能够矢志不渝地为了人类的幸福而献身。当前在我国经济高速发展，综合国力稳步提升的情况下，丰富的物质生活让很多青年人沉醉于奢靡生活，失去了青年人该有的理想和斗志，所以青年马克思的崇高人生理想对于当下青年人确立自己的人生理想具有极其重要的指导意义。另外当下我国的就业形势依然严峻，这其中自然包括社会大环境的原因，但是求职者自身的原因也值得我们深入探讨，如青年人是不是具备了选择某种职业所需的素质要求，是不是拥有正确的择业观等等。青年人毕竟阅历尚浅，经验不足，对社会的了解不够深入，其人生理想难免就会空泛、不切实际，择业观上追求功名，被欲望所驱使，所以通过认真研读《青年在选择职业时的考虑》一文，青年马克思的价值理想对当代青年的人生观、价值观以及择业观都具有指导意义。

（一）有利于当代青年树立正确的人生观

青年马克思认为青年应该以"人类的幸福和自身的完美"为择业指针，这一指针"凝结了真善美的统一，凝结理想和现实的统一，凝结了应然和实然的统一，凝结了人类发展和个体发展的统一"[4]，所以这一指针也应该成为我们当代青年人的人生价值理想，只有树立了崇高的人生理想、价值目标，拥有正确的人生观，我们才有可

能在将来的人生道路上正确践行,实现自己的人生价值。但是,在当前的社会大环境下,人们面临的诱惑太多,所接触到的文化、价值理念纷繁复杂,而青年人还没有自己的一套成熟的价值理念体系,易受到他人的影响和外来文化中错误价值理念的腐蚀。尤其是当代的大学生,他们是未来社会建设的主力军,是社会主义建设的接班人,所以他们是否树立正确的人生观对社会的发展进步就有着举足轻重的影响。同时当代大学生也是当前在青年人中能够接受到多元文化、多重价值体系的一大特殊群体,很多人崇尚拜金、享乐以及个人主义,尤其在当下社会主义市场经济蓬勃发展的今天,人们的物质欲望得到了极大的满足,但是精神世界却相对匮乏,一味地追求金钱、财富、名利这些物质性、功利性的东西,这对社会的发展进步是极为不利的。通过认真研读《青年在选择职业时的考虑》有利于青年学习马克思崇高的人生理想,尽管我们可能不能人人都像马克思一样,但是我们可以从马克思的思想中去感悟并确立自己的正确的人生观。

(二)有利于当代青年树立正确的价值观

一个人的价值观并不是天生的,他会随着我们的成长逐步形成。在成长的过程中我们会遇到各种人和事,有些人和事对我们的影响深远持久,有些则是匆匆过客,对我们的人生似乎不产生什么影响。但是我们应该清醒地认识到对我们的人生产生重要影响的除了我们生活的时代和社会环境之外还有一个很重要的原因就是我们自身。因为"内因决定外因,外力只是起辅助作用而已"[5]。比如在现实生活中兄弟两个成长于同样的家庭环境却有着完全不同的人生观、价值观,所以认清自己就至关重要。而青年马克思人生价值观的确立除了受到所处的社会、学校、家庭的影响之外还与他自身密不可分。马克思在《青年在选择职业时的考虑》一文中就告诉我们在选择适合自己的职业时,应该考虑的因素就有自我因素,即如何定位自己。合理定位自身,认清自己的优点、缺点,趋利避害。然而当前很多青年人缺乏对自己的正确定位,大学四年浑浑噩噩度过,毫无准备就去盲目求职,而且所选择的职业还都是朝着一线城市、高端、高薪的方向,这种错误的价值观自然不会带来好的结果,会让我们的人生遭受到更多的挫折与磨难。所以认真研读《青年在选择职业时的考虑》十分必要,尽管我们所处的时代不同,但是青年马克思对自己价值观的确立及其认识的透彻程度和他的价值观光辉,对我们当代青年正确价值观的确立仍然具有不可替代的指导作用。

（三）有利于当代青年树立正确的择业观

当前就业难是很多青年人面临的一大难题，我们除了分析社会因素之外还应该从自身出发，寻找自身的因素，即我们自身是不是具备了社会上所需人才应该具备的素质，有没有脚踏实地，有没有树立正确的择业观。青年马克思在《青年在选择职业时的考虑》一文中就指出在选择职业时应该认真、冷静地综合考虑各方面的因素，其中就包括我们能不能胜任自己所要选择的职业，有没有持续地热情面对工作中所遇到的一切困难，这些不仅需要对工作的热爱，同时还有自己平常在学习中有没有真正地积累获得相应的知识、提升自己的能力。在综合考虑这些因素之后我们要选择适合自己的，能给自己带来尊严的职业，这份职业不一定是多么高等的，但是却能让我们实现自己的人生目标，对社会有所贡献，让他人能够获得幸福感，这样我们才能获得真正的幸福。

参考文献：

[1]马克思恩格斯全集：第4卷[M].北京：人民出版社,1982.

[2]刘万振.青年马克思价值理想的当代意义[J].重庆社会科学,2016(9):121－126.

[3]马克思恩格斯全集：第1卷[M].北京：人民出版社,1995.

[4]刘淑艳,魏晓文.马克思择业观对当代大学生选择职业的现实启示——研读马克思《青年在选择职业时的考虑》[J].思想理论教育导刊,2017(7):29－32.

[5]岳鹏.青年马克思的理性择业观及其现实启示——重温马克思《青年在选择职业时的考虑》[J].理论与改革,2013(4):32－34.

（指导教师：李明珠）

青年马克思的择业观对当代大学生的启示 张 鹏*

【摘 要】《青年在选择职业时的考虑》是马克思的中学毕业论文。文章中马克思以优美的文笔、深刻的语言、缜密的思考、严格的推理,逐层论证了青年为什么要选择职业? 选择什么样的职业? 怎样选择职业? 在当今就业形势异常严峻的情况下,重温马克思经典,进一步学习青年马克思在选择职业时的理性思考,对于当代大学生树立正确、理性的择业观具有重要的现实意义。

【关键词】青年;大学生;择业;启示

《青年在选择职业时的考虑》写于 1835 年马克思中学毕业时。在这篇文章中,马克思发表了一些重要的见解,表达了为人类服务的崇高理想。当时,马克思和他的同学就要毕业,面临着升学和就业的问题,大家都在考虑自己的前途。有的人希望可以成为诗人、科学家或哲学家,献身文艺和学术事业;有的人打算充当教士和牧师,幻想天堂的幸福;有人一心想当官吏,把高官厚禄作为奋斗目标;有的人则羡慕资产者的豪华生活,把舒适享乐作为自己的理想。总之他们从利己主义出发,以个人幸福作为选择职业的标准。马克思与其他同学的想法不同,他没有考虑哪种具体的职业,而是把这个问题提高到对社会的认识和对生活态度上加以考虑和回答。

一、为什么要选择职业——为人类谋福利、谋幸福

文章中马克思首先开宗明义地指出了人与动物的区别。人与动物的最大区别就在于:"动物只是安分地在自己的活动范围内运动、不试图越出这个范围,甚至不

---

* 张鹏,法学院知识产权 16 级 1 班,1612590107。

考虑有其他什么范围的存在。"而人类则不同，人是在认真地考虑这个范围的基础上出于某种目标的活动，这种目标是满足自己的人生需求或满足全社会的需求——为人类解放事业而奋斗！人类在选择时强调了自己的尊严。马克思是这样说的："尊严就是能使人高尚起来，使他的活动和他的一切努力具有崇高品质的东西，就是使他无可非议，受到众人钦佩并高于众人之上的东西。"[1]5我们在从事这种职业时不是机械地像奴隶一样，而是在自己的头脑领域中进行独立的思考和创造。在创造之中加入了我们自己的思想，所以我们从事这种职业能给予我们以尊严。

人和动物最本质的区别就是人具有创造性，而动物的一切活动只是它本能活动的外化。人在选择职业时往往具有主观目的性，为了这个目的他会朝着一定的方向努力，进而达到自己最为满意的程度。相反，动物则没有这种感悟。

马克思在选择职业时曾这样说过：在选择职业时，我们应该遵循的主要指针是"人类的幸福"和我们"自身的完美"，不应认为，这两种利益是敌对的，互相冲突的，一种利益必须消灭另一种的；人类的天性本来就是这样的：人们只有为同时代的人的完美、为他们的幸福而工作，才能使自己达到完美。[1]5在这里，马克思又旗帜鲜明地指出了"人类的幸福"和"自身的完美"，这两方面不是孤立的、冲突的，而是相互联系、相互贯通的。我们自身的完美是人类幸福的必要条件，而人类幸福又是我们自身完美的背景和基础，双方是一个动态的发展过程，只有二者在相互的配合之下，才能实现"双赢"。

青年时的马克思在选择职业时就将自己的职业定位为"最能为人类福利而劳动的职业"。换句话说：就是为解放全人类、实现共产主义奉献自己的一生。从这个层面看马克思已经从芸芸众生中脱颖而出，而大部分人的职业选择只停留在物质和世俗层面上。从马克思的一生来看他的确以自己的行动践行着自己的选择，为了这个理想目标倾注了毕生心血，但他始终无怨无悔，直到生命的终结。

二、如何选择职业——理性地考虑和认真地对待

首先，在文章中马克思强调了"认真考虑"的重要性。他是这样说的："认真的考虑这种选择，无疑是开始走上生活道路而又不愿意拿自己的最重要的事业去碰运气的首要责任。否则，仅凭虚荣心和不理智的支配下，我们的整个存在也就毁灭了。"[1]5青年在选择职业时必须进行一番认真考虑，也就是说我们需要一个目标，至

少这个目标在我们自己看来是伟大的。自己首先要对自己选择的职业充满信心，而不能朝秦暮楚，并且要持之以恒，不畏惧外界的压力。马克思曾经这样谈道："灵感的东西可能须臾而生，同样也可能须臾而逝。我们狂烈的追求着我们自以为是神本身给我们指出的目标；但是，我们梦寐以求的东西很快就使我们厌恶——于是我们的整个存在也就毁灭了。"[2]8

来自外界的干扰、种种诱惑会使我们为当初那个狂热的目标动摇，而这种动摇对我们理性选择职业的打击是致命的。因为外界相对于自我而言，在数量上占据绝对的优势。外界的干扰可以摧毁我们的心理防线，在日积月累的影响下，我们的内心逐渐动摇，甚至最后坠入世俗的队伍之中，与之同化。

虚荣心，也是一个重要的因素，它对于我们选择职业也有很强大的撼动作用。马克思曾提到过："伟大的东西是光辉的，光辉则引起虚荣心。但是，被各种名利弄得鬼迷心窍的人，理智已经无法支配他，他已经不再自己选择他在这个社会上的地位，而听任偶然机会和幻想去决定他。"[1]7虚荣心来源于我们所获得的荣耀。我们这里所说的荣耀是指因为自己的行动而获得来自外界的认同和评价所产生的心理满足感。荣耀分为两个部分：一是真正的荣耀；二是虚荣心。虚荣心是内心自我满足感无限膨胀的必然，过度的虚荣心会使我们走向黑暗。每个人都希望自己获得一个自己认为体面的职业——这种职业不会感到厌倦、始终不会感到松动、始终不会情绪低落。我们在选择职业前应该理性地思考，我们究竟以何种心态去选择我们将来的职业，我们到底需要一个什么样的职业，为了这个职业我们可以进行怎样的努力和付出。用马克思的话来说就是要让"我们自己的理性成为我们择业的顾问"。

其次，我们还需要冷静、认真地对待择业。因为我们要以自己的真实情况为出发点，寻找一个属于自己的职业。那样的话，我们所选择的职业才是适合我们自己的，我们才能持久地投入到这个职业中去，恪尽职守，为之不断地努力。这样，我们的内心才是无愧的，我们才能从中看到自己所居的地位是高尚的，也就会使自己的行动保持高尚。只有这样才能做到"人类幸福"和"自我完美"的有机统一。青年马克思曾这样说过："如果我们通过冷静的研究，认清所选择的职业的全部分量，了解它的困难之后，我们依然对它充满热情，我们依然爱它，觉得自己适合它，那时我们既不会受到热情的欺骗，也不会仓促从事这些职业才能够使才能适合的人幸福，但也必定使那些不经考虑、凭一时冲动就仓促从事的人毁灭。"[2]8就是说我们要选择适合自己的职业,在选择前一定要经过理性的思考和冷静、认真的对待。考虑职业的可能性与现实性,也就是让我们关注事物存在和成立的条件。当这个条件不成立时,我们所选择的职业必将不适合我们,而在这方面我们终将无法成功。

三、选择什么样的职业——人类幸福和自身完美

在选择职业时我们应该选择什么样的职业?这也是我们选择职业时的一大难题。首先,我们选择的职业不能超越我们体质的限制。俗话说"身体是革命的本钱"。自身的体质是任何一个人择业和从业的限制性条件和基础。它就像人和大自然一样要和谐相处,人类不能超越客观规律,而违背和超越客观规律必定会受到规律的惩罚。我们的体质包含有两方面,这里所说的体质不仅仅指身体素质,还是一种广义程度上的体质——即一个人的综合素质。一是身体素质。不管我们从事什么活动,身体素质是其中一个必备的起决定性作用的条件。只有以良好的身体素质为基础,我们从事的各种活动才显得有意义和有价值。择业也是一模一样的,再高尚的职业,如果没有了良好的身体素质做后盾,那它的存在同样没有价值。二是科学文化素质和思想道德素质。良好的科学文化素质和思想道德素质是我们择业的指南针。有了它我们才能辨别更多的职业,理性冷静地在纷繁复杂的职业中寻找出适合自己"体质"的职业。科学文化素质和思想道德素质是一个人择业观的重要组成部分,只有在正确择业观的指导下,我们才能找出使自己满意的职业。

马克思曾说过:"如果我们把这一切都考虑过了,如果我们生活的条件容许我们选择任何一种职业,那么我们就可以选择一种使我们有尊严的职业;选择一种建立在我们深信其正确的思想上的职业;选择一种能给我们提供广阔场所来为人类进行活动、接近共同目标及完美境地的职业。"[1]7在这里他强调选择职业时综合素质的重要性。生活目标的不恰当往往导致更多的自我失望,我们要在点滴成功中找寻自己的信心。立足于现实,立足于自身,不计较"一域一地之失",确立恰当的职业目标。

必须把"人类幸福和自身完美"相统一。一个珍视自己完美的人,才能在职业上恪尽职守,以自己的能力服务于人类的幸福事业。这两者不是相互对立、冲突的,而是相互联系、相互贯通、相互转化的。如果说只是过分地强调"自身完美"而忽视了"人类幸福",那么这种择业就不是马克思所讲的那种为人类幸福事业奋斗终生的伟

大职业。只有将两者结合起来，我们才能一步步接近并逐步达到那种最高境界。

马克思强调和提倡我们选择那样的职业——以人类的解放和幸福事业为己任，以自己的实际行动不断地、真诚地、忘我地投入和付出，在追求人类幸福的过程中才能凸显出自身的完美。否则我们所谓的"自身完美"则是一个不平衡的状态。马克思曾这样说过："如果一个人只为自己劳动，他也许能够成为著名学者、大哲人、卓越诗人，然而他永远不可能成为完美无瑕的伟大人物；历史承认那些为共同目标而劳动因而变得高尚的人是伟大的人，经常赞美那些为大多数人带来幸福的人是最幸福的人。"[1]7

四、《青年在选择职业时的考虑》对当代大学生理性择业的现实启示

通过对历史的深刻解读及老师的讲解可知，当年马克思的思想还尚未成熟，但其中蕴含的基本思想和精神实质仍对当代青年大学生具有重要的启示。

第一，大学生应当树立远大理想，注重个人综合素质提高。理想是每个人前进的指明灯，没有远大理想的人终将一事无成。当今社会分工日益精细，大学生综合素质对于适应当前的就业具有重要意义，所以大学生应努力提升自己的综合素质。

第二，把握就业形势、正确认识自我，树立理性的择业观。青年马克思曾在文中指出，在择业时要权衡利弊。一方面要考虑客观历史条件的约束，另一方面要全面认识自我、准确定位自我。面对纷繁复杂、日益严峻的就业形势，当代大学生不应好高骛远、眼高手低，随意地变化职业、跳槽，而是要充分地考虑自身的条件及社会的需求。

第三，树立创新意识。创新是一个民族进步的基石，当前复杂的就业形势要求我们要改变传统的就业思路和模式，积极应对全球化科技进步的飞速发展，而创新意识在这种环境下显得极为重要，创新意识的培养是每个用人单位所看重的，未来的竞争可谓是创新人才的竞争，培养"创新意识"更加有利于我们选择职业。

第四，将自己的理想与社会的现实需要相结合。美好的个人理想是我们前进的指明灯。如果只有那种美好的设想而不与现实相结合，那样的理想也只能是一种美好的幻想。积极关注时事政治，了解国家的就业动向，认真分析国家政策蕴含的就业信息，将自己的所长向这些方面倾斜，制定符合自身条件的职业生涯规划书，按照规划书不断地完善自己，相信最后的结果一定是令人骄傲和振奋的。

第五，扎根基层。目前高校大学生多半不愿意到基层就业，一心向往大城市，导致大城市各个岗位人满为患，而基层却大量缺乏实用性人才。人民群众是历史的创造者，改革依靠人民，为了人民。改革的最终成果要由人民群众共享。深入基层就业，将自己的理想融入人民群众的需要之中。就像马克思说的那样："在选择职业时，我们应该遵循的主要指针是人类的幸福和我们自身的完美，不应认为，这两种利益是敌对的、互相冲突的、一种利益必须消灭另一种的。"[2]8

第六，树立长远意识和大局意识。将自己的择业观适当地放大，不要只拘泥于眼前的既得利益，不要被眼前的诱惑迷住了眼睛，密切关注自己所选职业的发展动向及前景，重视职业的基础思想，提高我们本身的尊严，这样我们的意志才不至于动摇。自己所选择的职业应与国家大局的发展相契合，不能脱离时代的发展而空谈自己的理想，认真领悟"纸上得来终觉浅，绝知此事要躬行"一语所蕴含的真理，这样我们才能走在时代发展的前列。

五、结语

读了马克思《青年在选择职业时的考虑》一文，使我真正明白了"人类幸福"和"自身完美"二者之间的关系，也加深了对马克思追求人类解放事业的理解。一个人不能太自私、不能只为自己活着，要为全天下的人的幸福而活。在选择职业时这一点尤为重要。最后我们以马克思的一句话来结束全文："如果我们选择了最能为人类福利而劳动的职业，那么，重担就不能把我们压倒，因为这是为大家而献身；那时我们所感到的就不是可怜的、有限的、自私的乐趣，我们的幸福将属于千百万人，我们的事业将默默地、但是永恒发挥作用地存在下去，而面对我们的骨灰，高尚的人将洒下热泪。"

参考文献：

[1]马克思恩格斯全集：第40卷[M].北京：人民出版社，1982.

[2]马克思恩格斯全集：第3卷[M].北京：人民出版社，2012.

（指导教师：王海霞）

马克思《青年在选择职业时的考虑》对当代大学生择业的启示 张继中*

【摘　要】1835 年,马克思在中学毕业论文《青年在选择职业时的考虑》中提出,青年在选择职业时,要认真思考、找准方向;要尽可能选择有尊严完美的职业;在符合社会发展的需求的基础上,充分考虑自身所处的环境,要把人类的幸福和自身的完美作为主要指针。马克思有关选择职业时的考虑,对当代大学生择业有着重要启示。

【关键词】马克思;青年;择业

1835 年秋天,马克思于特里尔中学毕业前夕,用德语完成了一篇名为《青年在选择职业时的考虑》的毕业论文,提出了一些重要见解,表达了为人类服务的崇高理想。本文主要阐明了青年在选择职业时应考虑的因素,以及如何选择适合自己的职业,并提出自己的观点"在选择职业时,我们应该遵循的主要指针是人类的幸福和我们自身的完美",为人类服务,这是少年马克思的崇高理想,也是马克思在文中所阐述的主要思想。虽然这篇短小精悍的论文写于 180 多年前,但是文中的有关青年择业的观点依旧指引着当今青年人走向正确的道路,值得我们学习与思考。

一、青年在择业时要认真思考、找准方向

马克思在论文第一段中说,"神也给人指定了共同的目标——使人类和他自己趋于高尚,但是,神要人自己去寻找可以达到这个目标的手段;神让人在社会上选择一个最适合于他、最能使他和社会都得到提高的地位"。马克思在这段话中指出神

---

* 张继中,马克思主义学院中国近现代史基本问题研究 17 级,172030506002。

虽然给人指定了目标，但是人必须有自己的选择，通过自己的选择在社会上立足，所以青年在择业时的考虑就显得尤为重要了。当时马克思年轻气盛，但论文中关于青年选择职业的思考却表现出了严肃、认真、准确的方向性。马克思指出，"能有这样的选择是人比其他生物远为优越的地方，但是这同时也是可能毁灭人的一生、破坏他的一切计划并使他陷于不幸的行为。因此，认真地考虑这种选择——这无疑是开始走上生活道路而又不愿拿自己最重要的事业去碰运气的青年的首要责任"[1]。说明青年择业这件事对于青年来说既是机遇又是挑战，决不能凭着一时的热情和兴趣仓促选择，决不能拿人生最重要的事情去碰运气。

马克思提出的要慎重而理智地选择职业，对当代青年具有尤为重要的指导意义。当我们处于择业的路口，内心会产生许多想法、灵感，而这些想法、灵感有可能是灵光一现，也或许是转瞬即逝，可能是机会，亦可能是挑战，还可能是万丈深渊。这就要求现代青年选取职业时，一定要认真思考所选取的职业自己是否能够坚持，是否能够给自己带来无限的动力，是否真正遵循自己的内心，是否能给自己未来发展提供有力的平台。但是，当代部分青年在择业时往往不能正确评估自己的专业发展方向和个人能力，受社会上众多不良风气的影响，在选择职业时往往考虑的是薪酬待遇、面子工程，很多时候是为了就业而就业，没有充分考虑到这份职业的发展前景、发展平台以及这份职业对自己成长的帮助，这样的选择往往导致消极对待工作、没有上进心、得过且过，最终辞职率极高，浪费了大好的时间，却一无所获，从而影响了自己的一生。因此，即将需要择业的青年必须对自己的未来职业做好完整且合理的规划，同时综合自身的优缺点和专业特征，做好短期和长期的目标规划，制定出符合自身发展需求的职业生涯规划，这样才能在长期的职业生涯中积极进取、不断前进、干劲十足，实现自身价值。当然，处于择业期的青年也应根据社会发展的实际走向，不断地磨炼成熟，在实践中不断获取经验，不断地修正、微调自己的职业走向。因此，青年人在择业时期的首要任务就是认真思考、找准方向。

二、青年在择业时要尽可能选择有尊严完美的职业

马克思认为，在认真思考、找准方向之后，要选择一份从内心深处热爱的职业，并且为这份职业努力奋斗的时候，也要考虑到这份职业我们是否能持之以恒地去做，如果不能，在这份工作中我们就不能得到快乐，虽然责任与担当鞭策着我们继续前进,但是这种鞭策会让我们为了工作而工作,不能更多地体会工作中的快乐与愉悦,长久以往便会影响到对工作原发的积极性,从而影响工作本身。如文中所说:"倘若我们选取了自己不可胜任的职业,我们便很难做好它,很快我们就会出现消极思想,并说服自身,我们为无用之人,为不可能完结自身使命的社会公众。"[2]我们知道,"尊严是最能使人高尚、使他的活动和他的一切努力具有更加崇高品质的东西,是使他无可非议、受到众人钦佩并高出于众人之上的东西"[3]。从马克思在《青年在选择职业时的考虑》中所说的来看,青年在择业时选择有尊严的职业,是因为尊严可使人变得高尚,可以使我们具有崇高品质,可以使公众敬佩。一份有尊严的职业并没有所谓的高低贵贱,这与学历的高低,个人能力的大小没有关系,而是靠自己的双手获取劳动价值,这份价值符合社会和国家的发展的客观需要,符合自己对职业的规划方向与期待。从事这些有尊严的职业,才能够更好地发挥主观能动性和积极主动地去创造,可以使我们心甘情愿、倾其所有地去工作,在工作中得到别人的尊重与敬仰,得到不一样的价值和领悟,获得身心的满足感,在工作领域应对自如,就会更加努力,珍惜工作,斗志昂扬,全身心地投入。但如果青年在择业时没有慎重考虑,为了工作而工作选择了有失尊严的职业,就有可能带来负面的影响,对于青年的身心都是有害的。青年在择业时选择有尊严的职业是具有长远意义的,不仅能够保证其职业走向的长远性和固定性,而且有助于对未来人生的肯定和规划。

三、青年在择业时在符合社会发展的需求的基础上充分考虑自身所处的环境

"我们的体制会经常威吓我们,但是谁都不可以蔑视其具有的权利。当然,我们可以超出体制本身约束,但若是如此,我们便会以更快的速度累垮;在这种状况下,我们便是盲目地将大厦建造于松软的土壤之上,我们的一生也将转变为精神准则与肉体准则之间的不幸争斗"[4]。青年在选择职业时,除了要认准方向,选择有尊严的职业,还要在符合社会发展的需求的基础上充分考虑所处的环境。马克思认为:"我们并不总是能够选择我们自认为适合的职业;我们在社会上的关系,还在我们有能力决定它们以前就已经在某种程度上开始确立了。"[5]

马克思在中学时代就已经认识到青年在择业时在符合社会发展的需求的基础上,需要充分考虑自身所处的环境。这一观点充分体现出人的社会性这一基本属性。人是一切社会关系的总和,这是人和动物赖以区别的主要依据。人是社会的

人,是要依靠社会活动的,处于社会中的每个人,想要做成任何事,都要符合社会发展的需求,都会受到各种社会关系的制约,理想必须源于现实,也必须受到现实的制约。处于择业时期的青年肩负着对个人、家庭、社会的责任,一定要处理好三者的关系,才能在择业时找准方向。然而很多时候青年在择业时不会考虑到这些,仍然"在就业单位和就业渠道的选择上,面对政府机关、事业单位和国有大中型企业近年来深化改革和用人需求相对下降这一宏观背景,一厢情愿地想在这些单位谋得一个职位;在就业地区的选择上,用'新三到'(到国外去,到沿海发达地区去,到挣钱最多的地方去)取代'老三到'(到基层去,到艰苦的地方去,到祖国和人民最需要的地方去),'抢北京,战上海,守南京',宁可踏遍'天(天津)南(南京)海(上海)北(北京)',就是不去'新(新疆)西(西藏)兰(兰州)';在薪金要求上,流传着369的月薪价位,即本科生3 000元,研究生6 000元,博士生9 000元,要找'金(金融)银(银行)财(财税)宝(保险)''两电(邮电和电力)一草(烟草)'等高收入单位"[6]。这些观念不符合社会发展的需求,必然会造成择业失败,从而引发择业时期青年的心理变化。这就要求我们端正心态,找准位置,转换择业观念,将自己择业的选择同社会发展大方向相统一,努力为实现中华民族的伟大复兴贡献自己的力量。

四、青年在择业时的主要指针是人类的幸福和自身的完美

青年马克思指出,青年择业时需要遵守的主旨是人类幸福与我们本身的完美。马克思在文中不仅告诉青年人应该怎样选择职业,还告诉年轻人应该选择怎样的职业。他认为,"如果一个人工作的目的是为了自己,那么他有可能具有很高的成就,有可能成为某个领域的专家学者,但他却不可能成长为一个伟大的人,因为历史告诉我们,伟大的人物,他们工作的目的都是高尚的,都是为了全人类的"[7]。人只有为人类的幸福而工作,自身才能达到完美。这是自我价值、社会价值相统一的表现,个人的自我价值只有在社会中才能够得以实现,离开社会谈个人价值就是空谈。马克思从青年时期就开始思考这个问题,他穷其一生努力奋斗,为青年人树立了为人类幸福而奋斗的典范。当前,我国正处于社会转型期,是全面建成小康社会的关键时期。作为当代青年人必须坚持社会主义核心价值观,在面临择业的困境中,要有崇高的理想和信念,不能只看到自己的利益,忽视了社会价值,择业时偏向于福利待遇好、城市规模大,将物质水平放到第一位,而忽视了应该承担的社会责任。马克思

这篇文章很好地引导了青年人在择业时期的思想,告诉青年人在择业时一定要有崇高的理想信念,要有担当、有责任。

青年马克思用铿锵有力的语言呼吁,"如果我们选择了最能为人类而工作的职业,那么,重担就不能把我们压倒,因为这是为大家做出的牺牲,那时我们所享受的就不是可怜的、有限的、自私的乐趣,我们的幸福将属于千百万人,我们的事业将悄然无声地存在下去,但是它会永远发挥作用,而面对我们的骨灰,高尚的人们将洒下热泪"[8]"在这里,虽然写作中学毕业论文时的马克思还不是一位彻底的马克思主义者,还只不过是受着宗教观念和抽象人性论影响颇深的人本主义者,其思想观念也存在着这样或那样的局限和不足,还显得不够成熟,其人生理想也显得过于空发议论"[9],他却能够提出为了人类的幸福而工作才能实现自身的完美,恰恰马克思的一生都在殚精竭虑的为了人类实现共产主义而奋斗。处于择业时期的青年,一定要在实现自我价值的同时,认真思考,给社会、国家带来价值,只有这样才能更好地实现自我价值,获得崇高的人生,从而实现"人类的幸福和自身的完美"。

参考文献:

[1][2][3][4][5]马克思恩格斯全集[M].北京:人民出版社,1982.

[6]徐其清.青年马克思的择业观对当代大学生择业的启示[J].安徽农业大学学报,2004.

[7]李艳迪.马克思《青年在选择职业时的考虑》之现实启示[J].长春教育学院学报,2018.

[8]马克思恩格斯全集[M].北京:人民出版社,1982.

[9]岳鹏.青年马克思的理性择业观及其现实启示——重温马克思《青年在选择职业时的考虑》[J].理论探讨.

《青年在选择职业时的考虑》对当代大学生创业的启示 杨海楠*

【摘　要】马克思中学时代的毕业论文《青年在选择职业时的考虑》具有重要的理论价值和现实价值。马克思在《青年在选择职业时的考虑》中指出,思考是职业的基础,自由是职业的生命,要确立为人类幸福而献身的理想。新时代的大学生应该深刻领悟马克思在《青年在选择职业时的考虑》中的择业思想,创业时要秉持严肃思考的态度,充分考虑影响正确创业的主客观条件,遵循追求人类幸福和自身完美的主要指针。

【关键词】马克思;大学生;创业

1835 年 8 月,马克思中学毕业,写下了《青年在选择职业时的考虑》这一文章。这篇文章体现出他在青年时期建构自己人生理想时的价值基础,在这一价值基础的指引下,马克思通过一生的不懈追求,为人类社会的前进与发展做出了巨大的贡献。今天,对这一文本的研究是必要的,一方面有利于对马克思的思想发展史进行研究,另一方面,该文本对于当代大学生开创自己的事业、实现伟大的理想目标具有重要的现实指导意义。

一、《青年在选择职业时的考虑》的研究价值

《青年在选择职业时的考虑》虽然思想上还有许多不成熟的地方,但研究马克思主义发展史,必须从这一文本出发,从中找到马克思思想萌芽的最初原点。同时,观照现实,创业作为一种职业选择,越来越被大学生所青睐。如何选择一种科学的理

---

* 杨海楠,马克思主义学院马克思主义发展史 16 级,162030502002。

念,就需要找到正确的理论依据,充分发挥这一文本的价值,可以给大学生在创业时一定的思考和启示。因此,《青年在选择职业时的考虑》在当代不仅具有一定的学术研究价值,而且具有很强的现实意义。

(一)《青年在选择职业时的考虑》研究的理论价值

马克思主义思想是一个庞大的理论体系,内容极其丰富。青年马克思生活在黑格尔思想占据主要地位的时代,因此,他的思想深受黑格尔思想的影响。但是随着对社会现实的不断观察,马克思发现了黑格尔思想存在的不足,所以又表现出一些不同于黑格尔的思想,最初在他的博士论文《德谟克利特的自然哲学和伊壁鸠鲁的自然哲学的差别》中得以体现。如果说马克思思想理论的形成是从博士论文开始的,那么《青年在选择职业时的考虑》作为中学毕业论文则直接体现了他思想理论的精神原点。马克思一生都在为人类的自由解放而奋斗,这篇论文就是这一理想的直接体现,可以看到,马克思青年时代便有如此大的抱负,这也是他在世界人类发展史上做出巨大成就的根本所在。

马克思的整个思想体系都贯穿着关于人的自由解放的思想,表现出对人类自由解放精神的执着追求,正是有了这样的精神指引,他开始对人类自由解放之路进行探索。在《1844年经济学哲学手稿》中,马克思通过对资本主义社会不平等现象的研究,指出资本主义社会存在的异化现象,将资本主义私有制视为束缚人类自由解放的物质枷锁,这也是在对自由精神追求的基础上而展开的。在《德意志意识形态》中,马克思确立了历史唯物主义,这就使自由思想走入到更为宽广的社会历史领域,不断走向科学和彻底。

(二)《青年在选择职业时的考虑》研究的现实价值

马克思在《青年在选择职业时的考虑》中,重点提到了青年该如何选择职业,影响择业的因素等问题。马克思时年虽仅17岁,却实现了对"热爱"一词的透彻理解,他认为对职业的热爱是职业最重要的因素,无论对职业进行怎样的选择,都必须建立在热爱的基础上。从这一点就足以看出,马克思在青年时代就具备了伟人的风范,他认为选择职业时一定要以人类的幸福作为方向,正确处理好个人利益和集体利益的关系,在奉献社会中使自身价值得以实现。

马克思将实现全人类的自由解放作为自己终生的奋斗目标,为了实现这一伟大的目标,他一生都在为国际共产主义运动做贡献。作为当代大学生,或许没有为全人类幸福而奋斗的远大的理想抱负,但是在创业面前一定要谨记:为自己所爱,创造有社会价值的高尚事业。高尚的情怀,长远的视野是当代青年人在创业的时候应该具备的,一定不要为了实现自身利益而迷失前进的方向,使自己一生都在为某一物质目标进行虚幻的追求。面对更艰巨的任务,更应当意识到作为社会个体对社会必须要做出贡献。

二、《青年在选择职业时的考虑》中有关择业的简要叙述

《青年在选择职业时的考虑》一文虽然不到三千字,但充分体现了青年马克思的价值理想,文章从追求人类幸福,创造社会价值等角度出发,将青年应该选择什么样的职业和怎样选择职业的问题进行详细的叙述,内容合理,思想深刻。与马克思主义发展进程的其他著作相比,《青年在选择职业时的考虑》虽然没有充分的理论论证,但思维清晰,目标明确,仍然得到很多人的关注。青年大学生应格外重视,深入学习与体会马克思的伟大理想和高尚情操,从而树立正确的人生观、价值观。

(一)思考是职业的基础

创业首先需要冷静思考。作为刚步入社会的大学生,由于经验阅历不足,在创业前必须冷静思考。"重视作为我们职业的基础的思想会使我们在社会上占有较高的地位,提高我们本身的尊严,使我们的行为不可动摇"[1]7,由此,马克思指出,假若现实可以允许我们去选择一种职业,那我们就可以"选择一种建立在我们深信其正确的思想上的职业"[1]6。如何选定职业目标,做好职业规划是大学生需要考虑的。可以说,事业的成败在很大程度上取决于有无恰当合理的目标,没有目标就像航海没有指南针,迟早会迷失方向。所以,在就业和创业之间做好选择,然后树立明确的目标,掌握好努力前进的方向,这样才能应对各种挑战,不断走向成功。

确定好目标,明确前进方向后,就要对创业进一步思考,在合理客观地对各方面包括物质和思想方面分析的基础上,做好充分的准备,从而对创业做出正确的选择。在物质方面,要综合考虑创业的资金、创业的地点以及人才的引进等因素。在思想方面,要对未来的创业活动有一定的思想准备,调整心态,树立信心,这样在困难到来时才能积极应对,不忘最初的目标,成为一个成功的创业者。所以,在创业前的思考是很重要的,这不仅有利于选择适合自己的创业活动,而且还有利于在创业后,迅

速投入到工作中,从而贡献自己的力量。

（二）自由是职业的生命

自由作为人类世代向往和追求的目标,在马克思的理论里得到了充分的展现。一方面,他认为人的自由是自由自觉的生命存在,这不同于其他生物,另一方面,他把人的自由解释为消灭私有制、消除异化的共产主义。创业也是生活的一部分,而生活应该是不断追求自由的一个过程,所以创业同样要把自由作为追求的目标。马克思说,"给人以尊严的职业,不是作为奴隶般的工具,而是在自己的领域内独立地进行创造"[1]6。所以,能使人的自由得以实现的,使创造性得以发挥的,才是最有尊严的职业,因为只有这样的职业才能使我们永葆激情与活力。

从自由出发对职业进行选择,就会在工作中寻找到发挥自身作用的机会。职业并不只是工作,更多的是自己创造力的实现,情感的满足。职业可以满足求知的欲望,可以培养独立的思维,开拓更广的视野。马克思文中所体现出来的正是自由对职业的重要性,在可以自由选择的情况下,才能发挥个人的特长,在工作中才能做出自己的一番事业。可见,自由是马克思的追求,更是每个人的追求。创业,对于每个人来说,都是追求自由而选择的职业,当然在自由选择前要充分考虑主客观条件,这样才能实现长久的发展。

（三）确立为人类幸福而献身的理想

马克思认为真正使人伟大的目标,就是"选择一种能给我们提供广阔场所来为人类进行活动、接近共同目标(对于这个目标来说,一切职业只不过是手段)即完美境地的职业"[1]6。因此,"在选择职业时,我们应该遵循的主要指针是人类的幸福和我们自身的完美。不应认为,这两种利益是敌对的、互相冲突的,一种利益必须消灭另一种的。人类的天性本来就是这样的:人们只有为同时代人的完美、为他们的幸福而工作,才能使自己也达到完美"[1]7。与之相反,"如果一个人只为自己劳动,他也许能成为著名学者、大哲人、卓越诗人,然而他永远不能成为完美无瑕的伟大人物"[1]7。可见,一切人的自由与完美都取决于社会价值的实现。

马克思在中学时期就将为人类自由解放而献身作为自己的理想。他在文中这样写道:"如果我们选择了最能为人类而工作的职业,那么,重担就不能把我们压倒,因为这是为大家做出的牺牲;那时我们所享受的就不是可怜的、有限的、自私的乐趣,我们的幸福将属于千百万人,我们的事业将悄然无声地存在下去,但是它会永远发挥作用,而面对我们的骨灰,高尚的人们将洒下热泪。"[2] 这段话是对马克思伟大理想信念的表述,正是在这一理想信念的指引下,马克思才走过为人类幸福而献身的一生,这是他得到更多人崇敬的原因所在。

三、《青年在选择职业时的考虑》对大学生创业的启示

作为刚刚步入社会的大学生,缺乏对事物的辨析能力,在金钱、物质等诱惑面前,很容易失去理智,迷失自我,最后同自己创业的初衷背道而驰。大学生在创业过程中要保持坚定的信念,正确的理念将直接涉及理想的满足,社会价值的实现。从对《青年在选择职业时的考虑》一文的解读中,当代大学生在创业的过程中可以得到以下三点启示:

(一)创业应秉持严肃思考的态度

在《青年在选择职业时的考虑》这篇文章里,马克思多次提到要"认真考虑""仔细研究"等词。青年在创业时容易受感情的蒙蔽,受到各种迷惑而失去正确的选择方向。他认为求得一个最足以令人炫耀的职业并不是我们的使命。他尖锐地批评到,只是为了炫耀、虚荣、追逐名利等而选择的职业,也许我们一开始有满腔的热情,但是这种热情不会持续很久,当理想没有实现时反而会怨天尤人。选择创业时,要冷静思考、理性对待、严肃慎重,不能凭一时冲动。这种冷静严肃、认真慎重的态度是对准备走入社会进行创业的大学生最基本的要求。

"选择职业"作为一种手段,可以使个人目标和共同目标一起实现,这就表现出职业可以使个人价值理想得到实现。马克思主义唯物史观认为,个人离不开社会,个人是社会中的个人。当今社会的生产力水平还很低,所以在选择职业时仍要考虑个人谋生的需求,这样,个人价值理想才得以实现。因此,大学生在创业的过程中更需要秉持严肃思考的态度,正确处理好个人利益与社会利益的关系,必要时要放弃个人利益,这样才能在社会中实现长远的发展。很显然,马克思强调"选择"的重要性,因此青年人要"认真地权衡",并将之视为"青年的首要责任"。

(二)创业应充分考虑影响正确创业的主客观条件

从对马克思的论文进行解读的基础上,可以清楚地看到,主客观条件是我们做出职业选择时必须要考虑的,只有做到这一点,才能做出正确的职业选择。创业并

非易事,在创业时要充分考虑创业的主客观条件,在严肃思考、认真权衡之后做出正确的选择。从主观条件分析,大学生要做好应对各种挑战的充分的思想准备,要对自己在创业的过程中所持有的主观愿望有清醒地判断,不要有过低或过高的期望值,这样才能满足创业的基本条件,使事业蓬勃发展。

从客观条件分析,大学生在创业时,在排除了种种主观因素干扰后,还要充分考察其客观可能性。这种客观可能性不仅只是对物质条件的考虑,还包括自身所具备的个人素质、现有的社会关系。许多大学生不能正确地定位自己,找不到自己的长处和劣势,最终可能以美好的愿望去创业,可是在工作实践中才发现不适合自己或自己没有能力去支撑起这份事业,这样的一份工作不仅没有达到预期的效果,更不利于自身的发展。同时,在选择职业时也要考虑现有的社会关系,从实际出发,选择更能为社会做出贡献的创业活动。

(三)创业应遵循的主要指针是追求人类幸福和自身完美

马克思在文中对职业问题做了深入的阐释,不仅对为什么选择职业、怎样选择职业的问题进行回答,并且也确切回答了青年人应当选择一个什么样的职业的问题。他认为能为人类谋幸福的职业才是应该选择的职业,马克思自己做出了正确的选择。马克思将人类的幸福和自身的完美统一起来,他认为人只有为他人获得幸福而工作时,自己才能达到完美,这就充分体现了自我价值的实现与社会价值实现的关系。总之,如果做出正确的选择,在服务他人的同时也会使自己的价值得到充分满足。马克思本人一生的奋斗史足以为大学生创业树立正确典范。

当然,并不是要求所有人在创业中都把为人类谋幸福作为自己的出发点。但是,在构建社会主义核心价值体系的今天,大学生价值理想的最高诉求应该是使人类的幸福和自身完美结合起来。创业时正确处理好人类幸福和自身完美的关系,并不是单纯地去追求利益和个人虚荣心的满足,而是把奉献他人、服务社会作为出发点。相反,如果我们只是为了个人利益不择手段,虽然得到物质上的满足,但真正的愿望和理想并没有实现。因此,如果简单地把选择创业的目的放在物质追求上,最后只能将自己对理想的追求变成一种负担,虽然得到了物质满足,但失去了精神追求。

四、小结

这篇中学毕业论文,当然还不是马克思的成熟之作。但我们从文中可以看到,马克思在青年时期就有了宽广的胸怀,就树立了为"人类的伟大目的"而献身的远大理想。理想是一个充满魅力的字眼,是人们对未来的美好憧憬,是经过努力有可能变为现实的奋斗目标,所以创业作为一种职业理想,只要确定了就要为之艰苦奋斗。青年马克思的《青年在选择职业时的考虑》一文从整个人类出发,确立了为全人类谋幸福的崇高目标,充分展现了理性主义精神。重回历史文本,结合现实问题,创业越来越成为大学生就业的一种选择,而且随着就业压力的增大,越来越多的人选择自主创业,但如何避免误区,更好地去创业成为重要问题。对马克思《青年在选择职业时的考虑》这一文本进行研究,积极探寻青年马克思在选择职业前的心路历程,有利于大学生在创业时充分考虑主客观条件,明确创业的出发点,保持端正的态度,根据自身力量合理规划,从而有效指导当代大学生树立科学、理性的观念去创业,实现辉煌、美好的人生价值。

参考文献:

[1]马克思恩格斯全集:第40卷[M].北京:人民出版社,1982.

[2]马克思恩格斯全集:第1卷[M].北京:人民出版社,1995:459-460.

(指导教师:景君学)

马克思青年择业观的双向解读及其对当代大学生的启示 刘婷婷*

【摘　要】马克思的《青年在选择职业时的考虑》这篇文章中所谈到的择业观,至今仍具有极其重要的启发意义。马克思以实现全人类的幸福为视角,分别从个人喜好、体质条件和个人能力三个方面对青年择业需要注意的要素做了说明,并进一步阐述了青年应该选择怎样的职业。历史发展到今天,马克思的青年择业观影响着无数人的职业观,尤其是刚步入社会的大学生,在众多复杂的职业选择中,如何才能做出更有意义的决断,这就需要前人优秀价值观的引领,而马克思的青年择业观就成为首选。

【关键词】马克思;青年择业观;启示

马克思在十七岁时所作的《青年在选择职业时的考虑》一文集中表达了他的青年择业观,文中对于择业时需注意的要素、应遵循的方针、保持崇高理想等问题做了理性的思考和针对性的剖析,全文书写的是对实现人类幸福的大情怀和对人生价值实现的关注,具有强大的感召力。"充满了理想主义色彩,洋溢着要通过一种方式把人的个性完全发展出来的热情,即规避权力和虚荣,用自我牺牲的精神为人类整体服务。"[1]这是戴维·麦克莱伦对这篇文章的高度评价。本文旨在通过对马克思的青年择业观进行两方面的解读,进而分析其对当代大学生的启示。

一、青年选择职业时需要注意的要素

马克思在《青年选择职业时的思考》中,对于青少年选择职业时需要注意的要素

---

* 刘婷婷,马克思主义学院马克思主义中国化研究17级,172030503005。

进行了简要的阐述,分别从个体的喜好、体质、能力三个方面做了详细说明。并提到"如果我们通过冷静的研究,认清所选择的职业的全部分量,了解它的困难以后,我们仍然对它充满热情,我们依然爱它,觉得自己适合它,那时我们就应该选择它"[2]4。只有实事求是地看待自己,正确认识所选择的职业,认清自己的所需所求,才有机会找到适合自己的、适于自己人生追求的职业。

(一)个人喜好

个人喜好作为影响青年职业选择的第一因素,马克思首要地谈论了我们选择职业并不是为了"求得一个足以炫耀的职业",因为如果我们长期从事这种职业,会使我们感到厌倦,情绪低落。所以青少年在选择职业时要以个人喜好为第一标准,把职业选择与个人爱好结合起来,选择一个自己喜欢从事并适于长久从事的职业远比因为虚荣心而选择一个最"足以炫耀的职业"令人满足。在这里,马克思也顺便谈到了社会关系对青年职业选择的影响,因为每个人都有不理智的时候,容易受幻想蒙蔽,而且并不是总能够选择出适合我们的职业,所以在做出选择的时候,我们有必要把目光投向我们的父母,他们丰富的生活阅历会给予我们指导。

(二)体质条件

马克思提出,体质会常常威胁我们,因此任何人都不能藐视它的权利。在这一思考中把身体条件看作是影响职业选择的因素,已经蕴含着马克思初步的唯物主义思想萌芽。如果我们选择的职业超越了体质的限制,就相当于我们冒险把大厦建立在松软的废墟上,我们的一生也就由此变成了精神原则和肉体原则不幸斗争的一生,因此也就无法安静地过完这一生,而马克思认为"安静是唯一生长出成熟果实的土壤",所以说体质条件是我们择业过程中的一个重要因素。毛泽东曾经也说过"身体是革命的本钱",在那个艰苦卓绝的年代,如果没有健康的体魄,毛泽东如何才能创造伟大的事业? 而诸葛亮的"出师未捷身先死"又是多么令人痛心惋惜。

(三)个人能力

马克思用较少的文字解说了个人能力对青年选择职业时的影响,主要还是要正确认清自己,避免妄自菲薄。马克思明确指出,如果我们因为错误地估量了自己的能力而选择一个自己以为是经过周密考虑的职业,这样做带来的惩罚不止有外界的指责,更主要的是自我失望。做一份超越自己能力的职业,与其说是自我挑战,还不如认为是不自量力,只有正确认清自己的能力以及发挥空间,才会在工作过程中不断创造更多的价值。

二、青年应该选择怎样的职业

马克思详细地阐述了青年应该选择什么样的职业作为终身追求。他用一生去践行他所坚守的人生价值观,也旨在告诉我们选择和追求职业时,要把欲望、幻想、虚荣等全部抛弃,把对职业的选择与人生的使命和意义结合起来。

首先是要选择和追求一份能给我们以尊严的职业。尊严,是指人和具有人性特征的事物,拥有应有的权利,并且这些权利被其他人和具有人性特征的事物所尊重。简而言之,尊严就是权利和人格被尊重。马克思将尊严看作是最能使人高尚,能使人的活动和一切努力具有崇高品质的东西,选择一份能给人以尊严的职业,并不一定是职位或者地位最高的职业,但一定是最可取的职业,从事这种职业不会给我们带来思想上的压力。选择一份能给人以尊严的职业,我们并不是作为奴隶般的工具进行工作,只是独立地在自己领域进行创造就可以了。选择一份能给人以尊严的职业,在从事的过程中并不会有不体面的行动,即使是最表面的不体面行动也不需要,对于这种工作,马克思认为:"甚至是最优秀的人物也会怀着崇高的自豪感去从事他。"[2]6马克思对于职业性质也有深刻的认识,他认为,职业不是谋生的工具,不是名利和欲望的奴隶,更不是追求金钱的手段。在选择职业的时候,正确的做法应该是发挥自己的特长,扬长避短,进行价值创造,把实现个人价值与实现社会价值结合起来,只有在工作的过程中能够对他人、对社会有益,能促使我们成为一个对他人、对社会有用的人,这样的工作才是会让我们感到有尊严的职业。

其次是要选择和追求一份"我们深信其正确的思想上的职业"。马克思在这里是要提醒当代青年在选择职业时,要把遇到的问题和疑惑进行理性思考和分析,马克思的这个择业观蕴含着深刻的思想内涵,要求我们不能自我欺骗,如果通过自我欺骗而选择一份职业,就会和选择了一份有失尊严的职业一样,贬低了我们,而且倍感压抑。在马克思看来,尤其是从事研究抽象真理的职业的青年,如果缺乏坚定的原则和毫不动摇的信念是最危险的。从事适合的职业才会让人感到幸福,但是往往要选择一份适合的职业确是难上加难,这就要求我们要对各个方面进行深入的思考,我们也可以求助有着丰富人生阅历的父母,他们的意见具有某些先见之明的价值。只有做了如此周全的思考，并在思想上认为其正确的职业，才是我们毕生所要追求和选择的。那些不经思考，凭一时冲动就仓促做出选择的职业，不仅不会给我们带来幸福，反而会深陷痛苦的泥潭。

当选择一份认为在思想上正确的职业时，这份职业在我们心中已深深扎根，我们要竭尽全力做好它，甚至在需要的时候不惜生命。这些职业"看来似乎还是最高尚的"，而且重视这种作为我们职业的思想基础，会使我们的行为不动摇，增强行动力，也会"提高我们本身的尊严"。在这里，我们也要厘清职业并没有高低贵贱之分，只有适合和不适合的区别，而且卓越也并不等于学历。青年在选择职业的过程中要考虑这份职业是否适合国家和社会发展的需要，也要看是否适合自己的喜好和特长，树立这样的择业观和价值观对于当代青年来说尤其宝贵。

最后是要选择和追求"使我们自己不断接近共同目标即臻于完美境界的职业"。在这里我们首先要处理好两种利益的关系，即人类的幸福和我们自身完美之间的关系。马克思指出，这两种利益是可以互相促进、互相调和的，只有为同时代人的幸福、完美而工作，才能达成自身的完美，促进自我发展。但是始终会有人认为，这两种利益是对抗性的，它们之间无法找到共同点，在从事职业的过程中，这两种利益也无法共存，必须用一种利益消灭另一种利益。作为新时代的青年，我们要自觉克服这种错误观念，树立正确的人生观和择业观。以上所阐述的内容也可以看作是马克思在这里提到的"共同目标"所具有的双向维度，从整个时代的角度给出了一个完美的答案，这个共同目标就是——使人类和自己趋于高尚。这也为青年提出了奋斗的大方向，我们所从事的职业要实现小我和大我的结合，不仅要满足小我的生存需要，而且更需要发挥聪明才智，为人类的完美和幸福而奋斗，这种为共同目标奋斗的人才是历史所承认的高尚的伟大人物。

马克思指出，那些为自己劳动的人，或许会成为他们这个行业的领军人物，但是永远无法成为"完美无疵的伟大人物"。也就从这个意义出发，马克思认为："对于这个共同目标来说，任何职业都只不过是一种手段"。[2]6这就从整个人生长河中体现出目的与手段之间的关系，而我们这些当代青年也应该以更崇高的境界来选择职业，摆脱欲念的纷扰，活出自己的精彩。

三、马克思青年择业观对当代大学生的启示

《青年在选择职业时的考虑》这篇文章集中体现了马克思的青年择业观,很难相信这是一名十七岁的少年写出的文章。年轻的马克思在面对复杂的择业问题时,并没有仓促地做出决定,而是经过慎重的思考后选择为人类的自由和解放而奋斗,在面对律师、哲学家、学者等等众多较容易从事的职业时,马克思并没有选择安逸,这份情怀值得我们每一个青年人学习,而他一生的事迹也向我们证明了:这就是他用一生来追求和选择的职业。作为当代大学生,马克思的青年择业观使我们受益颇多。

（一）树立正确的职业理想,实现个人价值与社会价值相协调

如今的中国随着社会结构的激烈转型,价值观念和思想观念也越来越多元化,因此年轻一代在择业的过程中受到的干扰也就越多。马克思认为,在职业选择时要将个人价值和社会价值相结合,即前面谈到的把"自身的完美"和"人类的幸福"这两种利益相结合。在择业过程中,首先要树立正确的职业理想,正确的职业理想是我们选择一份称心如意职业的前提和导向,每个时代的人们的择业行为都带有该时代的烙印,不同的利益主体的利益诉求也千差万别。今天我们社会的主旋律是集体主义,是个人价值与社会价值的统一,这也是马克思对青年择业提出的期待。所以作为最新一代的青少年,要自觉地担负起时代赋予的责任,树立顺应社会和国家发展要求的职业理想,选择一份可取的职业,在工作中实现个人价值与社会价值。

（二）合理规划职业生涯,实现人与职业的合理匹配

对于刚步入社会的青少年来说,基本上都是偏向于薪水高、待遇好、工作轻松等热门职业,而且对于择业地区也要求经济发展好的地段,所以社会上就出现了"就东不就西""就城不就乡""就高不就低""铁饭碗"等说法。这些所谓的"幻想"与"虚荣心"导致人与职业的异常不匹配,职业部门的供给和待就业人群对于职业的需求也表现得很不平衡,所以马克思告诫青少年在择业前要正确认清形势以及自己的专业和特长,做一个合理的职业规划,走好职业选择的第一步。机会往往青睐于有准备的人,量身定做一个属于自己的、经过深思熟虑的职业规划,会让我们的择业显得更加从容、更加充满自信。按照职业规划再寻找适合自己的职业,做到社会需求与个人素质相协调,实现人与职业的合理匹配,充分实现各得其所。

（三）重塑择业观念，实现职业选择向事业追求的转变

马克思对于青年职业观的塑造非常看重，拥有什么样的价值观直接影响着青少年的一生，因为我们一直强调的是"一生选择和追求的职业"。马克思认为，青少年应该选择最能为人类幸福而劳动的职业，只有选择了这样的职业，重担才不会把我们压倒，因为这是为大家，为全人类而献身。在职业追求中，实现职业选择向事业追求的转变，到这时候，就像马克思所说的，我们所感受到的就不可能是有限的、可怜的、自私的乐趣，因为我们把自己的幸福赋予了成千上万的人，在自我完美的过程中，不断地为千千万万的人带来幸福，把职业已经当作事业去追求、去实践。这一启示也是青年在择业过程中遇到的最难平衡的问题，如何才能把职业当作一生的事业去追求，而且还一直对它怀有热情，这就与我们的职业观有很大联系。因此马克思指导我们，在选择职业时，我们要遵循的主要指针就是为了人类的幸福和自身的完美，即前面谈到的处理好个人价值与社会价值的关系问题。个人价值与社会价值的统一构成了人的价值，只要我们树立正确的世界观、人生观、价值观，紧随社会的发展步伐和要求，就一定能够实现自我的完善与发展，为社会和国家创造更多的价值。

参考文献：

[1]麦克莱伦.卡尔·马克思传[M].王珍,译.北京:中国人民大学出版社,2005:8.

[2]马克思恩格斯全集:第40卷[M].北京:人民出版社,1982.

（指导教师：李明珠）

《青年在选择职业时的考虑》的主要内容及意义 刘文斌*

【摘　要】马克思在其中学毕业论文《青年在选择职业时的考虑》中阐明了正确择业的观点：择己所爱、择己所利以及择己所能，并阐明了要防止追求满足虚荣心和社会地位的职业和不能准确定位自己导致的择业错误等错误的择业观。马克思指出，要以人类幸福和自身完善为青年择业的标准。《青年在选择职业时的考虑》对我国建设社会主义和谐社会具有极其重要的意义。

【关键词】青年；职业选择；人类幸福

1835 年秋，马克思和他的同学将要中学毕业，面临就业和升学的双重选择。当其他人考虑自己的前途时，马克思与其他人截然不同。他没有考虑选择某种具体的职业，而是将职业选择这一问题提升到对社会的认识和对生活态度的高度加以思考和回答。年仅十七岁的马克思在这篇经典中表现出"为人类幸福而献身"的崇高理想和伟大抱负，这在后来也成为他一生的真实写照。在这篇经典著作中，我们不难发现青年马克思有着极高的思想觉悟和卓越才华。他在文章中阐述的择业观对今天广大青年的职业选择有着举足轻重的作用。

职业选择是我们每个青年人不得不面对的人生选择，我们所选择的不只是一种谋生的手段，更是一种实现人生价值的途径。青年是最有理想的社会群体，肩负着时代赋予的历史重任。习总书记曾说："中国共产党从来都把青年看作是祖国的未来、民族的希望，从来都把青年作为党和人民事业发展的生力军，从来都支持青年在

---

* 刘文斌，材料学院材料成型及控制工程 16 级 1 班，1601050123。

人民的伟大奋斗中实现自己的人生理想。"[1] 所以,我们在职业选择时,需要坚定理想信念,为实现"中国梦"和自我价值努力奋斗,这是多么令人振奋的事啊!

一、重视影响职业选择的因素:正确择业

(一)选择自己能够持续热爱的职业——择己所爱

美国《商业周刊》专栏作家卡迈思·加洛在《乔布斯的魔力演出》中写道:"你一定要找你所挚爱的工作,因为工作将会占据你生命中大部分时间,唯一能让你满意的是做你认为伟大的工作,而从事伟大的工作唯一的办法就是热爱你的事业。如果你至今还没有寻觅到你热爱的工作,那么不要放弃,继续寻找。"

同样,马克思认为,职业选择是关系到个人生活目的和生活道路的重大问题。选择自己能够持续热爱的职业,不应该受一时的兴趣、渺小的激情和虚荣心的影响,而必须采取严肃客观的态度,理性思考。要想从事自己热爱的职业,还应防止受到迷误、自欺和幻想中的职业美化等消极的影响,进而对自己热爱的职业做出正确的判断。选择我们热爱的职业,它是能使我们长期从事而始终感觉不到厌倦、始终不会松动、始终不会情绪低落的职业。相反,它是当我们知道其所有的困难,却依然充满热情、依然深爱着的职业。马修·阿诺德就清楚地懂得:"宁可做制鞋行业的拿破仑,宁可做从事清洁工作的亚历山大,也不要做对法律毫无兴趣,一生碌碌无为的律师。"

(二)选择自己体质能够适应的职业——择己所利

洛克曾说过:"健康是为我们的事业和我们的福利所必需的,没有健康,就不可能有什么福利,有什么幸福。"由此可知健康是我们选择职业最重要的影响因素。在任何条件下,我们都不能以牺牲自己的健康来换取身外之物。如果选择的职业超越我们的体质,影响我们的健康,那么职业还有存在的意义吗?

选择职业时,需要我们客观地估计自己的体质。选择职业时应当慎重思考,我们的体质能否符合该工作的体质要求。马克思指出,如果我们选择的职业超越我们体质的限制,就如同将大厦建在松软的废墟上,不久便会垮掉。这也将会使我们的一生变成一场精神原则和肉体原则的不幸争斗。

(三)选择自己能力能够胜任的职业——择己所能

俗话说"飞机的引擎装在拖拉机上,照样飞不起来"。在选择职业时我们应该选

择与自己能力"门当户对"的职业。选择那些符合自己能力的职业,我们将会比较顺利地在该职业上生存下去。因为我们能在该职业上充分利用所学知识,发挥自己的潜能,才有可能在该职业领域开辟出属于自己的新天地。

卡莱尔曾说过:"最幸运的事情就是发现了自己是真正具有天赋的人。从而他们不需要再依赖任何人的庇佑。因为找到最适合自己的职业,就相当于找到一生的归宿,也就是找到了最终的奋斗目标,他们就会一往无前地追求下去。"显然,能力在职业选择时是重要的内在因素。马克思指出,如果我们的能力无法完成我们所选择的职业,那么我们就不仅受到外界的指责,而且我们自身也会感到压抑。

二、防止受错误择业观的影响:理性思考

(一)追求满足虚荣心和社会地位的职业

马克思指出:"伟大的东西是光辉的,光辉则引起虚荣心,而虚荣心容易给人以鼓舞或者是一种我们觉得鼓舞的东西;但是,被名利弄得鬼迷心窍的人,理智已无法支配他,于是他一头栽进那不可抗拒的欲念驱使他去的地方;他已经不再自己选择他在社会上的地位,而听任偶然机会和幻想曲决定它。"[2]在这个物欲横流的社会里,很多人都热衷于虚荣心和社会地位的满足。特别是我们这些价值观念和思想观念还不够成熟的青年,最容易受到其毒害。因此,我们在择业时,应当慎重选择,理性思考,避免被名利幻想所蒙蔽,被我们的虚荣心所蒙蔽。

(二)不能准确定位自己导致的择业错误

人的根本问题就是准确定位自己,正确认识自己,只有做到准确认识自己和定位自己,我们才能发现我们身上的闪光点。所以说,能否正确定位自己是十分重要的。

如果一个人天生智力不足,那么他也许只有成为一棵小草。如果他不能准确定位自己和认识自己,过高地看重自己,认为自己是一棵参天大树,他就会对自身失去准确定位,他就可能有所浮躁,本该比常人更加努力地实现自身价值,但却由于定位不准确有时可能连一棵小草也做不成。

三、青年在选择职业时的择业标准:人类幸福和自身完善

马克思指出,"在职业选择时,我们应该遵循的主要指针是人类幸福和我们自身

的完善。不应认为,这两种利益是敌对的,互相冲突的,一种利益必须消灭另一种的。"[3]7人类的天性本身就是这样:人们只有为同时代人的完美,为他们的幸福而工作,才能使自己也过得完美。但是,当今社会的择业观却与马克思的择业观有很大出入,青年人在选择自己的职业时,常常以自我为中心,通常想到的是如何去选择一个对自身有益的职业,一切择业思想都是以利己主义为中心,很少有人去想自己所选择的职业对他人和社会有怎样积极的影响。所以在当下社会,才会出现"人不为己,天诛地灭"的恶性职业竞争,以及在位只为自己谋福利的恶性腐败事件。

马克思说:"一个人只为自己劳动,他也许能成为著名学者,大哲人,卓越诗人,然而他永远不能成为完美无疵的伟大人物。"[3]7如果仅从利己定义出发,只考虑如何去满足个人的欲望和需求,那么他不可能获得真正的幸福。他的事业是渺小的,同样,他获得的幸福也是自私的。一个人只有选择为人类服务的职业,为人类最大多数人的幸福而工作,才是高尚的人,才是伟大的人,才能够获得真正的幸福。最终实现人类幸福和自身完美的双赢,实现自己的人生价值。

四、《青年在选择职业时的考虑》的意义

《青年在选择职业时的考虑》是一篇具有卓越择业见解的文章,对我们当代青年的择业依然有着深远的影响和指导作用。我们可以从这篇文章中领悟到青年马克思伟大的理想抱负——"为人类幸福而献身"。用马克思的择业观来引导我们当代青年正确选择职业进而实现自己的价值,对建设社会主义和谐社会有着极其重要的意义。

参考文献:

[1]习近平在同各界优秀青年代表座谈时的讲话[N].人民日报,2013 - 05 - 05.

[2]何群.因为热爱,所以选择——浅谈对《青年在选择职业时的考虑》的思考[J].现代交际,2012(6):33 - 34.

[3]马克思恩格斯全集:第40卷[M].北京:人民出版社,1982.

（指导教师:刘海霞）

当代大学生择业时的理性规划 徐晓凡*

【摘　要】马克思在青年时代所写的《青年在选择职业时的考虑》在设定目标、抑制虚荣心、健康体魄、获得尊严以及盎然的兴趣等方面为我们青少年正确选择职业提供了合理借鉴。我们应当严格按照马克思在文中对青少年选择职业的标准来要求自己,选择为全人类幸福而努力的职业。

【关键词】马克思;职业选择;人生价值

马克思在文中这样说道,"在选择职业时,我们应该遵循的主要方针是人类的幸福和我们自身的完美。"[1]7职业是我们大学生不得不考虑的东西,并且职业的选择是重中之重。职业不仅仅是一种谋生的方式,还是一种对于未来实现自己人生价值的方式,所以我们选择职业时要认真思考,什么样的职业才是真正适合我们的职业。我在读《青年在选择职业时的考虑》后觉得职业的规划要从这几个方面考虑。

一、设定的目标

其实我们每个人都有一个目标,这个目标也就是我们心目中最理想的职业,是在自己心里最神圣的职业。但是这样选择的职业其实带有一定的盲目性,我们在选择职业时可能看到了它的社会地位,或者看到了它所能带来的利益,或者它的伟大,它能够为全人类带来幸福,但是我们可能并没有考虑自己是否真的适合这样的职业。"每个人眼前都有一个目标,这个目标至少在他本人看来是伟大的,而且如果最深刻的信念,即内心深处的声音,认为这个目标是伟大的,那他实际上也是伟大的,因为神决不会使世人完全没有引导,神总是轻声而坚定的作启示。"[1]3我们每个人都

---

* 徐晓凡,材料学院无机非金属材料工程 16 级 1 班,1601110101。

拥有自己认为正确的目标,这个目标使我们坚定地向着它所指的方向前进,这个目标是伟大的,是我们内心最深处的回答,这个目标也如马克思所说的一样是伟大的,是光荣的,是值得世人所尊敬的。但是并不是所有自己内心发出的声音都是正确的,我们容易因为自己内心深处发出的声音,就不顾一切地向着声音所描述的地方进军。就像马克思说过的一样,"但是,这声音很容易被淹没;我们认为是灵感的东西须臾而生,同样可能须臾而逝。也许我们幻想油然而生,我们的感情激动起来,我们眼前浮想联翩,我们狂热地追求我们以为是神本身给我们指出的目标;但是梦寐以求的东西很快就使我们厌恶——于是我们的整个存在也就毁灭了。"[1]3 我们可能被眼前的海市蜃楼所蒙蔽,看不到事物真正的本质,只是像沙漠中迷失方向的人们在看到水源时一样的不顾一切。所以在选择职业时,我们当代大学生一定要认清自己的目标究竟正确与否。

二、抑制虚荣心

马克思在文中说到,"伟大的东西是光辉的,光辉则引起虚荣心,而虚荣心容易给人鼓舞或者是一种我们觉得鼓舞的东西;但是被名利弄得鬼迷心窍的人,理智已经无法支配他,于是他一头栽进那不可抗拒的欲念驱使他去的地方;他已经不再自己选择他在社会上的地位,而听偶然机会去幻想决定他。"[1]4 我们在选择职业时也要认真的考虑,如果我们因为虚荣心而选择并不是真正想从事的职业,那么我们可能会因为表面上的光彩看起来成功,但是我们可能在这样的职业中没有多少快乐和成就感。在选择职业时我们的使命绝不是选择一个最值得炫耀的职业,这种职业不能让我们长久地保持情绪的高涨,在一定的时间之后我们很有可能会厌烦这样的职业,可是他所带来的社会地位,表面的荣耀,又不能使我们感到快乐,也并没有完成我们的愿望,只是一味地工作。虚荣心让我们盲目攀比,好大喜功,过分看重别人的评价,让我们不顾一切,让我们对周围的事物有强烈的嫉妒心。在选择职业时我们当代大学生决不能因为虚荣心就不择手段的选择比别人看起来光鲜的职业。

三、健康的体魄

职业的选择是和身体离不开的,毛泽东也说过"身体是革命的本钱"。有的职业看起来很棒,是受人尊敬的职业,这样的工作能够让我们获得"体面",但是我们不能仅仅考虑这方面的内容,我们要结合自己的体质来考虑,如果我们的身体并不能够承受我们所需要做的工作,我们很快就会因为工作而病倒,可能更加不幸。马克思也说过,"诚然,我们能够超越体质的限制,但是这么一来,我们也就垮得更快;在这种情况下,我们就是冒险把大厦筑在松软的地基上,我们的一生也就变成一场精神原则和肉体原则之间不幸的斗争。"[1]5我们的职业要和我们的体质联系起来,找到精神和肉体能够并存的职业就是我们所需要做的事情,我们不能选择那些我们所不能够做到的职业,"如果我们选择了力不能胜的职业,那么,我们决不能把它做好,我们很快就会自愧无能,并对自己说,我们是无用的人,是不能完成自己使命的社会成员。由此产生的必然结果就是妄自菲薄。还有比这更痛苦的感情吗?还有比这更难于靠外界的赐予来补偿的感情吗?"[1]5马克思已经为我们做好了总结。

四、获得的尊严

"尊严就是最能使人高尚起来,使他的活动和他的一切努力具有崇高品质的东西,就是使他无可非议,受到众人钦佩并高于众人之上的东西。"[1]6我们大学生很快就要面对职业的选择,可是我们很多人在选择职业时,其实并没有考虑这个职业是否真的适合我,是否能够完成我的愿望,是否能够让自己感受到尊严。我们更多的是看中它所带来的经济利益,我们在选择职业时,往往是因为工资的高低就去选择职业,我们很容易在这样的职业中失去热情,开始后悔为了眼前的利益而选择这份工作。我们应该静下心来思考自己应该真正所能够从事的职业,从自己爱好愿望出发,根据自己所学的知识结合自己的体质问题,选一份真正适合自己,让自己能够在这个领域创造性的工作,而不是像奴隶一般劳动的职业,这样的职业才是真正适合我们的职业。只有这样的职业才能让我们拥有尊严,尊严能够让我们在任何地方,都可以被当作一个人来看待而不是一个东西,这样我们就能够获得真正的幸福,当我们幸福之后我们才能够更加在自己的职业上获得成就。

马克思在文中这样写道,"在选择职业时,我们应该遵循的主要方针是人类的幸福和我们自身的完美,人们只有为同时代的人的完美,为他们的幸福而工作,才能使自己也过得完美。"[1]7这是非常鼓舞人心的话,他给我们青年指明了一条通向完美的路线,他告诉我们只有为了同时代的人的完美,为他们的幸福而工作,才能使自己变得完美。这样我们在选择职业时就已经拥有了一个基本的考虑,为了同时代人的幸福而工作的职业。

五、盎然的兴趣

职业在我们未来的生活中显得非常重要,在选择职业时我觉得有一个非常重要的点,那便是"兴趣使然"。兴趣是能够带来我们最深乐趣的东西,如果我们在选择职业时从兴趣使然出发,那么无论选择什么样的职业都是能够让我们感受到快乐的,这样的职业我们可能在很早之前就已经开始为它而准备了,这样的职业能使我们感受到体面,能让我们最深地感受到快乐。我们在这样的职业中不需要考虑别人的眼光,在这样选择的职业中我们是为了自己而选择的职业,别人的评价也许会影响到我们,但是这是我们发自内心的职业。马克思又说过,"我们应当认真考虑:所选择的职业是不是真正使我们受到鼓舞?我们的内心是不是同意?我们受到的鼓舞是不是一种迷误?"[1]4我们所热爱的职业,所喜欢的职业是不是真的适合我们,还是仅仅像马克思说的一样我们受到的鼓舞是不是一种迷误。马克思在文中其实这么说道,"也许,我们的幻想油然而生,我们的感情激动起来,我们的眼前浮想联翩,我们狂热的追求以为是神本身给我们指出的目标;但是,我们梦寐以求的东西很快就使我们厌恶——于是我们的整个存在也就毁了。"[1]3马克思说的是正确的,当我们的感情躁动起来的时候,我们可能自以为是地觉得自己的爱好便是最好的选择,那就是自己真正应当选择的职业,是自己最适合的职业。但是这种激动情绪产生的结果可能很快就使我们厌恶,我们的存在意义可能就毁灭了。

马克思在文中也说了,"如果我们冷静的研究,认清所选择的职业的全部分量,了解它的困难以后,我们仍然对它充满热情,我们仍热爱它,觉得自己适合它,那时我们就应该选择它,那时我们既不会受热情的欺骗,也不会仓促从事。"[1]5当我们自己冷静地思考过后,觉得一个职业是真正自己所喜爱的,而且自己能够承受这个职业所带来的困难,我们依然热爱这个职业,那么这个职业一定是我们自己所应该选择的真正的职业,也只有这样的职业才能让我们散发出最大的热情,用一生的时间来为其努力。

六、结语

作为青年大学生,我们将很快面临毕业、就业的问题,我们一定要认真思考自己所应该从事的职业,职业的选择可以造就一个人的成就,也可以毁灭一个人的存在。如果正确的选择了自己所应该从事的职业,那么你一定是伟大的,是光荣的,就像马克思在文中说到过的一样,"如果我们选择了最能为人类福利而劳动的职业,那么,重担就不能把我们压倒,因为这是为大家而献身,那时我们所感觉到的就不是可怜的,有限的,自私的乐趣,我们的幸福将属于千百万人,我们的事业将默默地,但是永恒地发挥作用存在下去,面对我们的骨灰,高尚的人们将洒下热泪"[1]7。这就是你选择了正确的职业的结果,你会为自己感到光荣,你会因为自己的职业而荣耀,因为你的职业是为了千百万人,为了大家的幸福,大家会感激你所做的一切。但是你要是因为没有认真的思考或者是为了虚荣心而选择的职业,那么你的一生不会快乐,你所做的工作不能让你快乐,你为了社会上的地位变得战战兢兢,因为一点点失误就会担心害怕。马克思也说到了"妄自菲薄是一条毒蛇,它永远啮噬着我们的心灵,吮吸着其中滋润生命的血液,注入厌世和绝望的毒液"。职业是我们一生中所需要最认真抉择的事情。正确的选择能使我感受到自身的价值,在不断的肯定中走向成功,在这个过程中我们是伟大的,是受人敬仰的,没有任何人会贬低他们的存在。

职业的选择是我们青年所最应该面对的问题,也是需要花大量的时间从自身出发,去不断地思考,研究自己的本质,思考自己的学识、身体是否能够胜任自己所选择的职业,自己选择的职业又是否是能够为了同时代人类的幸福而工作的职业。如果我们选择了这样的职业,那么毫无疑问,我们的选择是正确的,这样的选择能够让我们受益终生。在这时我们面对任何人,我们都可以毫不愧疚地抬起头,我们因我们的职业而自豪,因我们的职业而有尊严,我们是为了全人类的幸福而努力的,我们是伟大的!

参考文献:

[1]马克思恩格斯全集:第40卷[M].北京:人民出版社,1982.

(指导教师:王海霞)

树立正确的价值观勿做金钱的奴隶 杨宝红[*]

【摘　要】商品拜物教的产生是拜金主义兴起的基础。现实生活中拜金主义在社会上表现为腐败官员、不良企业和一些公众人物等对金钱的不当追求,对大学生的影响尤其明显。为此,应当树立大学生正确的价值观、优化社会风气、多开展社会实践以及学习典型案例,以消除拜金主义对大学生的不良影响。

【关键词】拜金主义;商品拜物教;大学生;价值观

莎士比亚说过:"金子! 黄黄的、发光的、宝贵的金子! 这东西,只这一点点儿,就可以使黑的变成白的,丑的变成美的,错的变成对的,卑贱变成尊贵,老人变成少年,懦夫变成勇士。"[1]339这些绝妙的比喻描写是那么的形象、准确,连马克思都曾经引用到自己的《1844 年经济学哲学手稿》中去,来进一步阐述自己对金钱的观点,揭露金钱的本质。莎士比亚的话或许永远不会过时,现如今我们经常看到各种跪倒在金钱面前的人的新闻报道,像综艺节目《非诚勿扰》中的马诺,一句"宁愿在宝马车里哭,也不愿意在自行车上笑",被认定为拜金主义的典型代表,其言也被奉为拜金主义的金科玉律。又或者像魏鹏远这类拜倒在金钱脚下的官员,仅其赃款的清点就烧坏了 4 台点钞机。拜金主义这个从货币的诞生以来就存活的神奇现象,没有随着时间的流逝而消失、覆灭,反而是随着商品经济的发展而越发的普遍,它已经存在于现今社会的各个领域,而且还在不断地深化,不认识其本质、表现及不良影响,就无法对它保持时刻警惕。

---

* 杨宝红,材料学院无机非金属材料工程 16 级,1601110151。

一、马克思关于商品拜物教的思想

(一)商品拜物教

商品,我们生活中几乎无时无刻不接触的东西,它们的存在很普遍、很平常,我们大多数时候会忽视它的存在,有些神秘,但是又不神秘,马克思曾经揭露过它的真容,"可见,商品形式的奥秘不过在于:商品形式在人们面前把人们本身的劳动的社会性质反映成劳动产品本身的物的性质,反映成这些物的天然的社会关系。由于这种转换,劳动产品成了商品,成了可感觉而又超感觉的物或社会的物"[2]88。这句论述便告诉了我们商品的秘密。当生产者生产出劳动产品,将其当作商品出售或交换时,商品便成为反映生产者与这个社会关系的一个媒介,通过这个媒介去反映人与人之间的关系,这样一来,人的各种关系就会靠商品去反映、维持。马克思将这种东西叫作拜物教。"劳动产品一旦作为商品来生产,就带上了拜物教的性质,因此拜物教是同商品生产分不开的。"[2]89因此,在商品世界中,从来都不缺拜物教。

商品有是有了,也可以去交换,但是,这个商品该怎么与其他的商品交换,它们之间的比例关系如何?这成了产品交换者关心的头等大事。从商品诞生起,这些关系便随着时间的推移稳定下来,成为大家共同遵循的事实。商品的价值则是由劳动时间去决定,通过劳动产品来表现,当交换者认为彼此的商品等价时,他们才去交换。商品便在这种你来我往的交换中产生了神秘的关系,商品拜物教也就呈现在人们的面前。

(二)拜金主义

有了商品拜物教,自然就很容易理解拜金主义了。商品来来回回的交换很是麻烦,因此,便需要一个大家都普遍认同的商品去作为中间商品,完成一个交换的过程,货币便承担了这个角色,成为大家普遍认可的等价替代物。货币的身上也有商品拜物教的性质,其表现便为拜金主义,因此,拜金主义就是商品拜物教的现实表现。现实中的拜金主义则比神秘的拜物教露骨得多了。对金钱的极度痴迷,为了金钱不择手段、不顾一切。生活中的大大小小的事,无不以获取金钱为目的,而且还认为金钱是万能的,金钱是衡量一切行为准则的标准。

二、现实生活中拜金主义的表现及其对大学生的不良影响

(一)社会上拜金主义的表现

我们的生活离不开金钱,这很正常,但是,太过于看重金钱就会变得对金钱唯命是从。现如今,拜金主义作为一种思潮,泛滥于社会上的各个领域。金钱成为支配人们生活的指挥棒,许多人变得"一切向钱看",为虚荣心过度消费、贪污受贿、制假售假、坑蒙拐骗,时刻都在发生。

党的十八大以来,党中央加大反腐力度,对贪官污吏持零容忍的态度,以刮骨疗毒、铁腕治吏的决心,使一大批不为人民做实事的贪官下马。他们无一不都是金钱的奴隶,为了钱不顾一切,有"拿人钱财替人消灾的",也有吃拿卡要、插手各种工程招标的,还有更大胆地干着卖官鬻爵的勾当。这些腐败分子不仅破坏了社会的公平正义,更创伤了人民对党的信任,危害之大,难以估量。

除了这些贪官污吏,还有许多的无良企业,为了赚更多的钱,他们便昧着良心从事各种不法勾当,做着伤天害理的生意。2008年震惊中外的"三鹿毒奶粉事件"的曝光印证了这一结论,这起毒奶粉事件带给社会巨大的伤痛,也让许多人至今仍然不敢买国产奶粉。此外,还有戴比尔斯的钻石生意。众所周知,钻石是极其昂贵的,可是,事实却与此相反。钻石的组成元素与煤炭一样都是碳,因此,假以时日,在实验室中也可以做出钻石,而且,钻石的储量非常丰富,不是什么紧俏货,但是钻石为什么还这么贵?当然是因为钱了,钻石商们为了维持高额的利润,便炮制出了众多的宣传广告,使人们不得不相信钻石就值这个价,但这一切,都只是为了获取更多的金钱。除此之外,还有其他无良企业的不法行为,都只是为了获得更多的金钱,而拜倒在拜金主义旗帜下。

除了腐败官员和无良企业,也不乏一些公众人物成为拜金主义的一员。他们在用自己的一言一行实践着拜金主义,充当着金钱的傀儡。像前文提到的"拜金女"马诺,这是一个十分典型的代表。当然还不止她一个,还有靠"红会炫富"而让人们熟知的郭美美,为金钱干出各种事情,最终又因为钱——涉赌而锒铛入狱。此外,还有众多的明星借着各种场合、平台不断地炫富,在其相关的作品中也充满了拜金主义和金钱至上的原则。这些无不引导着普通大众走向拜金主义的道路,让人们非常痛恨。

（二）拜金主义对大学生的不良影响

大学生经验不足、选择性差、接受力强，面对这种错误思想的冲击，许多人的思想防线很容易被冲垮，这就使得大学生盲目接受拜金主义，被它所控制，陷于其中无法自拔。这让他们觉得金钱是万能的，金钱是幸福的源泉，是梦想大门的钥匙，将拥有金钱作为自己的目标，并且因此做出了各种各样的事，而这些都离不开拜金主义的影响。

现如今，一些大学生学习功利化倾向越来越严重，他们的学习目的已不再是知识和技能，而是变成了以后好找工作，选专业时专挑热门专业，考试时以 60 分为目标，而且还经常说着"理想理想有利就想，前途前途有钱就图"，做起事来先看能不能获得什么好处，不去想自己都付出了什么。

此外，一些大学生还借起了校园贷，表面上风光了不少，但是却吃尽了苦头，裸贷、恐吓短信让他们感受到了拜金主义的危害。2016 年借贷宝10G裸条和视频外泄，更是曝光了耸人听闻的"裸贷"，更由此诞生出了"肉偿还款"等灰色赢利链条，有的学生不堪压力选择了自杀。拜金主义在校园中的流行，让人们不得不警惕，也使得如何应对它变得至关重要。

三、消除拜金主义对大学生不良影响的途径

（一）树立正确的价值观

应对拜金主义的关键是要树立起正确的价值观，深刻认识拜金主义的本质、表现及其危害，明白树立正确价值观的迫切性。首先，就是要加强社会主义核心价值观的教育，深入学习核心价值观的精神，并在自己的学习生活中践行社会主义核心价值观。其次，就是应该要重视马克思主义基本原理这门课，因为现在的学生少有人认真地阅读马列经典了，这就使得马原课堂成了唯一接受马克思主义理论教育的地方，熟悉马克思主义理论，这会帮助大学生认清拜金主义的本质、表现的利器，会从根本上对拜金主义有高度的警惕，在此基础上采取的措施会更有针对性。

（二）优化社会风气

"故曰：与善人居，如入芝兰之室，久而不闻其香，即与之化矣。与不善人居，如入鲍鱼之肆，久而不闻其臭，亦与之化矣。"[3]127 即使个人再怎么加强思想道德修养、树立正确的价值观，社会大环境却仍然是拜金主义泛滥的话，那么，终究也免不了被

裹挟着卷入其中。因此，大学生要应对拜金主义的危害，就需要一个良好的社会环境。首先，大众传媒应以健康向上的报道内容来引导社会的走向，让拜金主义无法发声。其次，学校也应加强对学生的引导，促使校园氛围向好向善，让拜金主义无法在校园里流行起来。同时，还应注意一些已陷入拜金主义泥潭的学生，帮助他们克服不良思想，走向正确的道路，使大学校园充满积极向上的氛围。

（三）多参加社会实践

实践出真知，理论知识讲得再多，也会有人不相信，因此需要多参加社会实践。例如，寒暑假出去找份工作锻炼一下，体验一下金钱的来之不易，感受一下父母的艰辛，并学会如何处理金钱与其他事物的关系。此外，还可以参加公益活动，理解金钱并不是唯一的幸福源泉。通过实践活动，可以加深对拜金主义危害的认识，使大学生的思想防线更牢固，从而让学生对金钱有一个正确的观点。

（四）学习典型案例

典型案例往往能反映拜金主义的具体表现，能把危害具体化，使大学生对其有一个清晰的印象，在遇到拜金主义的影响时可以根据案例有一个界定和应对的方法，通过这些参照事例可以让大学生有一个标准。虽然典型案例没有广泛性，但是可以通过它为大学生打一剂预防针，对拜金主义起到一些防范的作用。拜金主义从本质上来说是商品拜物教的一种，其表现为极度痴迷金钱，危害更是难以尽言。深刻认识拜金主义，对我们大学生来说至关重要，现在我们还处于校园当中，应尽快加强自身修养，积极学习社会主义核心价值观，用实际行动和理论知识筑牢我们的思想防线，才能让我们在拜金主义思潮中不被击倒。所以，从现在做起，做一个"君子爱财，取之有道"的君子吧！

参考文献：

[1]莎士比亚全集：第6卷[M].朱生豪，译.中国文史出版社，2013：339.

[2]马克思恩格斯全集：第23卷[M].北京：人民出版社，1972.

[3]迟双明.孔子家语全鉴[M].北京：中国纺织出版社，2016：127.

（指导教师：王海霞）

青年马克思的择业理想对当代青年的启示 刘绪平*

【摘　要】《青年在选择职业时的思考》是马克思早期思想的重要组成部分。当代青年在选择职业时主要面临来自社会环境、家庭因素以及个人因素三方面的问题,《青年在选择职业时的思考》对当代青年在选择职业时有深刻的启迪,要求青年坚持职业选择的积极性和主动性、职业选择的独立性和社会性、职业选择的主体性和能动性、职业选择的目标性和价值性、职业选择的对象性和时代性。

【关键词】马克思;择业理想;当代青年;启示

马克思是一位伟大的思想家和革命家,马克思的卓越才能在他的中学毕业论文《青年在选择职业时的思考》中,得到了充分展示。在这篇论文中,马克思所具有的冷静考察现实的能力得到了充分发挥,并且揭示了马克思立志为人类幸福而献身的高尚情感和价值理想。这一切都对我国当代青年择业观的形成有着深刻的现实启示。

一、《青年在选择职业时的思考》阐述的核心思想

卡尔·马克思于 1818 年 5 月 5 日,出生于德国的特利尔城,他的父亲亨利希·马克思喜欢古典文学和哲学,是特利尔文学俱乐部和康德研究小组的成员,早年马克思的思想深受其父亲的启蒙和熏陶。

有志者事竟成。《青年在选择职业时的考虑》一文主要叙述了青年在选择职业时的一些思考、应当以理性的角度进行分析,以及当代青年如何才能有正确的世界

---

* 刘绪平,马克思主义学院思想政治教育 17 级,172030505008。

观、人生观、价值观、择业观、幸福观和人类观等主要观点。这篇文章的核心思想正如马克思所述,"在选择职业时,我们应该遵循的主要指针是人类的幸福和我们自身的完美。"[1]459~460 1835年,17岁的卡尔·马克思中学毕业,他已经是一名才华横溢、思想深邃、志存高远的优秀青年,这篇论文已经显示出青年时代的马克思就已经开始具有冷静的考察现实的能力和为人类的幸福而献身这种高尚的人生追求和奋斗目标。

二、当代青年在选择职业时存在的主要问题

纵观马克思的一生,是为人类的解放和幸福奋斗的一生。他在青年时期就已经满腔热血,豪情壮志,志存高远。改革开放以来,我国的经济得到了迅速的增强,人民的物质文化得到很大提高,社会的开放程度和思想的多元化激发了社会活力的同时,也对当代青年在选择职业方面带来一系列问题。当然这种问题所导致的原因是多方面、多层次的,具体体现在以下几个方面:

(一)社会环境

在社会主义市场经济的大背景下,今天的社会给青年选择职业提供诸多机遇的同时,也带来一些影响。首先,教育的普及,一方面提高了整个社会的文明程度,另一方面,使大多数青年在选择职业时面临越来越大的竞争压力。其次,物欲横流的市场经济的大环境下,导致青年在选择职业时往往以物质利益和功利主义为选择标准,这样一种大环境对青年正确选择职业,有一定的误导。第三,开放发展使今天的社会思想多元化,导致一些腐朽思想一同混入社会思想中,导致人们的社会总体心态浮躁。第四,当今社会的收入差距拉大导致贫富分化,加之社会保障制度不够健全,使得当代青年在职业选择中出现了区域性的差异。

(二)家庭因素

家庭是社会的基本组成部分,家庭因素对青年的成长成才具有举足轻重的作用。父母从小的言谈举止、生活习惯、待人接物等方面对青年有潜移默化的影响。和谐健康的家庭对青年选择职业有积极的作用,消极的家庭对青年择业有误导和偏差,比如,大多数父母对子女都有很高的期望,在日常的教育中,过分注重孩子的学习成绩是否优异,上的学校是否有名,找的工作是否为高薪,而忽视了对孩子正确的世界观的培养、高尚人格的塑造和积极向上的引导。

（三）个人因素

大多数青年选择职业时考虑不周，好高骛远。比如说，近些年以来，高校毕业生在选择自己的工作时，首要考虑的是工作环境、工资福利以及报酬奖金等一些物质利益的追求。还有很多学生首先考虑的就是东部发达城市，因为发达城市工资待遇各方面都能够满足自己的需求，但是很多青年大学生没有考虑大多数人的想法，这样就会导致找工作很困难，很多岗位出现拥挤现象。而西部地区对人才需求量大，由于各方面的福利待遇都比较低，生活条件也比较落后，很多大学生就不会选择在这里工作。另外，青年的心理因素也是影响职业选择的一个方面。面对当前复杂的和严峻的就业形势，大部分青年由于社会经历少，没有参加过多少社会实践活动，导致青年在选择职业时难免会产生一些困扰、忧虑和焦虑的心理甚至情绪障碍，长期的担心忧虑使得青年心神不安，精神过度紧张。对于即将步入社会的青年来说，这是正常的反应，但是他们往往不能正确地面对这些挫折，以至于产生挫败感和意志消沉，这些严重的后果都会对青年的职业选择产生不利的一面，而且影响他们的择业观。

三、《青年在选择职业时的思考》对当代青年的启示

马克思的思想具有鲜明的科学性、时代性、实践性、阶级性和革命性，是指引青年学生成长成才的动力，也是指引青年学生不断向前发展的理论源泉，对于处于新时代下的青少年的成长成才有引领作用，对于推动社会主义事业向前发展具有重要启示。

（一）职业选择的积极性和主动性

青年在选择自己所要从事的职业时，往往缺乏主动性和积极性，这就导致青年在求职的道路上越来越困难。所以，青年要学会锻炼自己的意志力，让自己变得积极主动，必须具有积极性和主动性。正如马克思所说："我们的事业将默默地、但是永恒发挥作用地存在下去，而面对我们的骨灰，高尚的人将洒下热泪。"[1]459~460这是青年马克思的至高的理想境界，也是青年应该去模仿和膜拜的。青年马克思在职业选择时充分考虑到了自己的兴趣，并且选择为自己感兴趣的职业奋斗了一生。马克思在大学时期，能够以火一样的激情刻苦学习，也能够以火一样的激情生活。他能够夜以继日地苦读，以至于损害了自己的健康，可见他的积极性和主动性是多么强烈。

作为 21 世纪的青年,更应该在刻苦学习上下大功夫,才不至于落后,因为我们肩负着中华民族伟大复兴的使命,我们要圆梦,就必须时刻保持清醒的头脑,时刻对自己敲警钟。

（二）职业选择的独立性和社会性

选择职业就要根据自身的实际情况,找准自己的定位,对自己做出合理的现实的判断。马克思提醒我们:"我们并不总是能够选择我们自认为适合的职业;我们在社会上的关系,还在我们有能力对它们起决定性影响以前就已经在某种程度上开始确立了。"[1]457马克思在这里清晰明确地谈到,人与社会之间的关系问题,人是社会的人,社会是人的社会,个人在选择职业时离不开一定的社会关系,而社会关系对于人们职业选择时起到决定性的作用,不是以个人的意志为转移,因此,我们每个人在选择自己的职业时,一定要与具体的社会关系以及社会环境相结合,做出自己独立的、现实的选择,这对我们青年选择职业时有重要的启示。因此,在做出选择的时候,我们应从自身实际出发,理论联系实际,对自己有一个合理的分析,从而选择一份好的工作。当然,每一个青年的特点、能力与喜好都不相同,在选择职业时,不能刻板,也不能千篇一律,而是要根据自己的情况选择适合自己的职业。马克思指出:"尽管我们的体质不适合我们的职业,不能持久地工作,而且工作起来也很少乐趣,但是,为了恪尽职守而牺牲自己幸福的思想激励着我们不顾体弱去努力工作。"[1]457也就是说,青年在工作的时候,假如有些工作不适合我们,我们也不能自暴自弃,这样就不能更好地工作,因此我们还得坚持不懈地工作,否则我们的人生将没有任何意义。

（三）职业选择具有主体性和能动性

我们选择职业,有时候会一帆风顺,有时候也会有所不幸。青年学生在做出选择时应当发挥主体能动性,在职业选择时,应该做到严肃考虑,不能被名利所左右和驱使,我们必须严肃认真加以对待,对自己的前途命运决不能草率行事。青年对职业的选择,对我们的人生发展具有重要的意义,合适的选择或者恰当的选择都可能为青年的生活带来幸福感与成就感。正如马克思所说:"在选择职业时,我们应该遵循的主要指针是人类的幸福和我们自身的完美。"[1]459这是马克思在全文中得出的最终结论,正如马克思在《共产党宣言》中所说的:"在那里,每个人的自由发展是一切人的自由发展的条件。"[1]51这是一脉相承的,与马克思追求人的自由全面发展和人类解放的崇高理想是吻合的。马克思具有这样崇高的理想,作为青年一代的我们,也应该具有这种崇高的理想信念,为我们的事业努力奋斗。所以在选择所要从事的职业时,应该保持理智的头脑,树立远大的理想,认真分析,冷静思考,研究职业选择都受到哪些因素的影响,从而更好地为职业选择做充分的准备。

（四）职业选择的目标性和价值性

作为青年一代的我们,必须要树立远大的理想,有理想才能够指引我们前进,才能够引领我们的人生航向,人生就是一个不断奋斗的过程,我们要使得我们的生命富有意义,就得学习马克思这种高尚的品质,不断提升自己的精神境界。现如今,青年大学生应当正确认识自己所肩负的历史使命,确立马克思主义的科学信仰。因此,必须要有远大理想,必须从自身的实际问题出发,只有理想与现实相统一,才能够引领人生航向,才能实现人生价值。当然,人在社会生活中,总是承担着各种各样的责任和义务,理想必须通过实践才能够转化为现实。制定的理想不管多么美好,没有实际行动,理想就会成为空想。每个人都是社会的人,在生活中,我们都会追求自己的理想,以达到实现理想的目的。理想须通过社会实践活动来实现,当代青年对自己未来生活的追求绝不能脱离实际,我们要运用辩证的思维理清当下的实际问题。

（五）职业选择的对象性和时代性

青年马克思的思想具有鲜明的阶级立场,具体体现就是将青年的理想同实现无产阶级的解放相关联,与推动人类社会进步相结合。马克思认为:"伟大的东西是光辉的,光辉则引起虚荣心,而虚荣心容易给人鼓舞或者一种我们觉得是鼓舞的东西。"[1]456在选择自己要从事的职业时,我们不能受到虚荣心、名利等左右,一定要理性地分析自己的实际情况,而不是盲目跟从别人的脚步。马克思所阐述的这些道理,特别是作为青年的我们在选择职业时应该深思熟虑,从中去领悟精神内涵和价值。从马克思的中学毕业论文中,可以看出马克思、恩格斯对青年是非常重视的,马克思、恩格斯领导的国际无产阶级运动,给予很多青年以帮助与关怀,从青年的爱情以及婚姻方面都有无微不至的关怀,并且在青年选择职业方面提供了帮助。

党的十九大报告强调:"青年兴则国家兴,青年强则国家强。青年一代有理想、有本领、有担当,国家就有前途,民族就有希望。"[2]因此,青年唯有继续奋斗,才有机会成为我党合格的接班人。青年一代的我们,必须要有所作为,立志做一番大事,那么首先要从身边的小事做起,从自身的事业做好准备。我们都知道,党的事业离不开青年一代,青年的成长成才也离不开中国共产党,广大青年在中国共产党的领导下,与人民同呼吸,共命运,为祖国奉献青春,我们的事业才不断向前发展。如今,当代中国进入了新时代,新时代中国特色社会主义事业需要青年一代的我们努力奋斗与拼搏,争做社会主义事业的合格建设者和接班人。马克思、恩格斯的青年思想给予我们重大的现实启示,为新时代的青年指明了明确的方向。青年在成长,在进步,需要鼓励,需要支持,全党以及全社会都要重视青年,都要将目光投向青年,对青年有高度认识。只有这样,无产阶级的革命事业以及实现中华民族的伟大复兴才会实现。

四、结语

青年是祖国的未来和国家的希望,毛泽东曾在访问苏联时指出:"世界是你们的,也是我们的,但归根结底是你们的。你们青年人朝气蓬勃,正在兴旺时期,好像早晨八九点钟的太阳。希望寄托在你们身上。"[3]由此看出,党和国家领导人早就把希望寄托于青年的身上,我们必须脚踏实地,埋头苦干,在平凡的岗位上做出伟大的贡献。

参考文献:

[1]中共中央马克思恩格斯列宁斯大林著作编译局.马克思恩格斯全集:第40卷[M].北京:人民出版社,2002.

[2]习近平.决胜全面建成小康社会 夺取新时代中国特色社会主义伟大胜利——在中国共产党第十九次全国代表大会上的报告[M].北京:人民出版社,2017:70.

[3]逄先知,金冲及.毛泽东传(1949—1976)[M].北京:中央文献出版社,2003:759.

(指导教师:叶 进)

论文篇

列宁的青年观及其当代价值 王 蓉*

【摘 要】列宁在《青年团的任务》中认为要培育青年的终身学习观,加强青年道德教育是实现共产主义教育的重要途径,青年要树立理论联系实际的学习观,批判继承文明成果,同时也要重视青年组织的发展。这在当今中国重视基层服务型团组织作用,维护群众基础和加强社会主义核心价值观教育,实现中国梦正能量的伟大实践中,从价值观、道德观、实践观层面起到了培育青年的理想信念、指引青年的正确方向、促进青年的全面发展的重要作用。

【关键词】列宁;青年;基层团组织

列宁在俄国共产主义青年团第三次代表大会上发表了《青年团的任务》这一重要演讲。当时的俄国正处于战争向和平转折的重要时期,也面临着人才缺失、知识不足的困境,为说明社会主义建设要面临的一些问题和重要的一般原理,鼓励团员和广大青年积极参加社会主义建设,列宁发表了演说。这也是列宁青年观中极具代表性和有说服力的演说,在当今中国,依然闪耀着理论和实践的光芒。

一、列宁青年观的科学内涵

列宁解决了青年"学习什么"的困惑,提出"青年团和所有想走向共产主义的青年都应该学习共产主义"[1]287,在对当时俄国国情的全面分析后,提出了青年一代成长的战略目标,具有深刻的科学内涵。

(一)培育青年的终身学习观

列宁指出青年一代进行共产主义的学习,最重要的是学习文化知识。他强调无

---

* 王蓉,马克思主义学院马克思主义基本原理 17 级,172030501006。

产阶级文化知识是具有阶级性和历史性的,在历史实践中能够经受得住检验的,是合理性与合规律性相统一的知识,同时也是能够指导现实社会中出现的具体问题及具有科学预测性的理论。因此,青年的首要任务就是要通过不断学习加深理论基础的认识和把握,以便更好地运用于社会实践之中。

(二)加强青年道德教育是共产主义教育的重要途径

列宁认为,青年一代想要完成时代赋予的重任,就必须在学习科学技术和文化理论知识的同时,接受共产主义道德教育,成为一个具有历史责任感的真正的共产主义接班人。列宁在《共青团的任务》中严厉批判了俄国当时严重的伦理道德虚无主义思潮,进一步阐述了什么是共产主义道德,认为共产主义道德是随着人类社会阶级性的产生而产生的,是为无产阶级维护自身利益而服务的。共产主义道德教育的主要任务旨在培养青年一代的团结性和自觉性。对青年进行共产主义道德的教育,就是要培养出具有高素质能力,又具有高尚品德的人才。

(三)树立理论联系实际的学习观

在列宁看来,资本主义的最大弊端之一就是忽略了社会实践的重要作用,只停留在书本内容的层面上。而这样脱节的经验,是不值得信赖,应当被剔除的。想要懂得共产主义的真谛,就必须把学习共产主义理论同社会实践紧密结合。对此,列宁强调说:“离开工作,离开斗争,那么从共产主义小册子和著作中得来的关于共产主义的书本知识,可以说是一文不值,因为这样的书本知识仍然会保持旧时的理论,与实践脱节,而这正是资产阶级旧社会的一个最令人厌恶的特征。”[1]279他认为,青年不要关在自己的学校里,不能只限于阅读共产主义书籍和小册子这样的模式,应该在教育和培养的过程中将劳动紧密融合进来,这样才是一名真正的共产主义者。

(四)重视青年组织的发展和影响

列宁还进一步强调,青年团是青年的先进组织,是青年学习共产主义的学校。青年团要帮助党去教育和引导全体工农青年参加共产主义建设,青年团员要接替老一辈进行实际的共产主义建设。更不可忽视青年组织的作用,共产主义青年团应当是一支具备过硬实力,面对复杂问题能够发挥主观能动性和创造性的队伍。在参加社会的各种具体劳动中,青年团员学到的不仅仅是关于共产主义的知识,也是一支团结奋进的、具有劳动积极性的队伍,并且在工人和农民团体中得到普遍认同。

（五）批判继承文明成果

列宁在强调青年学习重要性时，首先指出："青年的训练、培养和教育应当以旧社会遗留给我们的材料为出发点。我们只能利用旧社会遗留给我们的全部知识、组织和机关，在旧社会遗留下来的人力和物力的条件下建设共产主义。"[1]278 在当时的大背景下，人们认为旧学校只是死读书，只是在强制下进行死记硬背。列宁认为这些观点有一定的合理性。他说："旧学校是死读书的学校，它迫使人们学一大堆无用的、累赘的、死的知识，这种知识塞满了青年一代的头脑，把他们变成一个模子倒出来的官吏。但是，如果你们试图从这里得出结论说，不掌握人类积累起来的知识就能成为共产主义者，那你们就犯了极大的错误。"[1]280 列宁以共产主义理论为基础，要求要学会积极扬弃旧社会的思想理论。他指出，马克思从现实的个人出发，全面了解资本主义的运行机制，揭示了社会发展的一般规律，得出了"两个必然"的科学结论。因此，不论是个人学习还是整个民族发展，应该批判继承一切人类文明成果，取其精华，去其糟粕。

二、列宁青年观的经验借鉴

中国共产党历来十分重视青年工作，中国共产党从来都把青年看作是祖国的希望，把青年看作党和人民事业发展的主力军。在马克思主义中国化的历史进程中，中国青年也结合实际特征和社会发展的需要，并且不断借鉴和总结经验，将列宁这一特色鲜明，具有里程碑意义的青年学说融入自身发展实际。

（一）以价值观为导向，培育青年的理想信念

习近平总书记勉励青年学生，"青年的价值取向决定了未来整个社会的价值取向，而青年又处在价值观形成和确立时期，抓好这一时期的价值观养成十分重要。"[2] 心理学家认为，青年随着年龄的增长，这一群体的情绪的强度和持久性迅速增长，求知欲发展很快，但自制力显著下降，思维的灵活性发展偏慢。在青年时期，它们具有强烈的情绪体验，对人、对事非常敏感，又缺乏自我分析，自我宽慰的能力，在这个关键时期，对青年进行正确的价值观引导，有助于他们形成系统、科学的人生观、价值观和世界观，坚定青年理想信念。"这就像穿衣服扣扣子一样，如果第一粒扣子扣错了，剩余的扣子都会扣错。人生的扣子从一开始就要扣好。"在人生的历程中，理想和信念总是如影随形，相互依存，有理想就有人生的精神动力，有信念就能

开辟美好未来。理想信念对人生具有重要的导航作用,也是激发人砥砺前进的动力,犹如人生力量的源泉。一个精神上"缺钙的"人,是不可能承担时代所赋予的历史重任的。

(二)以道德观为基础,指引青年正确的方向

道德是引导人们追求至善的良师,提供社会生活的准则和原则,用来评价社会行为,调解社会矛盾,培养人们良好的道德意识、道德品质和道德行为。在传统文化博大精深的中国,有孔子认为"仁"是最高的道德原则和标准,也有司马迁"德才兼备谓之圣人,德才兼失谓之愚人"的认识。著名教育学家蔡元培说过:"若无德,则虽体魄智力发达,适足助其为恶。"列宁强调,要树立共产主义道德观。近代以来,中华民族将马克思主义与中国具体实际相结合,更加注重青年成长成才教育工作。青年是引领时代先锋的社会群体,青年一代的道德素养和精神面貌推动着民族的前进和国家的发展。邓小平早就讲过,实现"四个现代化"关键是人的现代化,一个现代化的人,应该是有高尚道德的人。"道德之于个人,之于社会,都具有基础性意义,做人做事的第一位是崇德修身。"一个道德缺失或者沦丧的人或者国度,必定会在发展之路上迷失方向,跌入歧途。

(三)以实践观为方法,促进青年的全面发展

恩格斯讲:"我们的理论不是教条,而是行动的指南。"马克思主义理论不是僵化的、一成不变的思想,如果有人忽视这一点,那他就会丢掉马克思主义的本质特征,失去根本的理论根基。空谈误国,实干兴邦。邓小平说:"世界上的事情都是干出来的。不干,半点马克思主义也没有。"习近平总书记也认为,正是有了不断的理论探索与脚踏实地的实践相结合,我党才能够经受得住考验和磨难,焕发出蓬勃的生命力。当代青年作为建设社会主义现代化强国的主要后备军,必须坚持理论联系实际的原则,在实践中出成果。如果不实践,一味学习书本知识,为纸上谈兵;如若注重实践不学习,容易本末倒置,发生错误。只有以实践观为方法,才能为青年的全面发展助力。

三、列宁青年观的当代价值

(一)重视基层服务型团组织作用,维护群众基础

列宁提出要重视青年组织的发展,并在当时的社会环境下提出了相应的任务和

要求,认为共产主义青年团的任务,也包括在农村或者自己的街道上帮助做些事情。共青团是党的助手和后备军,是党联系青年的桥梁和纽带,团的建设是党建的重要组成部分。我国早在21世纪初始之时,就已经高度重视基层团组织建设,这为密切联系广大青年团员,凝心聚力,落实共青团各项任务做出了功不可没的贡献。十八大以来掀起了学习党中央总书记讲话,做合格共青团员的"一学一做"学习活动,这是对团组织凝聚力、向心力的考验,也是对团员素质的培养和优化的具体实践。其中具有特色的是将团学活动以实践课程的形式开展,如"学雷锋志愿活动""奋斗的青春最美丽"分享会、教育实践总结表彰大会等一系列具有创新性、丰富性和教育性的团学实践活动,都在不同程度上激发了广大青年学生的积极性和主动性,使其自觉投入团内活动。因此,共产主义事业的后备力量团结统一起来了,为承担社会主义建设重任做足了准备,奠定了有力的群众基础。

（二）加强社会主义核心价值观教育,实现中国梦正能量

社会主义核心价值观能够增强社会主义意识形态领域内的凝聚力。青少年是祖国未来事业的继承者和创造者,就是要做有价值理想、价值使命感、价值情感和价值实践力的人,争取做践行社会主义核心价值观的时代先锋。在新时代的起点上,青年人要掌握社会主义核心价值观建构的主导权,让价值观教育像空气一样无处不在,润物细无声,成为青年成长的必需品,成为强国建设的压舱石,成为引领时代的动力源。

胡锦涛在纪念青年团90周年大会的讲话中指出:"在新民主主义革命时期,社会主义革命和建设时期,以及改革开放新的历史时期的实践充分表明,广大青年确实值得信赖,堪当重任,大有希望。"[3]中国特色社会主义进入新时代,当前我国正处于全面夺取小康胜利和社会主义现代化强国建设的重要历史交汇期,青年将全过程参与实现"两个一百年",所有青年都应该紧扣这个具有历史性意义的时代主题。一是要树立牢固的思想基础。必须坚持把社会主义核心价值观的精神内涵贯穿于学习和生活中,树立坚定的理想信念和正确的政治方向,将礼仪规范、行为风尚纳入评价机制,有奖有惩,将培育人、发展人、成就人作为思想教育的落脚点。二是发挥榜样先锋示范作用。全社会上下应借助新型媒体等媒介,大力宣传模范人物的优秀事迹、典型故事,强化社会主义核心价值观的真实内涵和认知感,将其内化为行动的指

导思想,营造良好的社会氛围,引导广大青年成为中国梦正能量的传播者和践行者。三是注重实践育人。要大力开展精神文明活动,不断创新活动方式方法,提供活动平台,让青年参与征文比赛、演讲比赛、讲座、志愿者等多种活动形式,接受理想信念和爱国主义教育,身体力行弘扬和传承中华民族传统文化美德,用道德促进发展。

习近平总书记指出,"青年是祖国的未来、民族的希望",相信在这个重要的历史交汇期,中国青年将会勇担重任,迎接挑战,走向伟大复兴的美好明天!

参考文献:

[1]中共中央马克思恩格斯列宁斯大林著作编译局编译.列宁专题文集[M].北京:人民出版社,2009.

[2]习近平在北京大学师生座谈会上的讲话[N].人民日报,2014-05-05.

[3]胡锦涛.在纪念中国共产主义青年团成立90周年大会上的讲话[N].人民日报,2012-05-05.

（指导教师:杨　莉）

《共产党宣言》的传播及其当代启示
——纪念《共产党宣言》发表 170 周年 何芳芳*

【摘 要】2018 年是标志着马克思主义诞生的不朽著作《共产党宣言》发表 170 周年,回顾一百多年来其对人类历史的影响,就要从其时代背景、主要内容、传播及对当代的启示几个方面深入研究。时至今日,《共产党宣言》仍然具有光辉的时代意义,对实现中华民族伟大复兴中国梦、坚持中国特色社会主义道路自信、解决中国现实社会问题等具有重要的启示。

【关键词】马克思和恩格斯;共产党宣言;当代启示

《共产党宣言》(以下简称《宣言》)是马克思、恩格斯为国际共产主义者同盟起草的纲领性文件。1848 年 2 月《宣言》发表,标志着马克思主义诞生,同时也标志着科学社会主义诞生。《宣言》是共产党人进行革命和社会实践的行动指南,是人类宝贵的精神财富,其中所蕴含的理论对今天的社会发展仍然具有重大价值。

一、《宣言》的时代背景及主要内容

(一)《宣言》发表的时代背景

《宣言》诞生之时,欧洲资产阶级革命爆发,资产阶级取代封建阶级逐步掌握国家政权,这时,无产阶级的力量也在蓬勃发展,随着法国里昂工人运动、英国宪章运动和德国西里西亚纺织工人起义爆发,无产阶级作为一支独立的力量登上历史舞台,社会的政治、经济、文化等各个方面都在发生着变化。

首先,资本主义的不断发展是《宣言》诞生的经济条件。18 世纪 60 年代,工业革

* 何芳芳,马克思主义学院马克思主义基本原理,172030501007。

命在西方各资本主义国家相继展开,在促进生产力发展的同时,资本主义社会基本矛盾也逐渐暴露。"资本来到世间,从头到脚都滴着血和肮脏的东西。"[1]在资本主义社会中,生产资料归资本家所有,生产力越发展,社会化程度越高,工人受资本家的剥削越严重,因而,资本主义社会基本矛盾越能充分地暴露。受压迫的无产阶级为了反对这种压迫,揭示资本主义社会发展的基本规律并实现自身的解放而寻求解决问题的途径,这时《宣言》应运而生。

其次,无产阶级作为一支独立的政治力量登上历史舞台是《宣言》诞生的阶级基础。《宣言》是指导无产阶级推翻资产阶级建立无产阶级政权的纲领性文件,无产阶级在政治上的成熟一定程度上促进了《宣言》的发表。无产阶级从诞生之日起就和资产阶级处于斗争之中,法国里昂等三大工人运动都是无产阶级革命性、群众性的运动,它们的爆发促进了无产阶级从自发到自觉。它们从政治上通过集会、游行示威等方式给资产阶级以沉重的打击,工人的自觉性和组织性得到了加强,充分显示出了无产阶级强大的力量,标志着无产阶级作为一支独立的力量登上了政治舞台。无产阶级从来不占有任何生产资料,他们全靠出卖自身的劳动力为资本家创造剩余价值,而资本家靠剥削工人,占有他们全部生活资料而生存。因而,马克思从无产阶级和资产阶级斗争的实践中发现,无产阶级是资产阶级的掘墓人,无产阶级才是变革资本主义社会的决定性力量,这为《宣言》的发表提供了第一手的资料。

再次,对人类文明优秀成果的继承和创新是《宣言》诞生的理论基础。马克思理论的形成并不是空穴来风,而是借鉴和吸收了前人的理论成果。马克思在批判地吸收黑格尔思辨哲学和费尔巴哈唯物主义思想的基础上形成了辩证唯物主义思想,并将其运用于社会历史实践中产生历史唯物主义。另外,马克思在考察人类社会历史发展过程中阅读了资本主义社会发展的相关资料,深入分析了资本主义社会的结构和经济发展方式及资本家剥削工人的秘密,阐明了剩余价值学说。《宣言》中,马克思利用历史唯物主义和剩余价值学说这两大发现分析了资本主义社会发展的历史趋势,揭示了未来社会发展的方向,阐明了无产阶级的历史使命。

资本主义社会基本矛盾的充分暴露,无产阶级从自发到自觉的成熟,马克思站在历史的高度深入分析资本主义社会的发展规律,创作了这部指导人类社会发展的巨著。

（二）《共产党宣言》的主要内容

1847 年到 1848 年间，马克思和恩格斯完成了闻名世界的辉煌巨著《宣言》。1848 年 2 月第一次以单行本的形式在英国伦敦出版。《宣言》是马克思和恩格斯为国际共产主义者同盟起草的纲领性文件。《宣言》包括引言和四章正文。马克思和恩格斯在 1872 年到 1893 年间先后为《宣言》撰写了七篇序言，分别为德文版、俄文版、波兰文版、英文版和意大利文版。《序言》是对《宣言》思想的补充、修改和发展，一直被视为《宣言》整体的重要组成部分。在引文中，马克思和恩格斯论述了《宣言》产生的历史背景、目的和任务。《宣言》的内容主要包括以下几个方面：

第一，《宣言》对资本主义的产生、发展和灭亡进行了分析，指出资本主义进步意义及其社会内部基本矛盾，论证资本主义必然灭亡，社会主义必然胜利的历史规律性。马克思运用唯物史观论证资本主义的产生和发展的过程并没有全盘否定资本主义，而是肯定了其在促进社会生产力方面的进步意义，指出："资产阶级在它的不到一百年的阶级统治中所创造的生产力，比过去一切世代创造的全部生产力还要多，还要大。"[2]37资本主义大工业的发展生产出了自身的掘墓人无产阶级，并为无产阶级的发展创造了丰厚的物质条件。当社会生产力发展到资本主义生产关系所不能容纳的地步，那么这时它就会被比它更高级的生产关系所取代，即：共产主义生产关系。另外，在《宣言》的德文和英文版序言中马克思也论证出物质生产力的发展水平决定资本主义的产生、发展和灭亡。可以看到，马克思在论证资本主义的过程中并没有全盘否定资本主义制度，但同时也并未因资本主义在促进生产力方面的进步作用而放弃对它的批判，而是用发展的眼光辩证地看待资本主义社会被共产主义社会所取代的历史必然性。

第二，《宣言》论述了无产阶级这个掘墓人的角色。大工业生产发展到一定程度必然会生产出自身的掘墓人——无产阶级，无产阶级的最终目标是建立共产主义社会。一切社会的历史都是阶级斗争的历史，在资本主义社会中这种阶级斗争表现得尤为明显，社会日益分化为两个阶级：无产阶级和资产阶级。无产阶级的历史使命就是废除私有制，消灭剥削，消除阶级对立，最终建立一个没有剥削没有压迫的共产主义社会。在这个社会中，人们的物质财富极大丰富，社会公平正义，每个人自由而全面发展，为完成这一目标，必须引导和鼓舞广大无产者和人民群众团结起来为解放全人类而斗争。

第三,《宣言》论述了共产党的性质、特点和无产阶级斗争策略。马克思强调:无产阶级没有自身特殊利益,没有自身特殊原则。无产阶级政党区别于其他一切形式的政党。首先,无产阶级在进行革命的斗争过程中,代表的是全社会工人、无产阶级的利益。其次,在整个革命运动的过程中,无产阶级没有自身特殊利益,它代表的是整个革命运动的利益。无产阶级作为最先进、最进步的政党,不以某个思想家的具体理论作为自身的理论指导,无产阶级所进行的每一次实践运动都是对理论的践行。所以,《宣言》批判了当时流行的各种假的社会主义,划清了科学社会主义和这些流派之间的根本区别,同时指出了无产阶级联盟的政治思想,在和其他政党联盟的过程中,无产阶级要时刻谨记自身任务,要认识到资产阶级和无产阶级的对立,只有这样共产党人才能带领人民走向共产主义。

二、《共产党宣言》的影响及传播

《宣言》是马克思恩格斯为国际共产主义者同盟起草的纲领性文件,它向全世界宣告了共产主义的观点、目的和意图,它的问世和传播对中国乃至全人类都有很大的影响力。

刚开始《宣言》的传播并不是很顺利,恩格斯说:"《宣言》有它本身的经历。"[3]萨马拉时期列宁曾翻译过宣言,目的是为了让萨马拉小组成员更好学习马克思主义经典著作。苏联成立后,这里成为翻译马克思主义著作的主要战场。西方欧美资本主义国家也非常重视《宣言》的学习、翻译和研究,美国等资本主义国家纷纷将《宣言》作为他们教育的必读书。除了这些,《宣言》在全世界范围内还有其他不同语种的译本。20世纪末,马克思被英国广播公司评为最伟大的思想家;2005年,马克思再一次被公认为英国人心目中伟大的哲学家;2015年《宣言》被英国人公认为仅次于达尔文的《物种起源》的全世界最有影响力的学术巨著。

《宣言》独特的魅力、科学性和真理性对全世界都有广泛的影响。首先,指导了世界各国工人运动和社会主义运动。《宣言》的广泛传播,使社会主义由科学理论转为了实践运动并成为社会制度,社会主义实践阵地由西方发达资本主义国家转向了经济、文化比较落后的社会主义国家,世界范围内的共产党在理论与实践方面也逐步由幼稚走向成熟。《宣言》影响了巴黎公社运动,指导了"第一国际"和"第二国际",也成为很多社会主义国家诞生的理论源泉。"《宣言》改变了世界格局和人类命运,开辟了人类自觉推动社会历史进程、实现从资本主义向社会主义转变的新时代。"[4]其次,《宣言》对于人类文化发展具有重要影响力。《宣言》催生了诸如法兰克福学派、新马克思主义学派等西方马克思主义新学术流派的产生,培养了诸如哈贝马斯、萨特等著名学者;开拓了包括政治经济学、伦理学、哲学等新的学科体系;同样,当今社会,诸如"生产力""生产关系""生产方式"等概念体系在《宣言》中也能找到根源。最后,《宣言》发表后,以世界分工为基础的经济全球化不断加强,世界市场形成,全球跨国公司不断发展,国与国之间的交流日益紧密。

十月革命一声炮响,给我们送来了马克思主义。实际上,十月革命之前马克思主义就已经开始在日本传播,《宣言》的第一个中文本就是留学日本的陈望道在 1920 年翻译的。1848 年《宣言》发表到 19 世纪末,《宣言》未能传播到中国,很大一部分原因是清政府的闭关锁国,采取文化专制制度。19 世纪末为救国救民,一批仁人志士开始关注外国的思想理论,于是出现了许多出国留学的人。据文字记载,1896 年在英国的大英博物馆,孙中山读到《宣言》,他是中国人读《宣言》的第一人。1905 年11 月,在日本留学过的朱执信,第一次在《民报》上介绍了《宣言》的背景和内容。后来,又有很多的翻译版本。1949 年新中国成立,苏联外国文书籍出版局在莫斯科出版了《宣言》百周年纪念版。

新中国成立之前对《宣言》的翻译大都是适应中国革命的需要从英文、德文、俄文、日文等不同的语言翻译过来的,这对于中国共产党的成立和马克思主义在中国的传播具有重要的影响。当前,学界对《宣言》的译文、版本和价值等方面的研究已不断深入,这恰好说明了《宣言》强大的生命力和真理性。"对于宣言的当代解读,即如何将其运用于当今世界和当代中国,这是理论工作者需要深入思考的一个重大问题。"[5]

《宣言》的广泛传播对中国具有重大的影响力。五四运动后,马克思主义在中国的传播已成为不可阻挡的历史潮流,一批先进的知识分子决定用马克思主义救中国并酝酿成立了中国共产党。所以,《宣言》在中国的传播直接促成了中国共产党的成立和中共一大的召开,大会上确立的党的名称、规定的党的奋斗目标等都闪烁着《宣言》的原理思想。另外,《宣言》也培养了一批马克思主义者。毛泽东曾谈到对他最有影响力的三本书时,其中就包括《宣言》,读《宣言》使他坚定了对马克思主义的信仰,也了解到阶级斗争从人类有史以来就有,阶级斗争是社会发展的动力。邓小平也曾讲到《宣言》是他学习马克思主义的入门课程。《宣言》还影响了包括陈独秀、李大钊、董必武等一大批早期知识分子。

三、《共产党宣言》对当代中国的启示

"社会历史的沧桑巨变无法遮蔽一本巨作的真理光芒。"[6]《宣言》的发表标志马克思主义的诞生,是社会历史发展的必然产物。随着时代的发展,其中的个别论断可能不太适应不断发展的社会实践变化,但其中蕴含的基本原理仍然闪烁着真理的光芒,对于今天社会的发展具有重要的价值。

（一）《宣言》是实现中华民族伟大复兴中国梦的指路明灯

《宣言》指出:"共产党为工人阶级的最近的目的和利益而斗争,但是他们在当前的运动中同时代表运动的未来。"[2]41这个"未来",就是代表物质财富极大丰富的共产主义社会。战争年代,无数英雄为追求这一目标而舍弃自己的生命进行浴血奋战。实现共产主义也是中国共产党刚刚成立时期的伟大目标。"不忘初心,继续前进"是习总书记对当代共产党员所提出的要求。党的十八大之后,我们开展了一系列的理想信念教育。共产党是为共产主义事业奋斗的政党,共产党员是共产主义理想信念最忠实的信仰者和实践者,只有共产党员具有坚定的理想信念才能为中国特色社会主义事业做出应有的贡献。在当代社会,有很多人过于关注物质利益而忽视精神信仰,以致出现了信仰危机。这根源在于没有认真地学习《宣言》,对其中所揭示的原理认识得不够透彻,所以为解决人们的信仰危机,应该深入地学习《宣言》,坚定共产主义理想信念。

（二）《宣言》是坚持中国特色社会主义道路自信的理论源泉

《宣言》中,马克思、恩格斯提出"两个必然"的著名论断,即"资产阶级必然灭亡,无产阶级必然胜利",揭示了无产阶级代替资产阶级的历史必然性,为人们描绘了共产主义社会美好的宏伟蓝图。无论是俄国十月革命的胜利还是中国特色社会主义的伟大实践都证明了这一论断的科学性。当今,在全面建成小康社会决胜阶段,在实现中华民族伟大复兴,建设社会主义现代化强国的关键期,重温《宣言》,更能感受到社会主义制度的优越性。

在中华民族的历史上,无论是争取民族独立的抗日战争还是争取人民解放的解放战争,再到 1949 年新中国成立,1978 年改革开放,国家逐步走向富强,中国共产党始终高举马克思主义的伟大旗帜,将马克思主义基本原理和中国的革命实践相结合,指引中国革命、建设和改革一步步走向胜利,走向富强和复兴。《宣言》是马克思主义诞生的基本标志,也是我党始终坚持中国特色社会主义道路自信的思想源泉。通过《宣言》我们知道,社会主义的发展具有长期性和艰巨性,实现共产主义需要一个长期的历史过程,需要几代人甚至几十代人长期不懈奋斗,这在中国共产党长期探索社会主义实践活动中得到了印证。因此,无论身处何时何地,都要始终不渝地贯彻党的指导方针,坚定不移地走中国特色社会主义道路,始终拥护中国特色社会主义,捍卫共产主义的崇高理想。正如十八大所提到的:"我们既不走封闭僵化的老路,也不走改旗易帜的邪路。"

坚持实事求是原则是马克思主义的理论精髓也是《宣言》中的理论思想,它使马克思主义永葆生命力和活力。在人类历史上有人把马克思主义当作教条,当作永恒不变的东西,不考虑具体的实际情况就机械地拿来运用,这样就会走很多弯路,就会付出沉重的代价。比如,我党历史上所犯的"王明的'左'倾错误""'大跃进'和人民公社化运动""两个凡是"等错误,一定程度上都是脱离了中国当时的社会历史条件,机械地、原原本本地将马克思主义搬来中国,这样就付出了惨痛的代价。党的十八大以来,以习近平为总书记的党中央根据我国的具体国情,创造性地提出了"四个全面"战略布局和"五位一体"总体布局,为新时期我国社会主义的发展指明了前进方向。党的十九大上,习总书记联系历史、现实和未来社会的发展论断出:"中国特色社会主义进入新时代,我国主要矛盾已经转化为人民日益增长的美好生活需要和不平衡不充分发展之间的矛盾。"[7]这是实事求是原则在现当代的有力见证,充分地说明了只有中国共产党才能带领人民群众在革命、建设和改革的浪潮中取得最终的胜利。

(三)《宣言》是解决中国现实社会问题的行动指南

"躬身实践理想是共产党人为共产主义而奋斗的现实选择。"[8]《宣言》这部全人类的辉煌巨著留给后人的不仅仅是断章取义的某几句话,而是一种看问题的立场、观点和方法,我们应该学习《宣言》中马克思主义的立场、观点和方法,结合社会发展和具体国情变化来对待现实生活中遇到的具体实际问题,以推动经济社会的不断发展进步。

首先,始终把发展作为党执政兴国的第一要务。《宣言》中,马克思指出,无产阶级夺取政权后的一项首要任务就是尽可能快地增加生产力的总量,致力于经济和社会的发展。所以,中国共产党执政后始终把发展作为首要的任务。1978年改革开放后,我们把以阶级斗争为纲转向以经济建设为中心,不断解放和发展社会生产力,满足人民日益增长的物质和文化需要,改善人民的生活水平。十九大强调,发展是解决一切问题的基础和关键,必须坚定不移地把发展作为党执政兴国的第一要务。苏联亡党亡国的一个原因就是人民群众的生活水平没有得到提高导致人民对苏联共产党的不满。我国处于全面深化改革的深水期和攻坚期,在发展的过程中遇到很多问题,比如,贫富差距问题、社会发展不平衡问题、贫困问题等等。"十三五"期间,我党提出"五大发展理念"是对发展问题的进一步继承和升华,"这五大新发展理念,是我们破解发展难题、满足人民群众发展需要的五把'金钥匙',为全面建成小康社会开辟了一条新路"[9]。同时运用精准扶贫的战略解决贫困地区群众的生活问题,提高他们的生活水平,促进贫困地区经济政治文化的协调发展,使贫富差距控制在合理的范围之内。

其次,始终坚持"以人民为中心"。马克思强调全部世界的历史实际上都是人们实践活动的过程,可以看出,马克思非常关注人们的社会实践活动。习近平讲:人民群众是我们的力量之源,这就要求我们始终坚持一切为了群众,一切依靠群众,从群众中来到群众中去的群众观点,把实现好、维护好、发展好最广大人民群众的根本利益作为一切问题的根本出发点和落脚点。十九大报告中,习近平指出:"人民对于美好生活的向往,就是我们的奋斗目标"[7]2,这是习总书记对人民的深情表白,是对中国人民的庄严承诺。党的十八大以来,中国共产党审时度势并从中国的实际发展出发,提出了全面建成小康社会的宏伟目标,明确要求到2020年实现7 000多万贫困人口如期全部脱贫,充分践行了党全心全意为人民服务的根本宗旨。

四、结语

今年是《宣言》发表170周年,这170年来,人类社会发生了很大的变化,但《宣言》并没有过时,其中所蕴含的理论对今天的社会发展仍然具有重大价值。当今,我们应该用发展的眼光,结合当时的社会历史条件来考察《宣言》,正如马克思所指出的"不管最近25年来的情况发生了多大的变化,这个《共产党宣言》中所阐述的一般原理整个来说直到现在还是完全正确的。某些地方本来可以作一些修改。这些原理的实际运用,正如《共产党宣言》中所说的,随时随地都要以当时的历史条件为转移……"[2]3在今天,立足于当代国情和社会实践发展变化科学地、批判地理解和运用《宣言》中的马克思主义基本原理,应当是我们对待马克思主义理论的正确态度。

参考文献:

[1]马克思恩格斯选集:第2卷[M].北京:人民出版社,2012:297.

[2]共产党宣言[M].北京:人民出版社,2014.

[3]马克思恩格斯文集[M].北京:人民出版社,2009:20.

[4]杨金海.《共产党宣言》在世界的翻译传播及其影响[J].中共福建省委党校学报,2018(2):4-15.

[5]文华.《共产党宣言》在我国的译介与传播[N].中国文化报,2016-06-29.

[6]闫泽成.浅议《共产党宣言》的当代价值[J].边疆经济与文化,2011(12):175-176.

[7]本书编写组.党的十九大报告辅导读本(第1版)[M]北京:人民出版社,2017.

[8]许国斌.《共产党宣言》的当代价值与运用[J].人民论坛,2015(1):68-69.

[9]吉炳伟.重读《共产党宣言》的思考与启示[J].思考交流,2017(5):88-90.

(指导老师:饶旭鹏)

论中国历史发展逻辑下的"两个必然"

——纪念《共产党宣言》发表 170 周年 赵梦依*

【摘　要】资本主义必然灭亡,社会主义必然胜利的发展趋势,是马克思运用唯物史观的基本原理,通过对资产阶级和无产阶级产生、发展的过程进行深入剖析得出的结论。21 世纪资本主义国家和社会主义国家发生的新变化更加证明了"两个必然"不可避免。中国社会历史的发展表明,"两个必然"的趋势不可逆转。

【关键词】"两个必然";唯物史观;中国;发展历程

资本主义必然灭亡、社会主义必然胜利的论断,是马克思和恩格斯在深刻剖析资本主义社会的剥削本质后做出的科学预言。"两个必然"历经从理论到实践,从一国首胜到多国胜利的辉煌,也历经东欧剧变、苏联解体的失败,在当今世界依然散发着真理的光辉。2017 年 10 月 18 日,中国共产党十九大召开,会议中指出我国已进入新时代,如何在新时代下诠释"两个必然"是目前值得我们关注的。

一、"两个必然"的本质内涵

（一）"两个必然"的提出过程

1848 年 2 月 24 日,马克思和恩格斯为共产主义者同盟第二次代表大会起草的纲领性文件《共产党宣言》第一次在伦敦发表,正式宣告了马克思主义的问世,并在其后成为无产阶级政党的指导思想。马克思和恩格斯在《共产党宣言》中提出:"无产阶级的胜利和资产阶级的灭亡是同样不可避免的"[1]284,"两个必然"就出自于此。

资本主义必然灭亡,社会主义必然胜利,这并非是马克思的一纸空谈,而是他在

＊ 赵梦依,马克思主义学院马克思主义基本原理 17 级,172030501001。

科学的世界观和方法论的基础上,通过对资产阶级和无产阶级产生、发展的过程进行深入剖析得来的。生产资料私有制的发展促进了资产阶级的产生,资本的原始积累伴随着领土的争夺和财富的抢掠,资本主义的本质决定了它是为少数人服务,而广大的人民群众则处于水深火热之中。资本主义生产方式下,机器大工业的发展使得越来越多的人出卖自己的劳动力进入工厂,资本家为了榨取更多的剩余价值,不断对工人进行剥削,被剥削的工人逐渐形成自发的阶级,为了自己的利益而与资产阶级进行斗争,由此产生了无产阶级。"无产阶级肩负着资本主义制度的掘墓人和社会主义新制度的建设者的伟大使命。"[1]277其性质决定其为广大人民的幸福谋福利,拥有了广大的群众基础。而后,马克思根据资本主义生产方式,深入剖析其本质,发现了剩余价值理论,进而提出资本主义社会存在着不可调和的矛盾,一定会导致资产阶级的灭亡,"两个必然"由此产生。

(二)"两个必然"的理论依据

第一,资本主义内部的基本矛盾不可调和,决定了其必然被新的社会发展模式所取代。资本主义生产条件下,随着工业革命的爆发,机器生产代替人工劳动进入市场,生产社会化程度不断提高。一方面,生产过程、生产产品和生产资料的使用都日益社会化,而另一方面,生产资料却被牢牢掌握在资产阶级手里,生产社会化与生产资料资本主义私人占有之间的矛盾成为资本主义社会的基本矛盾。随着资本积累的加深,组织生产的工人阶级越来越贫困,而社会的大部分财富却被少数资本家牢牢掌握在手里,生产无限扩大,有支付能力的需求却日益缩小,再加上资本主义世界中长期存在的无政府状态,长此以往必然导致经济危机的爆发。各资本主义国家应对危机的办法不同,结果也不尽相同。1929年全球性经济危机的爆发,使得一些资本主义国家将魔爪伸向别国,施行法西斯暴行,引发了第二次世界大战,造成了全世界人民的苦难;一些资本主义国家借鉴社会主义国家经验,普遍提高工人的工资,改善工人的生活条件,实行国家对经济的调控,在一定程度上发挥了作用。然而,资本主义固有的矛盾并未得到解决,周期性的经济危机依然存在,随着社会的发展,社会主义必然取代资本主义。

第二,无产阶级的产生和发展必然导致资产阶级的失败。在资产阶级疯狂掠夺财富,压榨无产阶级剩余价值的同时,无产阶级也在不断壮大。无产阶级是大工业发展的产物,代表着最先进的生产力,然而阶级剥削却使得他们除了劳动力外一无所有,"他们每日每时都受机器、受监工,首先是受各个经营工厂的资产者本人的奴役"[1]279。社会化大生产促进无产阶级大规模联合起来,一开始,他们只是自发的阶级,为了生活条件的改善而与资本家进行斗争,随着规模的壮大特别是其政党的产生,以及马克思主义理论越发成熟,为其提供了理论武器,无产阶级作为自觉的阶级,逐渐登上历史的舞台,并为了全人类的解放而不懈奋斗。俄国十月革命使资产阶级临时政府走下历史舞台,一些社会主义国家如雨后春笋般建立起来,这是无产阶级历史上的一大胜利,虽然其后历经东欧剧变、苏联解体,但是社会总体趋势是向上的,社会主义取代资本主义是历史的必然。如今,社会主义在中国正焕发着蓬勃的生机,社会主义制度的优越性日益凸显,我们应该坚持我们的道路自信、理论自信、制度自信和文化自信,树立社会主义必然胜利的信心,为"两个必然"的到来做好准备。

二、"两个必然"的当代阐释

如今,社会发展到 21 世纪,许多情况较马克思和恩格斯所处的年代发生了很多变化,但总体发展的趋势仍然是资本主义的灭亡和社会主义的胜利。

第一,金融垄断资本的发展加速资本主义的衰落。资本主义在向帝国主义阶段过渡的过程中逐渐形成一种新的资本形态——金融资本,"金融资本就是工业垄断资本和银行垄断资本在一起而形成的垄断资本"[2]。工业资本和银行资本相互融合,产生的直接结果就是业务上的相互渗透和人事上的相互结合,一些金融资本家既控制着工业生产又垄断着银行活动,并进而参与国家的政治生活,是资本主义国家真正的统治者。金融行业取代实体经济成为资本主义国家的主导行业,直接导致经济增长乏力甚至倒退。随着国际垄断资本主义的发展和经济全球化的加深,经济危机的危害不再仅限于一国,2008 年由美国引起的次贷危机迅速席卷全球,为美国、欧盟及其他一些资本主义国家的发展带来重大的难题。此外,大财团通过经济上的垄断进入国家政治机构,对国民实行政治上的控制,大力奉行有利于资产阶级的政策,这无疑使得原本就紧张的民主关系陷入困境,事实证明,新自由主义的资本效率优先政策并未改善普通人民的生活,相反,"资本和劳动的对立不仅没有消失,反而更加剧烈了,而且扩大到了全世界"[3]。资本主义国家内部的两极分化更加严重,它再次暴露了资本主义内部不可调和的固有的弊端,加速了资本主义的衰落。

　　第二,社会主义日益焕发出蓬勃的生机与活力。东欧剧变、苏联解体之后,社会主义国家曾一度陷入低潮,一些资本主义制度代言人甚至断言社会主义正在走向灭亡。然而,事实并非如此,中国、古巴、越南、朝鲜、老挝等社会主义国家在东欧剧变后,面对资本主义国家的种种阴谋以及和平演变政策,在艰难复杂的条件下,积极探索适合本国国情的社会主义发展道路,并取得了很大成就。中国坚持社会主义发展方向,坚定不移地走中国特色社会主义道路,坚持独立自主的对外开放政策,形成了中国特色社会主义,并取得长足发展,最新公布的 GDP 排名中,中国超越日本成为世界第二,且与美国差距越来越小;越南经济平均增长率也在稳步提升,并不断增加第三产业的比重,产业结构逐步优化;古巴经济稳定,保持低速增长;朝鲜经济发展逐渐走出低谷……除此之外,全球性金融危机的频繁爆发使得一些发达资本主义国家将目光投向马克思主义,在本国掀起一阵又一阵"马克思主义热",传播马克思主义在国际政治中形成一股浪潮,亚非拉一些国家在尝到新自由主义的苦果之后,左翼政党纷纷上台执政。种种趋势表明,社会主义是大势所趋,必将成为社会发展的主流。

三、中国历史发展逻辑下"两个必然"的诠释

　　中国共产党的发展历程,就是科学社会主义在中国的发展历程。九十六年间,中国共产党带领人民进行了社会主义革命、建设和改革三个阶段,将马克思主义根植于中国的土壤之上,使社会主义在中国大地生根发芽,使中国在世界上发展壮大,日益显现大国风范。党的十八大以来,以习近平为核心的党中央立足新时代我国的基本国情,提出实现中华民族伟大复兴的中国梦,为"两个必然"增添了时代的光辉。

　　1840 年,英国的坚船利炮打开了中国国门,中国由此开始了一段屈辱的历史,一些爱国志士开始寻找救亡图存的道路,事实证明,科学技术、制度的改革不能根本扭转中国的现状,辛亥革命也因为胜利的果实被袁世凯窃取而宣告失败。十月革命一声炮响,给中国送来了马克思主义,中国的面貌从此焕然一新。中国共产党自成立之日起,就把人民立场作为根本立场,无论是提出武装割据道路,还是代表中国历史上第一次转折的遵义会议的召开,抑或是之后的长征的胜利,都是中国共产党将马克思主义与中国具体国情相结合的成果,并取得了巨大的成就。抗日战争结束后,

中国在走社会主义道路还是资本主义道路上曾出现过不同的论断,在中国共产党积极谋求合作的时候,蒋介石单方面撕毁《双十协定》,宣告了国共合作的破产,并大肆迫害共产党人。解放战争的胜利表明,只有社会主义才是救中国的"良药"。新中国成立之后,以毛泽东为核心的党中央,深刻认识到我国在经济上的百废待兴以及在政治上还有资本主义和封建主义残留的具体国情,不失时机地提出要进行社会主义改造,取得了新民主主义的伟大胜利,中国从此进入社会主义社会。

党的十八大以来,以习近平为核心的党中央带领中国广大人民,勇于创新,顽强拼搏,坚持中国特色社会主义发展方向,协调推进"四个全面"战略布局,统筹推进"五位一体"总布局,着眼于全面建成小康社会,致力于实现中华民族伟大复兴的中国梦。五年间,各项事业都取得了巨大成就,谱写了中国特色社会主义的新篇章。全面建成小康社会取得令人鼓舞的成就,全面深化改革取得突破性进展,全面依法治国积极推进,全面从严治党成效显著。道路自信、理论自信、制度自信和文化自信,显示了新时代中国人民开创伟大事业的信心。当前,我国经济发展进入新常态,面临许多新情况新问题,"这是我国经济向形态更高级、分工更优化、结构更合理的阶段演进的必经过程"[5]。能否推进经济结构优化升级,经济持续健康发展,赶上甚至超过一些发达资本主义国家,对我们是一个新的巨大挑战。但是只要我们坚定"两个必然"的科学性,客观把握历史发展的大趋势,牢记人民群众的历史推动力量,坚定中国特色社会主义道路自信、理论自信、制度自信和文化自信,就能克服前进道路上的种种困难,发挥社会主义制度的优越性,"在赶上时代、实现中华民族伟大复兴中国梦的同时引领时代发展"[5]。

社会主义取代资本主义是总的历史发展趋势,因此,我们要牢固树立社会主义必然胜利的自信心,但同时也要意识到,资本主义为了其自身的发展也在改进自身体制,如推行福利制度、加强政府监管等,我们有必要不忘初心,继续前进,继续推进中国特色社会主义伟大事业,谨防西方发达资本主义国家的文化渗透,为了决胜全面建成小康社会,实现中华民族伟大复兴的中国梦而不懈奋斗。

参考文献:

[1]马克思恩格斯选集(第 1 卷)[M].北京:人民出版社,1995.

[2]洪功用.政治经济学[M].合肥:中国科技大学出版社,2012:170 – 171.

[3]李其庆.当代资本主义新变化——法国学者让·克洛德·德洛奈访谈[J].
国外理论动态,2005(9):1-5.

[4]高尚全.改革:中国特色社会主义的伟大实践——中国改革40年的回顾和
思考[J].全球化,2017(9):8-28.

[5]杨河."两个必然"仍然是时代发展大趋势[N].人民日报,2016-02-26.

（指导教师:刘海霞）

论《共产党宣言》的历史意义和当代价值

常文峰*

【摘　要】《共产党宣言》(以下简称《宣言》)发表已经有 170 周年了,它是工业革命和资产阶级革命,资本主义生产方式和世界无产阶级运动的产物。《宣言》是一部完整的科学的马克思主义经典文献,对社会主义事业、国际工人运动和无产阶级政党有着深远的影响,对我们当代认识世界和改造世界有着重要的价值。

【关键词】共产党宣言;历史意义;当代价值

《宣言》发表 170 周年了,它是马克思、恩格斯共同完成的一部划时代意义的经典旷世之作。何为经典? 就是经得起时间检验、历史检验和实践检验,对人类社会具有深远影响的著作。《宣言》自诞生以来,它的基本观点和基本原理是放诸四海皆准的普遍真理,是科学社会主义和无产阶级政党的第一个纲领性文献,在马克思主义发展史上占据极其重要的地位。

一、《宣言》诞生的时代背景

伟大的时代产生伟大的思想,伟大的思想凝结成伟大的巨著。《宣言》诞生有着深刻的时代背景。

首先是工业革命的兴起。工业革命的发展,使得大机器生产代替了传统的手工劳动,生产力得到了飞速的发展,人们的生活方式发生了根本的改变,工业文明代替了农耕文明,大批的农民从农村转移到城市,使得城乡社会的人口比例和人口结构、社会生产方式、人们生活方式、思想方式发生了根本的改变。

* 常文峰,马克思主义学院马克思主义基本原理 17 级,172030501009。

其次是政治革命的发展。随着英国资产阶级革命的胜利,英国资产阶级通过光荣革命取得了统治地位,标志着人类社会进入近代资本主义文明。尤其是 1789 年的法国大革命打着"自由、平等、博爱"口号席卷欧洲大部分地区,资产阶级的思想远远超出了欧洲,欧洲的资产阶级革命使得整个欧洲大陆腐朽的封建制度受到一次又一次冲击,动摇了欧洲封建势力的统治地位,传播了资产阶级的思想,为建立资本主义制度奠定了基础,为实现资本主义的充分发展扫清了障碍。

最后是社会矛盾的变化。矛盾是社会发展的动力,正如黑格尔所说:"矛盾则是一切运动和生命力的源泉;事物只因为自身具有矛盾,它才会运动,才具有动力和活动。"[1] 19 世纪的欧洲资本主义空前发展,资产阶级逐渐站稳脚跟,西欧社会的矛盾由以前的封建庄园领主与农奴之间、封建行会师傅与帮工、封建贵族与自由民之间以及世俗社会与宗教势力之间的矛盾,逐渐演变成了资产阶级和工人阶级的矛盾。随着资本主义的发展和社会主要矛盾的变化,工人阶级登上历史舞台,当时典型的代表有 19 世纪 30 年代至 40 年代欧洲三大工人运动[1],蓬勃兴起的工人运动迫切需要科学的革命理论来指导运动的发展。

总之,在工业革命和资产阶级革命胜利的大环境下,在欧洲的工人运动登上了历史舞台的大背景下,马克思、恩格斯继承并汲取了欧洲先进文化的营养和全人类文明的智慧,起草了《共产党宣言》,标志着科学社会主义的诞生。

二、《宣言》的结构框架和基本观点

在 1847 年 6 月 2 日至 9 日,恩格斯代表巴黎支部出席"共产主义者同盟"第一次代表大会并起草了《共产主义信条草案》,1847 年 10 月底在前者的基础上恩格斯草拟了更臻完善的《共产主义原理》,同年 12 月至次年 1 月马克思、恩格斯撰写了《共产党宣言》,因此,《宣言》的写作和出版经历了一个不断发展完善的过程。今天普遍使用的《宣言》由七篇序言、一个引子、四章正文和一句口号组成,它是逻辑严谨、结构完整,各个部分不可分割的一部科学的革命的无产阶级性质的纲领性历史文献。

(一)与时俱进的序言

七篇序言中,1872 年德文版序言和 1882 年俄文版的两篇序言由马克思和恩格斯共同起草完成,1883 年德文版、1888 年英文版、1890 年德文版、1892 年波兰文版以及 1893 年版序言由恩格斯起草。序言中阐明了《宣言》的基本思想,即"每一历史时

代的经济生产以及必然由此产生的社会结构,是该时代政治的和精神的历史的基础;因此(从原始土地公有制解体以来)全部历史都是阶级斗争的历史,即社会发展各个阶段上被剥削阶级和剥削阶级之间、被统治阶级和统治阶级之间斗争的历史;而这个斗争现在已经达到这样一个阶段,即被剥削被压迫的阶级(无产阶级),如果不同时使整个社会永远摆脱剥削、压迫和阶级斗争,就不再能使自己从剥削它压迫它的那个阶级(资产阶级)下解放出来"[2]380。这是恩格斯在1883年德文版序言中叙述的,其基本思想主要是:社会存在决定社会意识,经济基础决定上层建筑的唯物主义历史观;在阶级社会里,阶级斗争贯穿于人类历史的始终,换句话说,一切历史都是阶级斗争史;在资本主义社会中,整个社会分为资产阶级和无产阶级,论述了资产阶级必然灭亡和无产阶级必然胜利,以及无产阶级消灭资本主义制度建立共产主义社会,实现解放自身和解放全人类的历史使命。七篇序言是不同时期写的,七篇序言"补充并发展了无产阶级革命理论,系统而简洁地概括了历史唯物主义的基本原理,序言也对历史唯物主义哲学作了增补和扩展"[3]。序言与其他部分共同构成了整个《宣言》。

(二)光明磊落的引子

引子叙述了共产主义这个"幽灵"已经成为整个欧洲的一种公认的政治势力,马克思、恩格斯以引子的形式向全世界公开说明自己的观点、自己的目的、自己的意图。这个"幽灵"政治势力对反动势力来说是洪水猛兽,对受压迫受剥削的广大人民群众却是福音,这充分展现出共产党人开诚布公、毫不掩饰、光明磊落的君子气度和胆识气魄。

(三)精心构思的正文

《宣言》的第一章叙述了资产者和无产者。从阶级斗争入手,论述了原始氏族社会解体以来"至今一切社会的历史都是阶级斗争的历史"[2]400。资本主义在封建社会产生,资本主义社会的发展并没有消灭阶级,而是产生了新的两大对立阶级:资产阶级和无产阶级。经过中世纪市民社会,新航路开辟,美洲大陆的发现以及大工业的兴起,随着工业、商业、航海业的蓬勃发展,使得资本主义生产力发生了突飞猛进狂飙式的发展,资产阶级通过多种形式控制了社会的经济命脉,建立了以代议制为基础的资本主义制度,资本主义发展本身是人类文明进步的产物,正如《宣言》中所说:"现代资产阶级本身是一个长期发展过程的产物,是生产方式和交换方式的一系列变革的产物。"[2]402紧接着马克思、恩格斯肯定了"资产阶级在历史上曾经起过非常革命的作用"[2]402,资产阶级在推翻腐朽的封建制度、促进社会化大生产和科学技术进步以及加强世界各国的联系等方面都起到革命的作用。尤其生产力方面,"资产阶级在它的不到一百年的阶级统治中所创造的生产力,比过去一切世代创造的全部生产力还要多,还要大"[2]405。从这个角度来看,资本主义社会的进步性可见一斑。资产阶级在不断进行资本原始积累的同时,资本主义有着不可克服的固有矛盾,即资本主义生产资料私有制与社会化大生产之间的矛盾,使得资本主义社会各个领域不可避免地发生各种各样的异化现象,导致资本主义社会出现深刻的经济危机和社会危机。《宣言》中阐述资产阶级实现自身发展的同时,也塑造了自身的掘墓人——无产阶级,马克思、恩格斯通过对资本主义社会产生、发展进行系统分析,得出了科学的结论,"资产阶级的灭亡和无产阶级的胜利是同样不可避免的"[2]413。《宣言》为资本主义社会灭亡敲响了"丧钟"。《宣言》的第二章论述了无产者和共产党人。主要论述了"共产党人与全体无产者之间的关系,驳斥了资产阶级对共产主义的种种责难,共产主义革命的主要特征,以及无产阶级将采取的一系列措施;未来共产主义的本质"[4]。第三章主要对三种错误社会主义思想(反动的社会主义、保守的或资产阶级的社会主义思想和批判的空想的社会主义和共产主义思想)进行了批判。第四章主要阐述了共产党人对当时欧洲各种敌对政党的态度,论述了共产党人实现无产阶级革命的斗争策略和采取的方式,无产阶级"支持一切反对现存的社会制度和政治制度的革命运动"[2]435,通过统一战线和团结协作,加强"共产党人到处都努力争取全世界民主政党之间的团结和协调"[2]435,实现无产阶级自身的解放和全人类解放的事业。

(四)振聋发聩的号召

"全世界无产者,联合起来!"[2]435马克思、恩格斯荡气回肠、激情四射的号召和动员,全世界无产阶级精诚合作,团结合作,以科学社会主义理论为指导,这种联合既是策略,也是实现自我解放的方法,更是奋斗目标和对未来社会的希冀和憧憬。只有全世界无产阶级联合起来,团结起来,才能推翻世界一切不平等的制度,真正实现自我解放和全人类的解放。

可见,《宣言》的序言、引子、正文和号召是一个整体,反映了马克思主义基本思想,是一个层层递进的叙述,严谨的、完整的、科学的、统一的理论体系。

三、《共产党宣言》发表的历史意义

《宣言》发表是欧洲无产阶级工人运动的产物,是马克思主义与欧洲工人运动发展的产物。《宣言》的发表有着划时代的伟大历史意义,主要表现在以下几个方面。

（一）就社会主义发展而言

《宣言》的发表标志着社会主义由空想变成为科学。唯物史观和剩余价值学说构成了科学社会主义的两大理论基础。唯物主义史观揭示了人类社会发展的规律,剩余价值阐述了资本主义社会特有的发展规律。空想社会主义以各种人本主义的表现形式为特征,实质上是唯心主义历史观,而马克思、恩格斯对空想社会主义进行了积极的扬弃,对黑格尔的"合理内核"和费尔巴哈的"基本内核"进行了继承和发展。马克思、恩格斯在《德意志意识形态》中对唯物史观进行了系统阐述,"第一次科学表述了物质生产内部的生产力和生产关系的矛盾运动原理"[5]。在《宣言》中马克思、恩格斯运用辩证唯物主义、历史唯物主义和实践唯物主义对资本主义社会产生、发展进行深入的分析,得出了资本主义的灭亡是不可避免的结论。《宣言》的发表标志科学社会主义从空想变成为科学,人类无论从社会形态或意识形态,都开启了新的纪元。

（二）就国际工人运动而言

《宣言》发表标志着国际工人运动由自发转向自觉。在《宣言》发表之前,工人运动是零散的、自发的,主要表现在经济方面进行斗争,比如说:要求资本家涨工资、破坏资本家的机器等等。《宣言》为工人运动提供了强大的理论武器。正如马克思所说:"哲学把无产阶级当成自己的物质武器,同样,无产阶级也把哲学当作自己的精神武器。"[2]16《宣言》使无产阶级有了自身的精神武器,世界工人运动进入新的阶段。《宣言》本身以理论的形式呈现于世,标志着工人阶级有了解放自身和全人类的理论指导和行动指南,无产阶级的阶级斗争由自发的经济斗争变成为自觉的政治斗争。马克思、恩格斯起草的《共产党宣言》从此成为"世界各国无产阶级运动的指南",因此,《宣言》的诞生标志着国际共产主义运动史上一次质的飞跃。

（三）就无产阶级政党而言

《宣言》发表标志着世界上第一个成熟的无产阶级政党的正式成立。共产主义

者同盟是人类历史上第一个成熟的无产阶级政党,1847 年 11 月底至 12 月在伦敦召开共产主义者同盟第二次代表大会,马克思和恩格斯亲自参会,经过辩论,科学社会主义的基本原则作为共产主义者同盟指导原则被一致接受,成为全世界第一个共产党人的旗帜和纲领,共产主义和科学社会主义成为世界各国共产党、工人党或左翼政党的最高理想和价值追求,改变了全世界的政党格局和世界格局。《宣言》在这个意义上讲,不仅改变了无产阶级的命运,被称为无产阶级的"圣经",也改变了人类社会的命运,推动了人类社会文明进程。

四、《共产党宣言》的当代价值

今年是《宣言》发表 170 周年,也是马克思诞辰 200 周年,《宣言》在全世界广泛而深入传播,产生了深远的影响。时至今日,《宣言》"已经被翻译成 200 多种语言文字出版,有一千多种版本,成为世界上发行量最大的社会政治和人文科学著作"[6]。可见《宣言》的影响之广在整个人类文明传播史上堪称一道奇观。《宣言》中有着取之不尽用之不竭的思想宝藏,许多思想仍然历久弥新,熠熠生辉,对我们分析当前的世情、国情、党情有着重要指导价值,对于我们认识世界和改造世界有着重要的理论价值和实践价值。

（一）理论价值

首先,《宣言》的基本观点是社会主义国家的行动纲领。主要有:坚持唯物史观,坚持消灭私有制,坚持阶级斗争思想,坚持无产阶级专政,坚持共产主义思想等观点,这些观点是全世界社会主义国家和各国无产阶级政党坚持的基础观点。《宣言》中的基本观点具有普遍性,是我们认识世界和改造世界的指南和原则,我们应该把马克思主义基本观点与各自国家的具体实践相结合,不断在实践中继承马克思主义、发展马克思主义和丰富马克思主义,切实做到在坚持中发展,在继承中创新。

其次,《宣言》的基本方法是分析人类社会发展规律的理论。《宣言》中的辩证唯物主义和历史唯物主义方法是我们认识世界和改造世界的理论武器,是我们认识自然、社会以及处理人与自然环境、人与社会、人与人之间关系的基本方法,是我们研究分析人类社会发展和当前一些国内、国际社会热点问题的普遍方法和基本遵循。

第三,《宣言》中体现的科学批判和与时俱进理论品质。尤其七篇序言是在不同的时期写的,在坚持基本思想的前提下,随着时代的发展和社会的需要,序言对正文中有些观点进行修改和补充,正如《宣言》中所说"随时随地都要以当时的历史为转移"[2]376,这深刻体现了马克思主义与时俱进、实事求是、勇于革新、勇于创新的理论品质。更难能可贵的是,恩格斯很谦虚地说《宣言》中的基本观点是属于马克思一个人的,由此可见恩格斯伟大的高尚的人格魅力和博大的胸怀。

(二)实践价值

首先,《宣言》的基本观点指导着国际共产主义运动的实践发展。比如,《宣言》中跨越"卡夫丁峡谷"的理论为俄国的无产阶级革命提供了理论依据,为世界落后地区国家开展无产阶级运动提供了指南。列宁把马克思主义与俄国的具体国情相结合形成了列宁主义,取得了十月革命的胜利。列宁继承了马克思主义基本观点,并且发展了马克思主义。再比如《宣言》中的基本观点成为中国共产党建党的原则和崇高理想,不管是新民主主义革命时期,还是社会主义建设时期和改革开放新时代,《宣言》中坚持的基本观点和价值目标都是指导我们取得新民主主义革命和社会主义建设伟大胜利的精神武器和指导原则,而且《宣言》中的理论与我国的具体国情、具体实际相结合,指导我们不断进行新的征程,取得举世瞩目的成就和创举。具体而言,通过共产党领导的人民战争和阶级斗争,推翻了三座大山,缔造了新中国,在建设时期,进行社会主义改造,在改革开放以来,实行九年义务教育和社会福利等制度,都是符合《宣言》要求的,而且我们坚持了《宣言》的理念,并且对《宣言》进行了新实践,实现了新发展。

其次,《宣言》指导我们更好地实现每个人的全面自由发展。《宣言》有着精辟的叙述:"代替那存在着阶级和阶级对立的资产阶级旧社会的,将是这样一个联合体,在那里,每个人的自由发展是一切人的自由发展的条件。"[7]在恩格斯《社会主义从空想到科学的发展》中表述为:"人终于成为自己的社会结合的主人,从而也就成为自然界的主人,成为自身的主人——自由的人。"[8]从这些精辟的论述中得出马克思主义的核心观点是实现"人的全面自由发展",马克思主义主张的推进社会生产力发展,消灭私有制,消灭阶级和国家,坚持无产阶级专政等等思想,归根结底就是实现每个人的全面自由发展,这就是手段与目的的辩证统一关系,前面的一切都是具体的形式,或者实现方式,后者是最终实现的目的。马克思主义是开放的,是发展的,是具体的,也是现实的。中国共产党的宗旨是全心全意为人民服务,我国在社会主义建设中提出了"以人为本"的科学发展观,在新时代我们党坚持以"人民为中心"的发展理念,都是《宣言》中实现人的全面发展的践行、继承和创新。

第三,《宣言》使我们深刻认识把握当前全球化的发展。资本主义发展到今天仍然具有强大的生命力,资产阶级在加强统治和全球资本扩张中,其赤裸裸的殖民掠夺变得"隐蔽"和"文明"多了,而且资本主义国家的工人阶级生活境况与马克思恩格斯生活的时代相比有了很大的改变。从这个意义上说,《宣言》本身对资本主义社会敲响丧钟的同时,也为资产阶级开出了"药方",比如每当资本主义经济危机时,资本主义会自觉与不自觉地从《宣言》或马克思主义其他经典著作中寻求解决之道。随着全球化和资本主义社会的发展,今天的资本主义社会中也存在社会主义的某些因素,因此,今天的国际格局是,资本主义和社会主义社会是和平竞争、相互依存、相互渗透的。但是,我们必须清醒认识,苏东剧变,不是社会主义事业的失败,而是高度集中的苏联模式的失败。随着改革开放的深入,中国开辟了中国特色社会主义道路,社会主义中国仍然屹立在世界的东方,社会主义事业在中国蒸蒸日上,中国积极融入全球化进程中,贡献中国智慧,提供中国方案。

四、结语

"时代是思想之母,实践是理论之源。"[9]《共产党宣言》的发表标志着科学社会主义的诞生,在整个人类历史上有着划时代的意义,对世界政治格局、经济格局和思想格局产生重要的影响。我们在迈向新时代的今天,坚持马克思主义指导地位,坚持中国共产党的领导,坚持马克思主义中国化,坚持中国特色社会主义理论,不断开辟马克思主义新境界,理论联系实际,把《宣言》与中国具体国情相结合,不忘初心,牢记使命,砥砺前行,不断开拓科学社会主义,就能实现中华民族的伟大复兴,为建立人类命运共同体,推动人类社会进步事业做出贡献。

参考文献:

[1]黑格尔.逻辑学(下卷)[M].北京:商务印书馆,1981:66.

[2]马克思恩格斯选集:第1卷[M].北京:人民出版社,2012.

[3]李锐.《共产党宣言》七篇序言创作的历史情境及其历史意义[J].延边大学学报:社会科学版,2013(2):25-26.

[4]艾四林,曲伟杰.共产党宣言导读[M].北京:中国民主法制出版社,2012:21.

[5]顾海良主编.马克思主义发展史.[M].北京:中国人民大学出版社,2009:62.

[6]中共中央编译局.《共产党宣言》在世界的翻译传播及其影响[J].中共福建省委党校学报,2018(2):1–12.

[7]共产党宣言[M].北京:人民出版社,1997:50.

[8]中共中央马克思恩格斯列宁斯大林著作编译局编译.社会主义从空想到科学的发展[M].北京:人民出版社,2014:81.

[9]习近平.决胜全面建成小康社会夺取新时代中国特色社会主义伟大胜利——在中国共产党第十九次全国代表大会上的报告[M].北京:人民出版社,2017:26.

（指导教师:刘海霞）

《共产党宣言》中"两个必然"思想对高校增强大学生道路自信教育的启示 霍宁宁*

【摘 要】马克思在《共产党宣言》中深刻阐述了"资本主义必然灭亡,社会主义必然代替资本主义"的"两个必然"思想。全面深刻理解"两个必然"思想,有利于新时代的大学生科学认识当代资本主义新变化的实质,正确理解社会主义事业中遇到的困难与挫折,正确认识社会主义的本质,坚信共产主义理想,进一步坚定大学生的道路自信意识。为此,高校思想政治工作要突出并加强理论学习,提升大学生对道路自信的认识;发挥主渠道阵地作用,丰富道路自信教学内容;坚持正确的舆论导向,改进道路自信教育方式。

【关键词】共产党宣言;两个必然;高校;道路自信;启示

2017 年 10 月 18 日,习近平总书记在中国共产党第十九次全国代表大会上强调指出,"全党要更加自觉地增强道路自信、理论自信、制度自信、文化自信,始终坚持和发展中国特色社会主义"[1],其中道路自信关系到一个国家的发展方向。"高校作为意识形态工作前沿阵地,肩负着学习研究宣传马克思主义,为实现中华民族伟大复兴的中国梦提供人才保障和智力支持的重要任务"[2]。进入新时代,重温《共产党宣言》这一纲领性文件,全面深刻理解"两个必然"重要思想在新时代条件下所展现的理论价值和实践意义,有利于高校进一步提升思想政治教育工作水平。

一、全面深刻理解"两个必然"思想

马克思、恩格斯所著的《共产党宣言》对科学社会主义理论进行了系统全面的阐

---

* 霍宁宁,马克思主义学院思想政治教育 16 级,162030505008。

释,为无产阶级革命提供了强大的思想理论武器,是马克思主义诞生的重要标志。《宣言》运用辩证唯物主义与历史唯物主义对资本主义进行了深刻的分析,立足于当时的资本主义发展情况,从人类社会发展规律的角度出发,最终揭示了"资本主义必然灭亡,社会主义必然代替资本主义"的科学论断。当今资本主义社会尽管发生了一些新变化,然而却并没有出现"资产阶级不能统治下去了,因为它甚至不能保证自己的奴隶维持奴隶的生活"的状况,"两个必然"思想是否依然适存于当今社会? 中国特色社会主义道路是否依然具备优越性? 生活在新时代背景下的我们又应当如何正确看待社会发展中所出现的各种问题?

第二次世界大战后,资本主义国家通过发展科技与国家干预等手段,使经济发展趋于稳定,资本主义发生了一些新变化。这些变化的发生展现了资本主义的自我发展与自我调节能力,但资本主义性质的本质却始终没有发生变化。

在唯物史观看来,社会生产力是促使社会形态发生转变的根本动力。科学技术的进步会促进生产力的发展,生产力的发展必然又会推动社会化生产的进步,社会化生产力的提升只会强化其排除私有、要求公有的革命性质,这些都是与资本主义私有制的发展要求相悖的。长此以往,只会令资本主义的基本矛盾更加激烈、更加深刻、更加难以解决,最终导致资本主义社会的崩溃。国家干预经济虽然对资本主义生产关系进行了调整,却始终没有触动私有制的根本基础,只是在一定程度上缓解了资本主义的基本矛盾和冲突,因而只能在短期内取得一定效果。无产阶级的阶级性质和社会地位在此过程中并没有根本改变,仍然处于被剥削被压迫的地位并受雇于资本家。无产阶级的阶级地位和立场没有也不会改变,他们依旧代表着最先进的生产力。他们同资产阶级的矛盾尖锐化的趋势并没有消除,必然终将担负推翻资本主义的历史使命,终将完成建立社会主义社会的历史任务。

马克思曾指出:"无论哪一个社会形态,在它们所能容纳的全部生产力发挥出来以前,是决不会灭亡的。"我们必须清醒地认识到"社会主义速胜论"是不现实的,但社会主义的胜利是必然的。事实上,"一种社会经济制度它包容生产力、发展生产力的能量释放过程,往往需要经历一个很长历史时期"[3]。从人类社会的进化过程来看,这个过程一般都要经历很长的一段时间。尽管近现代以来社会发展的节奏空前加快,但这并不等同于事物由产生到消亡的节奏也加快了。一种社会形态从产生到消亡的历史过程并不会因此大大缩短，"两个必然"揭示的只是一种历史发展的必然趋势。

二、坚信"两个必然"思想对提升大学生道路自信的意义

习近平总书记在全国高校思想政治教育工作会议上明确指出："要教育引导学生认识和把握中国特色社会主义的历史必然性，不断树立为共产主义远大理想和中国特色社会主义共同理想而奋斗的信念和信心。"[4]只有坚信"两个必然"思想，才能夯实大学生道路自信的理论基础。

第一，全面深刻理解"两个必然"思想，有利于大学生科学认识当代资本主义新变化的实质，提升大学生对社会主义代替资本主义的长期性、艰巨性和复杂性的认识，抵制消极思想对大学生道路自信的削减。改革开放以来，我国的经济蓬勃发展，人民生活水平不断提高，然而此时却出现了各种反对、诬蔑、歪曲中国特色社会主义社会的杂音，利用网络、新闻传媒等各种方式传播错误思想，更有甚者披上了坚持和拥护马克思主义的外衣来攻击中国特色社会主义。也正因为这个原因，习近平总书记才一再强调意识形态工作在社会发展过程中的极端重要性，高校要深刻学习领会习近平新时代中国特色社会主义思想，对大学生加强"两个必然"的教育，增强大学生对科学社会主义与中国特色社会主义道路的正确认识，引导学生增强道路自信，正确认识社会。

第二，全面深刻理解"两个必然"思想，有利于大学生正确理解社会主义事业中遇到的困难与挫折，提升大学生对不断丰富和发展中国特色社会主义理论体系的认识，树立大学生的道路自信意识。"'两个必然'的结论是建立在马克思主义严密的经济学论证基础之上，通过对资本主义剩余价值的生产和资本主义原始积累带来的资本主义有机构成不断扩大的剖析得出的科学结论。"[5]加深大学生对"两个必然"思想的认知理解，加强大学生道路自信教育，有助于他们在理论探索和历史考察的基础上，科学理性地看待资本主义制度的命运，辩证地看待社会发展中出现的问题，从而增强大学生对中国选择走中国特色社会主义道路的正确性与科学性的认识，进一步坚定学生跟党走中国特色社会主义道路的理想信念，成长为又红又专、德才兼备、全面发展的新时代青年。

第三，全面深刻理解"两个必然"思想，有利于大学生正确认识社会主义的本质，

坚定共产主义理想,提升大学生对坚持中国特色社会主义道路的正确发展方向的认识,进一步坚定大学生的道路自信意识。中国特色社会主义理论体系是党和人民实践经验与集体智慧的结晶,始终闪耀着马克思主义真理的光辉,始终引领着中华民族走向更加辉煌的未来。大学生是实现中华民族复兴伟大梦想的后备军,必须认真学习马克思主义中国化的最新成果——习近平新时代中国特色社会主义思想的深刻内涵,深刻领会十九大报告精神,全面理解意识形态安全对我国发展的重要意义。

三、"两个必然"思想对高校加强道路自信教育的启示

高校是提升大学生思想政治修养的主阵地,思想政治理论课是加强大学生道路自信教育的主要途径,必须拿出行之有效的措施切实加强大学生道路自信教育。

(一)加强理论学习,提升大学生对道路自信的认识

习近平总书记指出:"中国人民走的是历史选择的道路。道路决定命运。一个国家、一个民族,只有找到适合自己条件的道路,才能实现自己的发展目标。"[6]以毛泽东为主要代表的中国共产党人立足我国的国情和革命特点,创造性地开辟了一条由新民主主义通向社会主义的革命道路,在中国这样一个落后的国家成功地建立了社会主义制度。新中国成立后,面对纷繁复杂、动荡不安的世界局势,中国在特色社会主义理论的指导下,在经济、政治、文化等多个方面,取得了巨大的成效。历史和实践都充分证明,中国特色社会主义道路是中国共产党和中国人民在长期实践中逐步开辟出来的唯一正确道路,是实现民族复兴之路、国家富强之路、人民幸福之路。

新中国成立以来,中华民族的面貌发生了前所未有的改变,尤其是改革开放之后我国的经济更是蓬勃发展。作为成长在祖国安定繁荣条件下的新时代大学生,我们应当为中国在世界舞台上做出的成绩而感到骄傲,但同时我们也要清醒地认识到作为祖国未来的栋梁和国家建设的接班人,必须拥有刻苦学习的信念与艰苦卓绝的品质,勇于担当社会赋予的重任。高校必须充分发挥自主权,把育人工作贯穿教育教学全过程,全面培养大学生对马克思主义基本理论的学习热情,加强对"两个必然"思想的深入理解,增强道路自信,把马克思主义理论内化于心、外化于行,真懂真信真学马克思主义。坚定为党、为理想、为人民而奋斗的决心与信念,树立正确的世界观、人生观、价值观,始终坚定"道路自信"。

（二）发挥主渠道阵地作用，丰富道路自信教学内容

高校思想政治理论课作为高校思想政治教育的主阵地，在培育大学生道路自信教育中发挥着不可或缺的作用。大学生获取知识的首要渠道是课堂，因而高校思政课教师必须利用好这一有利条件，在课堂上运用自己的知识对中国特色社会主义道路进行系统全面的讲解，使大学生对道路问题有一个深刻的认识和掌握，通过分析当下热点事件的发展，提高学生的学习热情与积极性，引导学生学会运用马克思主义唯物辩证法去辩证地看待社会发展中出现的问题。任何事物的发展道路都不可能是一帆风顺的，中国特色社会主义在前进发展的道路上也一样会遭遇挫折困境，大学生是否能够正视这些问题？是否能够辩证地理解这些问题？是否会因此动摇对整个中国特色社会主义道路的信任？这些问题的解决成为高校加强大学生道路自信的关键。高校思想政治教育工作者应当积极引导大学生运用唯物辩证法和矛盾分析法，使"两个必然"思想真正入脑入心，教育他们辩证地看待事物的发展和社会的进步，逐步提升他们对于中国特色社会主义道路的认同感和自信心。

（三）坚持正确的舆论导向，改进道路自信教育方式

在全球信息化背景下，"两微一端"成为大学生发现社会、了解社会的主要渠道，"手机不离手"成为一种独特的校园文化现象。然而互联网的信息良莠不齐、泥沙俱下，很有可能导致信息泛滥和污染等现象，在不经意间迷惑大学生的主流价值观念。大学生涉世未深，正处于世界观、人生观和价值观形成与发展的关键时期，他们对各种新鲜的事物都充满着好奇，但同时又缺乏社会历练，对信息的筛选分辨能力较弱，很容易接受一些不健康、不科学的信息。

因而我们要"充分发挥高校组织资源优势，抓住学生学习的刚性需求，用碎片化、互动化、交互性的方式来传播学习内容"[7]，综合运用各种多媒体因素创新高校思想政治教育理念和教育机制，将中国特色社会主义道路的教学融入高校网络思想政治教育之中。例如可以通过网络转发和点赞等形式将关于中国特色社会主义道路的文章在大学生之间传播，把社会上的热点话题整合改造成为思想政治理论课的教育内容，将高校思想政治教育内容潜移默化地传达给学生，真正做到大学生道路自信教育高效化、实时化，更加有效调动起大学生参与教育的积极性，提高大学生思想政治教育的实效性。

近年来,我们党一直在推行马克思主义中国化、时代化和大众化,道路自信教育是中国化马克思主义教育中一个非常重要的组成部分,因而也应该在教育过程中更加注重通俗化、大众化。大学生是我国社会主义事业的建设者和接班人,他们的世界观、人生观和价值观与中国特色社会主义事业的未来息息相关,因而高校必须高度重视对大学生政治素养和道德修养的培养。通过开展形式多样丰富多彩的校园文化活动,切实利用好校园网络、校园媒体等各种宣传通道,将大学生道路自信教育融入日常的学习生活之中,坚定马克思主义信仰,不仅要做到"入脑",更要真正做到"入心"。

参考文献:

[1]习近平.决胜全面建成小康社会　争取新时代中国特色社会主义伟大胜利——在中国共产党第十九次全国代表大会上的报告[M].北京:人民出版社,2017:62.

[2]邓学源,李国兴.加强高校意识形态工作领导权和话语权[N].光明日报,2017-2-13.

[3]郭荣华.对"两个必然"和社会主义前途的再认识——新世纪之初重读《共产党宣言》[J].江西社会科学,2001(9):9-11.

[4]习近平.把思想政治工作贯穿教育教学全过程,开创我国高等教育事业发展新局面[N].人民日报,2016-12-09(01).

[5]孙佳."两个必然"思想对高校增强大学生道路自信教育的启示[J].内蒙古农业大学学报(社会科学版),2017(1):122-126.

[6]习近平系列重要讲话读本(2016年版)[M].北京:人民出版社,2016:3.

[7]苏明.创新网络思想政治教育[N].中国教育报,2015-02-05(02).

(指导教师:饶旭鹏)

《共产党宣言》中的生产力发展理论及其现实意义 王一淼*

新时代大学生读马列经典感悟集

【摘　要】马克思、恩格斯在《共产党宣言》(以下简称《宣言》)中通过对资本主义生产方式的剖析得出了生产力发展的理论。《宣言》中蕴含着生产力是人类历史的源泉和社会结构的基础,是社会变革的最终决定因素以及发展生产力是社会主义的首要任务等理论。其中,科学技术在生产力的发展中起着革命性的作用,发展生产力必将形成全面开放的格局,社会主义发展生产力要坚持劳动者利益最大化的原则等思想对我国社会主义的发展具有十分重要的意义。

【关键词】生产力;《共产党宣言》;发展理论

《共产党宣言》篇幅并不大,但所阐述的内容极其深刻,经历了 170 年的风雨,仍在当今社会产生了非常深远的影响。《宣言》是对马克思主义进行理解的关键,对《宣言》中基本原则的全面应用应当"随时随地都要以历史条件为转移"。在当今这个充满机遇与挑战的时代,结合中国国情运用和把握生产力发展理论对我国社会发展具有十分重要的现实意义。

一、《共产党宣言》中写作生产力的背景

马克思、恩格斯在《共产党宣言》中系统地阐述了马克思主义基本原理,其中生产力发展理论就是重要的理论之一。

纵观人类发展历程,可以清晰地看出生产力对生产关系的决定作用,并进一步表现在社会形态上。无论是最初原始社会向残酷的奴隶社会过渡,还是以农业生产

---

* 王一淼,马克思主义学院马克思主义基本原理 17 级,172030501004。

力为代表的封建社会取代奴隶社会，抑或是资本主义社会工业社会的崛起，都遵循着这样一条人类社会进步的规律。马克思早在《宣言》中阐述："所有制都要经常性的发生历史变更。"为了加强论证，《宣言》对当时的法国革命做了举例说明。"法国革命废弃了封建所有制，以资产阶级所有制取而代之。"在生产力进步、更变之时，生产关系必然会发生变动，这是封建体制日益消亡的根本动力，也是资本主义生产关系日益壮大的力量源泉。无论封建体制拥护者如何抵抗，封建制度的消亡都不可能抗拒历史潮流。当然，封建社会并不全是糟粕。在封建社会中产生的交换方式、生产资料，都对商业发展起到了促进作用，只有在老式的生产关系对先进生产力产生阻碍之后，才会发生矛盾。新生力量急需成长，而封建势力却顽固守旧，必然会发生冲突，以及最终的革命，以突破枷锁，而"取代它的是自由竞争和在这一时期相适应的经济制度和政治制度等"。总之，封建社会的消亡并不是个人力量的结果，是社会生产力发展使然。

　　资本主义如果在这样的形势下不断地发展，就要对生产关系进行调整，并且保持生产关系适应于生产力发展的需要。"资产阶级除非对生产工具进行变革，从而对生产关系进行变革，否则这样的社会关系难以存活下去。"[1]30在生产力发生激变的同时，整个社会也处于动荡之中，这使得资本主义社会日益消亡。从近现代世界历史脉络看，各资本主义国家的确矛盾丛生。在将来，社会主义将借助生产力的普遍性提升而逐渐取代资本主义。在建立起资本主义社会之后，可以发现生产关系还是很难适应生产力，二者间的矛盾正在加剧。"现代资产阶级社会，现在像一个魔法师一样不能再支配自己用法术呼唤出来的魔鬼了"[1]33，周期性经济危机便是很好的案例。在固守资本主义所有制、文明的同时，始终对正在崛起的生产力视而不见。在不断进步的生产力条件下，各生产关系却未发生任何变动，已经对前者产生了禁锢与阻碍。只要开始克服上层建筑造成的各类阻碍，资本主义社会便面临着分崩离析的危险，对其所有制而言，也将走向毁灭。共产主义不是要消灭所有，也会延续先进生产力。但是，必须要对阻碍发展的资产阶级所有制予以消灭。从本质上讲，资产阶级以剥削为前提。在私有制社会，难免存在紧张的阶级对立。简单概括《宣言》的所有主张，便是"消灭私有制"。

二、《共产党宣言》中有关生产力的理论

对于社会进程中的生产力概念的理解可以从自然界中自然物的概念加以理解。与实际存在物或物质不同的是,唯物史观所阐述的"物"同社会或历史意识对立。社会生产力是"物"实现的根本,是"物"自我发展的基础。马克思提出的唯物史观,就是要把生产关系和社会关系归结为生产力,把生产力当作社会的本质。

(一)生产力是人类历史的源泉,是社会结构的基础

前代人的贡献将惠及后代人。生产力的进步同样是历史的延续,不可能由当代人独立创造。这样,在历史进程中,人之间便有了特殊的联系,并构成人类历史。"历史也会随着社会生产力及人们的社会关系的发展而成为人类发展的历史。"[2]生活物资是人类延续的前提,在物质资料得到满足之后,方可开展进一步的生产,从事精神活动。人类在生产中创造物质,物质也为人类生产提供养料。生产力得到进步,人类活动也会随之进步,为此,马克思将"全部历史的基础"的殊荣给予了生产力。生产力只是同人类社会相关的一个方面,但却对人类进步产生决定作用。生产力可以催生新的上层建筑,也可以促使生产力变革,只要生产力达到一定程度,人类将进入到共产主义社会。

(二)生产力是社会变革的最终决定因素

新的社会结构的产生根源是生产力,如果生产力受上层建筑阻碍,则必然会通过社会变革的方式进行突破。在最初,生产力、生产关系相安无事,但生产力总会先于生产关系进步,并逐渐在二者间产生矛盾。如果上层建筑顽固自封,则会引起新的历史革命,以冲破各种关系造成的桎梏。当基础发生动摇之后,"全部庞大的上层建筑也可能会在这样的形势下进行变革"[3]10。

(三)发展生产力是社会主义的首要任务

《宣言》中马克思、恩格斯从生产力和生产关系矛盾运动的角度论述了资本主义的发展趋势。周期性的经济危机其关键就在于私有制。如果资产阶级无法主动地更变占有方式,则只能通过联合全世界无产阶级的方式达成目标,社会生产力才能在这样的形势下取得进步和发展。生产力是实现社会发展的主要推动力。在《宣言》中,马克思、恩格斯确定了资产阶级确实对人类经济文明做出了较大的贡献,认为虽然资产阶级存在广泛的压迫,但在其统治时期,生产力进步明显。马克思、恩格

斯提出,无产阶级取得国家政权之后,最为主要的任务就是发展社会生产力,这也是马克思主义政党在执政之后要关注和解决的突出问题。

三、生产力理论对中国社会发展的现实意义

人类社会的历史既是一部生产力的发展史,同时也是一部生产关系的变革史,正是由于人的本质力量不断发展才能推进人类社会的不断前进,一切文化创造与政策的采取都应围绕生产力现实存在来进行。

(一)科学技术在生产力的发展中起着革命性的作用

在《宣言》中,马克思、恩格斯认为如果资产阶级故步自封,不创新生产工具,不对落后的生产关系予以完善,"就难以实现生存"。"资产阶级,由于有效地对生产工具进行革新",其中包括交通工具,这使人类文明进程大大提前,使世界各族人民能够同等地享受到先进的生产工具带来的便利。《宣言》之所以要求进行生产工具的创新,"不断革命化",原因在于当时的社会需求正不断膨胀,如果不寻求质变,则很难适应当时的生产关系。要革命化生产力,创新工具,根本要素就是科学技术。马克思在谈论生产力与科技之间的关系时,有非常经典的阐述,例如,在《机器、自然力和科学的应用》中提出科技的发展促进了劳动生产力发展。反观当前国内建设实际,也证明了生产力创新在于科技,"科学技术是第一生产力"。这不仅是对马克思主义关于科技论断的继承,同时也丰富和发展了这一理论。因此,重视和加速推进科技创新是当前和未来的主要工作之一。

(二)发展生产力必将形成全面开放的格局

《宣言》也肯定了资产阶级对世界人民交流带来的影响,认为世界市场日益融为一体,打破了地域性消费局面,创造了世界化的生产关系。原有的民族性、地方性的自足状态因世界市场的到来而走向衰亡,并给各地人民带来了诸多便利。"物质生产和精神生产都是如此。"可见,旧社会生产关系在生产力进步影响下不仅会走向衰亡,也会产生新的生机。无论是精神面貌,还是物质生产,都从原来的闭塞状态逐渐走向开放。当前诸多资本主义国家都属于发达国家,很大程度上同本国所施行的政策有关。这些国家不仅支持建设开放性市场,也重视发展生产力。从第一次鸦片战争开始,我国近代社会已经饱尝了闭关自守带来的种种恶果。在不进则退的生存法则下,近代中国的确忽视了生产力的重要性以及开放带来的种种便利。邓小平说

过:"社会主义的优越性主要是由于生产力的发展快于资本主义,而且还要在发展生产力的基础上对人们的生活进行改善……"走社会主义道路的根本目的就是消除贫穷。在社会主义国家,应当视贫穷如魔鬼,要全力地驱赶。社会主义要战胜资本主义,就必须进行生产力的解放,创造出比资本主义更加辉煌的文明。只有在这样的趋势下,才能把社会主义的优越性体现出来,增强社会主义社会对人们的吸引力。如果社会生产力的发展一直不能取得进步,人民的生活水平长期难以提升,必定会导致广大人民对发展社会主义失去信心。

(三)社会主义发展生产力要坚持劳动者利益最大化的原则

一个民族是否得到发展和兴旺,能否在世界中生存,在于它选择的制度和发展道路是否能够解放和发展生产力,并推动经济的快速发展。当今世界,虽然和平和发展已经成为时代发展的主题,但是还存在着很多难以确定的因素,如霸权主义和强权政治。当前,国与国之间的竞争比较激烈,经济发展水平是国际间的综合国力的体现。通过对我国国情的分析,发展经济有利于增强我国国力和维持我国的国际地位。

十九大报告中指出,我国在社会主义初级阶段的主要矛盾已经由满足人民群众的不断增长的物质文化需要转向到帮助人们实现更加美好的生活,这表明我国生产力的发展取得了巨大成就,但同时也意味着我国在社会主义初级阶段的主要任务仍然是解放和发展生产力,劳动者是生产力的首要要素,生产力发展的快慢和劳动者的工作积极性成正向关系,而劳动者的积极性来自于哪里?关键还是要实现利益最大化,即用最少的劳动耗费取得最大的收益,这就是提出的经济原则。马克思主义对劳动人民的利益最为重视,正如《宣言》所说:"过去的一切运动都是少数人的,或者为少数人谋利益的运动。无产阶级的运动是绝大多数人的,为绝大多数人谋利益的独立的运动。"[1]39马克思还提出需要关注群众对事件的关心程度,是否持支持态度。任何革命如果要取得成功,就一定要考虑是否服务于群众。脱离群众利益的革命无法取得成功,会丧失革命力量。无论是社会革命,还是制定国家政策,都要关注劳动者利益。

习近平新时代中国特色社会主义思想是马克思主义中国化的最新成果,中国特色社会主义进入到新的历史时期,要取得全面建设小康社会的新胜利,实现"两个一百年"的奋斗目标,就要以"一带一路"为支点不断推进改革开放,要坚持"以人民为中心"的发展理念,充分贯彻落实好"创新、协调、绿色、开放、共享"五大发展理念,不断解放和发展生产力,坚持发展为了人民,发展依靠人民,发展成果由人民共享的思想。

在坚持生产力的基础性地位的前提下,《共产党宣言》预测了资本主义必然走向衰亡的规律。通过对《宣言》经典理论的学习,可帮助后人提高对社会历史进程的认知程度,同时也为我国建设社会主义道路和提出中国特色社会主义理论提供了依据。

参考文献:

[1]共产党宣言[M].北京:人民出版社,2014.

[2]马克思恩格斯选集:第4卷[M].人民出版社,1972:321.

[3]马克思恩格斯选集:第1卷[M].人民出版社,1972:10.

(指导教师:杨　莉)

对《共产党宣言》中人的解放思想的认识

樊倩倩*

【摘　要】马克思、恩格斯在《共产党宣言》中阐述了人的解放思想,力图在未来的社会中建立自由人的联合体,实现人的自由全面发展。中国改革开放40年来,社会生产力不断发展,人民生活水平显著提高,人民思想意识和文化素养稳步提升。立足于新时代这个全新的历史方位,面对我国社会主要矛盾发生转变这一国情,重新解读《共产党宣言》中关于"人的解放"思想,分析人的解放思想的当代价值,对全面贯彻落实习近平以人民为中心的发展理念,全面建成小康社会,全面推进社会主义现代化强国建设,实现中华民族伟大复兴的中国梦具有十分重要的现实意义。

【关键词】《共产党宣言》;人的解放;当代价值

在《共产党宣言》中,马克思、恩格斯肯定了资产阶级在政治、经济和人的思想领域对人类历史发展起到的积极作用。同时,他们也指出,在资本主义社会,生产的社会化和生产资料私人占有之间存在不可调和的矛盾,人类要发展,需要无产阶级发挥作用。马克思、恩格斯认为,无产阶级反抗资产阶级的暴力革命是无产阶级的历史使命,无产阶级暴力革命的最终目的是实现人的解放,建立自由人的联合体。在《共产党宣言》中,马克思、恩格斯阐述了人的解放思想。

一、《共产党宣言》中人的解放思想的内容

"代替那存在阶级和阶级对立的资产阶级旧社会的,将是这样一个联合体,在那里,每个人的自由发展是一切人的自由发展的条件。"[1]422在《共产党宣言》中,马克

---

*　樊倩倩,马克思主义学院马克思主义发展史17级,172030502003。

思、恩格斯所说的人的解放是指全人类的解放。无产阶级推翻资产阶级的阶级统治，消除阶级对立和阶级差别，消除国家和民族，全人类最终进入共产主义社会，在这样的社会中，每一个人都能得到自由全面的发展，而单个人自由全面的发展是全人类自由全面发展的前提条件。人的解放包括政治解放、社会解放、劳动解放和精神解放四个方面的内容。

（一）政治解放

政治解放是人的解放的必要条件，也是社会解放、劳动解放和精神解放的基础。资产阶级推翻了封建专制统治，建立资本主义国家。但资产阶级所保护的只是本阶级的切身利益，他们所谓的政治解放并不是真正意义上的政治解放。在资本主义社会中，资产阶级作为统治阶级获得了真正的自由，但无产阶级政治上不享有平等自由的权利，经济上依附于异化劳动，思想上受阶级观念束缚，没有实现人的全面发展，更谈不上实现人的自由发展。真正的政治解放，要求无产阶级通过暴力革命夺取国家政权，建立由无产阶级领导的，符合最广大人民切身利益的政治制度、经济制度、社会制度、文化制度，实现无产阶级的多数人对资产阶级的少数人的政治统治，并最终随着生产力的发展消灭国家和民族，进入共产主义社会。无产阶级的政治解放以消灭阶级、消灭国家，最终消灭政治本身为方式，以实现全人类的自由而全面的发展为目标。政治解放为经济解放奠定基础，只有在政治上获得解放的人，才能真正作为社会的主体，充分拥有和享受政治权利，发展社会经济，进而实现经济上的解放。

（二）社会解放

在《共产党宣言》中，无产阶级最终是要建立一个自由人的联合体，实现每个人自由全面的发展。要实现共产主义这一理想的社会形式，在政治解放的基础上还必须实现社会解放。在资本主义社会里，正是因为生产资料私人占有，使资本家不断追求剩余价值，商品拜物教、货币拜物教以及资本拜物教由此产生，从而使人与人的关系变成了物与物的关系。因此，无产阶级在获得政治解放之后，还必须"利用自己的政治统治，一步一步地夺取资产阶级的全部资本，把一切生产工具集中在国家即组织成为统治阶级的无产阶级手里，并且尽可能地增加生产力的总量"[1]272。也即无产阶级要利用政治统治，消灭资本主义私有制，以便集中发展所需的社会生产资料,整合国家资源,变革社会生产方式,最大限度地发展社会生产力,使人摆脱物的束缚,实现社会解放。私有制是一切罪恶的根源,只有彻底消灭私有制,人才能从被迫劳动的束缚中解脱出来,从不平等的阶级关系中解脱出来,才能实现现实的人的社会解放。政治解放为社会解放创造有利的政治环境,社会解放则为人的解放奠定基础。

(三)劳动解放

无产阶级的政治解放和社会解放消除了资本主义私有制和阶级对立,使一切社会关系回归于人本身,为人的解放铺平了社会道路。无产阶级的劳动解放则是人的解放的核心。在私有制条件下,劳动者与劳动本身相异化,与劳动产品相异化,劳动者不能自由支配自己的劳动,劳动成为一种强制性和被迫性活动。劳动者在劳动过程中感受到的并不是为满足自身发展需要进行生产劳动的快乐,而是为改善自身生存条件进行被迫劳动的身体与心灵的双重折磨。在这样的生存条件下,无产阶级要想实现人的解放,实现自由人的联合体,就必须消除异化劳动。"无产者,为了实现自己的个性,就应当消灭他们迄今面临的生存条件,消灭这个同时也是整个迄今为止的社会的生存条件,即消灭劳动。"[1]201 这里所说的消灭劳动,不是指消灭劳动本身,而是要消灭限制人自由全面发展的资本主义社会中的以雇佣劳动为手段的异化劳动,使劳动不再是作为人谋生的手段进行的活动。无产阶级的劳动解放,使人们为了满足自身发展的需要,自发自觉地参与到劳动活动中,通过劳动获得满足,使劳动重新回归于人本身。

(四)精神解放

人的解放不仅包括物质上的解放,还包括高层次的精神上的解放。资产阶级为实现和保障其阶级统治,构建了一套服务于其政治统治的理论体系以混淆无产阶级的思想意识,让无产阶级放弃对自由平等的追求和自身解放。在《共产党宣言》中,无产阶级的精神解放,简而言之,就是无产阶级在精神上的重构,也即在思想意识领域消除为资产阶级利益服务的政治意识、宗教意识、道德原则、法律规范等社会上层建筑,树立起实现人的解放,实现人的自由全面发展的思想意识。"共产主义革命就是同传统的所有制关系实行最彻底的决裂;毫不奇怪,它在自己的发展进程中要同传统的观念实行最彻底的决裂。"[1]421 共产主义不是要对上层建筑进行革新而是要进行彻底消灭。这就要求无产阶级首先要消灭资产阶级的教育。资产阶级关于教育的理论能够麻痹无产阶级的神经,使其不知不觉地接受阶级差别观念,成为无自我意识的会呼吸的劳动机器。其次,消灭在私有制下产生的家庭形式。在私有制条件下,维系家庭成员关系的不是亲情,而是家庭成员的劳动能力。最后,消灭国家和民族。随着生产力的发展,世界日益成为一个普遍联系的整体,而传统的国家和民族无疑会是进入共产主义社会的阻碍。

二、《共产党宣言》中人的解放思想的当代价值

在《共产党宣言》中,无产阶级革命运动的最终目标是进入共产主义社会,实现人的解放,最终实现人的自由全面发展。实现这一目标是一个长期且艰巨的任务,需要无产阶级在现实社会中践行,而中国无疑是这一目标的忠实继承者和实践者。经过长期努力,中国特色社会主义的发展进入了新时代,我国的社会主要矛盾已经发生了深刻变化。站在新的历史机遇前,我们党和国家一切政策的出发点和落脚点依然是人民。党做出了"五位一体"的发展总布局,即统筹经济建设、政治建设、文化建设、社会建设、生态文明建设,着眼于全面建成小康社会,建设社会主义现代化强国,实现中华民族伟大复兴的中国梦。发展的最终归宿是人,是实现人的自由全面发展。习近平总书记以人民为中心的发展理念,是对马克思、恩格斯关于人的解放,实现人的自由全面发展思想的继承和发展,是人的解放思想的时代内涵。现阶段,我们应坚持以人民为中心的发展理念,坚持"五位一体"的发展总布局,为实现人的自由全面发展创造有利条件。

(一)经济建设

经济基础决定上层建筑,要实现人的解放,实现人的自由全面发展,就要有物质基础做坚实后盾,在物质层面满足人对美好生活的需求。所以,在经济新常态下,要促进我国经济可持续增长。

首先,要坚持我国的基本经济制度和分配制度。"社会主义要赢得与资本主义相比较的优势,就必须大胆吸收和借鉴人类社会创造的一切文明成果,吸收和借鉴当今世界各国包括资本主义发达国家的一切反映现代社会化生产规律的先进经营方式、管理方法。"[2]市场经济不是区分社会主义与资本主义的标准。坚持社会主义公有制的主体地位,鼓励、引导、支持非公有制经济的发展是我国经济建设的制度保

障。现阶段,我国必须坚持公有制的主体地位,发挥国有经济的主导作用,增强国有经济的活力、控制力、影响力。但也要推进政企分开、政资分开、政事分开的国有企业改革,打破行政性垄断。要鼓励、引导、支持非公有制经济发展,特别是新兴产业的发展,以提供就业机会,增加就业岗位,发展社会生产力,改善民生。同时,要坚持以按劳分配为主体,多种分配方式并存的分配制度。劳动者的劳动积极性对提高劳动生产率至关重要,因此,在分配制度的设置上应充分体现出要素的贡献和要素所有者的应得利益,有效地激发劳动者的积极性、主动性和创造性,鼓励劳动者不断加大在自身素质和培训上的投入。在此基础上,健全竞争法规,完善市场体系,创造一个公平合理的良好竞争环境,从而最大限度发挥竞争机制的内在功能,为社会主义市场经济体制的完善和企业经济效益的提高创造必要动力。

其次,要做好自主创新和人才培养。科学技术创新是推动经济高速发展的不二法宝,专业人才的培养是实现科技创新的主要途径。我国的经济建设应高度重视科技创新,鼓励发明创造。包括军事、国防、航空航天等关系国家安全的领域和教育、医疗、卫生等与人民生活相关领域的发明创造。科技创新以专业人才为依托,所以要加大在教育事业建设中的财政支出,完善学校教育的硬件设施,加大科研投入,深化教育体制改革,为专业型人才的培养提供有利条件。

(二)政治建设

政治解放是人的解放的必要条件。当代,民主政治则是实现以人民为中心的发展的制度保障。在我国,人民代表大会制度,民族区域自治制度,基层群众自治制度以及中国共产党领导的多党合作和政治协商制度,无一不突出社会主义人民民主专政的特点,无一不体现民主集中制的原则,无一不彰显一切权力都属于人民的准则。我国的民主政治,是以人民为中心的发展原则在政治制度上的集中反映。民主公正的政治制度能够维护每个社会成员的人格尊严,使其平等、公平地享有社会各方面的法定权利,极大地调动他们的积极性和主动性,激发他们的创造潜能,促进社会的和谐稳定。

我国的民主政治有显著的优越性,但政治制度还不健全、不完善。当前,我国的政治制度建设,应健全人民当家做主的制度体系,坚持人民当家做主的基本方略,通过健全民主制度,丰富民主形式,拓宽民主渠道,切实保证人民当家做主。"发展社会主义民主政治就是要体现人民意志、保障人民权益、激发人民创造活力,用制度体系保证人民当家做主。"[3]35必须依靠健全的政治制度体系把人民当家做主落实到国家政治生活和社会生活之中。同时,要加快建立健全我国的法制体系,用完善的法制体系保障人民的合法权益。还要加强执政党的建设,即加强党的执政能力建设和党的先进性建设,用先进的、科学的理论知识武装全党,保持党的先进性,保持党同人民群众的血肉联系。

（三）文化建设

精神解放是人的解放的重要组成部分。要实现人的自由全面的发展,丰富精神生活,建设社会主义主流文化就显得极其重要。丰富多彩的精神文明创建活动,不仅能够推动经济与社会的协调发展,提升整个民族的文化发展水平,而且能够提升个人的文化素养和精神底蕴。文化是民族的血脉,是国家实力的象征和体现。文化既包括经济力、军事力这类硬实力,也包括文化力,如精神动力、吸引力这类软实力。一国的文化关系这个国家的长治久安,关系这个国家的国际话语权等诸多问题。

社会主义现代化建设不仅包括物质文明建设,也包括精神文明建设。"中国特色社会主义文化,源自于中华民族五千多年文明历史所孕育的中华优秀传统文化,熔铸于党领导人民在革命、建设、改革中创造的革命文化和社会主义先进文化,植根于中国特色社会主义伟大实践。"[3]40现阶段坚定我国文化自信,建设社会主义文化强国,从国家层面来说,就是要弘扬社会主义核心价值观,弘扬以爱国主义为核心的民族精神和以改革创新为核心的时代精神,坚定社会主义文化建设的主流方向。繁荣发展社会主义文艺,推动文化事业和文化产业的发展。从社会层面来说,就是要继承和发扬我国优秀传统文化,如"仁""义""礼""信"等思想,抵制西方资本主义文化入侵和渗透,慎重对待西方国家的和平演变政策。要用当代最新科学技术成果提高人民群众的文化水平,通过合理的教育制度培养社会主义接班人,并用最能反映时代精神的健康的文学艺术和生动活泼的群众文化活动来陶冶人们的情操,丰富人们的精神生活。就个人来说,就是要不断深化学习,提高自身专业技能、思想道德素质、文化素质等综合素质,提升自身精神境界。

（四）社会建设

社会解放是人的解放的基础,和谐的社会关系,是社会解放的重要标志。马克思、恩格斯在《共产党宣言》中指出,每个人的自由发展是一切人的自由发展的条件。我们应处理好个人自由全面发展与社会和谐发展之间的关系,在个人自由全面发展和社会和谐发展的统一中推进人的解放。随着经济全球化的发展,世界日益成为一个你中有我,我中有你的人类命运共同体。经济发展扩大了人与人的交往空间,缩短了人与人的交往时间与距离,为人的自由全面发展创造了新的机遇,也带来了新的、前所未有的挑战,使人与自然、人与社会、人与自身的关系受到了威胁。面对这一问题,我党提出了建设社会主义和谐社会的构想。

现阶段,构建社会主义和谐社会,首先就是要处理好人与自然的关系。合理开发利用自然,保护我们赖以生存的家园,构建富强、民主、文明、和谐、美丽的社会主义现代化强国。其次就是要处理好个人与他人的关系。人不可能脱离社会,脱离他人而单独存在。人的衣、食、住、行都会与他人发生密切的联系。在社会生活中,要处理好个人与他人的关系。最后就是要处理好个人与社会的关系。社会是个有机的整体,决不能无视社会发展的全面性和协调性。要妥善协调社会各方面的利益关系,正确处理人民内部矛盾和其他社会矛盾,切实维护和实现社会的公平正义;要努力构筑全社会互帮互助,彼此尊重,诚实守信,和谐相处的氛围;要建立健全各类社会组织,完善社会管理,形成良好的社会秩序。

(五)生态建设

自然环境是人赖以生存和发展的基础,拥有良好的自然环境是实现人的自由全面发展的有利条件。现代科学技术的广泛运用,使得人类认识世界和改造世界的能力不断增强,人民的生活水平显著提高,但是科技发展也破坏了生态环境。如今,全球性生态问题如水污染、土地荒漠化、资源短缺、物种多样性减少、森林草地资源减少、工业三废、噪声污染等问题急需解决。中国的社会主义现代化建设,既要金山银山,也要绿水青山。习近平总书记强调,绿水青山就是金山银山。党的十八大提出构建美丽中国,党的十九大提出建设富强、民主、文明、和谐、美丽的社会主义现代化强国。可见,生态建设一直是我们党关注的重点。

自然环境为人的生存和发展提供客观条件,同时,也是人加工和改造的客体。自然环境不只关系着中国的发展,它还关系着整个人类的命运。环境保护与环境治理,需要全世界各国、各民族的共同努力。首先,人类的活动应该遵循自然规律。合理开发利用自然资源,保护好生态环境,努力构建资源节约型和环境友好型社会。其次,要从制度方面约束人的行为。通过制度的制定和实施,努力维护自然生态的平衡,实现人与自然的和谐相处。最重要的是,依靠科技创新,转变经济发展方式,最大限度地减少对生态的破坏。只有实现了人与自然的和谐相处、和谐共生,才能确保生产发展,生活富裕,人的解放和自由全面的发展才能实现。

进入共产主义社会,实现人的自由全面的发展并不是空想。历史总是在向前发展,社会主义国家的每一个人都在朝着这一目标奋斗。实现这一目标不可能一蹴而就,它是一个漫长的过程,需要一代又一代的人为之努力践行。我们应该用辩证的观点看待这一问题,把人的解放思想内化到现实生活中,使人的解放成为一种时代精神和文化自觉。

参考文献:

[1]马克思恩格斯选集:第 1 卷[M].北京:人民出版社,2012.

[2]邓小平文选:第 3 卷[M].北京:人民出版社,1993:373.

[3]习近平.决胜全面建成小康社会 夺取新时代中国特色社会主义伟大胜利——在中国共产党第十九次全国代表大会上的报告[M].北京:人民出版社,2017.

(指导教师:王海霞)

《共产党宣言》的核心思想及其在当代社会的运用 任 璇*

【摘 要】《共产党宣言》是关于无产阶级解放条件的学说,标志着马克思主义的诞生。《共产党宣言》对我国近现代历史的发展产生了深刻影响,在党的领导方面,《共产党宣言》主要论述了无产阶级既是阶级革命事业的领导者,也是工人阶级先锋队,有科学理论作为指导,同时无产阶级的运动并不是短时间的经济斗争的重要内容。这对我国新时代中国特色社会主义思想的形成具有现实意义,具体表现在必须认清共产主义理想的实现过程,要不断开辟管党治党新境界,坚持不忘初心,牢记使命,为理想而不懈奋斗。

【关键词】《共产党宣言》;核心思想;运用;现实意义

马克思主义理论的创始人——马克思、恩格斯,在他们的那个年代就提早做出了睿智而科学的预言,即:"资产阶级的灭亡和无产阶级的胜利是同样不可避免的。"[1]40在《共产党宣言》诞生至今170年来,世界各地的社会主义运动经历了从理论到实践的变革、从一个国家单独的胜利直到蔓延多个国家的革命成功,也陷入过苏联解体以及东欧剧变的低潮;而在西方资本主义社会也经历了多次金融危机,并且他们也在不断发展进步。以上种种不仅展现了社会主义终将代替资本主义的历史发展趋势,也让《共产党宣言》的真理性熠熠生辉。特别是科学社会主义在新时代的中国绽放出强烈的生机活力,比较优势体现在中国特色社会主义在同资本主义的竞争中,凭借让人不容置疑的事实进一步证明,时代发展的大趋势依然是《共产党宣

---

* 任璇,马克思主义学院中国近现代史基本问题研究17级,172030506001。

言》所呈现出的科学论断。

一、《共产党宣言》发表的历史背景和理论贡献

进入 21 世纪,中国特色社会主义进入新时代。追忆往昔,国际共产主义运动和世界社会主义事业在 170 多年的艰辛岁月里曲折前进,中国大地上留下了马克思主义的累累硕果,焕发出勃勃生机。实践证明,马克思主义作为指引中国共产党领导人民在推进"四个伟大"实践中的行动指南,也是指引世界人民正义斗争和人类进步事业的光辉灯塔,是什么邪恶势力都击不破、打不垮的真理性纲领。资本主义必然灭亡、共产主义必然胜利这一历史发展的大势被他们向全世界人民揭示,用科学的论断证明了无产阶级消灭资产阶级,消灭私有制的伟大历史使命。[2]

(一)《共产党宣言》发表的历史背景

共产主义者同盟第一次代表大会于 1847 年 6 月在伦敦胜利举办。代表大会发出了著名的国际共产主义口号——全世界无产者联合起来。此次代表大会举行的目的是在推翻资产阶级的前提之下,建立一个由无产阶级统治,消灭以阶级对立为基础的旧资产阶级统治的社会和开辟无阶级、无私有制的新社会。"一大"以后,恩格斯对两个充满空想社会主义色彩的纲领草案和充满小资产阶级理论家腔调的"修正"草案进行了尖锐的批判,并接受委托,拟定了一个新的纲领草案,这就是以问答体裁而扬名的《共产主义原理》。不久,改称为《共产党宣言》。因此,1848 年 2 月《共产党宣言》正式发表。

(二)《共产党宣言》的理论贡献

这里所说的一大理论贡献体现在《共产党宣言》中,其站在历史唯物主义原理的基础之上被揭示出来。人类过往的所有历史归根溯源都是阶级斗争的历史,阶级斗争是社会不断前进的动力源泉,在无产阶级看来,他们的终极目标是解放自己,在解放自己之前必须要解放全人类。《共产党宣言》还通过探究关于无产阶级同资产阶级相互对立的经济根源,科学论证了资产阶级产生、发展和灭亡的规律,深刻揭示了现代无产阶级诞生、蓬勃发展和他们所背负着的最终也必将实现的历史使命,最后阐释了"资产阶级的灭亡和无产阶级的胜利是同样不可避免的"历史规律。资产阶级必然灭亡,无产阶级必然胜利,社会主义取代资本主义,人类最终走向共产主义,以上是《宣言》的基本思想,也是唯物史观的基本原理,它揭示了人类社会发展的一

般规律。《宣言》就是将唯物史观的基本原理作为理论指导,基于铁的事实根据,通过发现资本主义社会无法克服的内在矛盾,科学说明了"两个必然"的历史命运,说明了全世界人民迈向真理性的正确之路根源就是走共产主义的道路。[3]

二、《共产党宣言》对我国近现代历史发展的影响和主要观点的科学性论证

(一)《共产党宣言》对我国近现代历史发展的影响

众所周知,《宣言》是马克思主义理论著作之中的最具奠基意义和跨时代影响的作品。它是马克思主义理论创始人为世界上第一个无产阶级政党——共产主义者同盟预备的一个拥有丰富理论和实践经验的纲领,成熟的科学理论——马克思主义的正式诞生之日就是 1848 年 2 月《宣言》在伦敦出版。170 年来,《宣言》用 200 多种文字、数百种版本,对全世界思想理论界形成了深刻影响。

20 世纪的近代中国,许多进步人士就开始自主翻译《宣言》,并且如获至宝般向当时仍处于封建余韵下的人们大量传播其进步思想。1920 年 8 月,陈望道先生翻译的中文版的《共产党宣言》出版。以毛泽东为代表的我国最先一辈的马克思主义者和无产阶级革命家,最早接触到马克思主义理论的途径就是这本书。在周恩来总理生病期间还仍旧向陈望道问询译本第一版出版的事情。《宣言》在我国先后出了十多种版本。1964 年,中央编译局对《宣言》的中译本进行了详细而广泛的校译,使之成为在我国流传范围最广和影响程度最深的译本。国际共产主义运动、我国社会主义革命建设和中国特色社会主义的理论和实践的理论基础和前提就是《共产党宣言》。

(二)《共产党宣言》核心思想的科学性论证

《共产党宣言》作为马克思主义的经典著作,是科学社会主义理论的奠基之作。《宣言》所奠定的马克思主义学说,之所以能对全世界社会发展和整个历史产生如此巨大和深刻的影响,就因为它是科学的理论,它是靠真理和正义的力量获得了民心。

早在《宣言》1872 年德文版序言中就写道,"不管最近 25 年来的情况发生了多大的变化,这个《宣言》中所阐述的一般原理整个说来直到现在还是完全正确的。"[1]13 "这些原理的实际运用,正如《宣言》中所说的,随时随地都要以当时的历史条件为转

移。"[1]13以上属于马克思和恩格斯的这些理论,在今天看来仍然是正确的。马克思主义的理论,还是不会过时,用西方学者的话来说,"是不可超越的"。当然,这些基本理论在实际生活中的实践会得到不断发展。

下面举出一个极具有代表性的《宣言》阐述的基本理论,证析一下《宣言》中理论的科学性。《共产党宣言》明确地说明了一个真理,就是无产阶级一定要有独立的革命阵营,且要有无产阶级政党领导革命,这样最后才可以确保无产阶级能够实现自己所承担的伟大历史使命,确保人类社会最理想的目标——共产主义远大目标能够实现。

关于党的领导,《共产党宣言》中阐述了以下几个方面的思想。

第一,只有无产阶级政党才是无产阶级革命事业的领导者,共产党的正确领导是实现无产阶级伟大历史使命的根本保证。马克思明确指出,无产阶级政党必须带领无产阶级取得革命的胜利。只有始终确保无产阶级政党的领导,才能使得无产阶级的斗争不剑走偏锋,进而导致不利的结果。

第二,无产阶级的政党即共产党是工人阶级的先锋队。首先,组成无产阶级政党的绝大多数同志就来自于工人阶级,因此阶级基础不可能是资产阶级和小资产阶级。与此同时,它是工人阶级中最有觉悟、最富组织纪律性、最有革命性的。

第三,共产党有科学的理论做指导。工人阶级在马克思主义的科学理论引导下,认识到了人类社会发展的客观规律,认识到了自己作为革命的无产阶级代表所承担的伟大历史使命。在这样的科学理论指导之下,无产阶级政党就可以针对无产阶级的斗争进行科学指导,以确保无产阶级斗争之路不走向极端。

第四,无产阶级的运动并不是短时间的经济斗争,而是像《共产党宣言》中所指的"整个运动",是无产阶级反对资产阶级对他们实行无尽压迫和剥削的阶级斗争。其斗争目的就是要完成无产阶级的历史使命,完成社会发展规律的要求,让社会不存在任何阶级,无产阶级的远大目标就是让人类进入无阶级社会,进入共产主义社会。这个目标同样也是共产党的最高纲领。

尽管现在时代条件随着时间和生产力的不断变化而发生了很大进步和改变,但《共产党宣言》作为真理的光芒,依旧照亮了社会主义征程的前路。《宣言》作为真理是绝对性和相对性的统一,真理随着时代变迁而不断修正其中的认识局限性,从而达成更加完美的真理。

三、《共产党宣言》对我国习近平新时代中国特色社会主义思想的现实意义

在《宣言》中,马克思和恩格斯用唯物主义历史观,深刻地阐明了人类社会的发展规律,揭示了资本主义社会矛盾及其运动的特殊规律,对人类社会发展的总趋势做出科学的预测,为实现人类解放指明了正确方向,为工人阶级摆脱剥削和压迫打下了坚实的理论基础。《共产党宣言》作为社会主义思想之源,指导社会主义实践在跌宕起伏中走过了 170 年的历程。其中,中国特色社会主义伟大实践的 40 年岁月,将社会主义、马克思主义本土化也就是中国化,使得它们在历史悠久的古老大国中得以完美运用,让国家重现辉煌,也让这个五千年文明古国大踏步走在时代发展的前端,日益坚定地走向世界舞台中心。正是中国通过几十年来的发展,把《宣言》中的核心思想与新时代发展实践、民族振兴紧紧结合在一起,运用中国特色社会主义的理论和实践经验,解答了在发展中国家如何认识、发展、振兴社会主义的问题。社会主义和马克思主义在中国兴旺发展,让全世界经济文化落后国家的人们见识了科学社会主义真理的力量。

今年是个非常特殊的年份,不仅是《共产党宣言》发表 170 周年,还正值马克思诞辰 200 周年,又恰逢中国改革开放 40 周年。只有置身于中国特色社会主义的伟大成功实践即习近平新时代中国特色社会主义思想领域下,全方位提炼中国迅猛发展的成功经验,才能让当代中国化的马克思主义迸发出更为绚烂的真理光芒,由此重温《共产党宣言》才更具历史意义和现实意义,马克思主义思想的影响力才更能穿越时空,更加光辉灿烂。

(一)共产主义理想的实现过程

共产主义理想的实现过程是长期且充满斗争的,不可能一下子就完成,但这也并不是实现不了的。千里之行,始于足下。共产主义是我国发展的理论未来,也是当下正确的理论道路。正如《宣言》所说,"工人阶级为最近的目的和利益而斗争,但是他们在当前的运动中同时代表运动的未来。"[1]61 把两者分裂对待甚至对立,在理论上是不可思议的,在行动上是无益的。党的十九大强调:"革命理想高于天。共产主义远大理想和中国特色社会主义共同理想,是中国共产党人的精神支柱和政治灵魂,也是保持党的团结统一的思想基础。"[4]党时刻肩负着领导人民完成新时代的历

史使命,必须将《宣言》所阐明的核心思想同时代特征和我国的具体国情相结合,不断使马克思主义中国化的发展之路更具时代化大众化,这就为坚持和发展中国特色社会主义凝聚起牢固的精神力量。

（二）不断开辟管党治党新境界

自党的十八大以来,敢于面对重大风险考验和党内存在的突出问题是我们党努力用顽强意志来进行正风肃纪、反腐惩恶的优秀品质,这些行为不仅消除了党和国家内部存在的且在过去的时期里长期存在的隐忧,还使得党内政治生活万象更新,党内政治生态环境大幅好转,党的内部更加团结一致,党与人民的关系明显改善,党在革命性锻造中更加坚强,焕发出新的蓬勃生机,为党和国家事业的发展奠定了坚强的政治保证。

党的前提保证是始终总揽全局、协调各方,因此才能取得中国特色社会主义伟大事业的成功。这还表明,党政军民学,东西南北中,党领导一切。因此,作为中国特色社会主义最本质的特征,就是坚持共产党领导,坚持中国特色社会主义制度的最大优势依旧是共产党领导。

（三）不忘初心,牢记使命,为理想而不懈奋斗

党的十九大报告号召用习近平新时代中国特色社会主义思想武装全党,教育引导全党牢记党的宗旨,挺起共产党人的精神脊梁,解决好人生所秉持的三观也就是"总开关"问题,共产党人要自觉做拥有共产主义远大理想和中国特色社会主义共同理想的坚定信仰者和忠实实践者。报告明确指出,全党要不忘初心,牢记使命,高举中国特色社会主义伟大旗帜,决胜全面建成小康社会,夺取新时代中国特色社会主义伟大胜利,为实现中华民族伟大复兴的中国梦不懈奋斗。习近平总书记指出:"在我们党九十多年的历史中,一代又一代共产党人靠的就是一种信仰,为的就是一个理想而不惜流血牺牲,为了追求民族独立和人民解放。"[4]拥有坚定的政治方向,不忘初心,牢记使命,坚持胜不骄、败不馁,经受得住各种跌宕磨难和艰辛考验,保持身为共产党人的本心,坚定自己的政治信仰,学会鉴别外来历史虚无主义思想的侵蚀和抵挡资产阶级腐朽理论对我国马克思主义政治理论的歪曲之风,这才是一个真正的共产党人所必须做到的。

在当今这个社会主义同资本主义两种制度并存、资本主义仍占主导的无产阶级

并不占据主导权的时代,我们作为无产阶级能够坚定理想信念显得尤为重要。衡量一名党员是否合格,关键之处就是看他是否真挚地信仰马克思主义,对共产主义、社会主义是否抱有坚定不移的信念,看他能否坚持"两个必然"这一历史唯物主义基本观点。党员干部只有具有共产主义远大理想,坚持全心全意为人民服务的根本宗旨,才能做到为党和国家的事业鞠躬尽瘁,保持初心,为共产主义的未来去献出自己的全部精力乃至生命。这也是我们今天纪念《宣言》诞生170周年的一个重要意义之所在。

激励我们不断前进的强大精神动力是我们所持有的理想信念,但仅靠理想信念是不够的,是不能实现需要完成的目标和任务的。任何事业都是人们艰苦奋斗出来的,社会主义、共产主义这一人类最崇高事业也不例外,脚踏实地,坚持不懈,一步步勇敢攀登目标和理想的高峰。既不可以只顾自家的一亩三分地而看不到长远未来,否则就会失去前进方向,也不能脱离现实工作而夸夸其谈远大理想,否则就会脱离实际。这就要求我们在实际工作中必须把共产党的最高理想、最终目标与现实国情、现阶段的基本路线和主要任务有机地统一起来,做最高理想和现实任务的统一论者。为将《共产党宣言》中的核心思想同我国新时代社会中的实际相结合做准备,使之得到最充分的运用,这对我国的长远发展具有无法磨灭的伟大贡献。

参考文献:

[1]共产党宣言[M].北京:人民出版社,1997.

[2]石镇平,石柱邦.从时代发展深刻认识"两个必然"的科学论断[J].红旗文稿,2017(23):24-26.

[3]闫红卫."两个必然"依然闪耀着真理的光辉——纪念《共产党宣言》发表150周年[J].政法论丛,1998(3):38-40.

[4]习近平.决胜全面建成小康社会　夺取新时代中国特色社会主义伟大胜利——在中国共产党第十九次全国代表大会上的报告[M].北京:人民出版社,2017:13.

（指导教师:陈　东）

《共产党宣言》:新时代大学生理想信念的基石

张 文*

【摘 要】《共产党宣言》的问世标志着马克思主义的诞生,它开启了国际共产主义运动的新纪元,对新时代大学生理想信念教育具有重要导向作用。《共产党宣言》内涵丰富,其中"两个必然"的思想更是揭示了社会发展的客观规律,为新时代大学生理想信念教育奠定了坚实基础。特别是针对目前大学生理想信念教育存在多元性、多变性、功利性等问题提出了一系列教育对策,这对新时代大学生坚定马克思主义和共产主义理想信念具有重要的意义。

【关键词】《共产党宣言》;新时代;大学生;理想信念

在长达 170 年的历史进程中,《共产党宣言》(以下简称《宣言》)所揭示的马克思主义基本原理的科学性与真理性在实践中得到证实。正如列宁所说:"这本书篇幅不多,价值却相当于多部巨著,它的精神至今还鼓舞着文明世界,全体有组织的正在进行斗争的无产阶级。"[1] 正是因为《宣言》所蕴含的时代真理,才使得《宣言》能够成为新时代大学生理想信念的基石,也成为新时代大学生明确价值取向和升华思想高度的动力源泉。本篇论文从《宣言》"两个必然"的思想出发,强调"两个必然"的重要价值与作用,通过分析当前大学生理想信念的问题现状,从而通过树立正确的理想信念来促进教育事业的健康发展。

* 张文,马克思主义学院思想政治教育 16 级,162030505002。

论文篇

一、《宣言》中加强新时代大学生理想信念的必然要求

(一)《宣言》中"两个必然"的核心价值

马克思、恩格斯指出:"随着大工业的发展,资产阶级赖以生产和占有产品的基础本身也就从它的脚下被挖掉了。它首先生产的是它自身的掘墓人。资产阶级的灭亡和无产阶级的胜利是同样不可避免的。"[2]37 马克思、恩格斯在《宣言》中所揭示出的主要思想就是资本主义在迅速发展的同时也正在加速自己的消亡,即资本主义的发展使得无产阶级也在不断壮大,资产阶级的灭亡和无产阶级的胜利是不可避免的。

首先,从哲学的角度证明马克思、恩格斯的这一思想。马克思、恩格斯认为,世界作为一个集合体,世界上的一切事物都处在不断运动发展与消亡的过程中。资本主义只是社会发展过程中的一种社会形态,发展到一定程度资本主义最终也必然会逐渐消亡。虽然资本主义在其存在过程中带来了新的革命与历史价值,但伴随着资本主义的发展,其自身的缺陷却是无法避免的,所以,它的灭亡是肯定无疑的。资本主义在已经取得统治的地方把一切人与人之间自然或田园诗般的关系都破坏了,只剩下那赤裸裸的、冷酷无情的"现金交易"般的利害关系。其次,《宣言》揭示了资本主义存在内在矛盾的尖锐性。资本主义在其发展过程中取得过许多积极的进步。马克思辩证地认为资产阶级在发展过程中打破了阻碍生产力发展的封建所有制关系,"在它的不到一百年的资产阶级统治中所创造的生产力,比过去一个时代所创造的全部生产力还要多,还要大。"[2]33~36 从马克思的论述中不难发现资本主义在发展过程中所取得的进步是无可厚非的。然而,随着资本主义的不断发展,资本主义内部的矛盾也在不断地暴露和加深,由于资本生产过程中过分地寻求利益最大化,使得人民的消费水平被忽略,在当时的生产大背景下,生产关系已经远远不能适应生产力的发展了。最后,资产阶级大规模发展最终引发了经济危机。资产阶级在消灭生产力的同时,也在开辟新的世界市场。这种一味地只顾开辟新市场的做法一旦形成恶性循环,就会使得全球经济逐渐走向脆弱,从而很可能引发经济危机。所以,从《宣言》中就可以看出马克思、恩格斯以他们敏锐的洞察力和前瞻性为人们指出资本主义内部的矛盾,即生产社会化与资本主义生产资料私人占有之间的矛盾。所以要消除这种矛盾,最重要的就是实行公有制。《宣言》中的"两个必然"也体现出马克思与恩格斯对于共产主义的坚定决心与信心。所以,认真学习《宣言》中"两个必然"的

思想有助于帮助新时代大学生认清中国社会发展的历史背景,认准新时代中国特色社会主义发展的前景与方向。只有认清历史与现状,才能不忘来路,不改初心,始终坚定地信仰马克思主义,在新时代树立积极向上的理想信念。经历了170年的风雨历程,《宣言》中的普遍真理也使得马克思主义理论随着新时代前进的步伐而不断地保持着旺盛的生机与活力,而这也是《宣言》的魅力所在。

（二）新时代树立与坚定大学生理想信念的必然性

现如今,中国特色社会主义步入新时代,《宣言》中的"两个必然"思想对于当今大学生加强理想信念具有重要的意义。首先,"两个必然"的思想有利于大学生正确认识社会主义发展规律,树立新时代中国特色社会主义共同理想。一方面,"两个必然"的思想揭示了人类社会发展的方向及其发展的总趋势,另一方面,"两个必然"的提出不是凭主观想象而产生的,它是通过社会历史运动的角度而提出的。其次,"两个必然"的思想有助于新时代大学生树立科学、积极向上的理想信念,并深化对马克思主义和共产主义的坚定决心与信仰。最后,"两个必然"的思想有利于实现中华民族伟大复兴的中国梦。新时代建设中国特色社会主义,实现中华民族伟大复兴的中国梦是现阶段我国各族人民的共同理想。作为新时代大学生必须认清我国社会发展的客观规律,始终心系国家的前途命运,勇于承担自己的社会责任,始终坚定在中国共产党的领导下坚持四个自信,并致力于实现自己的人生价值。为此,大学生要做出不懈的努力:一是在理想信念中在个人利益与集体利益的选择上,要将集体利益放在首位。在保证集体利益的前提下充分发挥自身的积极性与主动性,努力实现自我价值。二是在树立理想信念过程中要确立理想与信仰的层次性。"信仰是对理想的一种把握和认同,它的作用是在终极价值目标上给人以动力和精神支柱。"理想与信仰的层面之间在一定意义上是有对应性的,因为真正的信仰是以理性为基础的。所以新时代大学生要客观地认识并确立自己的理想与信仰,把实现共产主义的终极社会理想内化为自己的最终信仰。

二、目前大学生理想信念现状分析及成因

绝大多数的学生理想信念状况是属于积极、健康的,这部分学生普遍表现为:对于当前国家发展形势与现状十分关心,并深刻地认识到个人的命运与国家的发展是息息相关的。然而,在主流的大环境下,一少部分学生对于当前国际、国内政治形势

认识不清,对于社会发展形势抱有负面情绪,使得他们理想信念模糊,更有部分大学生的理想信念已发生了动摇和错位。这些问题主要表现在以下三个方面:

1. 理想信念的多元性。由于家庭背景和受教育程度上的差异,再加之个体认识存在偏颇,身处多元化思潮背景下的大学生,他们的思想观念也相对呈现出多元化状态。有的大学生的理想是成为一名优秀的共产党员,立志做一名坚定的共产主义者,但也有部分大学生受个人主义、拜金主义和享乐主义思想的错误影响,他们的理想信念发生转变。在工作与生活的选择上,更多地强调个人发展的重要性,将个人利益摆在首位而忽视甚至逃避了应承担的社会责任。

2. 理想信念的多变性。目前有个别学生在接受大学教育的过程中,忽视思想政治教育课程的重要性,认为只有专业课才对自己未来发展有帮助。他们的思想政治理论知识功底浅薄,从而欠缺综合素养。再加上缺少一定的社会实践,使得部分学生很难在现如今纷繁复杂的社会环境下树立积极正确的三观。由于缺乏对各种纷繁复杂的信息做出科学的分析与合理的判断,最终在各种思潮激荡的情况下他们的理想信念必然会发生变化。面对这样的现象,如果不加以及时地教育引导,就会有越来越多的学生意识形态存在偏差,其严重后果不容忽视。

3. 理想信念的功利性。目前,在校大学生多以独生子女为主,他们对个人发展的关注超过了对于国家民族发展的关注。如,在入党动机调查上,有20.3%的学生党员是因为信仰共产主义,33.7%的学生认为入党可以得到锻炼,但也有30.4%的学生党员认为入党可以给他们带来更多的就业机会,未来有更多选择等。由此可见,不少大学生在面对个人利益与集体利益时,功利主义十分突出,使命感与责任感明显不足。

三、《宣言》:加强新时代大学生理想信念的有效途径

1. 从系统全面的角度出发,深化对新时代大学生理想信念教育相关理论的研究。首先,要用马克思主义科学理论来武装头脑,保持思想上的先进性。《宣言》中"两个必然"理论科学地论证了人类社会的发展方向及发展规律,是马克思主义的理论精华。只有认真地学习、领会和把握这一理论的精神实质才能真正坚定我们的理论信仰,从而为实现共产主义的伟大事业而奋斗。加强新时代大学生理想信念最重要的就是要不断掌握马克思主义的观点和方法,要将马克思主义基本原理与生活学

习的实践结合起来,自觉运用科学理论去研究新情况、解决新问题。马克思主义是科学的世界观与方法论,新时代大学生学习马克思主义,可以获得正确认识世界的思维方法,可以把握未来生活与学习的方向、明辨是非。在未来的工作与学习中,新时代大学生通过学习马克思主义科学原理可以提高思想政治素质,始终铭记为人民服务的最高宗旨。只有深化对马克思主义的学习与认识,特别是深入挖掘、吸收马克思主义中国化的最新成果,才可以使当代大学生了解更多的国内外发展形势,了解目前我国社会发展形势,可以根据社会的需要与个人需求来决定自己的未来发展。这不仅有效提高了大学生工作与学习的实践性,也使得新时代大学生具备了与时俱进的优良品格,从而获得更加优秀积极的人格魅力。其次,深入领会习近平新时代中国特色社会主义思想,积极学习十九大重要讲话精神。唯有与时俱进,才能永葆生机。作为新时代中国特色社会主义人才,新一代大学生肩负着更多使命,要做到"不忘初心、牢记使命",其中最离不开的就是掌握新时代的精神。只有与时俱进,不断解放思想、转变观念,新一代大学生才能实现新时代中华民族伟大复兴的中国梦。最后,在理想信念培育与学习过程中,要拓宽学习与研究内容,深化理想信念教育在思想政治教育中的核心地位。要根据新时代的大背景,把新的内容纳入到理想信念教育的范畴中,厘清理想信念教育的内容,并分析各组成部分的内在联系。

2. 从研究方法的角度出发,进一步加强思想政治教育在大学生理想信念教育中的重要作用。一方面,从马克思主义基本原理、毛泽东思想和中国特色社会主义理论体系概论、中国近现代史纲要、思想道德修养与法律基础这四门课程出发,结合每门课程的特点,发挥每门课程的优势来着力培育大学生理想信念。如:学习马克思主义基本原理,思想政治教育者就应该从经典著作导读形式出发,让学生们从马列经典中深刻学习并领会马克思主义思想,尤其要掌握《宣言》中的"两个必然"思想。再如学习毛泽东思想和中国特色社会主义理论体系概论这门课程时,就要求我们要积极引导大学生立足于当前中国基本国情与现状,结合课程自身的特点,联系该课程中的教学内容与理想信念之间的关系,通过调查研究和评估该课程中理想信念教育现状,来寻求加强理想信念教育的方法。另一方面,是从四门课程总体出发,集合发挥这四门课程的特点,根据每门课程各自的优势,优化组合形成合力,从整体上增强思想政治理论课在大学生理想信念教育中的主渠道作用。如,学习马克思主义基本原理的主要目标是让新时代大学生了解并掌握马克思主义理论,通过接触与深挖马列经典来获取更多的理论指导;学习中国近现代史纲要的主要原因就是要让学生了解国史国情,了解帝国主义对中国的入侵给中华民族和中国人民带来的深重苦难,激发我们的爱国情感。这有助于新时代大学生自觉地继承和发扬爱国主义思想、民族精神和革命传统,能够增强民族自尊心、自信心和自豪感;通过毛中特课程的学习,有助于大学生了解马克思主义中国化的科学内涵,与时俱进,永葆新时代的进取精神。所以通过之前课程的学习与铺垫,这有助于新时代大学生更好地吸收思修这门课程的内容,在掌握大背景与基础知识的前提下,新时代大学生理想信念教育就会产生事半功倍的效果。

3. 从与时俱进的角度出发,推动社会实践的开展,把大学生理想信念教育放到社会大环境中来研究,明确当前大学生理想信念教育面临的挑战和机遇。培养和加强新时代大学生理想信念教育只重视理论教育是远远不够的。实践是检验真理的唯一标准,高校作为新时代意识形态领域培育的主阵地,更是要积极引导学生,激发学生的积极性与自主性,让学生主动投入到多种多样的主题教育实践活动中去。因此,高校在进行大学生理想信念教育的过程中,还应多组织各种校内校外实践活动,通过不同渠道让大学生增加对新时代党的路线、方针、政策的学习与理解。如,举办马列科社相关知识竞赛、专题讲座、读书会,组织学习习近平新时代中国特色社会主义思想宣讲、"两学一做"等诸多活动。在开展社会实践的过程中要注重理论联系实际。根据相关调查,目前很多高校提供给学生许多工作实践的机会,如:新生班主任助理、助岗、助教、学生党支部支委等。通过这些工作实践,旨在更好地发挥新时代大学生理想信念的实践性,让新鲜血液注入学校的每个角落,为新时代高校提供新的面貌与风采。

"一个幽灵,共产主义的幽灵,在欧洲游荡。"[3]261 170 年前的今天,伟大的马克思、恩格斯用他们诗一般的文字,为全人类开启了一个全新的时代。马克思与恩格斯用他们如此年轻的头脑为人类回答了如此宏大深刻的命题,《宣言》中"两个必然"的提出也为中国共产党的发展提供了精神指引,即马克思的真理是颠扑不破的。在新时代的今天,中国共产党是《宣言》精神的积极践行者,新时代大学生更是《宣言》精神的坚定学习者和实践者。教育学家认为:"当前加强和改进大学生理想信念教育,必须贴近大学生与社会生活的实际,引导大学生把个人的前途和命运与国家、民族的前途和命运紧紧地联系在一起,把个人的理想追求同建设和发展中国特色社会主义的共同理想紧紧联系在一起,真正把理想信念教育落到实处。"[4]因此,新时代大学生应积极学习并领会《宣言》中的核心思想,结合新时代中国国情,坚持解放思想、实事求是、与时俱进的精神品质,树立积极向上的理想信念,为实现中华民族伟大复兴的中国梦而不懈奋斗。

参考文献:

[1]列宁选集:第 1 卷[M].北京:人民出版社,1995:93.

[2]马克思恩格斯选集:第 1 卷[M].北京:人民出版社,1995.

[3]共产党宣言[M].北京:人民出版社,2014:26.

[4]王易,宋友文.新形势下大学生理想信念教育的问题与对策[J].道德与法研究,2011(4):57 - 60.

（指导教师:叶　进）

《共产党宣言》与中国共产党人的初心

王雪梅*

【摘　要】《共产党宣言》(以下简称《宣言》)是马克思、恩格斯留给世人的重要精神遗产,对人类社会发展进步做出不可磨灭的贡献。随着无产阶级登上历史舞台并在共产党的领导下《宣言》孕育而生,《宣言》在资产阶级改良派、孙中山、李大钊以及陈望道等人的影响下逐步传入我国,成为中国共产党人的"初心",需要始终坚持"四个自信"、始终坚持以人民为中心的发展思想。《宣言》对于实现中华民族伟大复兴的中国梦具有重要的理论和实践价值。

【关键词】《共产党宣言》;无产阶级;初心

"一个幽灵,共产主义的幽灵,在欧洲游荡。"[1]26 用欧洲人最习惯的宗教的方式来表达,揭示出共产主义使欧洲人害怕了,这个幽灵若隐若现,无处不在,它成了资产阶级和教皇的敌人。无产阶级要拿什么来对抗资产阶级的残暴统治呢? 答案只有一个:就是联合起来用暴力革命的方式推翻资产阶级的统治,要联合就要有理论武器,因此就需要一个纲领,于是《宣言》就应运而生了。1848 年 2 月,马克思、恩格斯用诗一般的文字写下的《共产党宣言》公开问世,被翻译成俄文、英文、波兰文、意大利文,并迅速在资本主义社会传播,对世界工人运动起了重要的推动作用。与此同时,世界上产生了诸多的社会主义组织和社会主义政党,也产生了一大批社会主义国家,打破了资本主义一统天下的局面。从此共产主义的理论和实践,有了深厚的理论基础和实践指南。170 年之后的今天,《宣言》的影响力丝毫未减,它依然是我们应当学习的科学真理。《宣言》指引着中国共产党坚持"四个意识",坚持以人民为

---

* 王雪梅,马克思主义学院马克思主义中国化研究 16 级,162030503004。

中心,以高度的政治自觉、理论自信和强烈的历史担当对人民负责,秉持中国共产党人的"初心"来实现中华民族的伟大复兴。

一、《共产党宣言》的产生背景及其指导意义

资产阶级在历史上曾起过非常革命的作用,它推翻了封建统治,使得生产力取得了巨大的发展。与此同时,它也破坏了一切社会关系,使得人与人之间的关系变成了赤裸裸的金钱关系,用剥削代替了封建幻想。为了发展生产,资产阶级开始在全球进行殖民扩张,使一切生产和消费都成为社会性的,在这一过程中,各民族的精神产品也成了公共的财产。正如《共产党宣言》所指出的"资产阶级在它的不到一百年的阶级统治中所创造的生产力比过去一切时代创造的全部生产力还要多,还要大"[1]32。资产阶级的生产方式在封建社会中孕育,却摧毁了封建落后的生产方式。但是随着资本主义经济的飞速发展,资产阶级生产方式的弊端逐渐暴露,资产阶级无法控制自己用魔法呼唤出来的生产关系、交换关系和所有制关系了,生产过剩的瘟疫使得资产阶级用消灭大量生产力,夺取新的市场的方式来克服危机。这种变态的处事方式是资产阶级用来对付封建制度的,但是现在这武器不仅对准了自己,还激怒了掌握这一武器的人。可以说,资产阶级不仅锻造了置自身于死地的武器,它还生产了将要运用这种武器的人——现代的工人,即无产者。[1]34 以往自发的、零散的工人反抗运动效果不太明显,工人阶级要取胜就必须要联合起来对抗资产阶级。共产党人是工人阶级的代表人,他们最了解无产阶级运动的条件、进程和一般结果,所以共产党人在社会运动中形成自己的理论,并以这一理论为武器,指导工人阶级用暴力革命的方式去废除资产阶级所有制,实现社会主义公有制,最终实行自由人的联合体。在消灭资产阶级私有制的过程中,共产党人不分民族地去争取各国无产阶级之间的团结,为整个无产阶级谋福利。在这种情况下,国际工人运动的秘密团体共产主义者同盟委托马克思、恩格斯准备了一个理论和实践的党纲,它就是《共产党宣言》。《共产党宣言》明确表达了共产党人自己的观点和意图,"只有用暴力推翻全部现存的社会制度才能达到"[1]65。

《共产党宣言》对世界历史的发展和人们思想的转变产生了重大的影响,它的发表标志着马克思主义的诞生。毫不夸张地说,《宣言》开启了共产主义运动的新纪元,揭露了资本主义剥削的秘密和资本主义社会的内在矛盾。同时,《宣言》也阐释

了无产阶级作为资产阶级掘墓人的重大使命,要完成这一使命就必须由一个掌握先进理论的政党领导无产阶级革命取得胜利,于是《共产党宣言》论述了共产党的性质、特点、基本纲领和策略原则,为各国的共产党的成立和组织领导工人运动提供了思想指引和行动指南。《宣言》不仅在欧洲引起了轩然大波,激起了工人的革命斗志,也漂洋过海来到了世界的东方,挽救了处于水深火热之中的中国人民。

二、《共产党宣言》传入中国并在中国落地生根

《共产党宣言》的片段文字以及马克思、恩格斯的名字是在 1899 年 2 月传入中国的。[2] 众所周知,甲午海战叫醒了做天朝美梦的中国人,使人们认识到我们不但在"器物"上落后,而且"制度"也跟不上时代发展的要求。而戊戌变法的失败,则使中国人认识到温和的改良道路在千疮百孔的中国社会是行不通的,必须走资产阶级革命的道路。所以,在 1898 年,中国的思想界异常活跃,各种主义都来了,西方社会主义思潮、社会民主主义思潮纷纷传入中国,《共产党宣言》就是在这种背景下传入中国的。

1899 年 2 月 4 日,《万国公报》连续刊载了当时颇有影响的"大同学"一文,文中首次提到"马克思""安民新学"(社会主义)以及《共产党宣言》的一段文字。"资产阶级,由于开拓了世界市场,使一切国家的生产和消费都变成世界性的了。"[1]31 这期间,英国基督教传教士的贡献是值得一提的。李提摩太当时任职广学会总干事,在他的策动下,学会大量出版西方书籍、报刊并传播西方文化。孙中山、康有为、梁启超都曾受到他的影响。可见,《共产党宣言》的传入和资产阶级改良派是联系在一起的,而李提摩太也只是将《宣言》的只言片语带到了中国。

19 世纪末,孙中山流亡欧洲时也曾学习和研究过《共产党宣言》。马克思、恩格斯的活动和俄国革命的情况对孙中山的三民主义思想的形成有巨大的启发,孙中山十分重视马克思主义理论学习,他敦促留学生研究和学习《资本论》和《共产党宣言》。在孙中山的影响下,《共产党宣言》的思想开始在资产阶级知识分子中传播。

随着俄国十月革命的胜利,《共产党宣言》的翻译、研究和传播进入了新的阶段。这时,最早介绍《共产党宣言》的是李大钊,1918 年《每周评论》发表了《共产党宣言》第二章的最后几段,包括十大纲领全文。1919 年李大钊在《新青年》上发表了《我的马克思主义观》,在当时宣传马克思主义思想方面起了重要的启蒙作用。

1920 年 8 月陈望道翻译的《共产党宣言》在国内产生巨大的影响力。这是马克

思、恩格斯的著作第一次在中国公开亮相。从此《共产党宣言》在中华大地上生根发芽了,《共产党宣言》应时代需要而生。中国的无产阶级政党——中国共产党产生了,在《共产党宣言》的指导下中国共产党组织领导中国工人阶级进行斗争,以农村包围城市的道路取得了中国革命的胜利,把帝国主义赶出了中国领土,解放了中国,救人民于水火之中。建国之后,党带领全国各族人民艰苦奋斗,使中国人民在"站起来"之后,逐渐走上"富起来"的道路。当前,要实现中华民族伟大复兴的"中国梦",我们还需要走一段艰辛的发展和改革之路,这就需要发挥《宣言》中的革命精神,为实现人的自由而全面发展的共产主义社会努力奋斗。

三、《共产党宣言》是中国共产党人的"初心"

《共产党宣言》奠定了马克思主义建党学说的基础,详细论述了共产党的性质、特点、基本纲领和策略原则,指出共产党与其他政党的不同之处就在于:共产党人强调整个无产阶级共同的不分民族的利益,始终代表整个运动的利益。[1]41 同时,共产党也是各国工人政党中最具有革命性的政党,共产党人来自无产阶级,他们最了解无产阶级运动的条件、进程和结果。共产党人的使命是要消灭私有制,但是废除私有制是长期的、艰巨的任务,无产阶级需要先夺取政权,用自己的政治统治,逐步地去夺取资产阶级的全部资本,最终达到解放生产力,发展生产力的目的,实现物质资料的极大丰富,实现人的自由而全面发展。

《宣言》认为,人类社会总是由低级向高级过渡,并且是曲折前进的,偶尔的倒退是正常的,但是总趋势是前进的。人民是历史的创造者,是推动社会变革的决定力量,所以中国共产党的历史使命就是要带领人民推翻旧的社会,建立社会主义新社会。梦想是催人奋进的重要精神动力,中国人民一直以来的梦想就是要实现国家富强、民族独立、人民生活幸福。1840 年鸦片战争以后,西方列强开始瓜分中国,中国开始沦为半殖民地半封建社会,内忧外患,民不聊生,当时的中国人民最大的梦想就是实现国家富强、民族独立、人民幸福。经历了太平天国运动、戊戌变法、辛亥革命,再到后来中国共产党成立带领人民进行斗争实现民族独立、人民解放的梦想。新中国成立后,党一直致力于带领中国人民"富起来"。当然,这里所谓的"富起来"不仅要富口袋,还要富脑袋,个人的需求,自由、发展亟待满足。经过艰苦卓绝的努力前两项任务已经顺利完成,当前我们已初步实现了国家富强和人民富裕。但是,也应该清醒地认识到,要实现中华民族复兴的伟大梦想,我们还面临着许多新的矛盾和问题,也要解决以前没有解决好的老问题。

由此可见,在风雨兼程的97年中,中国共产党始终紧紧依靠人民走过了一次又一次的历史坎坷。然而,在全球化、信息化的大潮中,对于应该坚持什么样的道路,运用什么样的理论,实行什么样的制度,发展什么样的文化,无数人争议过也怀疑过。但是,中国特色社会主义道路、理论、制度、文化是适合中国国情和发展需求的,是正确的。因此,我们必须坚定不移地坚持"四个自信",为实现中华民族伟大复兴凝聚力量。《宣言》中关于人类社会的演进和各国的实践告诉我们,物质世界的创造是基础性的,而意义世界的创造更具超越性。故而,共产党人的意义世界应该是丰富的,共产党人要知道自身使命,掌握先进的理论,运用中国特色社会主义制度,厚植中华文化根基。掌稳中国前进之舵,使其顺利驶向中国民族伟大复兴之路。当然,这一道路并非一帆风顺,还面临着诸多的矛盾和问题。

所以,在党的十九大上,习近平总书记庄严提出"两个一百年"奋斗目标,按层次、分阶段、有序地进行各项工作,保证到2049年建国一百周年时最终实现中华民族的伟大复兴。为中国的发展勾勒了一个新的蓝图,同时也明确了中国共产党人的使命:要坚持以人民为中心的发展思想,在新的时代条件下,进行伟大斗争、建设伟大工程、推进伟大事业、最终实现伟大梦想。十九大报告主题"不忘初心牢记使命"是共产党人的初心和使命,同时也是《宣言》的初心和使命。共产党人要加强自我教育,继承和学习《共产党宣言》的精神,勇于自我革新,从严治党,以壮士断腕的勇气,塑造风清气正的党内环境,提高党的科学执政水平。始终记住自己的身份和使命,把革命工作做到底,对历史和人民负责。

参考文献:

[1]共产党宣言[M].北京:人民出版社,2017.

[2]杨金海.《共产党宣言》和中华民族的百年命运[N].光明日报,2008-07-03.

(指导教师:李明珠)

商品拜物教性质的原因分析及其当代启示

胡晓燕*

【摘　要】马克思的拜物教思想是从商品、货币和资本三个方面依次递进分析的,揭示了商品拜物教所掩盖的人与人之间的关系。商品拜物教的神秘性根源于生产商品的劳动所特有的社会性质,又源自于商品形式本身,从劳动产品向商品转化以后,价值使得商品神秘化,同时价值量的变动给人一种物支配人的错觉。因此,要消除拜物教,需要大力发展生产力,以人民为中心,完善社会主义法律体系,加强社会主义道德建设。

【关键词】拜物教;表现形式;原因分析;当代启示

商品拜物教是《资本论》中的重要内容,拜物教包括商品、货币和资本三种形式,通过分析和揭露商品拜物教神秘性的来源,并探寻有效的方式,进一步消除拜物教对我国的不利影响,对于解决我国当前社会发展过程中出现的问题具有重要的理论和实践意义。

一、拜物教及其表现形式

拜物教是马克思对资本主义经济进行批判的一个重要概念,马克思对拜物教的分析主要从商品、货币和资本三个方面展开,通过对拜物教三种形式的分析,揭露了拜物教所掩盖的人与人之间的关系。

（一）对拜物教的一般理解

拜物教在《辞海》中有两种解释,一种认为拜物教是在原始社会中由于人们对于

---

* 胡晓燕,马克思主义学院马克思主义基本原理 17 级,172030501003。

事物的认识不足,赋予某些特定事物以意识,从而产生的一定的崇拜心理。具体来说就是在原始社会,由于当时生产力水平的限制,人们对于事物的认识不足,很难理解产生的自然现象及其规律,人们往往企图通过宗教崇拜的方式来解释自然现象,赋予某些具体的事物超乎自然的能力,而对于这些事物,一旦能够满足人们生产生活的需要,人们就会对其进行感激,如果这些事物对于人们的生产生活产生巨大的破坏作用,影响人们的正常发展,人们就会对其形成敬畏和崇拜的心理。在原始社会后期,随着生产力水平的发展,人们认识水平的提高,人们逐渐摆脱了对于某些特定事物和自然现象的崇拜,而认为这些事物和自然现象背后皆有神灵的主宰,因此开始崇拜他们眼中的神灵。另外一种解释指出拜物教是对某种事物的迷信,把某物当作神灵来对待的一种原始宗教,而这正是马克思所指明的拜物教。马克思将宗教与商品两者形成类比,指出在宗教世界中人们头脑中的产物体现为一种具有生命的,相互之间有着密切联系的,并与人形成一定关系的独立存在的事物。而在商品世界中也同样存在类似的现象,马克思就把这叫拜物教。

(二)拜物教的表现形式

首先,商品拜物教。在资本主义社会,商品的生产与交换成为普遍的社会现象,商品形式也成为该社会中普遍存在的物的形式,劳动产品一旦采取了商品的形式,就使得商品获得了某种神秘的性质,给人们一种错觉,认为商品似乎具有某种魔力,决定着商品能否实现交换以及交换的多少,最终决定着人的命运。商品的拜物教是人们在观念上赋予了物以神秘性,认为在商品经济条件下是物支配人。"它却是一种很古怪的东西,充满形而上学的微妙和神学的怪诞"[1],指明了商品具有宗教色彩,人们赋予了商品以神秘性,并没有认识到物与物关系背后实际的人与人的关系。正如原始社会时期,人们对自然也是盲目崇拜、畏惧自然,其主要原因也是因为原始社会人们对于自然的认识不够深刻,没有认识到自然界的规律,对人与自然的关系缺乏认识。商品拜物教背后主要是物与物交换的外壳下的价值等同,即人们消耗了等量的脑力和体力劳动,实际反映的是物与物关系背后的人与人之间的关系。

其次,货币拜物教。"货币拜物教是在商品拜物教的基础上发展了的拜物教形态。"[2]货币形式进一步神秘化,人们认为不仅商品而且货币也在支配人。随着商品生产的发展,为了更方便人们之间的商品交换,出现了货币形式,有了固定的一般等价物。货币不是天然就有的,它是由简单的或偶然的价值形式、扩大的价值形式、一般价值形式到货币价值形式,不断地演变而成的,货币的出现是为了解决商品交换的困难,促进商品经济的发展。正是货币的形式,使人与人的关系表现为商品与货币的关系,使其进一步神秘化,给人一种错觉,不仅商品而且货币也在支配人,似乎货币展现出无穷的力量。商品生产者重视商品的原因在于,商品生产者只有把商品卖出去,换取需要的货币,获得利润后,才能在此基础上进一步进行生产。而对于普通民众,很多人都坚持金钱至上的原则,认为钱是万能的。无论是商品生产者还是普通民众都被货币形式迷惑了,没有真正地认识到资本主义商品经济社会中货币形式背后的本质。

最后,资本拜物教。在资本主义社会,当货币、生产要素转化为资本以后,资本好像可以自行增值,使人们认为价值增值来源于资本本身。在资本主义制度中的利润实质上是剩余价值的一种转化形式,外在地表现为商品的价值扣除生产价格的余额,这就掩盖了利润本质来源于可变资本中工人创造的剩余价值的总额,使人们认为似乎利润来源于资本家全部预付资本的总额,从而进一步掩盖了资本的本质。同时,剩余价值是货币在商品的生产过程中实现的,人们从表面上看剩余价值是资本家在商品的生产过程中全部预付资本的总和,而当商品进入流通领域,资本家还要在一定程度上追加资本,这就使得商品的剩余价值进一步神秘化,使人们认为商品的剩余价值不仅来源于商品生产过程中资本家的全部预付资本的总额,而且来源于商品的流通过程中资本家的全部预付资本,使利润的真正来源被进一步掩盖,似乎资本本身带来商品的价值增值。人们被这种假象迷惑,就产生了对资本的崇拜心理,形成了资本拜物教。

商品拜物教、货币拜物教和资本拜物教三种拜物教形式中,商品交换通过货币实现,货币似乎就具有了支配商品生产者命运的神秘性,货币拜物教是商品拜物教的发展。而资本拜物教则是货币拜物教的进一步发展,是拜物教的最高形态,掩盖了剩余价值最本质的来源。拜物教通过商品、货币和资本三种形式的发展,最终掩盖了背后的人与人之间的关系,使其外化为物与物之间的关系,使人们对自己生产出来的商品、货币和资本形成崇拜心理。

二、商品拜物教性质的原因分析

现象只是本质的外在表现,只有本质才是内在的、稳定的和最深层次的因素。因此,需要分析拜物教现象背后的本质,深入地分析拜物教的来源,才能真正地破解拜物教的神秘性。

(一)生产商品的劳动所特有的社会性质

商品拜物教的神秘性根源于生产商品的劳动所特有的社会性质,即在资本主义社会中存在的私人劳动与社会劳动两种劳动的对立,其背后是两个商品生产者之间的矛盾,其神秘性是在商品交换过程中产生的。在农业社会和共产主义社会中就没有商品拜物教,因为原始家庭依照需要生产的产品不是作为商品,因而没有发生交换关系,他们生产的产品主要是用于满足自身的需要,不需要再把自己生产的产品拿到市场上去交换,家庭内部能够形成自然的分工,而不是社会分工,本身家庭就是一个小社会,家庭成员的劳动就具有了直接的现实性。同样地,在共产主义社会也没有商品拜物教。在共产主义社会,人们对公共的生产资料进行生产,并且他们的个人劳动本身就是社会劳动的一部分,这说明劳动者的劳动具有直接现实性,不需要像在资本主义社会里劳动者要将个人的私人劳动转化为社会劳动。商品拜物教出现在资本主义社会,在资本主义社会是生产资料私有制,这就使得劳动者的劳动属于私人劳动,同时由于历史上三次社会大分工的发展,使得劳动者的私人劳动成为社会总劳动的一部分,这就出现了私人劳动与社会劳动之间的对立,因此,要使私人劳动和社会劳动相吻合,使劳动的供应相协调,而要实现两者劳动的协调,就需要通过交换的方式实现,一旦采取交换的方式,"必然出现人们社会关系中的物化现象"[3],因为通过交换使两个商品生产者的关系联系了起来,但是却使两个商品生产者的关系外化为两个商品之间的关系,用物与物之间的关系掩盖了其背后人与人之间的关系。因此,在劳动产品成为商品时,出现了私人劳动和社会劳动两者的对立,商品拜物教就产生了。

(二)价值使得商品神秘化

"商品的神秘性不是来源于商品的使用价值。"[4]商品是用来满足人们一定需要的产品,其使用价值就是指商品对人们的有用性,是人们具体劳动的产物,不管是本身就能满足人们的需要,还是通过人们的加工改造后才能满足人们的特定需要,这些都没有神秘性,就以劳动者用木头生产桌子为例,人们可以通过人的感觉器官直观地感受,这一生产过程本身并没有什么神秘性,"商品拜物教的秘密就在于商品形式本身之谜"[5]。由于出现了产品分工和生产的产品属于不同的所有者,因此人们之间必须通过等价交换的形式获取自己需要的产品,而劳动产品变为商品,使商品具有了使用价值和价值两因素,但是价值作为无差别的人类劳动反映的是抽象劳动,是商品的内在属性,是看不见的。商品生产者把劳动产品在市场上进行交换,把使用价值规定为价值,使其具有社会性,使得价值具有神秘性。就商品生产者而言,因为价值规律是客观的,会优胜劣汰,因此他们就必须将私人劳动转化为社会劳动,为了获得商品的价值,需要关注商品的使用价值,商品生产者关注使用价值,只是为了获得更多的价值。因此,当劳动产品通过交换成为商品以后,商品生产者真正关注的是价值这种人们劳动外化的物的形式,却没有看到其背后商品生产者之间的关系。劳动产品一旦通过交换成为商品,虽然生产该产品时会耗费一定的脑力和体力,但是会通过商品这一物的形式展现出来,表现出来的是物与物之间的交换,使不同商品生产者之间的等量劳动以商品价值的相等这种物的形式表现出来,并没有消除人与人之间的劳动等同表现为物与物的等同的外观,使得商品具有了神秘性。

（三）价值量的变动给人物支配人的错觉

"用劳动的持续时间来计量人类劳动的耗费量,取得了劳动产品的价值量的形式。"[6]价值量的变动给人错觉,认为是物在支配人。有商品交换的存在,就有价值规律的存在,不同部门不断地竞争确立了一个行业的社会必要劳动时间。正如马克思所指出的一吨铁和2盎司金的价值相等的例子,人们看到的是铁和金表面的自然属性,却没有看到其背后却是两个劳动者的等量劳动,人们把商品的社会属性误解为自然属性,使得社会性质的相等歪曲地表现为自然性质的相等。其实劳动量与交换量是不以人的意志为转移的,在交换者看来,只有在交换中商品的价值量的关系和比例才能表现出来,实现等量劳动的交换,而商品的价值量是通过劳动的持续时间来衡量人的劳动,劳动者个人在市场上进行商品交换时,需要使自己的个别劳动时间还原为社会必要劳动时间,遵循社会必要劳动时间这一必然规律,才能进行等价交换。商品生产者生产的商品,无论是何种商品都要消耗人们一定的脑力和体力,当商品采取了价值量的形式,而价值量又是由商品的社会必要劳动时间决定的,这就使人类的劳动转化为价值"量"的形式,使人类劳动外化为商品这一物的形式,商品生产者为了在市场上顺利进行交换,就必须关注商品的劳动时间,使人们只看到了商品的价值量,却没有看到商品交换背后人们的等量劳动,用物的形式掩盖了人与人之间的关系。

三、商品拜物教理论的当代启示

只要存在商品经济,商品拜物教就存在。因此,我国的社会主义市场经济中也存在商品拜物教。因此,为了消除商品拜物教对我国的破坏作用,需要从以人民为中心、大力发展生产力、完善社会主义法律体系以及加强社会主义道德建设等方面着手。

（一）以人民为中心

随着经济全球化、社会信息化的发展,世界各国的思想文化相互交流,不断发生碰撞,影响人们正确观念的形成。因此,需要始终坚持以人民为中心的思想,使人们能够正确认识拜物教思想的本质,正确认识人自身的地位和尊严,从而有效地抵制腐朽拜物教对我国的侵蚀。习近平总书记高度重视人民群众的地位和作用,提出要坚持以人民为中心的思想,在十八届一中全会上明确指出检验我们一切工作的成效,最终都要看人民是否真正得到实惠,人民生活是否真正得到改善;又在十九大报告中强调我国特色社会主义新时代发展的重要内容就是要以人民为中心,中国特色社会主义建设需要紧紧依靠人民,并通过全面深化改革,解决社会中存在的不公平问题,提升人的价值和尊严,有效地认识人的本质。同时,需要全面地分析当前我国意识形态领域出现的问题,尤其要正确地分析拜物教的本质,坚持我国在意识形态领域的领导权,坚持马克思主义、毛泽东思想、邓小平理论、"三个代表"重要思想、科学发展观和习近平新时代中国特色社会主义思想的指导,积极地弘扬和践行社会主义核心价值观,帮助人们树立正确的价值观念,积极地营造良好的社会氛围,进一步推动国家的有效发展。

（二）大力发展生产力

"解放和发展生产力,是社会主义的本质要求。"[7]要发展中国特色社会主义,需要始终坚持解放和发展生产力。马克思一直强调要消除拜物教就必须大力发展生产力,因为如果不发展生产力,人们生活的必需品就会欠缺,而人们为了正常的生活,就会相互争夺必需品,这会进一步增加社会中的拜物教现象。我国作为社会主义国家,实行的是社会主义市场经济,也存在商品拜物教现象,因此,在中国特色社会主义新时代的今天,需要大力发展生产力,"实现我国社会生产力水平总体跃升"[8]。随着我国进入了经济新常态,需要转变经济发展方式,积极淘汰落后的产能,加强供给侧结构性改革,增加社会的有效供给,有效地提升社会生产力的总体水平。同时还需要认识到实现我国生产力的发展,丰富我国的物质基础需要一个长期的历史过程,不能急于求成,以牺牲社会其他方面的发展为代价来发展生产力,需要坚持科学发展、绿色发展。随着我国社会主要矛盾的变化,需要综合考虑经济、环境等因素,实现社会各个方面的协调发展,解决发展的不平衡和不充分的问题,通过综合施策和长期规划,实现生产力持续有效的发展。

(三)完善社会主义法律体系

我国作为社会主义国家实行的是社会主义市场经济,市场经济有其自身的缺陷,存在一定的盲目性、自发性,在价值规律的影响下,对生产者实行优胜劣汰,对于掌握先进生产管理技术的生产者能够获得更多的利润,与之相反的生产者则会被淘汰,并且有些掌握先进生产技术的生产者,不愿意分享其先进技术,这就会在一定程度上导致贫富两极分化。在社会主义市场经济体系的影响下,贫困的民众对于基本的生活必需品有着急切的渴望,而对于富有的民众,也会对一些高档品有无限的渴求。有不少人会受到商品的驱使,在很多领域会展开不正当竞争,加深了拜物教思想对我国的影响。因此,需要在经济、政治等领域完善相关的法律体系,以法律的强制性进一步规范人们在社会各方面的行为,严厉打击社会中存在的不正当竞争的行为,帮助减轻拜物教对我国的影响。同时,需要完善相关的监管体系,在规范国家监管人员的职责和行为的同时重视民众监督的作用,要紧紧地依靠人民,充分发挥民主监督的作用,帮助监督社会中的不法行为,更好地维护广大人民群众的根本利益,减轻拜物教对我国的破坏作用。

(四)加强社会主义道德建设

将"法治"与"德治"有机结合,能够更加有效地减轻商品拜物教对我国的影响。受到拜物教的影响,人们会对商品、货币和资本产生崇拜,一切行为都以它们为中心,这与我国提倡的社会道德相对立。因此,需要加强社会主义道德建设,减轻拜物教对人们的认知和行为的影响。我国实行的是社会主义市场经济,一些人受到利润的驱使,会采取一些非法的行为,进行不正当的竞争,没有履行相应的社会责任,严重危害了广大人民群众的根本利益。规范社会中存在的不法行为,除了以相关的法律法规,这种强制的方式规范人们的行为以外,还需要加强社会主义道德建设,积极地弘扬和践行社会主义核心价值观,加强集体主义精神的教育,从思想观念上提升人们的思想道德素质,减轻拜物教思想对人们的影响。在社会主义市场经济中,人们为了获得所需利益,会展开一定的竞争,而在社会主义道德规范的影响下,能够规范人们的行为,形成正当有序的竞争,使人们在获得自身所需的同时能够增强责任意识,积极地履行相应的社会责任,在一定程度上减少拜物教对我国社会发展各方面的破坏作用。

参考文献:

[1]马克思.资本论:第1卷[M].人民出版社,2004:88.

[2]李炳炎,唐思航.我国经济生活中拜物教现象的理论分析与治理对策[J].当代经济科学,2007(2):1-7.

[3]袁恩桢.从异化到商品拜物教——重读马克思的商品拜物教理论[J].毛泽东邓小平理论研究,2007(6):7-10.

[4]项荣建,王峰明.马克思对商品拜物教的批判及其当代启示——对商品的拜物教性质及其秘密的文本学再解读[J].学习与探索,2016(8):37-43.

[5]石佳.可见又不可见的"物"——马克思对商品形式之谜的分析[J].广西社会科学,2013(7):73-77.

[6]马克思恩格斯文集:第5卷[M].北京:人民出版社,2009:89.

[7]习近平.决胜全面建成小康社会 夺取新时代中国特色社会主义伟大胜利——在中国共产党第十九次全国代表大会上的报告[M].北京:人民出版社,2017:30.

[8]就当前经济形势和下半年经济工作中共中央召开党外人士座谈会[N].人民日报,2014-07-30.

(指导教师:刘海霞)

马克思对商品拜物教"物化"现象的批判

程飞娟[*]

【摘　要】马克思的商品拜物教理论从劳动表现为价值形式,劳动时间表现为价值量以及货币表现为物三个方面出发分析了"物化"现象,站在批判的立场上指出了资本主义社会中商品拜物教是主客体关系的颠倒所带来的对人与人关系的错识,是资本主义社会一种歪曲的意识,分析了由于资本逻辑所导致的资本主义条件下商品拜物教普遍化的必然性,揭示了人与人的关系被物与物的关系所掩盖的社会现实。

【关键词】商品拜物教;物化;批判

马克思在《商品的拜物教性质及其秘密》中从劳动表现为价值形式,劳动时间表现为价值量以及货币表现为物三方面出发,分析了商品拜物教的"物化"现象产生的原因,揭示了商品经济条件下商品拜物教的秘密,批判了资本主义社会只见物不见人的社会现实。

一、马克思对商品拜物教"物化"现象的分析

商品是用于交换的劳动产品。商品必须满足两个条件:一是劳动产品;二是必须用于交换。作为劳动产品,人类在生产过程中耗费了必要的脑力和体力,因此生产出来的劳动产品应该首先具有私人性,为私人所有。正如马克思所言,"使用物品成为商品,只是因为它们是彼此独立进行的私人劳动的产品"[1]90。随着社会分工的出现,商品生产者的生产具有了专业化的特性,为了满足自身多方面的需要和社会的需要,生产出来的产品不能仅仅只用于自己的消费,还要提供给市场,满足他人消

---

　*　程飞娟,马克思主义学院马克思主义发展史 16 级,162030502003。

费,满足社会需要。所以,当产品转化为商品后,生产商品的劳动不仅有私人劳动的性质,而且有社会劳动的性质。与此同时,为使双方得到满足,商品生产者之间必须要经过交换,"由于生产者只有通过交换他们的劳动产品才发生社会接触,因此,他们的私人劳动的独特的社会性质也只有在这种交换中才表现出来"[1]90。在商品经济条件下,商品生产者的商品之所以能够交换,基础在于商品生产过程中都耗费凝结了无差别的人类劳动,也就是有价值这个基础。商品交换是商品生产者之间等量劳动的交换,但在商品的物与物的交换关系中,这种真实的关系被掩盖了起来,人与人的关系被看成是物与物的关系,好像是物在支配人,由此就产生了商品拜物教。

首先从私人劳动和社会劳动的关系来讲,私人劳动要具有社会劳动的性质,必须要通过交换,从而使商品生产者之间发生交换的关系。"因此,在生产者面前,他们的私人劳动的社会关系就表现为现在这个样子,就是说,不是表现为人们在自己劳动中的直接的社会关系,而是表现为人们之间的物的关系和物之间的社会关系。"[1]90这就使生产者在观念上产生一种错觉或是幻觉即劳动产品之所以可以相交换,不是因为两个生产者之间的关系,而是两个劳动产品本身所具有的属性。同时,随着交换变得广泛,这些有价值的物就只是为了交换而生产。至于如何交换和交换的比例就会随着习惯而具有一种稳定性。因此在商品生产者眼里商品价值量之间的交换之所以不以交换者的意志、设想和活动为转移,是由于这是劳动产品——物本身的属性。其次,随着货币的出现,物与物的交换变成了以货币为媒介的商品交换,使得人与人的关系被掩藏得更深了。因为在物物交换时代,两个商品生产者之间只是简单的买和卖的关系。但货币的出现,使得两个商品生产者之间的买卖关系相互脱节,商品生产者只有将自己生产出来的产品卖出去,转化成货币的形式,才能买进自己所需要的商品。一旦商品生产者没有将自己的产品卖出去,实现价值形式的转化,就意味着破产和倒闭。因此在生产者眼中,似乎货币具有主宰商品生产者命运的特性。马克思因此讽刺道,"如果我说,上衣、皮靴等等把麻布当作抽象的人类劳动的化身而同它发生关系,这种说法的荒谬是一目了然的。但是当上衣、皮靴等等的生产者使这些商品同作为一般等价物的麻布(或者金银,这丝毫不改变问题的性质)发生关系时,他们的私人劳动同社会总劳动的关系正是通过这种荒谬形式呈现在他们面前"[1]93。在这里我们看到作为资本主义社会中最一般和最不发达的商品形式的拜物教还比较容易看穿,但在"比较具体的形式中,连这种简单性的外观也消失了。货币主义的幻觉从哪里来的呢?是由于货币主义没有看出:金银作为货币代表一种社会生产关系,不过这种关系采取了一种具有奇特的社会属性的自然物的形式。而蔑视货币主义的现代经济学家,当它考察资本时,它的拜物教不是也很明显吗?"[1]101

二、马克思商品拜物教理论对"物化"现象的批判

马克思通过对商品拜物教产生原因的分析,揭示了商品经济条件下特别是资本主义市场经济条件下商品拜物教的本质,彰显了人与人的关系被物与物的关系所掩盖的社会现实,从而站在批判的立场上揭示了商品拜物教作为"物化"现象的实质。

(一)主客体关系的颠倒带来的对人与人关系的错识

在物质生产过程中,劳动者对生产资料进行加工和处理,并在其中赋予自身以主动性、能动性和创造性,从而使生产出来的物质产品不仅可以满足人们生存的需要,并且,正是因为这些物质产品中融入了劳动者的能动性和创造性,因此它还可以满足人们对于外观、手感、艺术等一些用于发展性的需求。在资本主义社会,他们劳动的出发点只是为了使自己能够生存下去,而为了使自己能够生存下去,他们又不得不一次次的出卖自己的劳动力。在生产过程结束后产生的物即劳动产品,它成为了帮助资本家获得最大利润的"主体"。资本家为了获得更多的利润,就需要更多的劳动产品,并迫切需要将劳动产品转化为价值和增值的价值。因此,资本家在生产过程中对劳动者施加压力,将劳动者时刻置于监督和控制之下。同时,为了实现价值和价值增值,资本家不得不寻求更大的市场,希望生产出来的所有产品都能销售出去,实现价值和价值增值。马克思因此批评道,"假如商品能说话,他们会说:我们的使用价值也许使人们感到兴趣。作为物,我们没有使用价值。作为物,我们具有的是我们的价值。我们自己作为商品进行的交易就证明了这一点。我们彼此只是作为交换价值发生关系"[1]101。在这里我们可以清楚地看到,生产过程中主体客体关系的颠倒,使得物与物的关系即两个商品之间、劳动产品与货币和资本之间的关系掩盖了人与人的关系即两个商品生产者之间相交换的关系。

(二)资本主义条件下商品拜物教普遍化的必然性

只要商品经济存在,商品拜物教就不可避免地必然存在。资本主义时代,商品

普遍化,商品经济高度发达,商品交换已经成为一种普遍现象,连人的劳动力也成为可以交换的商品。劳动力商品凭借自己特有的"劳动力"属性满足了资本家的需求,正是由于资本家获得了对工人劳动的占有和支配,才得以在资本关系基础上进行生产和再生产,实现价值增值。当货币转化为资本以后,资本关系便成为商品关系的集中体现,商品的价值形成过程就表现为价值的增值过程,价值增值的基础是劳动力商品的使用,但在形式上表现为资本家资本的增值。当这种逻辑被整个社会所接受,在社会上具有普遍性时,商品拜物教也就普遍化了。马克思为了说明这一事实,与中世纪的欧洲做了一个对比,他写到"在欧洲中世纪,人都是互相依赖的:农奴和领主,陪臣和诸侯,俗人和牧师。物质生产的社会关系以及建立在这种生产基础上的生活领域,都是以人身依附为特征的。但是正因为人身依附关系构成该社会的基础,劳动和产品也就用不着采取与它们的实际存在不同的虚幻形式"[1]96。在这里,我们可以看到,欧洲中世纪由于人身依附关系,身处社会底层的阶级通过劳动生产出来的产品直接是属于他的上一层的阶级所有,劳动的一般性表现为私人劳动所有,其特殊性才表现为直接的社会形式。拜物教现象属于一种偶然现象。也即马克思所讲"徭役劳动同生产商品的劳动一样,是用时间来计量的,但是每一个农奴都知道,他为主人服役而耗费的,是他个人的一定量的劳动力。交纳给牧师的什一税,是比牧师的祝福更加清楚的"[1]96。尽管中世纪人与人之间的关系是一种压迫和被压迫的关系,但人与人的关系就只是单纯地表现为人与人之间的奴役关系,而不是像商品经济高度发达的时代即资本主义时代,人与人的关系表现为物与物的关系,即工人作为劳动力商品而存在,资本家作为人格化资本而存在,社会上只看到的是普遍的物与物的关系,不见人与人的关系。

(三)资本主义社会的一种歪曲的意识

马克思说:"经济学家们把人们的社会生产关系和受这些关系支配的物所获得的规定性看作物的自然属性,这种粗俗的唯物主义,是一种同样粗俗的唯心主义,甚至是一种拜物教,它把社会关系作为物的内在规定归之于物,从而使物(神秘化)。"[2]资产阶级经济学家的阶级立场,决定了他们必然要为资本主义制度辩护和唱赞歌,而忽视了资本主义社会内部的矛盾以及弊端。在他们看来资本主义社会中似乎商品就是商品,货币就是单纯的货币,资本也只是生产的要素而已,它们是随着社会的发展而自觉产生出来的。但这些经济学家忽视了这些"事物"背后的关系。商品作为一种劳动产品,只有发生交换才能成为真正的商品,体现的是两个商品生产者之间的交换关系。而货币作为商品交换发展到一定阶段的产物,正如马克思所强调的金银天生不是货币,但货币天然是金银,货币也不仅仅只代表货币,它作为一般等价物,反映的是生产者和购买者之间的关系。而资本作为资本主义社会的产物,它具有历史性,是历史的,社会的产物,它不只是生产过程中的一个要素。资本家为了获得利润的最大化,购买劳动力对生产资料进行加工,扩大再生产,资本由此产生。因此资本作为能够带来剩余价值的价值,反映的是资本家和劳动者之间的剥削和被剥削的关系。正是由于资产阶级经济学家只是从事物外在的属性来看待资本主义的生产过程,从单纯的外在现象来理解资本主义的内在规律,因此形成了颠倒的拜物教意识和歪曲的意识。正如马克思所指出的,"从这种颠倒的关系出发……必然会产生出相应的颠倒的观念,即歪曲的意识"。马克思也因此讽刺说:"直到现在,还没有一个化学家在珍珠或金刚石中发现交换价值。可是那些自以为有深刻的批判力、发现了这种化学物质的经济学家,却发现物的使用价值同它们的物质属性无关,而它们的价值倒是它们作为物所具有的。在这里为他们作证的是这样一种奇怪的情况:物的使用价值对于人来说没有交换就能实现,就是说,在物和人的直接过程中就能实现,相反,物的价值则只能在交换中实现,就是说,只能在一种社会的关系中实现。在这里,我们不禁想起善良的道勃雷,他教导巡丁西可尔说:"'一个人长得漂亮是环境造成的,会写字念书才是天生的本领。'"[1]102

参考文献:

[1]马克思.资本论:第 1 卷[M].北京:人民出版社,2004.

[2]马克思恩格斯全集:第 31 卷[M].北京:人民出版社,2009:85.

(指导教师:王海霞)

马克思商品拜物教理论的现实思考 张子君*

【摘 要】劳动产品在交换过程中转化为商品是拜物教形成的基础,其人与人的关系在交换过程中被蒙上了神秘的面纱从而被物的关系所掩盖。马克思通过对商品拜物教的批判揭示了其消失的条件。在当今中国特色社会主义条件下,权力拜物教、消费拜物教、GDP 拜物教等各色各样的商品拜物教盛行,阻碍了社会主义的发展。为此,政府官员要遵循为人民服务的宗旨,社会成员要树立正确的消费观,政府部门要树立正确的政绩观,以摆脱拜物教对我国的影响。

【关键词】商品经济;商品拜物教;现实思考

《商品拜物教的性质及其秘密》选自于《资本论》第一卷第一篇第一章的第四节。在商品生产活动这一现实基础上,商品拜物教自然而然地产生。马克思说:"劳动产品一旦作为商品来生产,就带上拜物教性质,因此拜物教是同商品生产分不开的。"[1]90商品拜物教来源于生产商品的劳动所特有的社会性质,这里所指的社会性质则是生产资料私有制这种生产关系作用的产物。没有生产资料私有制就不会有商品拜物教以及货币拜物教和资本拜物教的存在。所以,只要消灭生产资料私有制为基础的商品生产,就会彻底消灭商品拜物教。

一、马克思商品拜物教理论

商品拜物教理论是揭开资本主义生产方式神秘面纱的重要理论工具,在《资本论》中也具有十分重要的地位,同时它也是正确理解货币拜物教、资本拜物教的前提和基础。

* 张子君,马克思主义学院马克思主义中国化研究 17 级,172030503001。

真理的力量 ZHENLI DE LILIANG

——新时代大学生读马列经典感悟集

（一）商品拜物教的含义

拜物教是指把自然界的某种物当作神灵崇拜的原始宗教或迷信，这些物会给予人们在现实生活中无法满足的、神秘的东西，只要崇拜它，愿望就会得到满足。马克思指出："在那里，人脑的产物表现为赋有生命的、彼此发生关系并同人发生关系的独立存在的东西。在商品世界里，人手的产物也是这样。我把这叫作拜物教。"[1]89 马克思认为一旦劳动产品在交换过程中转化为商品，就必然带有拜物教的性质。因为劳动产品能不能完成交换过程转换为商品，就代表着商品生产者的命运，而且此时商品的地位已经足以代表人与人的关系。人们开始追求商品、货币、资本，渐渐地就出现了一种神秘的迷信思想，也就形成了"商品拜物教"。

（二）商品的神秘性在于人的物化

商品本身并没有什么神秘可言，它的神秘性并不是来自它的价值，更不是来源于它的使用价值，而是来源于"商品形式"本身。"在商品形式或价值形式面前，把人类抽象劳动在质上的等同性歪曲成为劳动产品这种物天然具有一种相等的价值物质。把商品生产者之间相互交换劳动的社会关系歪曲成物与物的关系。"[2]86 由于商品无法自己能动地进行交换活动，所以只能通过商品生产者在商品经济的条件下进行交换。但这种社会关系被商品所掩盖，把人与人的关系变成物与物的关系，进而使人物化。在商品经济条件下工人的劳动具有二重性，劳动分为私人劳动和社会劳动，要想使得私人劳动向社会劳动转化，就只能在商品的交换过程中实现。这种转化把劳动产品变成了商品，从而为商品盖上了一层神秘的面纱，随之便呈现出了人们社会关系中的物化现象。

（三）商品拜物教的特点

第一，私人劳动在商品上表现出来的两种社会性质，掩饰了商品生产者之间的社会关系。由于劳动是人们脑力和体力的物化形式，而且各自的抽象劳动具有同质性，所以人们可以根据自己所生产劳动产品的抽象劳动量来衡量产品的价值，从而进行交换。通过私人劳动所生产的劳动产品在进行交换的过程中会与社会发生关系，而这时的私人劳动不仅仅满足了他人在生产和生活中使用价值的需要，同时它也在交换的过程中满足了商品生产者自身多方面的需求，毕竟劳动产品能不能卖出去，决定着商品生产者的命运。由此我们可以看出私人劳动的两重社会性质。

第二，货币这种神秘形式的出现把商品生产者之间的社会关系变得更加模糊。

在商品经济的初始阶段，人们可以用自己生产的劳动产品充当一般等价物来与社会上其他的商品进行交换，在此时，人们还能够看出来这种交换本质上是由私人劳动的价值量决定的。但是，当货币这种价值形式出现的时候，在流通领域里一切商品都可以变成货币，而货币就可以用来买卖一切商品，货币便渐渐地成为力量和财富的象征，于是人们便开始把对商品的崇拜转换为对货币、对资本的崇拜和迷信，这也就是马克思所说的货币拜物教和资本拜物教。

（四）马克思对商品拜物教的批判

商品拜物教作为一种社会意识来理解，是一种错位的认知。对商品、货币、资本的盲目崇拜，就是资本主义生产方式带来的弊端。马克思商品拜物教理论其实就是对资本主义制度的深刻剖析，从而揭露出资本主义生产关系的本质，"在资产阶级社会里，资本具有独立性和个性，而活动着的个人却没有独立性和个性"[3]415。所以，只有变革不公平的资本主义生产方式，人的自由和尊严才能充分地实现。马克思认为："我们一旦逃到其他的生产形式中去，商品世界的全部神秘性，在商品生产的基础上笼罩着劳动产品的一切魔法妖术，就立刻消失了。"[4] 由于商品拜物教渗透于商品生产之中，它产生于生产商品的劳动所特有的社会性质，所以只有用新的生产方式取代资本主义生产方式，人的社会关系才不会被物化。"只有当实际日常生活的关系，在人们面前表现为人与人之间和人与自然之间极其明白合理的关系的时候，现实世界的宗教反映才会消失。只有当社会生活的过程即物质生产的形态，作为自由联合的人的产物，处于人的有意识有计划的控制之下的时候，它才会把自己的神秘纱幕揭掉。"[5] 可以看出只有打破资本主义的生产资料私有制，使得物质生产资料成为全人类共有，也就是社会主义的生产方式出现时，商品拜物教才会消失。

二、当今社会中商品拜物教现象及其危害

商品的拜物教性质虽产生于资本主义社会，但是对于社会主义社会也是有影响的。当今社会我们身边的商品关系无处不在，商品拜物教对人们生活方式影响范围之广、影响程度之深，都让我们感受到它的影响力之强。

（一）权力拜物教

权力拜物教是官僚政治的突出问题，在当今的官僚政治中权力就是货币的一种转化形式，对权力的崇拜其实就是对财富的崇拜。在权力拜物教盛行的条件下，官

僚们总是关心自己个人的利益,而不顾人民群众的利益和国家利益,所以自然而然地没有为国家尽到应尽的职责。权力拜物教具有以下两重特征:一方面官僚崇拜权力是因为权力可以为他带来更多的财富和利益,另一方面国家变成了一种虚幻的存在。这两方面的特征从不同的角度映射了权力拜物教的本质内容,官员们为了自己的利益崇拜权力、迷信权力,而所谓的国家事务只是一些表面的形式主义罢了。

在当代社会,官员腐败现象层出不穷。不仅危害了人民群众的利益,而且使得党风廉政建设难以实施,也使得人民群众对政府的工作产生怀疑。

(二)消费拜物教

消费拜物教的产生基于社会的商品化运作以及人对商品消费非理性、宗教式的崇拜,也是一个人异化的过程。此时的消费从最初的为了得到更为欢愉和满足的生活的手段,变成了本身纯粹的目的。在这样一种消费拜物教的思想中,消费才是最终的目的,每个人都是在被迫消费,使人们无法从这些商品中得到使用价值和快乐。

随着经济的快速发展,人们的消费观逐渐呈现出异化的特点,不利于人格的建立和自身自由全面的发展。现代人消费观的异化主要体现在攀比消费上,比如说一个圈子里的大多数人都购买了一些类似于爱马仕的名牌包,或是换了一部最新款的苹果手机,同一个社交圈里的人就会因为好面子,而产生出了一种虚荣心,同时还会害怕自己比别人低一个档次,而去为自己的虚荣心买单,完全不顾自己是否真正需要,不管自己的经济能力是否能承受起消费的后果,进行从众消费。现代人在购买商品的时候一味地追求时尚和名牌,同时在人际交往中出手阔绰,讲究排场等等这些都是攀比消费的典型表现。有些经济条件不好的人为了同其他人保持一致的消费,甚至置道德、法律于不顾,走上违法犯罪的极端道路。消费渐渐地不再是商品的使用价值本身,而关注的焦点则是代表着某种社会地位、生活品位、财富象征的符号,以金钱来追求幸福,实现自身意义和价值。"这些商品往往同时尚、地位身份和生活的状态紧密联系在一起,并外在于人的真实需求。"[6]201

(三)GDP拜物教

近几年来,地方上一些大小官员非常坚定地信奉着一种定律,一个国家要想发展就必须把重点放在经济建设上,而所谓的经济建设就是以GDP为中心。总而言之,GDP已经成为一种新型的商品拜物教。在我国社会主义市场经济发展的过程中,对GDP的盲目崇拜已经在全社会范围内愈演愈烈。到今年为止,改革开放已经经历了40年,我国在经济方面的成就是不容小觑的。人们现在关心的首要问题就是经济问题,以至于对用来衡量经济增长的指标——GDP也越来越重视。毋庸置疑GDP的增长确实在一定程度上可以显现出国家的发展、经济的繁荣、人民群众的生活水平,但是在发展过程中还是有一些不能忽视的负面影响,如地区发展的不平衡、自然资源遭到破坏、收入差距拉大等等一系列问题都是因为人们在一味地强调GDP增长造成的。片面地去追求GDP增长,在本质上就是对金钱、物质的一种迷信和崇拜,让人们逐渐认为经济生活的富裕就是心灵的富裕,就是幸福的生活。

三、摆脱当今商品拜物教的具体措施

虽然形成商品拜物教的原因和条件以及影响还在,但这并不意味着人们在商品拜物教面前只能任其摆布。要想挣脱拜物教的羁绊,实现人类向自由的回归,仅仅寄希望于生产力的高度发展,物质财富的极度丰富是远远不够的,还需要在寻求尽早挣脱拜物教上做出最大的努力。

(一)政府官员要遵守为人民服务的宗旨

人民的问题是检验一个政党、一个政权性质的试金石。所以我党的奋斗目标是要始终不渝地带领人民创造美好生活。十九大报告中指出,必须把人民的利益摆在至高无上的地位,让改革成果更多更公平地惠及全体人民,朝着实现全体人民共同富裕不断迈进。政府官员作为人民的公仆,就要不断地提升自我素养,用正确的理念来丰富自己,充实自己的内心,让自己的意志足够强大去抵制权力和金钱的诱惑,这样才能从根本上清除腐败因子,真正做到廉洁奉公。

政务官员要清楚认识到自己的权力是人民赋予的,只有全心全意为人民服务,才能够真正做到为人民群众谋利益,所以为官者不能只顾自己的个人利益而弃人民的利益于不顾。与此同时,官员要树立正确的人生观,坚守住做人的道德底线,扫清一切贪污腐败的不正之风,做一个为人民群众办实事的好官员。

(二)社会成员要树立正确的消费观

首先,在全社会范围内弘扬积极健康的消费观念,要在人生的不同阶段去慢慢渗透正确的消费观念。我们的消费水平必须要顺应社会经济发展水平,也要在家庭经济承受范围内。传承和弘扬勤俭节约的中华民族传统美德,要做到适度消费,反对无度消费、超前消费、高消费。

其次，我们要逐渐养成科学理财方面的能力。由此可以养成节约的良好生活习惯，为日后的理性消费打下基础。作为消费者，我们在消费过程中要有目的、有计划地进行消费，为自己的消费做好规划，从而达到理性消费的目的。

最后，我们要树立正确的价值观，明白金钱的多少并不代表幸福指数的高低。从马斯洛的需要层次理论可以看出，在满足了基本生存需要以后，人们要追求的是更高层次自我实现的需要，要达到精神层面的需要就是要达到人的自由而全面的发展。只是追求物质上的东西，并不能让自己精神上得到满足。

（三）政府部门要树立正确的政绩观

以经济建设为中心，不等于以 GDP 为中心。一个国家发展得好不好，只有生活在这个国家最底层的人民群众才最有发言权。人民群众的幸福感才是政府部门应该重视的问题，而不是一味地去苛求 GDP 的增长。其实 GDP 本身并无好坏之分，也不代表全体人民的幸福指数。

参考文献：

[1]马克思.资本论:第 1 卷[M].北京:人民出版社,2004.

[2]黄强华.资本论第一卷难题解答[M].辽宁人民出版社,1984:86.

[3]毛泽东文集:第 3 卷[M].北京:人民出版社,1996:415.

[4]王文扬.马克思对资本主义的宗教批判——《资本论》的三重拜物教批判[J].现代哲学,2011(5):18-25.

[5]王肖燕.马克思论宗教(二)[J].科学与无神论,2007(5):38-42.

[6]王雨辰.生态批判与绿色乌托邦——生态学马克思主义理论研究[M].北京:人民出版社,2009:201.

（指导教师：卫　东）

马克思商品拜物教理论的现实价值 高雪倩*

新时代大学生读马列经典感悟集

真理的力量

ZHENLI DE LILIANG

【摘　要】马克思在《资本论》中研究了何为商品拜物教以及商品拜物教产生的原因,在对商品拜物教的批判中,揭示了摆脱这种商品生产关系束缚的现实可能性,对于消除当下我国社会主义市场经济中的商品拜物教现象提供了重要的方法论意义。通过对马克思商品拜物教理论的学习和知识梳理,分析商品拜物教理论对我国的现实价值,有利于更好地完善我国社会主义市场经济制度。

【关键词】商品拜物教;产生原因;自由人联合体;现实价值

拜物教是原始社会中最早的宗教信仰之一,在神灵观念尚未产生以前,一些原始部落把某些特定的物体当作具有超自然能力的活物加以崇拜,其本意是指把自然界的某种物当作是一种对神灵的崇拜的原始宗教或迷信,是一种精神的幻想。马克思利用这一概念来解释商品拜物教的存在,为理解货币拜物教和资本拜物教提供了基础和前提。商品拜物教是人的社会关系的一种"物化"现象,为了杜绝这种物支配人的现象,就必须回到马克思的理论中,去寻找破除商品拜物教的钥匙。

一、马克思商品拜物教理论概述

马克思在《商品的拜物教性质及其秘密》的开头就说:"商品好像是一种自明的极普通的东西,但分析一下,才知道它实际是一件极奇怪的东西,充满着形而上学的烦琐性和神学的固执性。"[1]28对于生活在现代社会中的个人而言,被众多商品包围是一个无法改变的既成事实,正是这一事实的存在,使人与人在日常的商品交换即商品流通的过程中,社会关系中本质的东西被掩盖,并被认为是一种天然存在的属

---

* 高雪倩,马克思主义学院马克思主义发展史 17 级,172030502002。

性。在商品拜物教的视野中，"劳动生产物取得商品形态时候的谜一样的性质"[1]29，之所以与其他任何物质不同，是因为其难以捉摸、神秘莫测。因此，马克思在剖析"商品"这一客观存在时，将其称作"可感觉又超感觉的物或社会的物"[1]29。

(一)商品拜物教

在马克思看来，"商品形态及表示商品形态的劳动生产物间的价值关系，是和劳动生产物的物理性及由此发生的物的关系，绝对没有关系了。那只是人与人之间的一定的社会关系……"[1]29正是因为这种诡异的关系，使物变得神秘莫测。商品拜物教指的是社会关系的一种物化现象，由于特定生产关系的存在，人与人的社会关系不得不以一种物的形式出现。这就说明，物作为真实存在的一种现实反应形式是不以人的意志为转移的。马克思还指出，商品世界的拜物教性质，"在人看来，这种关系，居然幻想成为物与物之间的关系了"[1]29。这里的"幻想"并非"不存在"的意思，而仅仅是为了在社会本质与社会现象之间做出区分。总之，商品价值本身是在物的外壳下掩盖着的人与人之间的关系，但是商品生产者却把物与物的关系看作是真实存在着的东西，把价值属性看成是商品本身的自然属性，从而形成了对物的一种膜拜。而这种错位的关系对整个社会产生的畸形的影响却十分深远。

(二)产生的原因

马克思认为商品拜物教产生的原因是由于生产商品的劳动所特有的社会性质。当商品经济占据经济生活的主导地位时，劳动既是私人劳动，也是社会总劳动的一部分。而私人劳动要转化为社会劳动就必须通过交换才能实现。因此，商品交换的过程中必然产生人们社会关系的"物化"现象，即以物与物之间的关系来代替人与人之间的关系，进而掩盖并支配人与人之间的关系。可见，劳动产品一旦作为商品来进行生产，就在很大程度上带有了拜物教的性质，因此拜物教的产生是同商品生产分不开的。

首先，价值形式导致人的命运由物来支配。在马克思看来，"人类劳动的平等性，具体表现为劳动生产物的相等的价值对象性"[1]29，这种"价值对象性"表现为物的形式，由于社会分工在经济发展过程中的进一步细化以及生产资料和劳动产品归属于不同的所有者，因而人们为了获得满足自身发展所必需的产品时，就必须通过交换才能实现。正是在这一交换的过程中，劳动产品变为商品，生产者的私人劳动获得了社会的承认,使其具有了社会性,劳动者在商品中凝结的劳动量转化成了价值,而价值又是看不到摸不着的一种社会关系,从而认为商品的价值是与生俱来的,认为价值是商品的自然属性,使商品蒙上了一层神秘的面纱。

其次,价值量的变动造成"物支配人"的错觉。马克思认为,"生产物交换者实际关心的问题,是自己的生产物能换得若干他人的生产物,即生产物以如何的比例相交换。当交换比例已由习惯取得相当的固定性时,这种比例,就好像是由劳动生产物本质中生出的一样了"[1]31。在这里,人与人的社会关系表现为物与物的关系,从而赋予了物天然的属性。用物来代替人,就使得本身应该是人类劳动所耗费的社会必要劳动时间所体现出来的价值量变成了物本身的价值量,商品生产者之间互相交换的社会关系就变成了一种物与物相交换的关系。

最后,货币形式掩盖了价值关系。马克思认为,"商品界这个完成的形态——货币形态——不惟不能显现出,且反能隐蔽着私人劳动的社会性质,和私人劳动者间的社会关系"[1]31。在劳动产品变为商品的过程中,为了方便人与人之间交换关系的实现,出现了货币这一形式,形成了一般等价物。资本主义经济学家认为,商品之所以可以进行交换是因为有货币的产生,这一说法明显是错误的。应该是先有了人与人之间价值形式的交换,才出现了货币,而当这些劳动生产者的产品同货币发生关系时,私人劳动和社会总劳动的矛盾就暴露出来了,从而产生了商品拜物教。

(三)拜物教的消除

其一是解放和发展生产力。马克思认为,只有在生产力高度发达并且物质极大丰富的时候,让人们摆脱贫困的束缚,不再为争夺生产资料而斗争,才有可能丢掉拜物教这个东西。同时,达到生产力的高度发达的物质基础是一个漫长的过程,要想揭开拜物教的神秘面纱,其过程必然是充满曲折和艰辛的。只有当社会生活处于人的有意识、有计划的控制范围之内时,它才会慢慢地被揭开。而这个则需要一定的物质基础和条件,也就是生产力的极大丰富。

其二是建立自由人联合体。马克思认为,只要确立了新的生产方式,拜物教的存在条件就会被消除。也就是说,"我们只要一进到别种生产形态中去,商品世界的一切神秘,在商品生产基础上包围着劳动生产物的一切魔法妖术,就都消失了"[1]32。在这里,马克思设想了一个自由人的联合体,他们用共同的社会生产资料进行生产,并且自觉地把许多个人劳动作为一个共同的劳动力来使用,也就是说,在这个自由人联合体中,人类劳动本身就直接是社会劳动,也就不存在资本主义社会中生产资料的私人占有了。这样的一种联合体的存在实现了生产资料的公有制。同时,这个联合体的总产品直接是社会的产品,一部分重新用于生产生产资料本身,它是属于社会的,而另一部分则作为生产资料由联合体内的成员进行消费,因而对于这一部分的分配就要合理有序。这样的话,以生产资料与劳动本身的联合为基础,在社会总产品补偿了一部分生产资料的情况下,剩余劳动产品由全体劳动者共同所有。而在具体分配个人的消费时,按照每个劳动者在生产资料过程中所消耗的劳动时间,重新分配,即按劳分配的原则。这样一种自由人联合体,最大化地消除了在商品经济中,人与人之间的"物化"关系,当然也是消除拜物教的一个重要措施。

拜物教的消除是以生产力的解放和发展为前提,以实现人的自由而全面的发展为目标的。只有消除了因人们的逐利性而产生的强制性的社会分工,人们才不至于为了获得满足生存的需要而被迫进行劳动,才有可能把追逐货币、追逐资本的目标转移到人自身能力的全面发展上。而拜物教也会在这样的条件下消失,人才会真正地脱离物的统治,彻底破除物与物之间的神秘关系,把拜物教意识彻底地从人们的头脑中赶出去。

二、马克思拜物教理论的现实价值

通过对马克思的拜物教理论的理解,我们可以很明显地发现,当劳动产品表现为商品并随之演变成货币、资本等形式时,资本主义社会中的庸俗经济学家都被这一"物化"的表象所迷惑了。而在当下,我国社会主义市场经济条件下,唯有正视拜物教的存在,才能从根本上打破这一现象带来的消极影响,使人走向真正的自由和独立。

(一)正确认识我国社会主义市场经济下拜物教的存在

正确认识拜物教在我国存在的现象,首先,要认清在市场经济条件下,商品交换关系的普遍化是拜物教产生的经济基础。在社会主义市场经济中,人们之间的经济关系需要通过商品、货币、资本等物与物之间构筑起来的关系来实现。这种交换关系的普遍化,既可以孕育成长出"自由""平等"的价值理念,也很容易滋生出各种拜物教行为和拜物教意识。再加上我国正处于经济全球化的大背景下,世界各国及经济体之间相互联系、影响、渗透和融合,人类社会的生产生活方式也随之发生了根本性的变革,这就使拜物教存在的环境更加的"顺理成章"。其次,要认清我国市场经济中拜物教的存在不同于资本主义社会中的拜物教。在资本主义制度下,生产资料的私有制和雇佣关系是社会发展的基础,资本是统治和支配一切的力量,因此资本家通过雇佣和剥削劳动力来攫取剩余价值,从而获得大量的利润。因此,在资本主义制度下,这看似平等的交换关系之间其实早就发生了"异化"。而在社会主义制度下,虽然商品经济依然是经济生活的主体,但是拜物教现象却是局部的、可控的存在。最后,绝对不能因为有拜物教的存在就否定社会主义市场经济。邓小平在1992年南方谈话时曾指出"三个有利于"。当然,这三个"有利于"也是我们判断社会主义的市场经济体制是否成功的标准。事实证明,社会主义市场经济极大地解放了我国生产力的发展,促进了我国经济的进步。

既然存在商品经济,就必须正确认识它的现实存在,不去人为地取消它,而是正视它并且不受它的控制和迷惑。对于由商品拜物教的产生而衍生出来的"商品至上""货币至上""资本至上"的观念,必须要保持坚决反对的态度,予以批判和拒绝,用正确的思想去引领人们摆脱这种腐朽观念的影响和控制。

(二)努力消除拜物教的消极影响

马克思曾在《资本论》第一版序言中指出,一个社会"既不能跳过,或以法令废止自然的发展阶段,它只能把生育时的痛苦减短或缓和"[1]3。因此,在对待社会主义市场经济条件下的拜物教现象,就不能盲目乐观、放任自流,也不能盲目悲观、无所作为,而是要从我国的实际情况出发,积极寻找遏制这一现象的措施,努力消除拜物教产生的消极影响。

1. 完善社会主义经济制度,坚持公有制的主体地位

完善社会主义经济制度,坚持社会主义公有制的主体地位是消除拜物教的消极影响的制度保障。"生产资料所有制是社会经济制度的核心,它决定了一个社会的基本属性和发展方向。在生产资料私人占有的资本主义社会,生产的直接目的是为了满足生产资料占有者即资本家价值增值、财富积累的需要。由于生产社会化和生产资料私人占有之间的矛盾,必然导致资本主义制度本身无法克服的贫富两极分化和周期性经济危机。"[2]157改革开放以来,我们确立了与我国国情相符合的"以公有

制为主体、多种所有制经济共同发展"的基本经济制度。在社会主义公有制经济中，虽然经济生活的主体同样是以追求利润为目标，但是生产的根本目的却是为了满足人民群众的物质生活需要，为了实现人的全面而自由的发展。这一制度从根本上保证了社会生产要坚持人的主体性，在一定程度上克服了生产过程中唯利是图的弊病，防止了"利益为重"的"物支配人"现象的发生。从人与人之间的社会关系分析，资本主义私有制是使劳动从属于资本，把劳动者置于被剥削、被压迫的地步。而在社会主义公有制占主体的社会中，生产资料是劳动者进行劳动，从而获取报酬，造福人类造福社会的工具，而不再是作为主体存在。同时，社会主义公有制为主体的基本经济制度决定了我国在分配制度上必须实行按劳分配的收入分配制度，"多劳多得，少劳少得"，把劳动者的报酬按照自身对社会的贡献大小来分配，就从根本上否定了按资分配和平均主义。

2. 加强社会主义核心价值观的教育作用

习近平指出，核心价值观是一个社会最持久也是最深沉的力量，也是一个国家的主要稳定器。"培育和弘扬核心价值观，有效整合社会意识，是社会系统得以正常运转、社会秩序得以有效维护的重要途径，也是国家治理体系和治理能力的重要方面。"[3]163党的十八大首次把"倡导富强、民主、文明、和谐，倡导自由、平等、公正、法治，倡导爱国、敬业、诚信、友善"作为社会主义核心价值观的基本内容提出来，反映了我国特色社会主义的性质和特点，也体现了社会主义制度的优越性及其进步的发展方向。加强社会主义核心价值观规范和导向的教育作用，是努力消除拜物教的思想基础。

一是要加强发挥社会主义核心价值观在市场经济体制改革中的导向作用，为消除拜物教提供价值引领。在发展社会主义市场经济的过程中，我们已经强调坚持社会主义核心价值观的作用，但是还要继续加强其对社会的教育作用。如果不重视把握社会主义核心价值观，就会很容易陷进拜物教的深渊。比如，有些党员干部为了提升自己的政绩，把经济发展作为衡量一切的标准，不惜浪费财力、物力、人力，破坏生态平衡，造成许多不良的后果。要想消除拜物教的消极影响，就必须加强社会主义核心价值观的导向作用，将其作为价值引领，并融入社会治理和经济发展的过程中，从而在思想上改变崇拜物质、崇拜金钱的不良观念，形成有益于经济发展和社会进步的环境。

二是要加强发挥社会主义核心价值观在市场经济中的规范作用,为消除拜物教的消极影响提供道德基础。我国目前仍就处于社会主义发展的初级阶段,由于体制机制的尚未健全,一些拜金主义、物质主义和享乐主义仍旧存在于社会生活之中。马克思曾引用莎士比亚的《雅典的泰门》中的诗句:"金子,黄黄的、发光的、宝贵的金子!……这东西,只这一点儿,就可以使黑的变成白的,丑的变成美的;错的变成对的,卑贱变尊贵……"[4]141揭示出在拜物教观念支配下,货币具有了一种颠倒的形式,成为奴役人统治人的异己的力量。在我国社会主义市场经济条件下,人们同样离不开货币,就像离不开空气一样。一些见利忘义、唯利是图的现象时有发生,这时候,就需要一个共同的理想信念来支撑人们的经济生活,约束人们的行为。这就要求我们在全社会大力加强倡导社会主义核心价值观的规范作用,这样就可以为每一个社会成员在参与市场竞争的过程中,提供一个公平而合理的市场环境,也可以为人们从事经济活动提供良好的行为规范,鼓励企业承担自身的社会责任,提高个人的道德水平,净化社会经济生活环境,营造良好的经济生活氛围。

参考文献:

[1]马克思.资本论:第1卷[M].郭大力,王亚南译.上海三联书店,2009.

[2]李瑞德.马克思拜物教批判理论的当代审视[D].福州:福建师范大学,2016:157.

[3]习近平谈治国理政[M].北京:外文出版社.2014:163.

[4]马克思.1844年经济学哲学手稿[M].北京:人民出版社,2008:141.

(指导教师:王海霞)

从《政治经济学批判大纲》的唯物史观谈我国改革开放的必然性 杜 宇*

【摘 要】马克思在《政治经济学批判大纲》中,概括了其唯物史观的重要观点,为人们科学认识人类社会的历史、人类社会的发展动力、人类社会的发展规律提供了重要方法论。马克思在《政治经济学批判大纲》中的唯物史观,也为我们正确理解我国走上改革开放道路和当前全面深化改革,提供了重要理论依据。

【关键词】唯物史观;生产方式;改革开放

马克思主义始终立足于人民大众利益,具有无与伦比的先进性。在学习的过程中我对马克思主义政治经济学产生了浓厚的兴趣,在后续的学习过程中阅读了《政治经济学批判大纲》(以下简称《大纲》),对于这部经典不能够完全读懂,以下只是我对《大纲》的浅显的理解。

一、《政治经济学批判大纲》中的唯物史观思想

在大纲中,马克思总结了自己世界观的转变,简述了从 1842 年以来的思想进程,概括了马克思主义的一系列基本观点。马克思指出,只有从经济研究入手,才能弄清楚资本主义制度的性质,才能从根本上解决物质利益的难题,而且只有研究政治经济学,才能弄清空想社会主义思想的根源,从而建立科学的社会主义理论。马克思概括了自己研究唯物史观的成果,包括社会存在决定社会意识、生产力决定生产关系、经济基础决定上层建筑、生产方式内部矛盾推动社会发展等重要思想,同时对社会革命的基本条件、资本主义的生产方式也进行了深刻的分析,得出社会主义必

---

* 杜宇,生命学院制药工程 16 级 1 班,1607580128。

然代替资本主义这一属于科学社会主义重要内容的结论。

马克思在《大纲》中，把他从 1843 年以来的研究成果做了一个总结性的概括："人们在自己生活的社会生产中发生一定的、必然的、不以他们的意志为转移的关系，即同他们的物质生产力的一定发展阶段相适合的生产关系。这些生产关系的总和构成社会的经济结构，即有法律的和政治的上层建筑竖立其上并有一定的社会意识形态与之相适应的现实基础。物质生活的生产方式制约着整个社会生活、政治生活和精神生活的过程。"[1]10 这就是马克思通过对政治经济学的研究得出的结论——历史唯物主义原理，同时也是他研究政治经济学的基本原则。这个结论的基本观点是：

1. 物质资料的生产方式制约着整个社会生活、政治生活和精神生活。物质生活决定精神生活，还是精神生活决定物质生活，或者说，是社会存在决定社会意识，还是社会意识决定社会存在，对这个根本问题的不同回答，划分了两种截然对立的历史观：历史唯物主义与历史唯心主义。马克思在《大纲》里用简洁的语言，阐明了物质资料的生产方式决定整个社会生活（包括政治生活、精神生活等）的历史唯物主义原理。按照历史唯物主义的观点，不仅应当把社会关系区分为物质关系和意识关系，而且，"只有把社会关系归结于生产关系，把生产关系归结于生产力的高度，才能有可靠的根据把社会形态的发展看作自然历史过程"[2]。这也就是说，社会生产力决定生产关系乃至整个社会关系的变迁和改革。生产力是社会生活中最革命的因素，社会变革总是首先从生产力开始的。生产力的发展推动着人类社会从低级阶段向高级阶段发展，推动着历史前进。一切先进的阶级和人们总是热心发展生产力，而一切反动的阶级总是阻碍生产力的发展。这是衡量一切阶级、政党、派别是革命的、进步的，还是反动的、落后的根本的标准。

2. 生产力决定生产关系，经济基础决定上层建筑。马克思在《大纲》里把极其复杂的社会现象，用生产力和生产关系、经济基础和上层建筑几个范畴做了科学分析，阐明了它们之间的内在联系，揭示了生产力决定生产关系，经济基础决定上层建筑这一社会基本矛盾运动的普遍规律。马克思指出，有什么样的生产力，就有什么样的生产关系。上层建筑的变革，要从经济基础方面去寻找原因，生产关系的变革，要从生产力方面寻找原因。这是历史唯物主义的一条基本原理。马克思在写《大纲》

时,针对唯心史观长期统治人们的头脑的状况,强调了生产力决定生产关系,经济基础决定上层建筑。但是,这决不意味着马克思否认上层建筑对经济基础、生产关系对生产力的反作用。

3. 物质生产力的发展是社会变革的终极原因。马克思在《大纲》里深刻地阐明了发生社会革命的根源。社会革命不论是政治革命、思想革命,还是经济革命(生产关系方面的革命),都是由于生产力的发展引起的。马克思说:"在考察这些变革时,必须时刻把下面两者区别开来:一种是生产的经济条件方面所发生的物质的、可以用自然科学的精确性指明的变革,一种是人们借以意识到这个冲突并力求把它克服的那些法律的、政治的、宗教的、艺术的或哲学的,简言之,意识形态的形式。"[3]8 显然,判断一个时代不能以它的意识为根据,只能从生产力和生产关系的矛盾中去解释。社会生产力发展了,生产关系不适合了,它由生产力发展的推动力量变成了生产力的"桎梏",生产力要求打破这种"桎梏",社会革命的时代才会到来。所以,人类始终只能提出自己能够解决的任务,这个任务的提出科学与否,就看其有无客观条件。而这个客观条件,就是新的生产关系赖以建立的客观基础。同时,马克思还根据对社会发展规律和资产阶级社会矛盾的科学分析,预见到资本主义的灭亡,社会主义的兴起是不可避免的。同时马克思在大纲中揭示了社会主义和资本主义是当代最主要的两种价值观,也是当代最基本的两种社会制度。马克思主义揭示了人类社会发展的一般规律,并且对人类社会形态做出了科学划分。这两种划分对应关系在于:原始社会、奴隶社会、封建社会、资本主义社会、共产主义社会。其中,封建社会对应于"人的依赖关系";资本主义社会对应于"以物的依赖性为基础的人的独立性";共产主义社会对应于"建立在个人全面发展和他们共同的社会生产能力成为他们的社会财富这一基础上的自由个性"。社会形态的转换以生产力的发展为基础。

二、从唯物史观谈改革开放的必然性

在前一部分对马克思唯物史观的介绍中,我们提到无论在什么性质社会中,凡是上层建筑适应经济基础的社会就得到发展,凡是生产关系适应生产力发展的国家就得以强大。就我们中国而言,从党的十一届三中全会做出把党和国家工作中心转移到经济建设上来、实行改革开放的历史性决策以来,已经 40 个年头了。回头看历史,中国走上改革开放道路,就是坚持唯物史观、运用唯物史观解决问题的科学选择。

　　如何深化改革,我们没有经验可以借鉴,资本主义的经验不适合我们,邓小平提出我们要摸着石头过河,如何摸着石头过河成为摆在中国改革者面前的难题。坚持走具有中国特色的社会主义道路,最重要的是理论结合实践,结合基本国情,结合社会实践,才能做到摸着石头过河,心中有路才敢走。在《大纲》中马克思提出的历史唯物主义观点概括为三点:一是物质资料的生产方式制约着整个社会生活、政治生活和精神生活。二是生产力决定生产关系,经济基础决定上层建筑。三是物质生产力的发展是社会变革的终极原因。这三个原则成为指导中国改革的重要方法论,也成为中国继续改革的重要理论依据。

　　在改革开放过程中,中国始终立足国情,立足现状,对不符合生产力发展要求的生产关系和上层建筑进行调整、完善,使生产力得到解放、得到发展。今年,改革开放 40 年了,中国人民的面貌、社会主义中国的面貌都发生了深刻变化,中国在国际社会赢得举足轻重的地位,靠的就是坚持不懈推进改革开放。1992 年,邓小平在南方谈话中说:"不坚持社会主义,不改革开放,不发展经济,不改善人民生活,只能是死路一条。"先贤们以极具前瞻性地告诉我们,只有坚持马克思主义的指导地位,坚持改革开放才能使社会主义得到持续发展。中国改革开放的过程,就是调整生产关系来适应生产力,通过自上而下的改革使上层建筑适应经济基础的过程,目的是为了发展生产力,让人民过上好日子。

　　中国改革开放取得了历史性的巨大成就,我们为此骄傲,但不应感到满足。当前,国内外环境都在发生了极为广泛而深刻的变化,我国社会发展面临一系列突出矛盾和挑战,前进道路上还有不少困难和问题。比如:发展中不平衡、不协调、不可持续问题依然突出,科技创新能力不强,产业结构不合理,发展方式依然粗放,城乡区域发展差距和居民收入分配差距依然较大,社会矛盾明显增多,教育、就业、社会保障、医疗、住房、生态环境、食品药品安全、安全生产、社会治安、执法司法等关系群众切身利益的问题较多,部分群众生活困难,形式主义、官僚主义的问题仍然突出,一些领域消极腐败现象易发多发,反腐败斗争形势依然严峻,等等。至此我国步入改革开放深水区,全面深化改革迫在眉睫。而全面深化改革,仍然需要继续坚持和运用马克思唯物史观的重要原则。

　　正是从历史经验和现实需要的高度,党的十八大以来,中央反复强调,改革开放是决定当代中国命运的关键,也是决定实现"两个一百年"奋斗目标、实现中华民族伟大复兴的关键,实践发展永无止境,解放思想永无止境,改革开放也永无止境,停顿和倒退没有出路,改革开放只有进行时、没有完成时。面对新形势新任务,必须要通过全面深化改革,着力解决我国社会发展面临的一系列突出矛盾和问题,不断推进中国特色社会主义制度自我完善和发展。同样值得注意的是,经济基础决定上层建筑,上层建筑对经济基础具有反作用力。这要求全面深化改革要适应当前的经济基础,如果上层建筑与经济基础不匹配,就要调整上层建筑。所以,如何调整生产关系来适应生产力的发展,如何进行上层建筑的改革来适应经济基础,仍然是现阶段我国深化改革需要解决的重要问题。

根据唯物辩证法的观点,事物内部的矛盾是推动其发展的动力。解决我国社会的发展问题,需要精确把握现阶段我国的社会主要矛盾。在十九大报告中,习近平总书记指出,"中国特色社会主义进入新时代,我国主要矛盾已经转化为人民日益增长的美好生活需要和不平衡不充分的发展之间的矛盾"[4]11。根据马克思的唯物史观,生产方式的内部矛盾推动社会发展。深化改革也是进一步调整完善生产关系,进一步发展生产力,进一步发展生产力,只有这样才能满足人民的美好需求。以满足人民群众对美好生活的需求为目标,继续深化改革,扩大对外开放,促进生产力的发展,就成为当前中国的必然选择。

参考文献:

[1][意]马塞罗默斯托主编.《政治经济学批判大纲》150 年[M].闫月梅等译.北京:中国人民大学出版社,2016:10.

[2]马克思恩格斯选集:第 2 卷[M].北京:人民出版社,1995:32 – 33.

[3]中共中央马克思恩格斯列宁斯大林著作编译局编译.列宁选集:第 1 卷[M].北京:人民出版社,2012:8.

[4]习近平.决胜全面建成小康社会　夺取新时代中国特色社会主义伟大胜利——在中国共产党第十九次全国代表大会上的报告[M].北京:人民出版社,2017:11.

(指导教师:王海霞)

刍议马克思《关于费尔巴哈的提纲》中的实践观 王 娅[*]

【摘 要】马克思在《关于费尔巴哈的提纲》(以下简称《提纲》)中,批判了费尔巴哈等旧唯物主义者的实践观,指出了马克思主义实践观与以前实践观的本质区别,提出了新的世界观,创造性地将实践观与认识论相结合,将实践观与历史观相结合,阐述了社会实践活动对社会发展的重要作用,指出新唯物主义的历史使命是改造世界。马克思在《提纲》中提出的实践观,极大地丰富了马克思主义哲学体系。新时代坚持马克思科学的实践观不仅对我国社会主义现代化建设具有巨大的理论与现实意义,对人类社会的发展也具有重大意义。

【关键词】马克思;《关于费尔巴哈的提纲》;实践观;指导意义

一、《提纲》的写作背景

19世纪30—40年代,欧洲的大多数资本主义国家先后完成了工业革命,开始进入先进国家的行列。但是,随着资本主义国家经济的不断发展,资本主义国家的社会矛盾也不断地暴露出来,在这个时期无产阶级的队伍开始壮大起来,并作为一支独立的政治力量登上了历史舞台,同资产阶级展开激烈的斗争,爆发了许多大规模的工人运动,主要有法国的里昂工人运动、英国的宪章运动以及德国的西里西亚纺织工人运动,三大工人运动在世界上产生了重大影响。而这个时期的工人运动都还属于早期的自发阶段,主要原因在于此时的工人运动都还是工人阶级自己组织的,缺乏正确的革命理论做指导,没有将革命的实践与对社会主义的认识联系在一起,

---

* 王娅,马克思主义学院马克思主义基本原理17级,172030501005。

这时就产生了对科学理论指导的需要,即需要一种正确的社会主义理论为工人运动提供指导,以此来推动工人运动的发展。

马克思在深刻分析了资本主义社会后,他认为,实现无产阶级革命主要包含两方面的内容:一是继续研究资产阶级社会,包括政治、经济等各方面;二是对资产阶级社会中不合理的成分进行哲学批判,制定马克思主义哲学世界观,为社会发展提供理论指导。《提纲》正是这个时期的产物,它虽然简短,但内容却很丰富。马克思在《提纲》中主要批判了费尔巴哈等旧唯物主义者的观点,认为费尔巴哈的旧唯物主义是不彻底的,因为费尔巴哈在社会活动中坚持唯心主义,他只是片面地理解客观活动,把客观活动当作对象去理解,认为社会就是在人的意识的指导下进行的,缺乏对实践的认识,没有将实践与认识联系起来;而在自然领域中,费尔巴哈对唯物主义的批判性研究却又是彻底的,是彻底的唯物主义者,所以说费尔巴哈的唯物主义是半截子唯物主义,是不彻底的。在费尔巴哈的旧唯物主义中,由于缺乏对实践的认识,没有将实践与社会生活相结合,因此这不是真正的唯物主义,不是完全的唯物主义,所以马克思在《提纲》中首先批判了费尔巴哈等旧唯物主义者的观点,提出新的世界观,为工人运动以及人类社会的发展提供了科学的理论指导。

二、马克思在《提纲》中的实践观

众所周知,马克思在《提纲》中提出的新唯物主义最大的发现就是引入实践,将实践与人类社会生活相结合,提出实践的重要性,在马克思看来人类社会发展的历史动力是实践活动,实践活动不断推动历史向前发展,且最终使人类获得真正的自由,实现人类的解放。马克思在《提纲》的最后也指出,"哲学家们只是用不同的方式解释世界,而问题在于改变世界"。所有认识世界的最终目的都是为了更好地改变世界,使人类获得真正的自由,实现人类的解放。因此,实践的观点是马克思主义哲学首要的基本的观点,马克思在《提纲》中提出的新的世界观,将实践与认识、实践与历史相结合,形成了科学的实践观,为以后的社会发展提供了理论指导。

(一)新的世界观的确立

马克思在《提纲》的第一条中提出:"从前的一切唯物主义包括费尔巴哈的唯物主义的主要缺点是:对事物、现实、感性,只是从客体的或者直观的形式去理解,而不是把它们当作感性的人的活动,当作实践去理解,不是从主体方面去理解。"[1]在这里,马克思首先批判了费尔巴哈等旧唯物主义者的半截子唯物主义观点,肯定了他们在自然观领域的唯物主义观点,但同时又批评了旧唯物主义者在社会生活领域忽视了实践在社会历史发展中的作用,离开实践去认识世界的错误。而马克思在最后明确地提出了新的世界观,即"革命的、实践的、批判的"世界观,确立实践在社会历史中的基础地位,克服了过去将实践与社会历史发展割裂的缺陷。新的世界观的确立,为以后的社会发展提供了理论指导。

（二）实践观与认识论相结合

马克思是第一个将实践观点应用于认识论的。马克思在《提纲》的第二条中提到:"人的思维是否具有客观的真理性,这不是一个理论的问题,而是一个实践的问题。人应该在实践中证明自己思维的真理性,即自己思维的现实性和力量,自己思维的此岸性。"[1]在这条中,马克思将实践观与认识论充分结合起来,提出人的认识是否具有客观真理性是一个实践的问题,即在实践的过程中验证认识的真理性。社会实践是联系人们主观认识与客观现实的桥梁,将实践与认识相结合,从而使人们在实践的过程中判断自己对客观事物的认识是否与客观现实的本性相符合,即用实践检验真理,把实践与认识结合起来。

马克思在《提纲》的第五条中提到:"费尔巴哈不满意抽象的思维而喜欢直观;但他把感性不是看作实践的,人类感性的活动。"[2]在这条中,马克思批判了费尔巴哈的直观认识论,指出旧唯物主义的局限性,批判他们将实践与认识相分离。费尔巴哈坚持的唯物主义是半截子唯物主义,在自然领域是彻底的唯物主义,而在社会生活领域陷入了唯心主义,认为社会生活中进行的活动都是在人类意识的指导下进行的,忽视了实践活动对人类社会生活的重要作用。而马克思在《提纲》中已经意识到实践活动在人类社会生活和认识中的重要作用,提出实践对人类认识的决定性作用,把实践与认识充分结合起来,指导人们的生活。

马克思在《提纲》的第八条中提到:"全部社会生活在本质上是实践的。凡是把理论引向神秘主义的神秘东西,都能在人的实践中以及对这个实践的理解中得到合理的解决。"[1]马克思在这条中强调了实践对认识的重要作用,阐明社会生活的本质是实践。社会是由人组成的,因此社会实践活动主要是指人的实践活动,所以不管是生产实践活动还是革命实践活动都是人类的活动,是人类社会赖以存在和发展的基础,实践活动不存在了,社会生活也就不存在了。社会实践不仅是社会生活的基础,也是理论认识的根源。马克思认为实践是人的认识的全部基础,人类所有关于对社会生活的认识都来自于社会实践。马克思将实践与认识相结合,实践使认识得以产生和发展,而同时认识又指导着实践活动。

(三)实践观与历史观相结合

马克思将实践的观点引入历史领域形成了历史唯物主义。马克思在《提纲》第十条中写道:"旧唯物主义的立脚点是市民社会,新唯物主义的立脚点则是人类社会或社会的人类。"[1]首先需要了解这里所说的"市民社会"即资产阶级社会,这表明旧唯物主义的世界观是资产阶级的世界观,为资产阶级提供理论指导。而新唯物主义即辩证唯物主义和历史唯物主义的立脚点则是共产主义社会,是无产阶级的世界观,为无产阶级提供理论指导。这也表明了马克思主义哲学的阶级性,为无产阶级服务,将实践与认识、实践与历史相结合,为人类社会的发展提供指导。

马克思在《提纲》的十一条中写道:"哲学家们只是用不同的方式解释世界,而问题在于改变世界。"[1]在这条中,马克思更注重改造社会,提出改造社会是新唯物主义的最终目的,这也是区别其与其他一切哲学的关键。马克思指出新唯物主义的历史使命是改造社会,并将此与新世界观统一起来,这也充分体现了马克思将实践与历史相结合的特点。

马克思曾说过:"对实践的唯物主义者即共产主义者来说,全部的问题都在于使现存世界革命化,实际地反对并改变现存的事物。"[2]《提纲》以高度概括的哲学表达,进一步凝聚这一深刻的思想,将实践与认识相结合,将实践与历史相结合,重视实践在社会发展中的重要作用,形成新的科学的世界观,指导人类社会的发展进步。

三、《提纲》中科学实践观对我国社会主义现代化建设的指导意义

《提纲》的内容十分丰富,蕴含着深刻的思想,其中提出的科学实践观的基本原则以及包含的科学精神,对我国现代化建设具有重要的理论意义与现实意义。

第一,《提纲》中阐述的辩证唯物主义的认识论具有能动性,对我国现代化建设具有重要指导意义。马克思把实践与认识充分结合起来,提出认识产生于实践,反过来认识又指导着实践。党的十九大以来,我国进入新时代,开启新征程,这也就更加要求我们坚持把马克思主义作为我国社会主义建设的指导思想,用马克思主义理

论指导我国的现代化建设。因此我们必须积极发挥我们的能动性,深入认识和把握社会发展的客观规律,为社会主义建设服务;同时又在社会主义现代化建设的伟大实践过程中检验其真理性,从而更好地指导社会实践,加速实现社会主义现代化建设的伟大目标。

第二,马克思在《提纲》中强调的实践观为我国社会主义的发展提供了理论指导,这就要求我们在社会主义现代化建设中必须坚持实践的观点。党的十九大明确全面建设社会主义现代化国家及其"两步走"战略目标,"即第一步从 2020 年到 2035年,基本实现社会主义现代化;第二步从 2035 年到 2050 年,建成富强、民主、文明、和谐、美丽的社会主义现代化强国"[3]。在这一建设过程中,要求我们必须坚持科学实践观,即坚持在党的领导下,一切从实际出发,实事求是,坚持实践是检验真理的唯一标准,摒弃思想观念中的落后思想,用科学的思想武装头脑,指导社会实践;反之也可以在伟大的社会实践中完善、发展和检验真理,检验是否符合社会发展的规律,满足社会发展的需要,从而更好地指导社会发展的需要,推动中国特色社会主义现代化建设的伟大目标的实现。

马克思在实践的基础上科学地阐述了人和社会的本质,用辩证的方法分析了认识的真理性问题,指明了无产阶级的历史使命,形成了新的科学实践观,极大地丰富了马克思主义哲学体系。科学实践观的确立,为人们认识世界和改造世界提供了新的路径,同时也为人类社会的发展以及我国社会主义现代化的建设提供了科学的理论指导,对此我们要不断继承和发展。

参考文献:

[1]孙正聿.历史唯物主义与哲学基本问题——论马克思主义的世界观[J].哲学研究,2010(5):3-12.

[2]梅荣政.包含着新世界观的天才萌芽的第一个文献[J].马克思主义理论学科究,2017(3):19-33.

[3]王希军.新形势新阶段走向中华民族伟大复兴的行动指南[J].理论学刊,2013(1):10-13.

（指导教师：刘海霞）

恩格斯《自然辩证法》中的生态思想及其当代发展 陈思思*

【摘　要】恩格斯《自然辩证法》是一部论述自然界和自然科学辩证法的经典著作,在历史上具有重要地位,有着对庸俗唯物主义和社会达尔文主义进行批判并且自然科学领域取得新成就的历史背景。《自然辩证法》中包含着辩证唯物主义自然观、人与自然的辩证关系等丰富而又深刻的生态思想。恩格斯的《自然辩证法》与当代中国的实际情况相结合,对于实现人与自然和谐相处、坚持可持续的发展具有重要的理论意义和实践价值。

【关键词】恩格斯;自然观;人与自然和解;可持续发展

当前生态问题已经成为全球性的难题,对人类的生存和发展产生严重的威胁。因此,解决生态危机刻不容缓。恩格斯《自然辩证法》的完成,标志着马克思主义自然观的创立,对解决我国生态问题具有重要的理论价值和时代意义。

一、恩格斯《自然辩证法》产生的历史背景

恩格斯所处的时代是人类历史上伟大转变的时代,当时随着各个国家工业革命的相继完成,人类社会逐渐从传统的农业文明转向现代工业文明,尤其到 19 世纪中后期,生产力发展更为迅速,资本主义发展进入新阶段,庸俗唯物主义、形而上学思想泛滥,同时自然科学领域得到极大的发展。如何在《资本论》的基础上进一步完善马克思主义理论体系成为新的课题。在这种状况下,恩格斯开始构思《自然辩证法》。《自然辩证法》的产生与当时的哲学和科学技术的发展状况有着密不可分的

* 陈思思,马克思主义学院马克思主义基本原理 17 级,172030501008。

关系。

（一）庸俗唯物主义和社会达尔文主义的批判

1871年，随着巴黎公社的失败，资产阶级对无产阶级的压迫愈发强烈。他们不仅在政治上对无产阶级进行镇压，还在思想上对马克思主义进行猛烈攻击，工人运动内部一片混乱。当时，以毕希纳为主要代表的庸俗唯物主义和社会达尔文主义在工人中产生了强烈的影响。在论述物质与意识的关系方面，他们宣扬世界上的所有事物都是物质的，精神也是物质的，意识只是人大脑分泌出来的一种液体。在自然和社会的关系方面，他坚持"物竞天择，适者生存"[1]的观点依旧适用于人类社会，剥削问题实际上是由于人自身本性产生的自然问题。毕希纳的这种社会达尔文主义实质上是一种否定人类社会发展客观规律的学说，是为资本主义制度辩护的学说。在这种情况下，恩格斯不得不对毕希纳的庸俗唯物主义和社会达尔文主义展开尖锐的批判，以保证工人运动的正常发展。

（二）自然科学领域的新成就

哲学的发展与自然科学的发展息息相关，"甚至随着自然科学领域中每一个划时代的发现，唯物主义也必然要改变自己的形式"[2]281。19世纪50年代左右，欧洲自然科学领域得到了极大发展，相继出现了一系列新理论、新发现。地质"渐变论""天体演化论"等科学新发现突破形而上学的思维；"细胞学说"揭示了生命现象特别是动植物之间的同一性；"生物进化论"论证了自然界的任何事物都有其自身的发展规律。这些新成就使得恩格斯认识到，客观自然界已经不再是机械自然观中所论述的静止的、孤立的，而是运动变化的。因此，恩格斯希望通过这些科学成就来进一步系统地论述辩证唯物主义自然观。

二、恩格斯《自然辩证法》的主要内容

《自然辩证法》虽然是一部恩格斯未完成的经典著作，但依旧具有完备的体系和丰富的内容，是马克思主义理论体系中必不可少的部分，其中生态思想尤为重要。总的来说，恩格斯《自然辩证法》中核心的生态思想主要包括两个方面的内容，一方面是辩证唯物主义自然观，即对自然界辩证法的研究，另一方面是对人与自然辩证关系的研究。

（一）辩证唯物主义自然观

唯物主义自然观经历了三个发展阶段，分别是古代朴素唯物主义自然观、16 和 17 世纪的机械唯物主义自然观、19 世纪的辩证唯物主义自然观。辩证唯物主义自然观的产生是以自然科学的发展和自然哲学思想为基础的，恩格斯通过对自然科学与哲学关系的正确理解与把握创立了辩证唯物主义自然观。在自然科学方面，自然科学领域的一系列重大发现为辩证唯物主义自然观提供了科学基础，推动了辩证唯物主义自然观取代机械唯物主义自然观成为历史的必然。在哲学方面，恩格斯吸收了古希腊自然观的辩证法，克服机械唯物主义自然观中的形而上学，批判地继承了德国古典哲学中黑格尔的辩证思维从而创立了唯物主义自然观。到 20 世纪中叶，唯物主义自然辩证法的内容随着时代的进步有了新的发展，主要表现为系统自然观和生态自然观。

1. 系统自然观

系统自然观是基于现代系统科学的发展而提出的。系统科学产生于 20 世纪 40 年代，是一般系统论、控制论、信息论等的相互交融、相互渗透，从而形成了系统科学。从 20 世纪 40 年代开始仅在短短的 60 多年间就得到了迅猛的发展，为系统自然观的产生与发展奠定了坚实的科学基础。马克思在考察和研究社会时，他把社会看作是一个整体，他认为"每一个有机体中的要素都存在着相互联系、相互作用"[3]。恩格斯在研究自然界时，同样把自然界看成是一个整体，他认为，自然界当中的一切事物都相互联系和作用，在这种普遍联系思想的基础上，他指出："今天整个自然界也溶解在历史中了，而历史和自然史的不同，仅仅在于前者是有自我意识的机体的发展过程。"[2]344 揭示了人类社会与自然也是相互作用的两个系统。所以，我们必须坚持用联系的观点、全面的观点去认识和改造世界，保护和善待自然。

2. 生态自然观

生态自然观的产生是以生物科学、环境科学和生态学的发展为科学基础的，主要包括以下两个方面的内容。一方面研究人与自然的关系。他认为，在农牧业社会，人们与自然的关系较为缓和，随着科学技术和生产力的发展，人们与自然的关系越来越尖锐化。恩格斯认为人与自然的矛盾主要表现在数量和质量两个方面，在数量上主要体现为地球可容纳的人数有限和人口却无限量的增长之间的矛盾，在质量上则体现为人们的生活质量和自然环境本身的质量之间的矛盾。另一方面研究人们的经济活动对大自然的影响。他认为,工业生产同样会对自然界产生不良影响。工业生产通过使用科学技术,长期生产工业和生活用品,导致资源过度消耗、空气污染严重等一系列生态问题的出现,给人类生存和生活带来了威胁。除此之外,人与自然的辩证关系更是恩格斯生态思想中必不可少的一部分。

(二)人与自然的辩证关系

人与自然的辩证关系是恩格斯《自然辩证法》中的核心思想,恩格斯在继承马克思生态思想的基础上阐述了人与自然的辩证关系,为我们正确认识和处理人与自然的关系、解决当代生态问题提供了理论指导。

1.自然的客观存在性和先在性

首先,自然界是物质世界的具体形态,是客观存在的,不以人的意志为转移的。在自然界演变发展的过程中,人类作为社会的人被分化出来,是大自然的产物。正如恩格斯所说,"我们连同我们的肉、血和头脑都是属于自然界,存在于自然界的"[4]159。其次,自然界是先于人类而存在的。它为人们提供物质生活资料和生存环境,没有自然界,没有感性的外部世界,工人就什么也不能创造。承认自然界的客观性和先在性是正确认识和把握人与自然关系的前提,是恩格斯生态思想中不可或缺的部分。

2.自然的运动性和规律性

恩格斯指出:"整个自然界,从最小的东西到最大的东西,都处于永恒的产生和消灭中,处于无休止的运动和变化中。"[4]61 形而上学在认识和改造自然时运用静止和孤立的观点,认为世界上的万事万物都是静止的,孤立的。恩格斯通过对形而上学思维方式的批判,指出自然是运动发展的,不是一成不变的。同时还指出,自然界具有客观规律性,它按照其自身所有的规律不断向前发展。所以,这就要求我们不能违背自然规律,必须在尊重和顺应自然的基础上改造客观世界,不然就必然会受到自然的惩罚。

3.人在自然界中的能动性

人类社会的发展过程事实上是人通过劳动改造自然的过程。恩格斯认为,人不同于动物,动物进行活动是出于本能,而人进行的则是有意识、有目的、有计划的生产活动,劳动是人区别于动物的根本标志。恩格斯从人类实践的角度出发,强调人的主观能动性,他认为实践是将人与自然统一起来的中介,不仅自然对人有影响,同时人对自然也有影响,人通过实践将自在自然改造成人化自然。这就需要我们在充分发挥自己主观能动性的同时也要考虑到自然的脆弱性,善待自然。

4. 人在自然界中的受动性

人的受动性是指人类在认识和改造自然的过程中,在发挥自己主观能动性时,会受到一些客观因素和客观规律的制约。人类通过充分发挥主观能动性可以提高改造自然的能力,获得更多的物质享受,促进社会的进步和发展。但在这个过程中,主观能动性的发挥还依赖于一定的物质条件和手段,如果人们要想在实践活动中达到自己预想的目标,就必须使自己的思想与客观规律相符合,但人类要是漠视这些限制因素的存在,贪婪地、无休止地向自然界索取,必然会遭到自然界的报复。

《庄子》说"天地与我并生,而万物与我唯一",世界上的任何事物都是对立统一的,人与自然也是对立统一的。自然界作为客观物质世界的表现形式为人类提供了居住场所、生产和生活资料,是人类社会形成的前提,是构成人类社会的自然基础,而人通过生产活动作用于自然界,不断地改变自然界。

三、恩格斯《自然辩证法》生态思想的当代发展

人与自然和谐相处和可持续发展的理论是恩格斯《自然辩证法》中核心生态思想在当代发展的重要体现,其中关于人与自然辩证关系的论述,为人与自然和谐相处奠定了坚实的基础,同时唯物主义自然辩证法的创立与发展,为可持续发展理论和战略提供了重要的哲学依据,对解决生态问题具有重大的理论价值和指导意义。

(一)人与自然和谐相处

生态问题不是本身就存在的,是在人类社会从农业社会转变为工业社会以后才出现的。随着科技的发展和时代的进步,人们对生态问题的关注度愈来愈高,具体表现为全球性变暖、人口激增、土地退化、空气污染等问题,这些问题的产生从根源上来说就是人与自然的关系问题。恩格斯关于人与自然的辩证关系的论述是其《自然辩证法》中的核心思想,我国各个时期的领导人都对该思想有所继承和发展。毛泽东在坚持人与自然辩证关系的基础上,提出人与自然相互依存,相互影响,主张人要在与自然斗争的过程中实现人与自然共生存,达到一种平衡状态。江泽民在继承

恩格斯生态思想及其前人绿化思想的基础上,指出"树立全民环保意识,搞好生态保护和建设"[5],要有意识地培养和增强公民的保护环境的意识,要种好树、净化好空气、治理好河流,为中华民族的发展提供一个良好的环境。胡锦涛强调要实现人与自然和谐共生,就不能对自然界进行一味地索取,不能只讲利用不讲保护,"要积极发展循环经济,实现自然生态系统和社会经济系统的良性循环,为子孙后代留下充足的发展条件和发展空间"[6]。同样,习近平在学习和理解恩格斯生态思想的基础上,对人与自然的关系方面也有自己的独特见解,主张人与自然要和谐共生,努力实现人与自然和解的新格局,为实现中华民族伟大复兴创造美好环境。

(二)可持续发展

"可持续发展"这个词最早出现在 1980 年《世纪自然资源保护大纲》一书中,该大纲以研究自然的、社会的、经济的以及利用自然资源过程中的基本关系为主要内容,指出可持续发展与保护自然相互依赖,应该把两者结合起来思考。随着 20 世纪改革开放以来我国经济的进一步发展,邓小平在吸收和借鉴恩格斯辩证唯物主义生态自然观的基础上,结合当时国内的实际情况,形成了"'人与自然协调发展,可持续发展'的生态自然观"[7]120,强调对人口总量的控制,重视实施计划生育政策,为实现可持续发展创造良好的人口环境。随后,江泽民在继承邓小平可持续发展理念的同时,还提出重视如何转变经济增长方式的问题,要求正确处理人口、资源和环境三者的关系,他指出"我们讲发展,必须是速度与效益相统一的发展,必须是与人口、资源、环境相协调的可持续发展"[7]253。胡锦涛对恩格斯生态自然观的发展主要体现在可持续发展的生态文明思想上,指出可持续发展是生态文明建设的必经之路。十八大以来,习近平高度重视生态问题,把生态文明建设放在突出地位,将生态文明建设融入经济建设、政治建设和社会建设的方方面面,提出要始终坚持可持续发展,为子孙后代留下一片净土,为实现美丽中国不懈奋斗。

四、结语

《自然辩证法》是马克思主义的自然观和自然科学观的反映,其中的生态思想丰富而又深刻,不仅具有辩证性还具有实践性的理论特点。以对这一理论的理解和掌握来解决当前的现实问题,充分彰显该思想理论在当今社会的时代意义。人与自然和解和可持续发展理论是恩格斯生态思想与中国实际情况相结合的产物,是恩格斯生态自然观思想在中国的延续,也是中国马克思主义者对马克思主义理论的又一重大贡献。研究和探析恩格斯《自然辩证法》中的生态思想,不仅仅是为了呈现这一理论,更重要的是通过学习和理解这些基本理论可以解决当前的生态问题。功在当代,利在千秋。大自然是人类赖以生存和生活的地方,保护环境是我们每个人的义务和职责,必须为实现人与自然双重和解以及人类文明,贡献出我们这代人的力量。

参考文献:

[1]达尔文.物种起源[M].王光之译.南京:译林出版社,2014:85.

[2]马克思恩格斯文集:第4卷[M].北京:人民出版社,2009.

[3]马克思恩格斯全集:第46卷[M].北京:人民出版社,1979:37.

[4]恩格斯.自然辩证法[M].北京:人民出版社,1971.

[5]江泽民.全面建设小康社会 开创中国特色社会主义事业新局面[M].北京:人民出版社,2002:15.

[6]中共中央文献研究室.十六大以来重要文献选编:上[G].北京:中央文献出版社,2005:852.

[7]邓小平文选:第2卷[M].北京:人民出版社,1993.

(指导教师:杨 莉)

《1844 年经济学哲学手稿》中的异化劳动理论对建设美丽中国的启示 刘海燕*

【摘　要】马克思在他的著作《1844 年经济学哲学手稿》一书中第一次提出的异化劳动理论是马克思创立新世界观的出发点。异化劳动理论主要有四个方面的规定,即劳动者与劳动产品之间的异化、劳动者与劳动本身的异化、劳动者与人的类本质的异化以及人与人之间的异化。人与劳动的异化导致了人与自然的异化,各种环境问题相继出现,人类生态环境遭到严重破坏。党的第十九次代表大会将生态保护上升到一个新的高度,提出加快生态文明体制改革,建设美丽中国的战略目标,马克思的异化劳动理论对此具有重要的现实指导意义。

【关键词】异化劳动;人与自然异化;生态;美丽中国

《1844 年经济学哲学手稿》一书中系统地阐述了马克思关于异化劳动的理论,马克思的异化劳动理论是一个哲学经济学范畴。资本主义社会中人与物的关系是本末倒置的,原本居于主体地位的人被原本处于被动地位的物所控制,在物与物关系的外衣的掩盖下,人与人的关系被人们所忽略,人类原本自由自觉的劳动被"异化"为一种只能勉强维持自身生存的手段。

一、关于异化与异化劳动的理论来源

(一)关于异化

异化一词在哲学和社会学领域内的意思为脱离、转让、疏离。在中世纪经院哲学家那里就出现了异化一词,异化在文艺复兴时期以来的西方哲学里才演变为一种

---

*　刘海燕,马克思主义学院马克思主义基本原理 17 级,172030501002。

理论。在此时,异化被规定为一种否定性活动,代表权利的转让或者放弃。其中格劳修斯是第一个用概念解释异化的思想先驱,异化不仅表达为权利的转让与放弃,它还表达为人的活动和产品变成异己的事实,这就极大地发展了异化理论。

(二)关于异化劳动的理论来源

19世纪30—40年代,产业革命在英国率先完成以后,法国和德国也相继进行。大机器生产在各个生产领域都占据了主要地位,带来经济的巨大发展,同时巩固了资产阶级政权。社会日益分化为两大阶级,即资产阶级和无产阶级。随着资本的积累积聚,资产阶级掌握了大量的社会财富,而无产阶级为了生存不得不出卖劳动力以获得最低工资,这就激化了社会矛盾,阶级矛盾日益尖锐。在本末倒置的资本主义社会中,人与人的关系被物与物的关系所掩盖,工人的劳动主体性丧失,被迫接受体力劳动。马克思深入接触贫困工人,对工人所处的境遇有了深刻了解,提出了异化劳动理论。

1. 黑格尔的异化思想

黑格尔作为古典哲学的集大成者,对马克思的异化劳动理论有着重要的影响。黑格尔是第一个对异化这一概念赋予哲学含义的人,黑格尔的异化主要指的是"绝对精神"的外化和对象化。黑格尔认为"绝对精神"是事物存在和发展的源泉,人类社会之所以存在就是因为精神和理念的外化。"绝对精神"是黑格尔异化思想的主体,他的"异化"思想指的是事物从一般发展到个别、从抽象发展到具体、从一般精神到具体物质、从普遍到特殊的转换。黑格尔的"异化"强调的是一个具体过程,黑格尔用异化的概念造就了他的客观唯心主义的大厦,但是黑格尔的异化思想只是在哲学领域中进行的,只是在抽象层面上进行的,并没有对当时的社会现实进行批判。

2. 费尔巴哈的异化思想

费尔巴哈对马克思的学术发展有着非常大的影响,《1844年经济学哲学手稿》一书中写道:"对国民经济学的批判,以及整个实证的批判,全靠费尔巴哈的发现给它打下真正的基础。"[1]费尔巴哈在自然观上坚持唯物主义思想,强调从现实的个人出发,对黑格尔的异化思想进行了批判,他将自己的目光从精神乐园转向现实人间。费尔巴哈认为,人不是神自我异化的产物,神是人的本质的异化和对象化,费尔巴哈认为人的类本质是理想、感情和爱。人把自己所有的精华给了上帝,这样全能的神就出现了。在上帝面前人失去了一切,成了幻想出来的对象的奴隶,人必须将自己丢失的本质夺回来,使人重新得到,真正占有属于人类本身的"类本质"。费尔巴哈的"宗教异化"理论把人作为现实对象,指出人是主体,宗教是人的本质的异化。费尔巴哈的人的本质异化思想对马克思有了很大的启示,但费尔巴哈只是从宗教层面、从思想层面出发研究异化,并没有考虑到其他方面的异化,因此费尔巴哈的异化思想也是不全面的。

3. 赫斯的异化思想

赫斯在他著名的《论货币的本质》一文中,借用费尔巴哈的宗教异化理论,批判资产阶级的现实社会中存在的种种弊端。他认为人的本质的异化体现在两个方面:一是人在自己的观念中创造了"上帝";二是人在现实中创造了"金钱"。现实生活中的人被金钱所奴役和统治这一现象是资本主义社会异化最彻底的表现。赫斯的异化思想对马克思的异化劳动理论的创立产生了很大的启示,在扬弃地继承了黑格尔和费尔巴哈的异化思想中合理的成分以后,马克思从资本主义社会的现实生产活动出发,在《1844 年经济学哲学手稿》一书中首次创立异化劳动理论。

二、异化劳动理论及其四重规定及扬弃

异化劳动理论是马克思首次提出的哲学经济学范畴,劳动把人和动物区分开来,劳动是人实现自身价值的体现,是一种自由自觉的活动,是属于劳动者的。一方面劳动是积累的手段,促进了人类社会的发展。但是在私有制条件下,工人没有生产资料,不得已出卖自身的劳动力来维持自身及家庭的基本生存,劳动对于工人来说是一种负担一种奴役,劳动成为一种"异己"的活动来存在。马克思在《手稿》中写道:"劳动所生产的对象,即劳动的产品,作为一种异己的存在物,作为不依赖于生产者的力量,同劳动相对立。"[2] 马克思对于异化劳动产生的根源这样说:"劳动的外化这个事实,我们把私有财产的起源问题变为外化劳动对人类发展进程的关系问题,就已经为解决这一任务得到了许多东西。"[3]63 只有从现实的资本主义生产关系入手,才能弄清异化劳动。马克思对异化劳动理论做出了四重规定,全面分析了整个资本主义社会的生产运作规律,揭示了私有财产的秘密及其发展规律,同时也论证了无产阶级的重要作用。

（一）劳动者与其劳动产品相异化

马克思说："工人对自己的劳动产品的关系就是对一个异己的对象的关系。"[3]52 在资本主义社会中，生产资料和资本被资本家所掌握，劳动者为了生存被迫出卖劳动力生产劳动产品。关于产品的占有以及分配的问题，工人是没有资格参与的。资本家占有产品并使得其成为商品，从中获得剩余价值，工人在得到维持生存的少数产品以后进行后续的再生产使得企业壮大，继续为工人提供出卖劳动力的场所，继而继续奴役工人，资本家也相继获得价值增值。这样，工人被他生产出来的产品所奴役，与他的劳动产品完全相异化。劳动产品作为主体支配和奴役劳动者，作为一种异己的事物与劳动者相分离。劳动者在生产过程中创造的价值越大，他自身就越没有价值可言，自身付出劳动生产出的劳动产品不属于他自身，而是作为一种异己的状态与之对立。

（二）劳动者与劳动本身相异化

"异化不仅表现在结果上，而且表现在生产行动中，表现在生产活动本身中。"[4] 劳动产品与劳动者发生了异化，在整个劳动者生产产品的过程中也会发生异化。劳动本是一种自由自在的活动，是应该与劳动者一体的。劳动者应该在劳动中肯定自己，在劳动中获得满足。但是在资本主义社会中，工人只是机械地完成自己的工作来换取基本的生存资料，并没有在劳动中获得满足感，也没有实现自身的价值。这样的劳动也不是自由自在的劳动，不是与劳动者属于一体的劳动，不是劳动者内在的劳动，是外化于劳动者的劳动。

（三）人与人的类本质相异化

马克思在《1844年经济学哲学手稿》中写道："一个种的类特性就在于生命获得的性质，而人的类特性恰恰就是自由的自觉的活动。"[5] 马克思认为人的类本质就是自由自觉的活动。异化劳动使得劳动产品与劳动本身都与劳动者产生了相分离相背离的情况，这样，人所从事的劳动只是维持基本生存的一种活动。人与人的类本质产生了异化。人的劳动是有意识、有创造性的活动，这同样是人区别于动物的一个重要标志。但在资本主义社会，人的类本质已经沦为了只维持自身生存的手段，这使得人和动物的类本质相差无异。在资本主义社会，不仅是工人，资本家也出现了难题。资本家已经异化成了资本，如果资本无法流动、积累、积聚，资本家将每天因自己的欲望到处奔波,同样与自身的类本质相异化。

(四)人与人之间相异化

在资本主义社会,前三个方面已经发生了异化,就势必会造成人与人之间的异化。马克思说:"当人同自身相对立的时候,他也同他人相对立。"人与人之间的异化在资本主义社会已经很普遍了。人与人之间是相互争斗相互对立的关系,这不仅表现在工人与资本家的对立,工人受到资本家的剥削,被迫进行劳动,还表现在资本家之间的对立。资本家之间相互竞争,优胜劣汰的生存法则使得社会中所有的人都处于一种异化的状态。

劳动异化理论是与私有制相互作用的,同时又因为社会分工越来越细,工人们的能力是片面化的,使得工人的发展越来越异化,越来越畸形。马克思在《1844年经济学哲学手稿》中指出:"共产主义是私有财产即人的自我异化的积极扬弃,因而是通过人并且为了人而对人的本质的真正占有。"[3]128 因此,要扬弃异化劳动,就必须扬弃私有财产和旧的分工方式,即实现共产主义就是扬弃异化劳动。

三、异化劳动对自然的影响

马克思说:"劳动首先是人与自然之间的过程,是人以自身的活动来中介、调整和控制人和自然之间的物质变换的过程。"[6] 一般来说,正常的劳动是适应自然承载能力的,是人与自然能够和谐共生的一种活动。但是异化劳动使得人与劳动产品、劳动本身、自身的类本质以及他人之间相异化,使得人与自然的和谐共生状态遭到破坏,人完全凌驾于自然之上,一味地向自然索取,妄想征服自然、统治自然,完全忽略自然本身的承载能力和净化能力。

(一)人与劳动相异化对自然的影响

私有制条件下,人与人自身的劳动相异化,人的劳动不是自由自在的劳动,而是机械地、按部就班地进行生产,人完全不能在劳动中获得价值。工人的劳动不是属于工人自己的,而是属于资本家的。资本家为了获得更多的价值增值,进行劳动的方式和形式完全不在考虑的范围之内。资本主义的生产要以大量的能源和资源作为基础,大量的煤炭、石油、矿产、化学燃料的使用产生了污染物和废弃物,使得自然的承载力和净化能力完全遭到破坏,自然与人的关系开始走向恶化。

（二）人与劳动产品相异化对自然的影响

在劳动产品与人异化的状态下，工人和劳动产品一样处于市场之中，直接割裂了工人与劳动产品的关系。劳动产品与人相异化的结果，就是工人对生产的劳动产品没有处置权，所有的产品归资本家所有，劳动产品以一种与劳动者相异化的状态存在并压迫着劳动者。在工业文明时代，资本家为了获取更多的劳动产品进行超额生产。生产和消费是相对的，消费对生产的主导性作用使得生产逐渐扩大，生产的扩大使得资源能源的使用大量增加，人以一种掠夺者的姿态来对待自然，无休止地索取生产所需要的原料，人与自然和谐的关系遭到破坏。

（三）人与人的类本质相异化对自然的影响

人的类本质就是自由自在的劳动，人在劳动中获得自身的满足感。在私有制条件下，人的满足感发生了异化，资本家的贪欲引起了自然的异化。劳动是为了满足更多感官的需要，是为了满足资本家野心欲望的活动。资本家对物质的欲望不断膨胀，谁拥有更多的物质，谁就会有更多的话语权，谁就会有价值。在物质利益的催促下，人类不择手段，用尽办法向自然索取，远远超出了自然的自我修复能力，自然与人的关系不再是平等的，而是索取与被索取的关系。

（四）人与人相异化对自然的影响

私有制条件下，人与人之间的异化是多方面的，人与人之间的关系呈现复杂性，逐渐出现冷漠、淡化的状态。其中，优胜劣汰的生存法则使得资本家之间、工人之间相互竞争，为了不被大环境所淘汰，资本家争相致力于研究先进的技术，在这里，先进技术并不是解放或者减轻工人的劳动，而是为了追逐更多的利润进而更多地压榨工人的剩余价值，而工人之间也通过加大劳动量来取得工资。在资本主义社会，人们通过技术大规模地生产，大刀阔斧地向自然界迈进，获取更多的资源以确保产业的扩大化。人类以一种征服者的姿态支配自然、利用自然，造成了自然界与人相对立。

"没有自然界，没有感性的外部世界。"[7]125自然界是人赖以生存的基础，是劳动得以实现的对象。人与自然是不可分割的。但在资本主义社会，异化劳动在人与自然之间产生了一条"无法弥补的裂痕"，人与自然和谐平等的关系遭到破坏。

四、异化劳动理论对新时代美丽中国建设的启示

人与自然的关系原本是统一的,自然是人生存的物质基础,人是自然界的一部分。但是异化劳动破坏了人与自然的和谐统一关系,人一度想征服自然,做自然的主人,导致人与自然的关系发生异化,造成了严重的生态问题。

（一）着眼自然,建设新时代美丽中国

资本主义社会劳动的异化从不同方面造成人与自然相互对立的关系,人不再以平等的眼光看待自然界,而是将自然看作是满足自身欲望的对象,不顾自然的承载能力和自身的净化能力,一味地索取,把自然当作是取之不尽用之不竭的宝库,最终造成了严重的环境问题,自然灾害频频发生。

马克思的异化劳动理论深刻揭露了劳动者与劳动产品、劳动本身、人的类本质、人类自身四个方面异化的原因,在研究人类文明历史的时候,他从现实出发,既研究人与人之间的社会关系,也极其重视人与自然的生态关系。马克思提出了异化劳动,我们可以看到异化劳动的消极影响,从而深层分析人与自然的关系,从思想上征服与奴役自然的想法。马克思提出了异化劳动,他认为异化劳动是一种历史必然性,他批判异化劳动。从中我们可以分析人与自然的矛盾关系,并从批判异化劳动者这一方面改进人与自然的关系,做到尊重自然、保护自然。人与自然和谐平等,人不再凌驾于自然之上,就要做到:

第一,要转变人征服自然、改变自然的观念。在异化劳动中,人们与自然之间产生了异化,人与自然的关系从平等变成了征服。在自然对人类进行了警告之后,人类必须转变这一观念。人与自然和谐相处的思想观念必须占主导地位,从思想上改变人类的生态观念。正确的思想才能推动事物的前进。人与自然和谐相处的观念确立了,才能指导人类尊重爱护自然。

第二,要遵循自然的承载能力和净化能力这个规律。在人类与自然异化的情况下,自然已经受到了极大的伤害,已经向人类发出了警告。我们要批判人与自然异化这种现象,从尊重自然、保护自然出发,实现人与自然能量物质平衡交换,人不能一味地无节制地向自然索取,必须要遵循自然本身的净化能力,用以缓解人类对自然造成的破坏。

第三,要改变传统的生产和生活方式。大工业时代,人类盲目追求大生产带来

的物质财富积累,过度使用煤炭、石油等高污染燃料,排放的气体没有做相关净化处理,工业废渣废料也不经处理就排放到水体之中,对大气和水源造成了极大破坏。人类必须改变传统的劳动生产方式,做到尊重自然、保护自然、顺应自然,达到人与自然和谐相处的状态。

（二）建设新时代美丽中国的具体措施

马克思在《1844年经济学哲学手稿》中虽然没有明确写出解决异化的具体方法,但是我们不难从中看出,实现共产主义是扬弃异化劳动的有效途径。但是马克思也论证了,我们要实现共产主义还需要很长时间的实践过程。

2017年10月18日,党的第十九次全国代表大会在北京胜利召开,马克思主义结合中国实际发展的最新产物即习近平新时代中国特色社会主义思想诞生,这一伟大思想是全党思想智慧的结晶,并写入党章。习近平总书记指出,我们比任何时候都更接近共产主义。在此次报告中,我们党对生态高度重视。要加快生态文明体制改革,建设美丽中国。

第一,共筑人与自然的生命共同体。马克思认为人是自然界的一部分,人只有在自然中才能实现自己的生命活动。人与自然的关系是平等的,是相互协作的关系,人必须尊重、顺应和保护自然。人在生产活动中必须顺应自然规律才能与自然和谐相处,避免自然因为遭到破坏而向人类进行报复。人与自然是有机统一体,是生命共同体。人们的生存基础是自然界,而自然界也需要人类的保护才能维持更加旺盛的生命力。遵循自然规律,就是遵循自然恢复和自然自身净化的规律,我们也要坚持节约自然资源、保护自然资源,改变我们以往的生产方式,做到与自然和谐相处。

第二,推进绿色发展,着重解决突出问题。尊重自然、顺应自然、保护自然,推进绿色发展。首先,绿色发展已经成为我们发展的主流,要改变旧的生产方式,加快推进绿色的生产方式,减少对环境的污染,特别是对大气的污染,要持续实施大气污染防治行动,积极响应号召,打赢蓝天保卫战。其次,要构建以市场为导向的绿色创新体系,创新是我们建设美丽中国必不可少的思想武器。要壮大清洁生产产业、清洁能源产业,要鼓励新兴的产业机构加入到绿色发展的行业中来,壮大绿色发展的队伍。最后,要大力倡导资源的节约使用和循环利用,要提倡绿色低碳的生活方式,反对奢侈浪费与不合理的消费方式。政府为主导，企业为主体，社会组织和公众共同参与，共同建设美好家园。

第三，加大生态保护的力度。我国的生态环境的保护是建成富强民主文明和谐美丽的现代化强国的重要环节之一，为此我们必须要加大生态保护的力度。要完成控制线划定工作，必须守住生态保护红线、永久基本农田、城镇开发边界三条红线；要开展国土绿化行动。我们的水土流失、土地荒漠化问题是比较严重的，我们要推行治理办法，保护和恢复湿地，扩大退耕还林还草，建立生态保护系统。

第四，改革环境监察体制。监察是一种有效的生态保护的方法，要加强对生态文明建设的组织领导，完善生态环境管理体制，实行环境问责制度，要坚决惩处对生态环境造成破坏的组织或者个人。

五、结语

马克思在《手稿》中提出的异化劳动理论是创立新世界观的理论出发点，异化劳动理论通过对工人与劳动产品相异化、工人与劳动本身相异化、人与人的类本质相异化、人与人相异化的四重规定，深刻分析了促使异化劳动产生的原因，深刻揭露了资本主义社会资本家为追逐剩余价值而剥削、压榨、奴役工人，批判了异化劳动。人与自然相异化，导致人类破坏自然从而受到自然界的惩罚。在马克思的人与自然的关系以及最新的习近平新时代中国特色社会主义思想中尊重、顺应、保护自然思想的指引下，"我们要牢固树立社会主义生态文明观，推动形成人与自然和谐发展现代化建设新格局，为保护生态环境做出我们这代人的努力！"[8]52

参考文献：

[1]张雷声.马克思的第一部经济学著作的手稿——《1844年经济学哲学手稿》研读[J].思想理论教育导刊,2014(9):27-35.

[2]丁立卿.马克思的哲学革命——《1844年经济学哲学手稿》的哲学观[J].学术交流,2013(1):22-25.

[3]马克思.1844年经济学哲学手稿[M].北京:人民出版社,2000.

[4]杨炳伟.《1844年经济学哲学手稿》伦理思想研究[D].桂林:广西师范大学,2007.

[5]王淼.资本逻辑的批判与形而上学的超越——马克思形而上学社会历史批判思想探析[J].云南社会科学,2011(4):44-47.

[6]徐海红.生态伦理价值本体的反思与实践转向[J].伦理学研究,2011(1):134-137.

[7]李兵.论马克思的人类解放的哲学主题[D].长春:吉林大学,2005.

[8]习近平.决胜全面建成小康社会　夺取新时代中国特色社会主义伟大胜利——在中国共产党第十九次全国代表大会上的报告[M].北京:人民出版社,2017:52.

(指导教师:杨　莉)

论文篇

叙述方法在研读马克思主义经典著作中的应用

——以《〈黑格尔法哲学批判〉导言》为例 庞　婷*

【摘　要】在马克思主义经典著作中，叙述方法是用文字陈述的方式把研究方法展现在读者面前的方法。叙述方法有其内在逻辑，叙述方法是将研究过程在历史唯物主义的基础上，用辩证的形式，从抽象到逻辑具体的演绎。叙述方法应用于研读马克思主义经典著作能使读者充分挖掘经典著作中的理论精华。

【关键词】叙述方法；马克思主义经典著作；《〈黑格尔法哲学批判〉导言》

马克思主义经典著作是马克思主义者以文字叙述的形式向广大读者阐述其科学理论的形式，读者能否正确理解马克思主义理论直接取决于对经典著作中文字叙述的正确解读。在谈及人们对《资本论》的理解时相互矛盾的问题中，马克思对著作的过程做出解释："在形式上，叙述方法必须与研究方法不同。研究必须充分地占有材料，分析它的各种发展形式，探寻这些形式的内在联系。只有这项工作完成以后，现实的运动才能适当地叙述出来。这点一旦做到，材料的生命一旦观念地反映出来，呈现在我们面前的就好像是一个先验的结构了。"[1]111 马克思对著作的叙述方法做出的解释无疑给我们提供了一个正确解读其理论的有效方法。

一、叙述方法是从抽象到具体的逻辑演绎

从马克思对叙述方法和研究方法的阐述中，我们可以得出如下结论：第一，研究

---

* 庞婷，马克思主义学院思想政治教育 17 级，172030505007。

方法和叙述方法在形式上是不同的;第二,研究方法的过程首先是充分地占有材料,即明确研究对象,其次是对材料的各种发展形式进行分析,最后是探寻发展形式的内在联系;第三,叙述是在研究之后完成的,叙述是对研究方法的适当的陈述;第四,叙述方法是对材料的生命的观念的反映的,即材料的生命是经过人的头脑改造的,呈现在我们面前的是一个先验的结构。

叙述方法是从抽象到具体的逻辑演绎。叙述方法是适当地陈述研究方法,研究方法是从具体现象到思维抽象的过程,叙述方法是给读者呈现研究方法,是"从抽象上升到逻辑具体的过程"[2]392。将已被思维抽象的事物发展形式及内在联系用文字的形式表达出来,呈现出来的就是一个先验的结构。如果要呈现一个先验的结构,就需要通过逻辑的演绎形式。逻辑演绎是这样一种形式,"只要前提真实、形式有效,其结论必真无疑"[3]175。它的呈现方式是:如果 A 真实,B 包含在 A 里,那么 B 也真实。

在《〈黑格尔法哲学批判〉导言》(以下简称《导言》)中对宗教进行批判时,运用到了逻辑演绎的形式。宗教是人创造的,宗教的幸福是人对幸福生活的向往,宗教的苦难也是人在现实中受的苦难的表现,"宗教是人民的鸦片"[4]453,宗教需要被批判,这个根据是真实的。现实世界的"法"是宗教的体现,现实的政治是宗教的政治。那么对宗教的批判,就是对现实世界的法的批判,政治的批判,这一命题也是真实的。对政治和法的批判为真,德国的法哲学和国家哲学是德国"制度的抽象继续"[4]458,那么德国的法哲学和国家哲学也需要被批判。

叙述方法的逻辑演绎在于对研究方法中材料发展形式的内在联系的陈述。在《导言》中,所有的发展形式都是在世界是物质性这一前提下展开的。在唯物史观里宗教的神秘面纱被揭开,一旦宗教的神秘面纱被揭开的时候,就是揭露制度的时候,对制度的批判本质是对代表政治意识和法意识的思辨的法哲学的批判,要消灭哲学并且在现实中实现哲学就需要通过革命这种实践手段,革命要彻底,就要进行无产阶级的解放,才能实现真正的人的解放。各种发展形式的内在联系是从现实上升到抽象的过程。占有的材料是现实的、是现象的、是表面的,需要通过研究找到内在的联系,将现实上升到抽象,再通过逻辑演绎展现在读者面前。在《导言》中,材料发展形式的内在联系,都指向一点:当宣布人是人的最高本质的时候,就是实现解放的时候。现实中存在的矛盾,现实中发展的不平衡性,其实质都是要实现人是人的最高本质。

二、叙述方法是以历史唯物主义为基础的

历史唯物主义是叙述方法的基石。叙述方法是对研究方法的陈述,马克思主义的研究方法是建立在历史唯物主义基础上的,那么马克思经典著作中的叙述方法必然是历史唯物主义的方法。历史唯物主义的方法是"对人类历史发展的观察中抽象出来的最一般的结果的综合。这些抽象本身离开了现实的历史就没有任何价值。它们只能对整理历史资料提供某些方便,指出历史资料的各个层次间的连贯性。但是这些抽象与哲学不同,它们绝不提供适用于各个历史时代的药方或公式"[5]31。作为历史科学方法论的历史唯物主义,其方法的显著特点就在于对客观的社会现实的充分彻底把握,并在此基础上来陈述人类的历史事件、现象和运动,抽象出历史背后的深刻意义。

《导言》发表在《德法年鉴》上,是马克思"从唯心主义转向唯物主义过程的一个重要的阶段"[4]XII。《导言》中,对宗教的批判正是利用历史唯物主义的观点揭开了宗教的神秘面纱,宗教是人创造的,是人的自我异化的变相形式,"对宗教的批判最后归结为人是人的最高本质"[4]460-461。在基于历史唯物主义的观点上,马克思采用现实的叙述方法,准确地分析了德国的现状,进一步批判了德国的制度。德国的制度是腐朽的、落后的、与现实脱节的,这种脱节正反映在德国的哲学中,"德国的哲学是德国历史在观念上的继续"[4]458。只有"消灭哲学"才能"实现哲学"。对于如何实现"实现哲学"这个质的转变,马克思有自己的解释:"批判的武器当然不能代替武器的批判,物质力量只能用物质力量来摧毁;但是理论一经掌握群众,也会变成物质力量。理论要说服 ad hominem[人],就能掌握群众;而理论只要彻底,就能说服 ad hominem[人]。所谓彻底,就是抓住事物的根本。但人的根本就是人本身。"[4]460从德国的历史来看,革命是理论性的,即宗教的改革,它是不彻底的,没有实现人是人的最高本质。彻底的德国革命"需要被动因素,需要物质基础"[4]462。被动因素就是立宪德国的制度本身的矛盾,物质基础"就是市民社会的一部分解放自己,取得普遍统治,就是一定的阶级从自己的特殊地位出发,从事整个社会的解放"[4]463。革命的目的是解放,而哪个阶级能实现这个解放呢? 在对现实的市民社会的考察中,马克思

得出一个结论:只有"一个被彻底的锁链束缚着的阶级"[4]466,才能担任解放者的角色,德国的解放只能由无产阶级实现。无产阶级解放自己的同时,也是揭示自身的秘密所在,更是对这个世界制度的解体,所以只有无产阶级解放的革命才是彻底的革命,是彻底的人的解放。在《导言》的整个叙述过程中,都是在历史唯物主义的基础上展开的。

三、叙述方法是辩证形式的

叙述方法是以辩证形式呈现的。叙述方法是对研究材料的发展形式的陈述,陈述的过程是对研究材料发展形式的辩证分析,辩证的叙述是有界限的,它的界限"取决于对象本身的性质"[6]7。即事实就是对材料本身的性质做出描述,并基于事实探索其发展形式。

首先是要找到叙述中的材料。如何找到研究的材料呢? 就是要看文章中是否分析了材料的发展形式。《导言》中,第一,是对宗教的批判。第二,批判德国的制度,"应该对德国的制度开火!"[4]455第三,对哲学展开分析,"德意志人是在思想中、哲学中经历自己的未来的历史的"[4]458。第四,叙述到了实践——革命,"试问:德国能不能实现一个 à la hauteur des principes[原则的高度]实践,即实现一个不但能把德国提高到现代各国的现有水平,而且提高到这些国家即将达到的人的高度的革命呢?"[4]460第五,是对阶级的论述,"一定的阶级从自己的特殊地位出发,从事整个社会的解放"[4]463。从文章的叙述脉络来看,马克思占有的材料有:宗教、制度、哲学、实践——革命以及阶级。

其次是找到叙述中对材料发展形式的论述。第一,马克思分析材料的发展形式的论述运用了矛盾分析法。《导言》开头指出宗教的谬误性,即"谬误在天国的 oratio pro atis et focis[申辩]一经驳倒,他在人间的存在就暴露了出来"[4]452。由宗教的谬误性引申出宗教是对人的自我异化,宗教的世界观是颠倒了的世界观,"宗教的苦难既是现实苦难的表现,又是对这种现实苦难的抗议。宗教是被压迫生灵的叹息,是无情世界的感情,正像它是没有精神的状态的精神一样"[4]453。宗教的存在是矛盾的存在,宗教的秘密不攻自破。接下来就要在现实生活中找到答案,"于是对天国的批判就变成了对尘世的批判,对宗教的批判就变成了对法的批判,对神学的批判就变成了对政治的批判"[4]453。第二,马克思分析材料的发展形式是通过现象看本质的。文中先从德国的现状出发,"我们和现代各国一起经历了复辟,而没有和它们一起经历革命"[4]454,得出的结论是对政治现状的否定是乏力的,要通过理性的批判,揭露德国的制度本质。揭露"专以维护一起卑鄙行为为生的、而且自己本身也无非是一种以政府的形式表现出来的卑鄙事物的那个政府机构内部的一切"[4]455。揭露德国的制度是时代的错误,是违反公理的。当对制度的批判被提高到真正的人的问题的时候,就会是这样一种形态。"德意志人是在思想中、哲学中经历自己的未来的历史的。我们是本世纪的哲学同时代人,而不是本世纪的历史同时代人。德国的哲学是德国历史在观念上的继续。"[4]458对德国制度批判的根源是对哲学的批判。第三,马克思分析材料的发展形式是否定之否定的。马克思对德国实践派对哲学的否定予以肯定态度,同时指出该派的局限性,应该"把哲学归入德国现实的范围"[4]459,并提出要"实现哲学"就要"消灭哲学"。接着,对与实践派相反的理论派做出分析,指出该派的根本缺陷是,"它认为,不消灭哲学本身,就可以使哲学变成现实"[4]459。而黑格尔思辨的法哲学最充分地体现了德国的国家哲学和法哲学,对思辨的法哲学的批判就是对德国过去政治意识形式的否定,这种否定只能通过实践才能解决。

四、叙述方法在研读马克思主义经典著作中的指导意义

叙述方法遵从对马克思主义经典著作本身的分析,能做到对作者的真实意图的理解。习近平提出,要原原本本学习和研读经典著作,叙述方法研读马克思主义经典著作正体现了这一点。叙述方法梳理著作时既要看到文章本身的整体结构,又要对这个整体结构的内容和内在联系做细致的推敲,推敲的过程就是处在文章内容研究时期的历史背景和历史条件之下,利用作者的方式,思考问题,分析问题,忠于文章本身研究文章,读出文章的应有之意。

叙述方法解读马克思主义经典著作的内涵,是把马克思主义理论有机联系的有效方法。对马克思主义经典著作的研读就是要把马克思主义"不同时期著作中的思想有机地联系"[7]6。利用叙述方法读马克思主义经典著作的过程,是对作者研究思路和叙述思路的再研究,作者的研究是一个发展的联系的过程,在一本著作中可能只是对整个研究其中一部分的叙述,要读懂作者的整体研究脉络,必须把与之联系的著作统统研读,才能形成一个整体的研究模型。

叙述方法在研读马克思主义经典著作中的应用切实可行地避免了对其著作的

片面解读。马克思主义经典著作对问题的论述是具体的、全面的,叙述方法是忠于作者本意对其研究的问题从抽象到逻辑具体和辩证的论证,忠于作者本意去研读其著作能够做到对其论述问题的全面解读。

叙述方法本身也是我们在做学术研究时候要学习和借鉴的。叙述方法中呈现出的研究方法正是我们做学术研究需要学习的方法。研究过程是有顺序的,研究是需要用发展的、联系的观点作为指导的,不同的研究对象有不同的分析方法,这种分析方法是需要我们掌握的,是开阔我们研究思路的。虽然叙述方法没有固定的格式,但是怎么将我们的研究方法通过科学的、逻辑的思维叙述出来,怎么能让我们自己的文章具有可读性,是可以学习和借鉴的。

五、结语

叙述方法本身包含的历史唯物方法、辩证形式和从现实到抽象再到逻辑具体的过程是具有学习意义的。研读马克思主义经典著作不可只停留在文章本身,而是要通过文章探寻作者的思路和方法,挖掘马克思主义的精神实质和内涵,为解决我们所处时代的问题提供可以借鉴的方法,为建设新时代中国特色社会主义提供理论依据。

参考文献:

[1]马克思恩格斯选集:第 2 卷[M].北京:人民出版社,1995.

[2]何萍.如何写作马克思主义哲学专业的博士学位论文——以马克思的博士论文为范文[J].马克思主义哲学研究,2011:385 - 397.

[3]迟维东.《资本论》第一章的逻辑演绎方法探析[J].马克思主义与现实,2007(6):175 - 177.

[4]马克思恩格斯全集:第 1 卷[M].北京:人民出版社,1956.

[5]马克思恩格斯全集:第 3 卷[M].北京:人民出版社,1960.

[6]马克思恩格斯全集:第 2 卷[M].北京:人民出版社,1957.

[7]赵家祥.如何防止对马克思主义经典著作的误读和误解[J].理论视野,2017(6):5 - 9

(指导教师:饶旭鹏)

《改造我们的学习》对新时代大学生的启示 刘 娟[*]

【摘　要】《改造我们的学习》写作于 1941 年,是毛泽东在新民主主义革命时期,为改造我们党内的学风建设而阐述的系统的马克思主义的理论思想和方法。其中对我党存在的三大坏学风进行了认真分析,提出了改造我们学习的具体方法。当前中国特色社会主义进入新时代,《改造我们的学习》深入阐述和推进实事求是,理论联系实际的马克思主义学风的重要作用,对于新时代大学生弘扬和坚持马克思主义的学风,提升自己的学习境界具有重要意义。

【关键词】理论联系实际;马克思主义;学风;新时代大学生

《改造我们的学习》主要是针对党内在学风中存在的问题进行的论述。在文中毛泽东呼吁全党同志要坚持理论与实际相结合,反对主观主义倾向,反对教条主义。我党内的一些成员不懂得理论联系实际,不懂得从我国所处现状出发,也不懂得我国的历史,对这类人的概括就比如:"墙上芦苇,头重脚轻根底浅;山间竹笋,嘴尖皮厚腹中空。"[1]800党的十八大以来,习近平总书记站在全局和战略高度,多次强调学习问题,为全党切实改进学风指明了方向、提供了重要的思想指导。我们的干部要上进,我们的党要上进,我们的国家要上进,我们的民族要上进,就必须大兴学习之风,坚持学习、学习、再学习,实践、实践、再实践。坚持从严抓学风建设,坚持从严治校、从严治教、从严治学,深入整治不良校风教风学风。

* 刘娟,马克思主义学院思想政治教育专业 17 级,172030505002。

一、《改造我们的学习》的写作背景

《改造我们的学习》写于 1941 年，是毛泽东针对当时党内存在的严重的主观主义、宗派主义的严重错误，为了改正这些不良作风而写作的。当时我党对于我国国情的认识极其不充分，加之理论上的准备不足，所以没能很好地把马克思主义理论运用于中国的具体革命实际，同时也有很多人常常空谈马克思主义，只把马克思主义当作一个空壳，而没能认真地去探索其本质所在。又由于当时国际共产主义运动中的教条主义的错误影响，我们党内不断出现把马克思主义理论彻底教条化，将人们的思想牢牢地禁锢在教条主义的笼子里，以及把共产国际的指示绝对化的错误倾向，让我国革命曾经遭受了极其严重的破坏。其中最为严重的是在 1931 年至 1934 年间，以王明为代表的"左"倾教条主义对于我党的危害。从那之后，全党同志进行反思总结，都深刻认识到"左"倾教条主义的错误。而要想彻底纠正王明等"左"倾错误，重点要解决好党内理论与实际严重相脱离的问题，全党成员都要树立理论与实际相结合的优良作风，毛泽东发表这篇批判党内教条主义的文章，号召全党同志要克服错误作风，发扬优良的学习作风。

二、《改造我们的学习》的基本内容

（一）回顾历史，总结经验

在这一部分中，毛泽东主席认真地对过去所取得的成绩进行了回顾，并总结了过去的经验和教训，过去有的优良学风应当继续去发扬，过去的错误学风，应当彻底改进，努力克服，争取以后不再发生。并且强调在历史发展进程中，要真真切切地把马克思主义的基本原理和中国革命的具体实际相结合，遇到问题、难题，要运用马克思主义的基本原理去分析，结合具体实际，具体问题分析解决，要充分地用马克思主义的真理指导实践。

（二）认真彻底分析我党存在的三大坏学风

毛泽东主席深刻总结了我党存在的缺点，通过深入的分析指出了我党存在的三大坏学风，它们分别是：不注重研究现状，不注重研究历史，不注重马克思列宁主义的运用。这些都是极坏的学风，不能让这种极坏的学风随意发展。生活中的我们一定要克服这种极坏的学风，尽最大努力避免这种错误的出现。认真踏实地做到注重研究现状,注重研究历史,最重要的是要注重马克思主义理论在生活中的实际运用。

（三）对"主观主义"和"马克思列宁主义"这两种态度做了比较

毛泽东把主观主义态度和马克思主义态度做了明显的对比。其中就主观主义态度而言,在观察和处理问题时是极其唯心和片面的,不考虑客观实际,仅凭自己的主观臆断和暂时的热情去工作,这种态度严重脱离我国的实际历史。要用马克思主义的理论指导实践,有目的性地去研究马克思主义理论,使马克思主义理论和中国革命的具体实际相结合。

（四）改造我们学习的具体方法

改造我们学习的具体方法有:第一,全党同志要对周围环境做系统性研究;第二,在我国近百年的中国史中,要大力吸取有用之才;第三,对于干部教育,要以马克思主义的基本原则为指导方针,用联系、发展、全面的眼光看待马克思列宁主义。只有做到了上述三个方面,我们的学风才会有所改善。我们要努力做到把马克思主义理论与我国的现实实际相结合,号召全党同志行动起来,大力发扬这些优良作风。

三、《改造我们的学习》对当代大学生的启示

《改造我们的学习》是毛主席 1941 年写的,时隔多年的今天,依然对新时代的我们有着重要的指导作用。大学生要坚持正确的马克思主义指导思想。要树立实事求是的优良作风,要坚持理论联系实际的原则,要坚持不断学习的态度,这些都是新时代的我们学习所迫切需要的,对于今天的学习生活仍具有不可替代的指导作用。

（一）大学生必须坚持正确的马克思主义指导思想

《改造我们的学习》中毛泽东主席阐述了主观主义学风的错误,并且把马克思主义的正确学风与主观主义的错误学风做了一个彻底的分析与对比,最终得出的结论是:马克思主义的学风、态度和思想是极其科学的,因此,对于我们而言,科学正确的应该坚持,错误的要努力克服,坚持马克思主义在我国的指导地位,也就是把马克思主义与我国的具体实际相结合,解决我国革命、建设和改革中存在的难题,面临的困境,最终实现中华民族的伟大复兴。

当代大学生对于国家的发展而言,具有不可替代的重要性。作为新时代的大学生,我们要坚持马克思主义的指导思想,认真踏实学习马克思主义的理论专业知识,树立正确的世界观、人生观、价值观,不断提高自身道德素质和自身专业素养,树立

马克思主义的科学信念,提升辨别真伪的能力,提高解决学习、生活中所面临的各种实际问题的能力,把马克思主义的基本原理真真切切地运用到实际生活中,真正做到学以致用,用马克思主义基本原理指导我们的生活实践,使我们学有所用,使我们的生活更美好。

(二)大学生要树立实事求是的优良学风

实事求是,作为我党的思想路线,对于我党的发展具有不可替代的重要作用。毛泽东曾强调马克思主义理论必须要认认真真地去学习,但学习的目的全在于实践运用,我们不能把马克思主义理论完全当作死板不变的教条,它是与时俱进的,所以我们要把它当作实践的指南,我们要努力学习运用马克思主义理论解决实际问题的立场、观点和方法,不能囫囵吞枣,一知半解。毛泽东关于实事求是的思想路线,就某种程度而言,尽可能地解放了人们的思想,指导了人们的实践生活。

实事求是其中也内在地包括了严谨学风的本意,是与当代大学生最关系密切的重要品质,学习生活中要严谨,认真踏实,不能不懂装懂,更不能故意耍小聪明。从今天的大学校园来看,各种论文作业抄袭、各种考试作弊现象十分突出,有人视为小事,认为不应计较,但是仔细想想,小事都做不好,又何谈大事,这是诚信与学风问题的暴露,这种作风极其恶劣。所以,我们一定要努力克服上述这种极坏的作风,一定要坚持和弘扬实事求是的思想路线,坚持做到严谨、踏实、一步一个脚印,做一个名副其实的新时代大学生。

(三)大学生要坚持理论联系实际的原则

理论联系实际,把马克思主义基本原理同中国革命和建设的实际相结合,是我们党的优良思想作风的真实展现。我党坚持理论联系实际的思想作风是基于对于理论有了科学的态度,对于我国的实际处境做了仔细的分析,如《改造我们的学习》一文所说,实现理论联系实际,必须有马克思主义的态度,我党把马克思主义的基本原理和中国的具体实际相结合解决了我国当时面临的很多难题,取得了一定的成绩。

古人云:"知之非难,行之维艰。"我们都知道要懂得一个道理其实并不难,生活中的我们耳边总伴有各种大道理,甚至从小到大从没中断过,难的是怎么把这个道理付诸实践并取得我们想要的成果。在大学校园,有很多口头君子,只说不做,执行力很差,很多事最终也只是想法,到最后是一次又一次的重复抱怨,永远都不是当初计划中所要达到的目标,所以即使想法再好,办法不妙,最终也会成为思想的"巨人",行动的"矮子"。读书是学习,使用也是学习,而且使用是更重要的学习。学习的最终目标就在于实践与运用。在学习工作的过程中我们要不断去寻找学习的差距与解决问题的能力,在这种实践活动中不断提升自我,改进自我,尽可能利用一切机会最大限度地扩大学习成果,不断完善自我,充实自我。

（四）大学生要坚持不断学习的精神

从懵懂学童到耄耋老人,学习永远都是伴随人类的永恒话题。俗话说:"活到老,学到老。"这句话到目前为止,仍然没有过时,不管时代如何发展,不断学习永远是必要的。当我们把学习培养成一种习惯之后,我们的精神世界将会是丰富的,现在是一个极速发展的信息时代,谁不学习,谁就跟不上时代的步伐。有人曾说:"在农耕时代,一个人读几年书,就可以用一辈子,在农业经济时代,一个人读十几年书,才够用一辈子,到了知识经济时代,一个人必须学习一辈子,才能跟上时代前进的脚步。"[2]403作为新时代大学生的我们要有毅力,平时不断地积累知识,知识就是财富,做一个知识面广阔,内心丰富的新时代大学生。

我们要努力克服困境,坚持学习,拼搏上进,让勤奋成为一种习惯。习近平总书记在党的十九大报告中明确指出:"青年兴则国家兴,青年强则国家强,青年一代有理想、有本领、有担当,国家就有前途,民族就有希望。"[3]17作为新时代希望的我们更应发扬学习再学习的精神,用我们的青春岁月来奋斗,为我们的美好未来而奋斗。只有用心奋斗过的青春才是美好的,才是以后值得回忆的,用学习来不断地充实自己,丰富自己。

新时代大学生,面对新的历史机遇,我们不仅要把握理论联系实际原则的重要性,更要真切地感受到不断学习、不断进步的紧迫性。作为新时代的大学生一定要注重理论知识的学习,读马列经典,求时代真理,切切实实地用所学理论知识来充实自己,而不是成为一个只拥有一纸文凭其实空壳的大学生,拥有文凭而无实际本领将是一种悲哀。因此,这就要求我们一定要努力加强文化知识的积累,学一科,精一科,要有这样的坚定信念。作为新时代的大学生,我们要有坚定的信心,相信自己,脚踏实地,为实现我们的理想而不断奋斗。

参考文献:

[1]毛泽东选集:第3卷[M].北京:人民出版社,1991.

[2]国务院新闻办公室会同中央文献研究室,中国外文局.习近平谈治国理政[M].北京:外文出版社,2014:403.

[3]习近平.决胜全面建成小康社会　夺取新时代中国特色社会主义伟大胜利——在中国共产党第十九次全国代表大会上的报告[M].北京:人民出版社,2017:17.

（指导教师:黎志强）

论文篇

从《改造我们的学习》谈党内学风建设

刘雯璟*

【摘　要】《改造我们的学习》是延安整风运动的纲领性文献之一,针对党内存在的不良学风,明确提出了理论联系实际的学风和实事求是的学习态度,是我党提倡学习新制度、改进学习新作风的开端。目前,党内学风方面出现了表面化、虚无化、形式化、娱乐化、庸俗化等问题。改造今天学风的方法,就要树立正确的学习态度,找准明确的学习方向,掌握科学的学习方法,建立长效的学习制度,为新时期党员干部的学习教育提供现实指导。

【关键词】中国共产党;学风;理论联系实际;实事求是

延安整风运动是一场意义重大的马克思主义教育实践活动,为中国共产党在思想认识层面达成共识做出了重要的贡献,马克思主义中国化的第一次历史性飞跃也得到了实现。《改造我们的学习》在这时应运而生,产生了强烈反响,发挥了重要的作用,七十多年后的今天依旧没有过时。在新的形势下重读这篇著作,回顾它的历史意义、思索它的现实意义,为当前我国党内学风建设提供了经验和启示。

一、《改造我们的学习》的基本内容

1941 年 5 月,毛泽东在延安干部会议上做了一份政治报告——《改造我们的学习》,毛主席从思想方面概述了中国共产党党内路线分歧的问题,剖析了当时党内存在的不良思想作风,鼓励全党认真学习马克思主义,用马列主义思想整顿党内作风。

---

* 刘雯璟,马克思主义学院马克思主义中国化 17 级,172030503002。

（一）《改造我们的学习》的提出

遵义会议结束了王明"左"倾教条主义路线,确立了毛泽东在党和红军中的领导地位。遵义会议后,中国共产党在政治上、思想上、组织上逐渐发展为一个在全国范围内具有广泛群众基础的马克思主义政党。但由于战争以及各种原因的影响,"左"倾教条主义和右倾机会主义在党内还有不同程度的残余,尤其是王明的教条主义思想严重影响了党的正确路线的执行。抗日战争爆发后,党内思想的纯洁性受到了破坏。1941—1942年是二战最重要的时期,也是法西斯最猖狂的时期,更是抗战最困难的阶段。日本侵华军聚焦中国共产党领导的抗日根据地,进行"扫荡"、实施"三光"政策,严重威胁我党我军。克服困难、坚持抗战、取得抗日战争胜利的关键就在于进一步提高党员干部学习马列主义的水平。报告主要分析和批评了主观主义和宗派主义等学习问题,使广大党员对马列主义的认识水平得到提高,为中国革命取得胜利奠定了思想基础。

（二）《改造我们的学习》的主要内容

1.阐明了党在学习马列主义和认识中国革命中存在的三方面缺陷

毛泽东指出,我党在马列主义和中国革命的认识层面上有很大的缺点:第一,不注重研究现状。"'闭塞眼睛捉麻雀''瞎子摸鱼'……满足于一知半解。"[1]797毛泽东反复强调只有真正立足于中国当代实际,寻找解决现实问题的办法才是马克思主义在当代中国的发展。第二,不注重研究历史。"许多马克思列宁主义的学者也是言必称希腊……认真地研究历史的空气也是不浓厚的。"[1]797毛泽东同志认为,只有充分掌握中国的历史,熟悉中国的政治、经济、文化基础,才能合理地解释中国为什么选择马克思主义,为什么选择无产阶级革命。第三,不注重马克思主义的应用。毛泽东主张以马列经典文本为基础,掌握马克思主义的核心思想,联系社会发展的独特性,用马克思主义理论解决实际问题,创新性地阐释马克思主义的理论精神。

2.明确指出中国共产党学习的根本原则是"理论与实践相结合"

《改造我们的学习》主要解决的问题就是如何对待马列主义,如何将马列主义基本原理与中国实际相结合。毛泽东从中国共产党的诞生、发展和壮大的艰辛历程以及党和人民为国家不懈奋斗的曲折历程,证明了坚持"理论联系实际"这一原则的科学性和重要性。我们党始终坚持的思想原则是马列主义的普遍真理同中国的具体实践相结合。中国共产党正在进行的民族解放运动的最好武器即马克思主义的普遍真理,其一经和中国具体实践相结合,就会使中国展现出焕然一新的面貌。毛泽东这一思想为当时全党正在开展的整风运动指明了正确方向。

3. 明确指出中国共产党学习的根本态度是"实事求是"

毛泽东在《改造我们的学习》中采用了对比的方法,比较了两种学风、两种学习态度。他指出:"主观主义态度就是……割断历史,只懂得希腊,不懂得中国,对于中国昨天和前天的面目漆黑一团。"[1]799这种抽象的、没有目的地研究马克思主义的观点和方法,是党性不纯的一种表现。而马克思主义的学习态度则是要有目的地去研究马克思主义理论,紧密联系历史,不仅要懂希腊,还要懂中国,更要把马克思主义同中国具体实际相结合,在此基础上去认真学习马克思主义的观点和方法。通过比较,使党员清醒地认识到主观主义态度的危害,同时也阐明了什么才是真正的马克思主义态度,即理论联系实际、实事求是。

4. 明确提出了中国共产党改造学习的三种方法

一是向全党提出了两大系统而周密的任务,即认识世界和改造世界。二是我们应该聚集人才,分工合作,运用分类与综合的方法研究中国近现代史。三是在教育方面,以马克思主义基本原则为指导,以研究实际问题为中心,以联系发展的观点研究马克思主义的方法。用马克思主义理论这个"矢",去射中国革命这个"的",以求解决中国革命建设的理论和策略问题。

二、当今中国共产党党内学风存在的问题

随着我国政治经济的高速发展,实现中国梦的目标指日可待。但国际形势变化多端,仍然需要全党全民族凝心聚力,不断奋斗。面对利益多元化的挑战,拜金主义、享乐主义、极端个人主义的冲击,让一个拥有8 800多万党员的执政党时刻保持初心无疑是一个巨大的挑战。我们党始终面临着如何加强学习、改造自身的命题。广大党员干部要时时刻刻拥有使命感,加强理论知识的积累,开拓思路,放宽眼界,培养科学思维,增强工作能力,提高知行合一的水平。虽然广大党员在不断深化学习,但在继续学习、加强学习方面仍然存在一些问题。

1. 表面化。部分党员在学习马列经典著作以及领导的系列讲话上抓得不紧、沉不下去。有的同志认为原著理解较为困难,习惯于通过导学资料来学习原著,不能

回到原文的特定语境和历史逻辑中,容易得出简单、刻板乃至教条的结论,实际上是不求甚解、浅尝辄止。

2.虚无化。部分党员总是喜欢阅读那些被随意篡改过的历史事实,断章取义,把虚无的触角伸向中华民族远古的历史尤其是中华文明的起源,凭借"新奇"的想象肆意歪曲和否定中国的过去、现在和将来。

3.形式化。部分党员学习时不用脑、不走心,程序化地组织学习活动、形式性地参加学习活动,带着耳朵听会多、听人念文件多、听领导讲话多,基本不做讨论发言,基本没有学术交流,学习成果敷衍了事。

4.娱乐化。部分党员以极端、片面的娱乐活动代替政治理论学习,使用信息技术去搜看八卦新闻、打游戏、闲聊天,特别是沉迷于追看戏说历史的影视、书籍,或是黄色灰色书刊,导致有些党员头脑中负能量信息剧增,离科学理论、先进思想越走越远。

5.庸俗化。有些党员不能严肃对待党内学习,总是把政治理论学习当成拍马屁大会,总是在领导说完后,便积极地称赞领导讲得如何"高"、如何"妙"、如何"好",专挑领导喜欢听的说,满篇套话、空洞无物,没有自己的想法。

所有这些教条、陈腐、主观的学习问题败坏了学习风气,浪费时间和生命,破坏党性修养,更严重的是危及党和国家的发展。

三、如何改造今天的学风

学习是中国共产党的振兴之策。党的十八大以来,习近平总书记多次提出要坚持与时俱进的态度,用学习克服本领恐慌,并在全党范围号召"大兴学习之风,坚持学习、学习、再学习,坚持实践、实践、再实践"[2]297。以习近平为核心的党中央不断开展学习活动,树立榜样,通过学习加强自身的执政决策能力。在全党范围内,先后开展群众路线教育实践活动,"三严三实"专题教育,"两学一做"学习教育,不断增强党员的工作能力,树立良好的工作态度,推动党员干部的学习走向深入、形成常态。十九大以来,我国的各个方面都发生了不同程度的变化,我们只能通过学习来应对这些变化,了解、分析、应对新情况。学习也并不简简单单的是模仿复制书本上别人得来的经验,而是需要正确对待和重视。

(一)树立正确的学习态度

态度决定成败,学习的首要问题就是态度问题。《改造我们的学习》深刻分析了对待学习应该持什么样的态度、形成什么样的学风,树立马列主义的态度是贯穿文章的主线。毛泽东通过对比论证的方法,掷地有声地指出要坚决树立马克思主义的原则,坚持实事求是的态度,研究一切事物内在的联系和规律性,这才是一个共产党员最起码的标准和态度。

十八大以来,党内开展的三次重大学习教育活动的目的就是要进一步克服党员干部在思想、组织、作风、纪律等方面存在的难题,树立起学习马克思主义的态度是克服难题关键的意识。在"两学一做"学习教育中,作为党员干部,学是基础,做才是关键:要做到对党章党规、系列讲话真学、真懂、真信、真用。"两学一做"学习教育不是敷衍了事,不是为了完成任务而学习,而是要真正脚踏实地、持之以恒地学;要学得明明白白,一清二楚,知其然更要知其所以然;要学习习近平新时代中国特色社会主义思想的真理性及其现实针对性;要把学习的思想理论内化于心、外化于行,用思想武装头脑,用规矩约束行为,实事求是,真正做到理论与实际相结合,以马克思列宁主义态度推动工作。

(二)找准明确的学习方向

方向决定内容,学习的根本问题是方向问题。方向即学习对象或学习内容。习近平强调:"领导干部学习,要正确把握学习的方向。忽视了马克思主义所指引的方向,学习就容易陷入盲目状态甚至误入歧途,就容易在错综复杂的形势中无所适从,就难以抵御各种错误思潮。"[3]406学习的本质在于能够得到思想上的启迪、心灵上的共鸣,以求增长见识、增加生命高度,方向问题至关重要。

党的十八大以来,党内开展的三次学习教育活动的侧重点都有所不同,但指向性精准,都是党员干部深化党内教育的重要实践,既强调关键少数,也重视绝大多数;既注重集中性教育,又倡导经常性教育。对于每一次学习教育,其方向、内容都很明确。

(三)掌握科学的学习方法

方法决定效果,学习的关键问题是方法问题。科学的学习方法可以达到事半功倍的效果,反之,则不然。《改造我们的学习》改造的就是我们不合时宜的学习方法。

首先,毛泽东在文中反复强调的重要学习方法之一就是理论联系实际。其次,还特别强调调查研究。马列主义要求我们从事物的本质出发,寻找其中固有的规律,这种寻找的方法就是调查研究。再次,毛泽东在文中还强调全面系统的学习方法,材料是零散的,但是可以通过收集进行整合、研究,达到全面系统地了解。

党员干部的学习教育要有针对性,带着问题学习会更有效果。这里的问题就是实际,这就需要运用理论联系实际的方法。对于专业性的知识,要按照"补短板"的原则,博览熟知,加强专业知识的积累;对于党内学习,要把"两学"和"一做"结合起来,用党章党规的要求指引方向,约束自身向合格党员靠拢;要把学习习近平新时代中国特色社会主义思想同当代中国实际紧密结合,深刻领悟新思想新战略新理念。当前一些不良现状在党内此起彼伏,即党员理想信念不坚定、宗旨意识淡化、精神萎靡不振、道德行为不端等,对照党章党规要求一一对比、查找修正,优化党的作风。要发扬调查研究方法,于组织而言,要时刻掌握党员干部学习教育的实际进展及存在问题,提出针对性的解决办法,促使学习活动有序有效地开展;于个人而言,要得到思想上的升华,感性认识上升为理性认识,唯有从问题入手,展开调查研究,才能得到真理性的认识。要注重全面系统方法的运用,现实是不断变化的,我们的思想必然要不断适应变幻莫测的实际,因此要不断学习党和国家的政策理论,使我们的思想跟上实际的变化,使我们的学习教育得到贯彻和落实。

(四)建立长效的学习制度

习近平强调:"制度带有根本性、全局性、稳定性、长期性。"[2]181 中国共产党是一个拥有8 800多万党员的执政党,抓好数量众多的党员学习马虎不得、懈怠不得,必须持之以恒地建立学习制度并贯彻落实,这也是我党建设学习型政党的必经之路。

《改造我们的学习》一文深刻剖析了中国共产党建党以来形成的学习制度,是中国共产党独立探索党内学习制度的纲领性文献,是倡导党内优良学风的开始。纵观中国共产党的发展过程,每一个历史阶段党都在强调学习,学习已经成为推动党和人民事业发展的一条重要的经验。如今,我们正大力推行的学习型政党建设也依然离不开各种学习制度的建立,各级学习型党组织的运行离不开科学完备、行之有效的学习制度。例如:中央政治局集体学习、党委中心组学习、"三会一课"、领导干部的学习、普通党员的学习等都已经形成了固定完善的制度。

2017 年 2 月 21 日，中共中央政治局召开会议，审议《关于推进"两学一做"学习教育常态化、制度化的意见》，要求发挥党支部教育、管理党员的主体作用，把"两学一做"纳入"三会一课"等基本制度，融入日常、抓在经常，标志着"两学一做"学习教育形成制度、进入常态。这充分说明，党内教育本身是一种对党员干部常态化的教育，不关乎时间长短、阶段区别，而是通过这种学习教育，把党员干部的不良作风加以改进；通过常抓不懈，潜移默化地让党员干部的思想时刻绷紧学习教育这根弦。"两学一做"学习教育就是对党内学习制度化的操作和落实，既注重当前，又着眼长久。通过学习教育，以学促改、以学促行，形成正确认识，转变工作作风，达到知行合一，从而促进党的路线、政策及方针的落实。

中国共产党是一个爱学习的政党，中国共产党人走到今天靠的是学习，那么未来的发展也一定离不开学习。《改造我们的学习》是实事求是的范例，是中国共产党人提倡学习新制度、改进学习新作风的开端。我们要把这种实事求是的学风继承下去，执行下去，秉承马克思主义态度，把握好学习方向，坚持学习、坚持实践；常学常新、学以致用，在不断学习中提升思想高度。通过改善学风，锻炼思想定力，锤炼战略定力，培育科学思维，提升业务素养，丰富专业方法，保证认知深、视野宽、办法多、措施实，为建设学习型政党奠定基础，为美好生活的到来提供指导，为实现中国梦贡献力量。

参考文献：

［1］毛泽东选集：第 3 卷［M］.北京：人民出版社，1991.

［2］中共中央宣传部.习近平总书记系列重要讲话读本［M］.北京：学习出版社，人民出版社，2016.

［3］国务院新闻办公室会同中央文献研究室，中国外文局.习近平谈治国理政［M］.北京：外文出版社，2014：406.

（指导教师：卫　东）

后 记

　　为配合"马克思主义基本原理"课程教学,提高教学效果,深入传播马克思主义,马克思主义学院马克思主义基本原理教学部与马克思主义原理科研团队携手开展了以"读马列经典,求时代真理"为主题的"马克思主义经典诵读"活动。经典诵读活动由马克思主义基本原理教学部的老师负责解读和领诵,主要解读和领诵的篇目是:《共产党宣言》《在马克思墓前的讲话》《青年在选择职业时的考虑》《商品拜物教的性质及其秘密》《改造我们的学习》等。举办诵读活动,一方面是为了激发当代大学生对马克思主义经典作品的阅读兴趣,让大学生自觉地学习马列经典,追求时代真理,培养有思想、有情怀、有担当的青年马克思主义者,另一方面,希望当代大学生领悟经典名著的精神实质,勇于实践经典名著思想原则,学会运用经典名著中所阐明的立场、观点和方法来重新观察、分析资本主义和社会主义发展的历史进程,认清人类社会发展的客观规律和必然趋势,做一个坚定的马克思主义者。

　　思想政治理论课实践教学活动的顺利开展以及本书的如期出版,离不开许多人的鼓励和支持。感谢兰州理工大学党委夏天东书记和丁虎生副书记对此项活动的关怀和指导,夏书记和丁书记一直高度重视思想政治理论课实践教学活动,并明确要求思想政治理论课实践教学活动一定要"出成果、见实效",提高实践活动的针对性和实效性,增强学生的获得感。感谢马克思主义学院饶旭鹏院长、陈以庆书记、杨莉副院长对本次实践教学活动的支持、关心和帮助,感谢马克思主义学院"思想政治理论课实践教学系列丛书"出版计划为本书提供的资助。

　　思想政治理论课实践教学活动的顺利开展也离不开马克思主义基本原理教学部和马克思主义基本原理科研团队王国斌、刘海霞、邹驯智、杨莉、王海霞、朱长兵、孙大林、戴春勤、黄安等老师的辛苦付出。尤其值得一提的是,邹驯智副教授为本学期的诵读活动和10月29日的"银杏林"大型诵读活动做了精心的策划,倾注了大量心血，毫不吝惜地提供了诸多才气和智慧。在本学期的诵读活动中，黄安博士还为此负伤，但他毫无怨言，一如既往地关心和支持诵读活动。马列经典诵读活动以及诵读成果的结集出版凝结了这些老师的大量心血和智慧。

本书提纲是由刘海霞副教授拟定，饶旭鹏教授、杨莉教授、王海霞教授、戴春勤教授、邹驯智副教授、王国斌副教授、朱长兵副教授、黄安博士，孙大林、杨文静、陈红等老师参与了本书提纲的讨论和内容的选定，本书内容由刘海霞副教授、王国斌副教授、陈红老师把关和修订，刘海霞副教授负责本书最后的统稿、修改和校对工作。

因为是第一次组织和举办人数规模较多的活动，需要总结的经验和进一步完善、提高的环节都还有许多，但有了总体成功的第一次，我们就有信心也期待后续的实践教学活动更加完善，马列经典诵读活动成果更趋完美。

编者
2018 年 4 月 8 日

新时代大学生读马列经典感悟集

真理的力量
ZHENLIDE LILIANG